형식들

KB074060

문학도 사회도 문제는 형식이다

FORMS

형식들

캐롤라인 레빈 지음   백준걸 · 황수경 옮김

전체 | 리듬 | 계층질서 | 네트워크

앨피

차례

문학이론에서 형식은 중요하지만, 핵심은 아니었다. 물론 대학에서 문학이론이 필수과목으로 자리를 잡고 나서 형식주의가 빠지는 법은 없었다. 의례적으로 러시아 형식주의와 신비평이 포함되기는 했다. 그러나 구조주의와 후기구조주의가 득세한 이후 이론은 형식에 머물지 않고 텍스트 바깥으로 나갔고, 지평은 더욱 넓어졌다. 이론의 매트릭스가 커질 때마다 읽어야 할 책 목록은 늘어 갔다. 그래서 이제는 문학작품을 논할 때마다 라캉, 지젝, 버틀러, 아감벤, 랑시에르를 인용하거나, 초점화자와 자유간접화법이 아니라 상징계와 예외상황을 이야기하는 것은 흔한 일이 되었다. 다른 한편, 푸코 이래로 역사주의 비평의 물결도 거세졌다. 적어도 영미권에서는 스티븐 그린블랫 등의 신역사주의가 맹위를 떨쳤다. 최근까지만 해도 방법론적으로는 오히려 데리다의 해체주의보다 역사주의가 더 견고했다. 그래서 가령 문학 연구자들은 작품을 읽어야 하는 것은 물론, 복식부기의 역사를 함께 공부하는 수고를 감수해야 했다.

이 책 캐롤라인 레빈의 《형식들: 전체, 리듬, 계층질서, 네트워크》는 오랫동안 비평계를 주름잡던 해체주의와 역사주의에 징면으로 도전한다. 그리고 형식을 다시 이론의 최전선에 배치한다. 물론 기존의 형식주의와는 다르다. 레빈은 형식주의를 창의적으로 수정하고 확장한다. 그에 따르면, 이제까지 형식은 "배타적인 미학의 영역"(10)이었다. 주로는 문학 텍스트 내의 역학 관계를 밝히는 도구였다는 말이다. 형식을 근거로 텍스트를 정교하게 뜯어보는 신비평이 대표적이다. 그런데 레빈은 문학작품을 바깥 세계와 절연된, 그 자체로 자족적인 하나의 폐쇄된 전체로 보는 신비평을 비판하면서, 형식의 범위를 대담하게 확장하여 사회를 조직하는 요소들을 모두 형식으로 파악한다. 더나아가, 문학을 조직하는 형식과 사회를 조직하는 형식에 큰 차이를 두지 않는다.

레빈은 형식을 포괄적으로 규정한다. 즉, 형식은 "요소들의 배열"(24), 즉 구성 요소들에 형태, 패턴, 질서를 부여하는 작업이다. 결국 미학적 질서이든 사회적 질서이든 세상은 모두 형식의 문제라는 말이다. 신비평처럼 서정시를 닫힌 전체로 보는 것도 형식의 문제지만, 세상을 남과 여, 지배와 피지배, 흑인과 백인, 이성애와 동성애로 나누는 것도 형식의 문제이다. 같은 관점에서 정치를 "분할과 배열의 문제"(25)로 보는 랑시에르의 주장도 결국엔 형식으로 귀결된다. 그렇게 보면, 굳이 텍스트와 컨텍스트를 나눌 이유가 없다. 미학에도 형식이 있고 사회에도 형식이 있다면, 미학에 적용되는 형식이 사회에도 적용되지 말라는 법은 없다. 거꾸로도 마찬가지다.

형식을 강조하면서 레빈은 해체주의로 대변되는 반형식주의를 비판한다. 해체주의는 "균열과 간극, 모호성과 불확정성, 경계 넘기와 경계 해체"(37)를 중시해 왔다. 포스트콜로니얼리즘 또한 주로 해체주의적 사유에 기대어 서양/동양의 구분을 무너뜨리고 혼종성에 주목한다. 그러나 레빈은 사회 자체가 이미 형식을 통해 구성되어 있으므로, 형식이 없는 사회를 상상하기보다는 수많은 형식들이 서로 부딪히면서 작동하는 양상에 주목해야 한다고 말한다. 레빈의 비판은 비단 해체주의에 그치지 않는다. 루카치부터 제임슨에 이르는 마르크스주의 비평의 관점에서, 문학 형식은 "표상을 깔끔하게 정돈하고 구조화하는 기제"로서 현실을 왜곡하는 "이데올로기적 책략"(48)이다. 그러나 레빈에 따르면, 사회 현실은 미적 형식의 근본적 바탕이 아니며, 형식 또한 현실의 반영으로만 볼 수 없다. 형식은 텍스트와 사회를 모두 구조하는 패턴적 질서이다. 문학적 형식과 사회적 형식은 서로의 근거나 원인이 되지 않으면서, 서로 접촉하고 영향을 주고 받는다는 것이 레빈의 주장이다.

레빈의 형식주의에서 가장 특이할 점은 '중첩overlapping' 또는 충돌 collision 개념이다. 사회는 어느 한 가지 형식이 지배하는 곳이 아니다. 수많은 형식들이 작동하면서 서로 경쟁하고 중첩하고 충돌한다. 이때 "어느 하나의 형식이 다른 모든 형식을 지배하거나 조직하지 않는다"(54)고 보는 것은 매우 중요하다. 예를 들어, 레빈은 자본주의, 민족주의, 인종주의 등 어느 하나의 심층적 구조가 인간의 삶을 전일적으로 결정하지 못한다고 주장한다. 여기서 레빈은 로베르토 웅거와 자크 랑시에르의 이론에 의존한다. 웅거가 보는 사회는 일사불란한 체계가 아니라 잠정적이고 불균등한 배열들의 집합이다. 레빈은 바로 이처럼 다양한 배열들이 서로 충돌하면서 빚어내는 예상하지 못한 효과들에 주목한다. 그리고 그처럼 다양한 형식들이 벌이는 충돌 속에서 급진적 정치적 가능성을 모색한다. 바로 이 지점에서 인간 개인은 단지 사회에 의해 결정되는 존재가 아니라 행위 주체성을 발휘하는 주체적 존재가 된다. 말하자면, 심층구조가 인간을 결정하는 게 아니라는 뜻이다. 레빈에 따르면, 인간은 주어진 질서에 제약을 받지만, 다른 형식들을 도입하여 기존의 질서를 무너뜨림으로써 행위 주체성을 획득한다.

레빈이 그리는 사회는 수많은 조직 원리들이 서로 교차하고 중첩하고 충돌하는 "복잡한 풍경"[1]이다. 사회가 그러하다면, 그리고 그러한 사회적 구성을 피할 길이 없다면, 형식을 파괴하는 것이 반드시 사회적 정의를 추구하는 유일한 방법은 아니다. 레빈은 그보다는 형식을 재배열하는 것이 훨씬 진일보한 정치라고 생각한다. 이제까지 정치를 "해체하고 저항하는 것"으로 보았다면, 레빈은 "집단적 삶에 형태를 부여하는 것"으로 본다.[2] 정치는 질서를 무너뜨리는 것이 아니라 새로운 질서를 배치하는 일이다.

신형식주의new formalism는 특정한 이론이나 방법론에 의존하기보다는 이제까지 소홀하게 다루어진 형식을 다시 활성화하려는 일련의 시

---

1 Caroline Levine, "Three Unresolved Debates," *PMLA* 132.5 (2017), 1241.
2 Levine, "Three Unresolved Debates," 1239.

도 또는 움직임이다.[3] 지난 10여 년 동안 조금씩 지분을 넓혀 오다가 최근에 주목을 받는 빈도가 높아졌다. 그중에서 레빈의 이 책은 가장 도전적이고 도발적이다. 그만큼 큰 화제와 논쟁을 불러일으켰다. 그래서 미국 최고의 비평 학술지 PMLA가 최근 레빈의 이 책에 대한 특집을 마련했고, 다수의 학자들이 논평에 참여한 바 있다. 어쨌거나 형식을 다시 비평적 토론의 장으로 끌어올린 것은 이 책《형식들》의 큰 수확이다. 형식을 완전히 새로운 관점에서 재조명한 것이나 형식의 중첩과 충돌을 통해 새로운 정치적 가능성을 모색한 것도 매우 흥미롭다. 형식주의를 새로운 관점에서 바라보고자 하는 연구자나 학생들에게 도움이 되기를 기대한다.

원래 계획은 세 명이 두 장씩 맡아 번역하는 것이었다. 그런데 학과의 과중한 업무로 인해 한 명이 빠지고 둘만 남았다. 그럼에도 번역 작업을 응원하고 많은 도움을 주신 황준호 교수님께 깊은 감사의 말씀을 드린다.

3　Marjorie Levinson, "What Is New Formalism," *PMLA* 122.2 (2007), 561.

아버지는 자유주의적인 인문학자이자 사상사를 공부한 역사학자였다. 문학작품을 자주 읽었고, 포프Alexander Pope와 스위프트Jonathan Swift에 대한 글을 썼다. 아버지는 학자들이 당대의 관심과 쟁점을 언급할 때 저자의 의도를 꼭 알아야 한다고 믿었다. 나로서는 이 접근법이 못마땅했고, 그런 나의 반응에 아버지도 실망한 눈치였다. 나는 문학 텍스트를 읽으면서 직조된 단어와 이미지의 미묘한 배열들을 추적하고 싶었다. 내가 대학 때 후기구조주의 독법을 좋아하는 것을 보고 아버지는 흐뭇해하면서도 회의적인 태도를 보였다. 아버지는 "비역사적인" 문학 연구를 한번 변호해 보라고 도전장을 던졌고, 논쟁은 몇 시간 동안 계속되었다. 나는 언어의 패턴이 주체보다 우선하고 주체를 만든다고 주장했다. 아버지는 인간의 행위와 의도가 근본이고, 그것이 우리의 발화를 구성한다고 주장했다. 논쟁 자체는 즐거웠지만, 나는 아버지의 주장에 설득되지 않았고 나의 주장도 아버지를 설득하지 못했다. 나의 아버지 조셉 M. 레빈이 지금 살아 계셨으면, 그래서 이 책을 읽으셨으면 좋았겠다는 생각이 든다. 아버지는 기쁜 마음으로 이 책에 담긴 주장을 조목조목 반박했을 것이다.

문학 연구가 역사적 전환historical turn에 접어들었다는 것은 나에게는 일종의 아이러니였다. 1990년대 초반 대학을 졸업할 무렵, 역사주의는 해체주의를 밀어내고 지배적인 연구 모델이 되어 가고 있었다. 나는 역사주의가 지식의 세계를 더욱 편협하고 숨 막히게 만든다고 느꼈다. 해체주의는 일종의 지적인 불꽃놀이였다. 선생님들이 펼친 해석은 너무나 황홀했고, 온몸에 그 울림이 전해졌다. 그런데 이제 와서 문학이라는 물체를 촘촘하게 묘사된 특정 지역의 맥락에서 살펴보라니, 의회 문서와 품성 개발서를 읽으라니. 너무 재미가 없었다. 그렇지만 신역사주의의 윤리적 주장은 막강했다. 해체주의 접근법은 흥미는 있지만 자기만족적이라는 견해가 더욱 득세했다. 역사주의는 품이 많이 들지만 권력과 불의에 관한 이야기를 담고 있고, 그래서 진짜 해야 할 작업으로 여겨졌다. 새롭고 까다로운 학문적 질문들이 떠올랐다. 품성 개발서가 시만큼이나 문화에 기여하는 바가 있다면, 왜 나는 아버지처럼 역사가가 되지 못하는가? 사회적 정의가 나의 목적이 되어야 한다면, 평생 문학을 연구하는 일이 정당화될 수 있을까?

문학 연구에 대한 복잡한 생각이 들던 차에 런던대학교의 버벡칼리지에 가서 몇 년간 읽고 생각해 볼 기회가 있었다. 당시 학계에 진출할 생각은 별로 없었던 것 같다. 버벡의 학자들은 주장이 약간씩 달랐지만 모두 마르크스주의자였다. 교수들은 모두 정치적 절박함이 있었고, 역사적 방법론을 강조했다. 이는 새롭고 흥미로웠다.

장기적인 변화 과정에 주목하는 마르크스주의적 방법론은 특히 큰 도움이 되었다. 눈앞에 보이는 지역적 맥락을 벗어나 연구의 지평을 넓히고 나서, 나는 큰 경제적 변화가 일으킨 거대하고 다양한 격변을 이해할 수 있었다. 오래 지속된 산업혁명으로 인해 상당수의 인구가 농경 지역에서 붐비는 도시로 이동했고, 사회적 관계가 근본적인 변화를 겪었으며 환경 파괴가 급속도로 가속화되었다. 유럽 국가들은 새로운 시장을 개척하기 위해 서로 경쟁을 벌였고 그 때문에 원주민 전체가 뿌리를 잃고 도탄에 빠졌다. 고유의 언어는 흔적도 없이 사라졌고, 전통적 가치는 유럽적 진보라는 지배적 서사에 떠밀려 후진적인 것으로 치부되었다. 이 모든 이야기를 나는 마르크스주의로부터 배웠다. 지금에야 안 것이지만, 아버지의 학문적 업적과 나의 유년 시절의 가치들을 만든 것도 바로 그 이야기였다. 처음으로 나는 예술적 보편성과 초월에 대한 주장이 되풀이하여 정치적 폭력의 방편으로 이용되었고, 문화예술이 정치의 세계를 창조하고 개조하는 적극적 참여자임을 깨달았다. 이를 단지 재미없고 쓸데없다고 폄하할 이유는 전혀 없었다.

버벡에서 박사학위를 받고 미국에 돌아와 대학교수가 되었다. 내가 했던 공부가 특이한 탓인지 몰라도, 미셸 푸코Michel Foucault를 한 번도 진지하게 읽지 못한 것이 못내 부끄러웠다. 드디어 읽은 《감시와 처벌Surveiller et punir》, 그것은 충격이었다. 이 책은 지금도 내가 가장 좋아하는 이론서이다. 푸코는 내게 혁명적 정치에 관한 새로운 질문을 던졌다. 급진적인 정치운동조차도 여성, 유색인종, 동성애자의 요구를 짓밟았다. 1950년대 프랑스공산당에서 푸코가 직접 겪은 일이었다. 푸코는 혁명가들이 공정한 분배를 상상할 때 새로운 사회질서, 즉 신체·사상·자원의 관계를 규정할 새로운 기준도 아울러 상상한다고 주장한다. 가장 급진적인 배열조차도 억압적인 규범화와 배제의 고통을 가할 수 있다. 푸코는 어느 인터뷰에서 "모든 권력관계는 그 자체로 나쁜 것은 아니다. 그것은 하나의 사실이되, 항상 위험을 내포한 사실"[1]이라고 말한다.《감시와 처벌》은 평범해 보이는 시공간의 배열조차도 특정한 권력의 흐름은 허용하고 다른 흐름은 배척한다는 점을 보여 준다. 말하자면 조직과 배열이야말로 권력이 작용하는 주요 수단임을, 정치는 세상에 질서를 부여하는 문제임을 나에게 처음 알려 준 사람이 바로 푸코였다.

나는 이러한 조직의 원리를 '형식' 말고는 달리 뭐라고 불러야 할지 생각나지 않았다. 나는 항상 텍스트 안팎에 존재하는 패턴과 구조에 관심을 가졌다. 그래서 사회적 경험을 파악할 때도 형식의 언어를 썼고, 그에 상응하는 사고 습관, 그와 유사한 방법을 사용했다. 나는 빅토리아조 시대의 서사적 서스펜스와 과학적 방법을 공통적으로 조직하는 시간적 패턴에 관한 책을 썼다. 후속작으로 아방가르드 예술가와 민주주의 국가에 사이에 존재하는 구조적 긴장에 관한 책을 냈다. 나는 이 모든 것을 형식으로 이해했다.

다른 비평가들이 형식을 사용하는 것에 익숙지 않다는 사실을 깨

---

1 Michel Foucault, "The Politics of Contemporary Life," in *Politics, Philosophy, Culture: Interviews and Other Writings, 1977-1984*, ed. Lawrence D. Kritzman (London and New York: Routledge, 1988), 168.

닫기까지 오랜 시간이 걸렸다. 비평가들은 흔히 형식을 장르와 같은 것으로 생각하거나 배타적인 미학의 영역이라고 보았다. 형식은 많은 문학 독자들에게 예술 작품을 일상생활과 **구별하는** 어떤 것이었다. 나는 이와 같은 입장이 자의적이고 잘못된 것이라고 느꼈다. 형식틀과 봉쇄 공간에 관심이 있다면, 왜 감방 또는 국경선을 분석하지 않을까? 시간의 패턴을 이해하고 싶다면 왜 공장의 일과를 연구하지 않을까? 이 모든 것은 예술 작품과 마찬가지로 질서를 부과하려는 의도로 만든 일종의 계획된 배열이다. 헤더 듀브로우Heather Dubrow, 프랑코 모레티Franco Moretti, 개릿 스튜어트Garrett Stewart, 허버트 터커Herbert Tucker, 수잔 울프슨Susan Wolfson, 알렉스 월로크Alex Woloch 등 기존의 역사주의적 비평에 도전하고 형식에 다시금 주목한 훌륭한 비평가들조차도 미학적 형식을 주어진 사회 현실에 대한 반응으로 읽고 있었다. 반면에, 나는 미학적 형식**과** 사회적 형식이 둘 다 세상에서 어떤 작용을 하는지, 두 형식이 어떻게 상호작용하고 중첩하는지 알고 싶었다. 문학비평가들이 아무리 다양한 구조가 복잡하게 얽힌 중첩을 포착하는 데 능하다 해도, 형식이 얼마나 복잡해질 수 있는지 정확해 안다 해도, 사회적 구조—정치—를 그와 비슷한 수준으로 명민하고 탁월하게 읽을 기회를 놓치고 있는 것 같았다.

정치와 형식에 관한 책을 읽으면서 나는 문학·문화 연구 학자들이 미학적 형식은 굉장히 복잡해도 정치적 형식은 상대적으로 단순하다고 생각한다는 것을 알게 되었다. 정치적 형식은 강력하고, 모든 것을 포괄하지만 그 자체로는 단순하다. 이러한 생각이 꼭 틀린 것은 아니다. 가령 인종주의는 적나라한 이분법으로서, 복잡한 형성체라기보다는 노골적인 정치적 도구로 작용하는 때가 많다. 그러나 문학 형식주의자들은 안다. 아무리 단순한 질서라도 다양한 형식의 촘촘한 얽힘과 겹침에 주목하는 순간 단번에 복잡해진다는 것을. 가장 면밀한 독자들은 언제나 서로 다른 여러 형식들이 다양한 스케일로 동시에 작용하는 양상에 주목한다. 나는 정치적인 형식이 때로는 다른 형식들과 중첩하고 충돌하면서, 때로는 서로를 방해하면서 우리를 봉쇄하고 통제**하려는** 양상들을 추적하기 시작했다.

이동하고 충돌하는 형식들을 연구하면서 나는 문학 연구의 핵심으로 떠오른 역사주의 비판으로 다시 돌아오게 되었다. 처음부터 나는 국지적 맥락을 강조하는 풍조가 불편했다. 나의 스승이나 동료, 토론자들은 역사적인 관점이 환원 불가능한 특수성, 순수한 **차이**를 만들어내며, 과거와 현재의 유사성을 너무 깊게 들여다보는 것은 심각한 윤리적 오류라고 주장해 왔다. 이러한 오류를 '현재주의'라고 부른다. 현재주의는 문학·문화 연구에서는 몹시 심한 비난으로 간주되어, 이 단어를 꺼내는 즉시 대화는 곧 중단되었다. 그러나 나는 일반화할 수 없다면, 시간의 한계를 넘어 의미 있는 뭔가를 배울 수 없다면, 우리가 수행하는 연구가 **중요**하지 않다고 생각해 왔다. 우리가 배우는 가장 중요한 교훈이 각 역사적 시점의 구체성이라면, 그 또한 일반적인 결론일 뿐이다. 말하자면, 역설적이게도 구체성 그 자체를 일반화하는 결론 말이다.

그러나 나는 역사주의자들에게조차 역사주의의 주된 가치가 지난 시대의 개별성을 밝히는데 있다고 생각하지 않는다. 가장 역사적인 성향을 지닌 학자들이 고대 로마의 젠더 규범 또는 18세기의 세계 무역 루트를 선택한다고 할 때 그 이유가 무엇일까. 그것은 오늘날에도 그와 비슷한 권력의 배열이 작동하기 때문이다. 즉, 젠더와 상품 형식은 그때처럼 지금도 여전히 우리의 삶을 조직하는 형식이며, 그때 그들이 겪은 고통과 불의를 아직도 여전히 담고 있기 때문이다. 권위의 분배와 상품의 분배가 그때처럼 아직도 여전히 생명과 노동을 규제하기 때문이다. 그리고 세상을 지배하는 질서의 원리가 다른 시대에는 다른 방식으로 조직되었다는 사실을 안다면, 우리를 지배하는 질서의 원리도 그렇게 확실한 것이 아님을 알 수 있기 때문이다. 과거는 우리에게 무엇이 가능한지 보여 준다. 그래서 우리는 몇 번이고 계속 신체와 공간, 계층질서와 서사, 봉쇄와 배제 같은 과거의 배열로 회귀한다. 이 모든 것이 중요한 이유는 이와 같은 배열들이 여전히 불의不義를 낳기 때문이며, 여전히 이동하고 지속하면서 우리의 삶을 조직하기 때문이다.

이 책은 다른 많은 인문학 도서와 마찬가지로 어떻게 세상을 좀 더 정의롭게 만들 것인가 하는 고민을 담고 있다. 인간이 행위 주체성을 갖는 곳은 바로 인간 자신이 부여한 질서이다. 우리의 공간적·시간적 배열, 가치 계층질서, 부의 분배, 즉 우리의 **형식**이다. 나는 이러한 형식을 파괴하거나 회피하는 것이 사회적 정의를 추구하는 유일한, 또는 가장 효과적인 수단이라는 주장에 동의하지 않는다. 배열과 구조화는 즉각적으로 거부하기에는 이미 널리 퍼져 있다. 특히 자원의 공정한 재분배와 같은 문제는 매우 중요하다. 그리고 나는 하나의 형식에 모든 관심을 집중하고, 그것을 다른 모든 형식의 원인 또는 근거로 삼는 것이 효과적이라고 생각하지도 않는다. 가령, 자본주의가 항상 성차별을 초래한다고 말하기는 어렵다. 그 반대도 마찬가지다. 어떤 형식은 특정한 시기에 다른 형식들을 지배하다가 무너지거나 쇠퇴한다. 그런데 왜 그런 일이 생기는 것일까? 왜 젠더 규범이 직장을 지배할 때가 있고, 반대로 직장의 계층질서가 젠더 규범을 해체할 때가 있는가? 이러한 질문들을 통해 나는 형식이 서로 만날 때 발생하는 우연적 가능성을 인식하게 되었다. 형식의 충돌이 빚어내는 불안정성은 이 책의 주요한 초점이다.

이 책이 제시하는 것은 다른 무엇보다도 방법이다. 미묘하고 복잡한 형식적 패턴에 주목함으로써 우리는 정치권력의 역사적 작용, 그리고 정치와 미학의 관계를 다시 새롭게 사유할 수 있다. 일상적 경험을 구조하는 형태와 배열에 집중한 푸코의 분석은 옳았다. 그러나 나는 이러한 형식들이 거대한 권력 체제로 모두 수렴한다는 푸코의 주장은 틀렸다고 생각한다. 형식적으로 말해서, 세상은 푸코가 생각한 것보다 훨씬 더 혼란스럽고 불확실하며, 그렇기 때문에 훨씬 더 흥미롭다. 그리고 좀 더 희망적이기도 하다. 문학 형식주의자들은 이러한 형식적 복잡성을 포착하는 도구를 가진 사람들이다. 그리고 그 도구를 사용하여 형식들 사이의 실행 가능하고 진보적이고 신중한 관계—봉쇄하는 전체, 노동의 리듬, 정치·인종·성의 계층질서, 널리 퍼진 자본의 연결 네트워크—를 상상할 수 있다. 불의한 권력의 배열에 열정적인 관심을 기울이는 사람들에게, 이 책은 형식주의가 유망한 방법을 제공한다고 주장한다.

| 감사의 글 |

책이 막바지에 이를수록 행복하게도 또 어쩔 수 없을 만큼 빚을 졌다
는 것을 느낀다. 책을 쓰면서 너무나 많은 이들이 나를 이끌었고, 도
전했으며, 응원하고 변화시켰다. 이 프로젝트의 첫 시작은 클로디아
브로드스키Claudia Brodsky가 강의한 학부 세미나 수업으로 거슬러 올
라간다. 브로드스키는 나의 뇌 속에 있는 화학물질이 어떤 근본적인
변형을 겪었다고 할 만큼 나의 기존 사고방식을 완전히 흔들어 놓았
다. 나의 동료인 수잔 스탠포드 프리드먼Susan Stanford Friedman은 철저하
고 윤리적이고 엄격한, 때로는 고통스러운 탐구를 멈추지 않는 삶의
본보기였다. 그녀는 결코 관습적인 대답에 안주하지 않았으며, 자신
의 의문을 푸는 데 꼭 필요하다면 새로운 대상과 방법들을 기꺼이 수
용했다. 나는 그녀를 닮고자 노력하고 있다. 학생들은 가능한 한 가장
좋은 방식으로 나의 세상을 뒤집어 놓았다. 그들은 가장 훌륭한 선생
님들이었다. 나는 특히 메리 뮬렌과 메간 마시모에게 감사한다. 이들

은 책을 막 시작할 때 논지를 가다듬는 데 많은 도움을 주었다. 캐시 드로즈는 네트워크에 대한 이해를 분명하게 해 주었고, 데이비드 애치슨은 정치와 형식에 관한 날카로운 질문들을 많이 던졌다. 제시 리더와 버지니아 파이퍼는 형식주의를 새롭고 흥미로운 지점으로 이끌어 가는 중이다. 버지니아는 이 책의 초고를 수정하는 데 특히 도움이 되는 아이디어들을 주었다.

아주 많은 너그럽고 총명한 친구들과 동료들이 이 책이 진화해 가는 동안 읽고 논평했다. 브루스 로빈스와 헨리 터너는 뜻밖에도 원고 전체를 다 읽었고, 논지를 재점검하도록 조언을 주었다. 레이첼 아블로우, 헤더 듀브로우, 로렌 굿래드, 버지니아 잭슨, 에밀리 오그덴, 샤론 마커스, 메러디스 마틴, 앤드류 밀러, 캐롤린 윌리엄스의 피드백도 너무 소중했다. 나는 정말 운이 좋은 사람이다. 친한 친구들이 다 똑똑한 덕분에 어울려 대화하면서 많은 것을 배웠다. 날카로운 지성과 따뜻함, 그리고 애정으로 나를 무한히 행복하게 해 준 얀 콜드웰, 루 프리드랜드, 제인 갤롭, 레이첼 하몬, 안나 콘블러, 벤카트 마니, 낸시 로즈 마샬, 마틴 푸치너, 리사 스턴립, 마크 W. 터너, 레베카 왈코비츠에게 감사한다. 수잔 데이비드 번스타인은 특히 가장 힘겨웠던 시기에 응답해 주고 공감해 주었다. 수많은 시간 기운을 북돋워 주는 대화를 함께한 것에도 감사한다. 또한 러스 카스트로노보, 테리 벨리, 마리오 올티즈 고블스, 테주 올라니얀, 그리고 데이비드 짐머만을 포함하여 위스콘신대학의 다른 소중한 동료들에게도, 형식과 형식주의에 대해 다양한 토론을 해 준 데에 무한히 감사한다. 위스콘신대학은 관대하게도 두 개의 연구 상(Romnes Faculty Fellowship, Vilas Associates Award)

과 연구년으로 이 연구를 지원해 주었다.

이 책 3장의 세 부분은 초기 형태로 출판되었다. 논지의 한 부분 인 "Infrastructuralism, or the Tempo of Institutions"는 버지니아 잭슨 이 편집한 *On Periodization: Selected Essays from the English Institute* 에 실려 출판되었다. 이 글의 재출간을 허락해 준 ACLS Humanities E-Book 프로젝트에 감사 드린다. 또 다른 부분은 내 저서의 초기 버 전인 *Provoking Democracy: Why We need the Arts*(Oxford: Wiley-Blackwell, 2007)에 소개되었다. *Victorian Poetry* 49, no.2 (summer 2011) 235-52에 실린 "Rhythms, Poetic and Political"의 일부를 재출 판하도록 허가해 준 와일리블랙웰 출판사와 웨스트버지니아대학 출 판부에도 감사 드린다. 듀크대학 출판부와 인디애나대학 출판부는 친 절하게도 *Novel* 42, no. 3 (fall 2009): 517-23에 "Narrative Networks: Bleak House and the Affordances of Form"으로, 그리고 *Victorian Studies*(2014)에 "From Nation to Network"로 소개된 5장의 일부를 사용할 수 있도록 허가해 주었다.

가족들 모두 지원을 아끼지 않았다. 디디 레빈과 피터 레빈, 로라 브로치, 그리고 이나 조 맥켄지에게 모두 감사한다. 사랑하는 마음으 로 오랜 시간 능숙하게 아이들을 돌보아 준 알라나 드 바라 덕분에 이 책이 가능했음에 깊이 감사를 표한다. 또한 집을 전문적으로 관리해 준 오로라 퀴노네즈에게도 감사한다.

프린스턴대학 출판부의 알리슨 맥킨은 집필 내내 도움이 되는 조언 을 해 주었고, 이 행성에 존재하는 내가 가장 좋아하는 지성인 두 사 람에게 내 원고를 보내 주었다. 형식에 대한 니콜라스 데임스Nicholas

Dames의 뛰어난 사고는 그의 비범한 독자평과 함께 이 책에 셀 수 없는 방식으로 영향을 미쳤다. 그리고 아만다 클레이바우Amanda Claybaugh는 나의 최고 독자이다. 그녀는 말도 안 되게 명석하고 통찰력이 있으며, 명쾌하고 면밀하면서도 인내심 있고 자상하다. 남은 일생은 그녀에게 어떻게 더 적절하게 고마움을 표할지 생각하며 지낼 생각이다.

나는 어쩌다 멋지고 환상적인 존 맥켄지와 재미나고 궁금한 것도 많고 마음도 따뜻한 두 아들, 엘리와 조와 같은 집에 사는 행운을 가지게 되었는지 아직도 믿기지 않는다. 나는 사랑과 웃음으로 가득 찬 삶을 살아가게 될 거라고 기대조차 하지 않았다. 존의 사고가 유쾌하게 폭발할 때 나의 사고 역시 활짝 열린다. 그가 형식은 물론 힘force도 고심해야 한다고 권한 것은 분명 옳았다. 내 사랑의 힘을 가득 담아 이 책을 그에게 헌정한다.

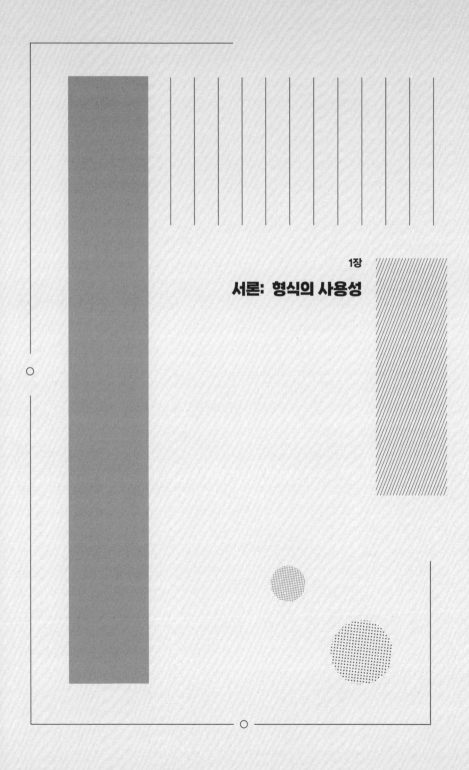

1장

서론: 형식의 사용성

만약 오늘날의 문학비평가가 샬롯 브론테Charlotte Bronte의《제인 에어 Jane Eyre》를 형식주의적으로 읽고자 한다면, 어디서부터 시작해야 할지 정확히 알 것이다. 결혼의 플롯, 일인칭 서술법, 묘사, 자유 간접화법, 서스펜스, 메타포, 구문과 같은 크고 작은 문학적 기법부터 살펴볼 것이다. 책의 역사에 관한 최근의 축적된 연구 성과를 바탕으로 책의 크기, 제본, 권수, 여백, 활자체 등 소설의 물질적 외양을 살펴볼 수도 있다. 그러나 오늘날의 비평가는 몇 십 년 전의 형식주의자들과 달리 형식적 분석만으로는 만족하지 않는다. 자세히 읽기close reading로 요약되는 전통적인 형식 분석에서는 텍스트의 모든 형식적 기법들이 예술적 전체에 기여한다는 점을 입증하는 것이 곧 해석이었다. 이와 달리 오늘날의 비평가는 수십 년에 걸쳐 발달한 역사적 접근법의 도움을 받아 작품의 생산을 둘러싼 사회정치적 조건들을 검토하거나 소설의 형식들을 사회적 세계에 결부시킬 수도 있다. 문학 기법들이 제국적 권력, 글로벌 자본, 인종주의와 같은 특정한 제도나 정치적 관계들을 강화하거나 무너뜨린다는 점을 보여 주려 할 것이다. 그와 같은 작업을 진행하면서 우리의 비평가는 형식주의와 역사주의를 분석적으로 분리할 것이다. 문학적 형식들을 이해하는 데는 자세히 읽기 방법을, 사회정치적 경험을 분석하는 데는 역사적 연구 방법을 끌어들일 것이다. 이 비평가에게 형식주의와 역사주의는 완전히 다른 영역에 속하며, 각각 다른 방법론이 필요한 것으로 보인다.

그런데 **형식적인 것**과 **사회적인 것**을 구분하는 것이 과연 옳은 일인가? 《제인 에어》에서 로우드 스쿨이 처음 소개되는 장면을 살펴보자. 아침에 종소리가 크게 울려 여학생들의 잠을 깨웠다. 두 번째 종이 울리자 "모두 둘씩 짝을 지어 순서대로 계단을 내려갔다." 명령이 내리자 학생들은 "4개의 탁자 앞에 놓인 4개의 의자로 4개의 반원을 그리며" 걸어간다. "모두 손에 책을 들고 있었다." 종이 다시 울리고 3명의 교사가 들어와 한 시간의 성경 공부를 마친 후 학생들은 아침을 먹으러 행진한다. 처음엔 이 새로운 세계가 감당하기 어렵게 느껴졌지만, 제인은 머리가 총명하고 순종적이어서 곧 성공을 이룬다. "얼마 지나지 않아 우등반에서 일등을 했어요."[1] 비평가들은 대개 로우드 스쿨의 규율적 질서를 소설의 내용과 맥락의 한 부분으로 파악한다. 가령 학교생활이 제인의 성장에 꼭 필요하다거나 19세기 교육의 특징적 경향을 잘 보여 준다고 해석하는 편이다.[2] 하지만 반원半圓들, 제한된 시간 단위, 성과의 단계 같은 로우드 스쿨에서 발견되는 형태와 배열은 그 자체로 일종의 형식이 아닐까?

---

[1] Charlotte Brontë, *Jane Eyre* (1847) (Harmondsworth: Penguin, 1996), 54-55, 98.

[2] 예를 들어, 재니스 맥래런 콜드웰Janis McLarren Caldwell은 샬롯 브론테가 소설에서 성숙의 과정maturation을 자주 거론한 데는 "로우드 스쿨의 실제 모델" 코완 브리지Cowan Bridge 스쿨의 영향이 컸다고 주장한다. *Literature and Medicine in Nineteenth-Century Britain* (Cambridge: Cambridge University Press, 2004), 97. 데이비드 아미고니David Amigoni는 로우드 스쿨이 "19세기 사회제도의 규율적 전환을 설명한 푸코의 이론을 가장 전형적으로 보여 준다"고 주장한다. *The English Novel and Prose Narrative* (Edinburgh: Edinburgh University Press, 2000), 64.

이 책은 문학 연구에서 일반적으로 통용되는 형식 개념을 확장하여 로우드 스쿨의 패턴들처럼 사회정치적 경험의 패턴까지도 형식으로 보고자 한다. 형식의 개념을 넓혀서 사회적 배열들도 형식으로 보는 것은 나중에 더 자세히 살펴보겠지만 방법론적인 이점이 크다. 일단 그동안 비평의 골칫거리였던 문학 텍스트의 형식과 내용과 맥락 사이에 존재하는 간극의 문제가 해소된다. 형식주의적 분석은 문학을 읽을 때뿐만 아니라 사회정치적 제도를 이해하는 데에도 가치가 있다. 형식은 모든 곳에서 작용한다.

물론 19세기 학교의 하루 일과를 설명하기 위하여 형식이라는 미학적 용어를 사용하는 것은 범주의 오류라고 지적하는 비평가도 있을 것이다. 분명 문학적 형식과 사회적 형식의 관계는 유비적 관계에 불과할 수 있다. 또는, 둘이 일치하더라도 그 동일성은 상당히 추상적인 수준에 그칠 것이다. 말하자면, 형식의 개념적 범위가 지나치게 확장되어 형식이라는 용어 자체가 무의미해질 수도 있다. 그러나 형식의 역사를 보면 사정이 다르다. 수세기 동안 쌓여 온 형식의 의미들은 상이했고 심지어 모순적이었다. 형식은 플라톤에게 비물질적인 관념을 의미하고, 아리스토텔레스에게 물질적 형상을 의미한다. 본질을 지칭하기도 하지만, 관습과 같은 표피적인 장식, 즉 **단순한 형식**을 뜻하기도 한다. 형식은 일반적이고 추상적인 것이거나, 반대로 매우 특수한 것이기도 하다(어떤 물체의 형식은 바로 그 물체를 만드는 핵심적인 요소이며, 형식을 재조직하면 그 물체는 전혀 다른 것으로 바뀐다). 형식은 특정한 문화적·정치적 상황에서 발생하기 때문에 역사적이다. 거꾸로,

역사의 구체성을 초월하기 때문에 비역사적이다.[3] 분과학문적 관점에서 형식은 시각예술·음악·문학에서 사용되는 용어지만, 철학·법률·수학·군사학·결정학結晶學·crystallography에서도 쓰인다. 문학 연구 내에서도 형식주의 용어는 항상 놀라울 정도로 잡탕이었다. 수사학, 운율학, 장르론, 구조인류학, 문헌학, 언어학, 민속학, 서사학, 기호학에서 사용된 용어들을 모아 놓은 것이다.

혼란스럽기는 하지만 이 짤막한 개념의 역사를 통해 적어도 두 가지는 분명해졌다. 첫째, 형식은 미학적 담론의 전유물이 아니었다. 형식의 기원은 미학이 아니다. 예술은 가장 오래된 또는 가장 방대한 형식의 역사에 대한 소유권이 없다. 그렇다면 로우드 스쿨의 규율적 기술을 소설의 기법과 한데 묶는 것은 형식이라는 개념을 자의적으로 확장하는 것이 아니며, 형식주의적 사유의 역사 바깥으로부터 무언가를 끌어들이는 것도 아니다. 미학적 형식과 사회적 형식을 함께 살펴보는 것은 형식의 개념적 역사가 보여 주는 이질성에 다시 주목하는 것이다. 둘째, 형식이라는 용어의 모든 역사적 용례들은 풍부하고 다양하지만, 정의는 같다. '형식'은 언제나 **요소들의 배열**, 즉 **질서화, 패턴화, 형태화**를 가리킨다. 바로 이 지점에서, 즉 문학 연구에서 통용되는 것보다 훨씬 더 포괄적인 형식 개념에서부터 나의 주장은 시작된다. 이 책에서 형식은 사실상 모든 형태들과 배치들, 모든 질서화의 원리들, 모든 반복과 차이의 패턴들을 의미할 것이다.

---

3 여기 소개한 모순적 의미 가운데 상당 부분은 안젤라 레이튼의 책에서 다루고 있다.
   Angela Leighton, *On Form* (Oxford University Press, 2007), 1-29.

왜 그토록 폭넓은 개념을 사용하는가? 그에 따르는 이점이 적지 않기 때문이다. 형식이 하는 일은 질서를 만드는 것이다. 말하자면, 형식은 정치의 영역이라는 뜻이다. 자크 랑시에르Jacques Rancière의 이론을 빌려 나는 정치를 분할과 배열의 문제로 정의하고자 한다.[4] 정치적 투쟁은 신체, 재화, 능력의 적절한 장소를 두고 벌이는 끝없는 다툼이다. 노동자 대중이 광장에 갈 수 있는가? 여성이 투표소에 갈 수 있는가? 근로소득을 개인이 소유할 수 있는가? 어떤 땅이 미국 원주민의 소유인가? 정치권력이 하는 일은 무엇이 어디에 있어야 하는지를 가려내는 작업이다. 말하자면 정치권력은 국민국가, 묶인 주체, 국가의 장벽과 같은 제한적 틀과 경계선을 부과한다. 그러나 공간에 질서를 부과하는 것만이 정치는 아니다. 시간을 조직하는 것도 정치가 하는 일이다. 예를 들어 교도소 복역 기간, 대통령 임기, 귀화 신청 자격 기간, 투표·병역·성관계의 법적 나이를 결정하는 것도 정치의 일부이다. 또한, 높고 낮음, 흑인과 백인, 남자와 여자, 이성애와 동성애, 부자와 빈자의 계층질서를 정하는 것도 중요한 정치적 문제이다. 다시 말해 정치는 질서화, 패턴화, 형태화의 행위들을 포함한다. 그리고 정치가 인간의 경험에 경계와 시간적 패턴과 계층질서를 부과하고 강제하

---

[4] 분할distribution이 범주와 불평등을 강제한다는 랑시에르의 이론은 큰 도움이 되었지만, 나의 용어 사용법은 그와 다르다. 우선 랑시에르는 **형식**이라는 용어를 사용하지 않는다. 그리고 랑시에르는 분할의 작용을 치안police으로 칭하며, 이를 기존 질서를 무너뜨리는 재분할의 순간에만 분출하는 정치politics와 구별한다. 문학 연구와 문화 연구에서 정치의 의미는 강제와 저항을 동시에 포함하므로, 이 책에서는 관례에 따라 랑시에르의 치안과 정치를 구별하지 않고 모두 정치로 보고자 한다.

는 문제라면, 형식 없이 정치는 불가능하다.

문학 연구와 문화 연구는 이처럼 다양한 정치적 질서의 원리를 탐구하는 데 많은 공력을 기울여 왔다. 우리는 보통 미적 배열과 정치적 배열이 완전히 다른 것이라고 생각해 왔다. 그리고 대체로 그 두 배열을 논할 때 형식의 언어를 사용하지 않았다. 그러나 그러면서도 '구조'에 관한 사회과학의 설명을 자주 차용하곤 했다. 우리는 분명 국가의 경계선과 인종·젠더의 계층질서에 주목해 왔다. 그리고 문학적 형식들을 사회구조와 연관 지어 읽는 것은 문학 연구에서 흔하게 이루어지는 작업이다. 결론적으로 말해서, 문학 연구는 이미 형식에 대해 많은 것을 알고 있다. 그러나 그 지식은 다양한 학파와 다양한 접근법에 흩어진 상태로 존재한다. 이 책은 미적·사회적 형식들에 대한 흩어진 지식의 조각들을 묶어서 하나의 새로운 형식적 방법론을 만들고자 한다.

형식의 작용 방식에 관한 다섯 가지 중요한 생각들을 명확히 밝히면서 시작해 보자. 이 생각들은 지난 수십 년간 문학 및 문화 연구에 큰 영향을 끼쳤지만, 명시적으로 언급된 적도 없고 서로 연결지어 설명된 적도 없다.

1. 형식은 제한한다.

오랜 이론적 전통에 따르면, 형식은 강력한 통제와 봉쇄를 부과하기 때문에 문제적이다. 어떤 비평가에게 이 말은 문학의 형식 자체가 일종의 정치적 권력을 행사한다는 것을 뜻한다. 1674년 존 밀턴John Milton은 "최근에 등장한 각운rhyming이라는 이름의 괴로운 속박"에 반

대하여 "고대의 자유"를 회복하는 방편으로 무운시blank verse의 사용을
정당화한다.[5] 1915년 아방가르드 시인 리처드 앨딩턴Richard Aldington도
밀턴과 흡사한 주장을 펼친다. "우리는 '자유시'가 시를 쓰는 유일
한 방식임을 강변하지 않는다. 우리는 자유를 위해 싸우듯이 자유
시를 위해 싸운다."[6] 최근에 비평가들, 특히 마르크스주의 전통을
따르는 비평가들은 문학적 형식이 사회적 충돌과 모순을 봉쇄한
다고 보았다.[7]

2. 형식은 차이를 만든다.

문학 형식주의의 중요한 업적은, 각기 다른 형식들을 구별하기 위
해 풍부한 어휘를 만들고 정교한 기술을 개발한 것이다. 고대의 운율

---

5 John Milton, "The Verse," preface to *Paradise Lost* (1674), in *The Major Works*
   (Oxford: Oxford University Press, 2003), 355.
6 Richard Aldington, *Some Imagist Poets: An Anthology* (Boston and New York:
   Houghton Mifflin, 1915), vi-vii.
7 테리 이글턴Terry Eagleton에 의하면, 브론테 자매의 소설에서 서사적 종결은 현실의
   사회갈등에 대한 신화적 해결책으로 작용한다. *Myths of Power* (1975) (Houndmills:
   Palgrave Macmillan, 2005). 스티븐 그린블랫Stephen Greenblatt의 유명한 신역사
   주의 논문 〈보이지 않는 총알〉은 셰익스피어 희곡에서 형식은 희곡이 "끊임없이 제
   기하는 근본적 의문들을 봉쇄한다"는 주장으로 끝을 맺는다. *Political Shakespeare*,
   eds. Jonathan Dollimore and Alan Sinfield (Manchester and New York: Manchester
   University Press, 1994), 45. 최근에, 19세기 소설이 폐쇄적인 인물 시스템을 중심으
   로 구성되어 있다는 마르크스 형식주의자 알렉스 월로크의 주장은 소설의 인물 연구
   에 획기적인 변화를 가져왔다. *The One v. the Many* (Princeton: Princeton University
   Press, 2003). 형식이 제한이라는 주장은 다른 학파에도 등장한다. 후기구조주의 페미
   니스트 뤼스 이리가레Luce Irigaray는 오랜 시간 동안 형식의 제한을 고집한 서양철
   학을 비판한다. *This Sex Which Is Not One*, trans. Catherine Porter (Ithaca, NY and
   London: Cornell University Press, 1985), 26.

법 연구를 필두로, 시 형식 이론가들은 각운과 음보의 패턴을 가장 정확하게 표현하는 용어에 대해 논쟁을 거듭해 왔다. 또한, 서사 이론가들은 지난 백 년 동안 빈도, 지속, 초점화, 묘사, 서스펜스 등 이야기의 형식적 차이를 설명하기 위해 정교한 언어를 발전시켜 왔다.[8]

3. 형식은 중첩하고 교차한다.

신비평과 교차분석intersectionality analysis은 완전히 다른 비평학파로 분류되지만, 뚜렷이 다른 여러 형식들이 동시에 작용하는 양상을 분석하는 방법을 개발했다는 점에서 놀라울 정도로 유사하다. 20세기 중반 영문학과를 휩쓸었던 자세히 읽기 방법을 개척한 신비평은 크게는 장르, 작게는 문장구조와 같이 다양한 층위에서 중첩하는 문학적 패턴의 복잡성을 집중적으로 추적한다. 1980년대 후반 사회과학과 문화 연구에서 처음 등장한 교차분석은 다양한 사회적 계층질서들이 중첩하고 때로는 서로를 강화하는 양상에 주목했다. 예를 들자면, 많은 미국 흑인 여성들이 가난의 늪에서 헤어나오지 못하는 이유는 인

---

8 비극과 서사시의 구조를 상세히 기술한 아리스토텔레스의 《시학》은 서양에서 이와 같은 전통의 출발점이다. 알 파라히디Al- Farahidi(786~718 BCE)는 아랍시의 음절 패턴을 다룬 최초의 작가로 알려져 있다. 산스크리트 운율법은 베다 음보법이 쇠퇴해 가던 기원전 1세기 무렵 핑갈라Pingala의 《찬다사스트라Chandaḥśāstra》에서 시작되었다. 지난 백 년간 흥미로운 성과를 보여 준 서사 형식 이론은 블라디미르 프롭 Vladimir Propp의 《민담의 형태학Morphology of the Folktale》(1928)에서 시작하여 제라르 주네트Gérard Genette의 《형상들Figures》(1967~70)과 롤랑 바르트Roland Barthes의 《S/Z》(1970)와 피터 브룩스Peter Brooks의 《플롯을 위한 읽기Reading for the Plot》(1984)를 거쳐, 오늘날 마리 로르 라이언Marie-Laure Ryan, 로빈 워홀 Robyn Warhol, 데이비드 허먼David Herman으로 이어진다.

종과 계급과 젠더의 중첩이 결정적으로 작용하기 때문이다.[9]

4. 형식은 이동한다.

비평가들에 따르면 형식은 두 가지 중요한 방식으로 이동한다. 첫째, 와이 치 디목Wai-Chee Dimock, 프랜시스 퍼거슨Francis Ferguson, 프랑코 모레티Franco Moretti 등 최근 문학이론가들은 서사시, 자유 간접화법, 리듬, 플롯 등 특정한 문학 형식들이 다양한 문화와 시대를 거치면서도 살아남고, 때로는 엄청난 시공간의 거리를 견뎌 내며 지속한다는 점을 밝혀냈다.[10] 인정하는 사람은 별로 없지만, 사회적 형식도 마찬가지다. 미셸 푸코가 거론한 일과표는 중세 수도원의 일상생활을 조직하기 위해 시작되었지만, 후대에 근대 감옥·공장·학교에서 채택된다.[11]

둘째, 비평가들이 주장하듯이 형식은 미적·사회적 질료 사이를 이동한다.

20세기 전반기에 사회과학 전체에 영향을 끼친 구조주의에 따르

---

9 킴벌리 윌리엄스 크렌쇼Kimberlé Williams Crenshaw는 교차성을 최초로 이론화한 학자이다. "Mapping the Margins: Intersectionality, Identity Politics, and Violence against Women of Color," *Stanford Law Review* 43, no. 6 (July 1991): 1241-99.

10 와이 치 디목은 베르길리우스와 단테를 거쳐 헨리 제임스에 이르기까지 계속되는 "서사시적 나선형epic spiral"을 탐구한다. *Through Other Continents: American Literature across Deep Time* (Princeton: Princeton University Press, 2006). 프랜시스 퍼거슨에 따르면, 대상 독자들이 바뀌어도 형식은 안정적인 형태를 유지한다. "Emma and the Impact of Form," *Modern Language Quarterly* 61 (March 2000): 160. 그리고 프랑코 모레티는 공간 이동에 성공하는 형식과 실패하는 형식을 살펴본다. *Distant Reading* (London and New York: Verso, 2013).

11 Michel Foucault, *Discipline and Punish: The Birth of the Prison*, trans. Alan Sheridan (London: Penguin, 1977), 137, 141, 156-57.

면, 인간 공동체는 몇 개의 보편적 구조에 의해 조직된다. 그중에서 가장 중요한 것은 남과 여, 빛과 어둠 같은 이항대립쌍binary oppositions 이다. 이항대립쌍은 가정 공간에서 비극적 드라마에 이르기까지 미적·사회적 경험에 인지 가능한 질서를 부과한다. 나중에 구조주의는 이항대립쌍을 자연적이고, 그래서 고정불변의 것으로 여긴다는 공격을 받았다. 그러나 이항대립쌍이 널리 퍼진 이동 가능한 형식이며, 사회적 삶과 문학 텍스트를 일정한 방식으로 배열할 수 있다는 점에 대해서는 구조주의자가 아니더라도 누구나 동의한다. 몇몇 비평가들은 미학적 형식이 정치적 삶에 인위적인 질서를 부과함으로써 정치적 권력을 행사할 수 있다며 우려를 표시했다. 프랑크푸르트학파 이론가 발터 벤야민Walter Benjamin은 미학에서 총체성을 포용하지 말아야 한다고 주장한다. 그것이 정치공동체에서 총체성을 포용하는 것으로 이어진다고 믿기 때문이다.[12] 최근의 비평가들은 반대 방향에서 형식을 추적한다. 예를 들어, 인종적 질서와 같은 사회적 형식이 어떻게 정치 세계에서 소설로 이동하여 미적 경험을 구조화하는지 보여 준다.[13]

5. 형식은 특정한 역사적 맥락에서 정치적 작업을 수행한다.

최근 몇 년간, 형식에 관한 학문적 관심을 되살린 일군의 학자들(때

---

[12] 발터 벤야민에게 예술의 총체성 개념은 '거짓'이면서도 매혹적이다. 파시스트들이 대중을 상대로 총체성을 만들 목적으로 예술의 총체성을 사용한다면 특히 위험하다.

[13] 여러 가지 예 중에서 하나를 들자면, 매트 코헨Matt Cohen은 "악독한 인종주의가 수많은 에드윈 라이스 버로우의 타잔 소설을 구조화한다"고 말한다. *Brother Men* (Durham, NC and London: Duke University Press, 2005), 31.

로 '신형식주의자'로 부르는)은 투쟁과 논쟁으로 점철된 특정한 정치적 상황에서 문학 형식이 발생한다는 것을 보여 줌으로써, 형식주의를 역사적 접근법에 접목시키려 했다. 1990년대 후반 이후, 수잔 울프슨 Susan Wolfson과 헤더 듀브로우Heather Dubrow와 같은 비평가들은 문학 형식이 당대의 정치적 조건을 반영하거나 그에 반응한다고 주장한다.[14] 이들의 설명에 따르면, 형식은 특정한 맥락에서 무엇을 생각하고, 말하고, 할 수 있는지를 결정하기 때문에 중요하다.

형식은 **제한하고, 다수이고, 중첩하고, 이동 가능하고, 상황적**이다. 형식에 관한 이러한 생각들은 그 자체로 새롭지 않지만, 이 모두를 묶는다면 새로운 형식 이론을 만들 수 있다.

사용성Affordances

형식은 어떻게 그렇게 많은 서로 다른 모순적 작업들을 수행할 수 있는가? 형식은 어떻게 정치적이면서 미학적이고, 제한하면서도 다원적이고, 상황적이면서도 이동 가능한가? 사회적·문학적 형식들의 복잡한 작용을 정확히 포착하기 위해, 나는 디자인 이론의 **사용성** 개념을

---

14 Susan Wolfson, *Formal Charges: The Shaping of Poetry in British Romanticism* (Stanford: Stanford University Press, 1997); Heather Dubrow, "The Politics of Aesthetics: Recuperating Formalism and the Country House Poem," in *Renaissance Literature and Its Formal Engagement*s, ed. Mark David Rasmussen (Houndmills: Palgrave, 2002): 67-88.

빌려 쓰고자 한다. **사용성**은 질료와 디자인에 잠재되어 있는 사용 가능성과 수행 가능성을 묘사하는 용어이다.[15] 유리는 투명성과 깨지기 쉬운 가능성을 내포한다. 강철은 강함, 매끈함, 단단함, 내구성을 암시한다. 목화는 폭신한 느낌을 전달하지만, 직물이나 실로 짜였을 때는 통기성 의류를 암시한다. 이와 같은 질료들을 조직하는 각각의 디자인에는 고유의 사용성이 내재해 있다. 포크는 찌르기와 퍼올리기를 암시한다. 손잡이는 단단함과 내구성뿐만 아니라 돌리기, 밀기, 당기기를 암시한다. 디자인된 물체는 창의적인 사용자에 의해 예상하지 못한 사용성을 획득한다. 가령 손잡이에 옷이나 팻말을 걸어 놓고, 포크를 이용하여 뚜껑을 여는 등 원래 의도된 물체의 사용성을 확장할 수 있다.

이제 사용성 개념을 활용하여 형식을 생각해 보자. 사용성은 형식의 구체성과 일반성을 동시에 포착하는 장점이 있다. 다시 말해, 사용성은 다양한 형식에 내재한 특정한 제약과 가능성을 정확히 포착하는 동시에, 시공간을 막론하고 패턴과 배열의 이동에 언제나 동반된다는 점에서 형식의 보편성을 부각시킨다. 담으로 둘러막은 사유지enclosure 또는 운을 맞춘 2행 연구聯句·rhyming couplet는 어떤 일을 하는가? 사회적이든 문학적이든, 각각의 형상 또는 패턴은 일정한 범위의 잠재성

---

15 디자인 이론가들은 대부분 사물과 사용자의 관계를 강조한다. 이 책에서는 사용성 개념에 담긴 제약과 역량의 상반된 특성에 중점을 둔다. 다시 말해, 사용성은 특정한 형식에 의해 어떤 행위, 어떤 사유가 가능하고 불가능한지 명확하게 보여 준다. 사용성은 인지심리학자 J. J. 깁슨Gibson이 처음 사용했고("The Theory of Affordances," in R. E. Shaw and J. Bransford, eds., *Perceiving, Acting, and Knowing* [Hillsdale, NJ: Lawrence Erlbaum Associates, 1977]: 67-82), 도널드 노먼Donald A. Norman 에 의해 대중화되었다. *Design of Everyday Things* (New York: Doubleday, 1990).

을 주장한다. 사유지는 봉쇄와 보안, 그러니까 배제와 포함을 동시에 내포한다. 각운은 반복과 예상과 암기를 내포한다. 네트워크는 연결과 순환을 내포한다. 서사는 일정한 시간이 흐르는 동안 발생하는 사건들의 연결을 내포한다. 간결하고 응축된 소네트는 "찰라의 기념비,"[16] 즉 하나의 생각이나 경험을 내포한다. 반면 대하소설triple-decker novel은 다중적인 사회적 맥락을 배경으로 복잡한 인물 변화를 내포한다. 형식은 제한하고 봉쇄한다. 그러나 그 방법은 형식마다 상당히 다르다. 각 형식은 그 형식이 허용한 만큼만 제한하고 봉쇄한다.

분명히, 특정한 형식은 예상하지 못한 방식으로 응용될 수 있고, 그럼으로써 그 형식의 사용성에 대한 우리의 시각은 넓어진다. 우리는 예술가가 무엇을 의도하는지, 형식이 무엇을 **수행**하는지 묻기보다 미학적·사회적 배열에 어떤 가능성이 잠재하는지 탐구할 수 있다. 윌리엄 버틀러 예이츠William Butler Yeats와 같은 창의적인 사용자는 형식적 제약의 한계를 의도적으로 넓힌다. 가령, 〈레다와 백조Leda and the Swan〉는 트로이전쟁의 서사시적 이야기를 촉발한 순간을 묘사한 소네트이다. 말하자면, 〈레다와 백조〉는 소네트라는 응축된 형식의 제약을 받으면서도 서사시가 지닌 장대한 스케일을 암시한다.

형식마다 서로 다른 사용성을 주장하지만, 모든 형식은 하나의 사용성을 공유한다. 형식은 추상적인 조직 원리이기 때문에, 형태와 패턴은 반복 가능하고 이동 가능하다. 형식을 원래 자리에서 떼어 내어

---

16 Dante Gabriel Rossetti, *The House of Life* (1881) (Portland, ME: Thomas B. Mosher, 1908), xiii.

새로운 맥락에 옮겨 놓을 수 있다는 말이다. 학교는 열을 지어 정렬한 관객 개념을 고대 극장에서 빌려 왔다. 소설가는 서사시로부터 모험의 서사 구조를 가져왔다. 아울러, 형식은 서로 다른 질료들의 경계를 넘는 이동을 암시한다. 가령, 리듬은 송시odes뿐만 아니라 노동하는 신체에 강력한 질서를 부과한다. 이항대립쌍은 창조신화도 구조화하고, 젠더화된 작업장도 구조화한다. 그 의미와 가치는 바뀔 수 있지만, 맥락이 바뀌더라도 패턴 또는 형태 자체는 안정적으로 유지될 수 있다. 그러나 있는 곳은 바뀌어도, 형식은 일정한 숫자의 사용성을 함께 가지고 간다. 가령 역사적·문화적 여건이 달라지더라도 제한된 사유지는 항상 배제하며, 각운은 언제나 반복한다.

만약 형식이 일정한 숫자의 가능성과 제약을 주장한다면, 형식이 어디로 이동하든 똑같이 일정한 범위의 행위를 내포한다면, 그리고 마지막으로 형식이 정치의 영역이라면, 형식의 사용성을 탐구함으로써 **정치권력에 대한 일반화할 수 있는 이해**의 새로운 지평이 열린다. 원형 감옥의 공간 배치는 그것이 어디에 있든지 상관없이 언제나 특정한 종류의 규율적 권력을 내포한다. 위계질서는 언제나 불평등을 암시한다.

그러나 특정한 맥락 역시 중요하다. 어떤 상황에서도 형식이 고립된 상태로 작동하는 경우는 없다. 감방에서 문고리에 이르기까지 사물의 디자인은 그 범위가 상당히 넓지만, 그 속에는 일정한 미학적 목표가 존재하고 질서를 부여한다. 이 점을 이해하는 데 사용성 개념은 매우 유용하다. 문학 형식은 사회의 바깥에서 작동하지 않는다. 그것은 다른 배열들로 가득 찬 세계에서 돌아다니는 수많은 조직 원리들 속에서 작동한다. 각각의 제약은 다른 조직 원리들과 마주친다. 그러면서 그것의 질서 부과 능력은 다른 형식들에 의해 제한되고 약화된다. 하나의 텍스트에 각운과 서사가 병존할 수 있다. 하나의 직장에 젠더 이분법도 있고 관료적 계층질서가 우연히 만날 수도 있다. 둘 중 어느 쪽이 다른 쪽을 조직하는가? 예측하기는 쉽지 않다. 새로운 만남은 잠재된 사용성을 활성화하기도 하고, 지배적인 사용성을 폐기하기도 한다. 형식이 질서 부과에 실패하는 경우도 있다. 다른 형식들이 우연히 나타나 이미 존재하는 형식의 논리를 파괴하거나 그 조직 목표를 무력화할 때가 그렇다. 이때 우연적이고 때로는 모순적인 결과가 발생한다. 형식을 추상적이고 이동 가능한 조직 원리로 봐도 좋지만, 중첩하고 충돌하는 형식의 다양한 양상들을 제대로 파악하려면 역사적 상황의 특수성을 주의 깊게 살펴야 한다.

많은 경우, 형식들 사이의 충돌은 예상하지 못한 결과를 빚어낸다. 계획한 의도 또는 지배적인 이데올로기와 별 관련성이 없는 새로운 결과가 도출되기도 한다. 잘 알려진 짤막한 예를 들자면, 학계의 대다수 여성들은 생물학적 시계와 정년심사 시계 사이에서 강한 긴장을 경험한다. 여성의 신체가 생물학적 재생산을 할 수 있는 시간과 대학에서 정년심사 평가를 하는 일정은 서로 어긋난다. 많은 수의 여성들이 비정년 교수와 시간강사의 길을 선택하는 것은 바로 그 때문이다.[17] 정년 시스템은 여성이 대규모로 학계에 진출하기 이전에 생긴

---

17 Catherine D. Clark and Janeen M. Hill, "Reconciling the Tension between the Tenure and Biological Clocks to Increase the Recruitment and Retention of Women

것이므로, 중단 없는 성인 생활 이외에 특정한 가부장적 의도나 이데올로기가 개입되어 있다고 볼 수는 없다.[18] 다시 말해, 시간적 형식들 간의 충돌은 특별히 여성을 하대下待하려는 의도에서 비롯되지 않았다. 그것은 생물학적인 시간 형식과 제도적인 시간 형식의 계획되지 않은 충돌이다.

가장 엄혹한 사회 형식인 감방조차도 고립된 상태로 자체적인 질서만을 집행하지 않는다. 감방 자체는 매우 단순한 형식을 띤다. 즉, 감방은 사방을 벽으로 둘러싼 공간에 신체를 가둔다. 그러나 감옥은 언제나 다른 형식들도 활성화한다. 수감자는 음식·수면·운동의 강제된 일상적 리듬, 교육 과정, 복역 기간 등 시간적 패턴에 복종한다. 그리고 불법적인 밀수 조직, 조직폭력 집단, 서신 교환 네트워크 등 특정 교도소에 국한되지 않는, 교도소 담장 너머로 뻗은 다양한 네트워크에 참여한다. 특히 앰네스티 인터내셔널부터 개인의 쪽지와 "버밍햄 감옥에서 보낸 편지"에 이르기까지 서신 교환 네트워크는 오랫동안 교도소 생활의 핵심적인 형식이었다. 수감자는 감방에 갇혀 시간적 패턴에 따르고 다양한 네트워크에 연결되어 있지만, 그와 동시에 고통스러운 계층질서에 종속되며, 범죄의 종류와 성적·젠더적 정체성에 따라 등급이 매겨진다. 이 형식들이 서로 중첩하면서 어떤 것은

in Academia," *Forum on Public Policy* (spring 2010).

18 Caitlin Rosenthal, "Fundamental Freedom or Fringe Benefit? Rice University and the Administrative History of Tenure, 1935 – 1963." *Journal of Academic Freedom* 2 (2011): 1-24.

감방의 봉쇄적 권력을 파괴한다. 감방의 폐쇄적 공간을 보고 확장이나 붕괴를 떠올리기는 쉽지 않지만, 수감 기간이라는 시간적 형식은 줄이기 또는 늘리기를 내포한다. 그리고 상당히 문학적인 성격을 띤 어떤 형식은 형량을 단축하기도 한다. 가령 회개 또는 구원의 이야기로 사면을 받을 수 있다.[19] 이처럼 서사의 틀은 나름의 방식으로 감방의 폐쇄적 공간을 개방한다.

형식은 다양한 방식으로 제약을 가하고, 맥락이 바뀌어도 사용성을 유지하며, 서로 충돌하면서 예기치 못한 결과를 빚어내는데, 이를 분석함으로써 권력의 작용에 대한 새로운 이해를 도모할 수 있다.

그렇지만 소네트부터 감옥이나 정년심사까지 이도 저도 다 형식으로 치면, 형식의 범주가 너무 넓지 않은가? 이런 식이면 형식이 아닌 것이 무엇인가? 형식을 벗어나거나 뛰어넘을 길이 있을까?

나의 대답은 그렇다이다. 즉, 형식으로 볼 수 없는 사건과 경험들이 많다. 그리고 형식 대신에 균열과 간극, 모호성과 불확정성, 경계 넘기와 경계 해체를 세밀하게 살펴볼 수도 있다. 하지만 최근 수십 년간 그와 같은 무형식 또는 반형식antiformal의 경험들이 오히려 **지나친** 비평적 관심의 대상이었다는 것이 나의 주장이다.

다시 말해, 비평이 형식을 해체하는 일에 너무 집중한 나머지 형식이 이룬 큰 업적을 간과했다. 우리는 정치적 형식이 강력하고, 포괄

---

19 40년형을 선고 받은 은행강도범이 법무부 장관 로버트 F. 케네디의 지시로 감형을 받은 적이 있다. 케네디는 가난으로 고생한 강도범의 이야기와 자신의 잘못을 뉘우치고 자수를 했다는 사실에 감명을 받았다고 한다. Arthur Schlesinger, Jr., *Robert Kennedy and His Times* (New York: Mariner Books, 2002), 394.

적이고, 대체로 단순하다고 가정했다. 가령 성차별적 인종차별적 제도는 세상을 거칠고 포괄적인 이분법으로 나눈다. 그런데 흑인과 백인, 남성과 여성 같은 바로 그 저나라한 단순함이 제도적 권력의 폭력성에 기여한다. 그래서 우리는 어디에서 이분법이 붕괴하고 해체되는지, 어디에서 형식을 모호하고 불분명한—무형식적인—어떤 것으로 바꾸는 가능성이 나타나는지 찾으려 했다. 최근 학자들은 역치성 liminality, 경계, 이주, 혼종성과 같은 핵심 개념들을 사용하여 불확정적인 공간과 정체성에 대해 많은 글을 썼다.[20] 이러한 작업이 흥미롭고 정치적으로도 중요하다는 것은 분명한 사실이다. 그리고 형식의 실패, 불완전성, 불명확성을 분석하는 것도 생산적인 일이다. 그러나 어떤 부당한 총체성 또는 이분법을 없앨 수는 있어도, 조직의 원리가 완전히 제거된 사회를 상상하는 것은 불가능하다. 형식의 해체를 지나치게 강조하다 보면 형식들로 가득 찬 세계에서 복잡하게 작용하는 권력의 양상들을 놓치게 된다.

형식에 대한 이와 같은 설명은 지나치게 추상적이고, 현실의 물질

---

20 질 들뢰즈Gilles Deleuze와 펠릭스 가타리Félix Guattari는 쉽게 파악할 수 있는 구조적 질서보다는 끊임없는 변화의 과정, 즉 변화하는 "강렬도强烈度의 총합들"을 우선시했고 이는 큰 반향을 불러일으켰다. *A Thousand Plateaux: Capitalism and Schizophrenia*, trans. Brian Massumi (Minneapolis: University of Minnesota Press, 1987), 15. 문학·문화 연구자들은 유연성, 다중성, 이질성, 불안정성, 이해 불가능성, 미끄러짐, 모순을 강조했다. 이 개념들은 모두 본질주의적 이성애 규범주의의 이항대립적 형식들을 거부하고 파열하는 방법들이다. Carolyn Dinshaw, *Getting Medieval: Sexualities and Communities, Pre- and Post-Modern* (Durham, NC and London: Duke University Press, 1999), and *Carla Freccero, Queer/Early/Modern* (Durham, NC and London: Duke University Press, 2006).

적 조건들로부터 완전히 동떨어진 이야기이며, 체화된 경험과 그리고 그 경험을 통해 권력이 실제로 작용하는 다양한 방식과 아무런 연관성이 없어 보인다. 이 지점에서 사용성에 지속적으로 관심을 기울이는 것이 도움이 된다. **사용성** 개념은 물질성과 디자인 사이를 왕래한다. 사용성을 통해 질료의 능력과 한계를 이해할 수 있다. 가령, 나무는 단단하고 내구성이 좋은 구조를 암시한다. 액체적 흐름이나 스폰지 같은 부드러움을 암시하지 않는다. 전선電線은 연결과 전달을 암시한다. 초콜릿은 찐득찐득한 점성粘性뿐만 아니라 구조를 갖춘 형태를 암시한다. 말하자면, 우리는 사용성을 통하여 물질성이 형식에 가하는 제약을 파악할 수 있다. 수프로 시를 만들 수 없고, 양털로 원형 감옥을 만들 수 없다. 이 점에서 형식과 물질성은 분리할 수 없고, 물질성이 결정 요인이다.

그러나 반대로 패턴과 배열이 암석과 육체, 음향과 공간에 질서를 부과함으로써 물질을 만들기도 한다. 제한은 양방향으로 움직인다. 사물은 형식을 취하고, 형식은 사물을 조직한다. 감방은 금속이나 돌의 단단한 물질성이 없으면 제구실을 하지 못한다. 반대로 감방은 경험을 조직하는 반복 가능한 방법이며, 다양한 맥락들을 가로질러 이동할 수 있는 폐쇄 공간의 모델이다. 즉, 감방은 사물이며 형식이다. 헨리 터너Henry S. Turner는 두 가지 상반된 출발점에서 형식을 발견할 수 있다고 주장한다. 그에 따르면, 물질적 현실을 만드는 비물질적이고 추상적인 조직 원리로 시작할 수도 있고, 구체적이고 특수한 물질로부터 출발해서 일반적이고 반복 가능한 패턴과 형상으로 추상화할 수도 있다.[21] 어떤 관점으로 보든, 형식은 특정한 상황에 놓인 물질적 사물을 통해 시공간을 가로질러 이동한다.[22]

형식과 물질성의 관계는 문학 연구의 오랜 관심사였다. 비평가들은 텍스트의 내용에 담긴 물질성이 특정한 문학적 형식에 적합하다고 생각했다. 가령 노동의 패턴이나 신체의 리듬은 시에서 특정한 반복을 만들어 낸다. 스테파니 마코비츠Stefanie Markovits의 최근 논문에 의하면, 서로 다른 장르에 속하는 19세기 작가들이 다이아몬드를 글감으로 택한 이유는, 완벽하게 깎고 다듬은 형상을 지니고 있어 "서정시의 봉쇄 전략"에 잘 들어맞을뿐더러, 시간의 흐름을 견디는 그 훌륭한 내구성으로 인해 서사의 움직임에도 부합하기 때문이다.[23] 이를 사용성의 용어로 표현하자면, 다이아몬드의 물질성은 가만히 있음과 오랜 견딤과 같은 특정한 시간 경험을 내포한다. 비평가는 이와 같은 시간 경험이 그것을 담고 있는 문학의 형식을 형성한다고 읽는다. 물론 이와 같은 분석에는 풍부한 암시적 의미가 들어 있다. 그러나 문학 텍스트가

---

[21] Henry S. Turner, "Lessons from Literature for the Historian of Science (and Vice Versa): Reflections on 'Form,'" *Isis* 101 (2010): 582. 터너의 주장에 따르면, 형식은 "존재의 속성, 존재론의 속성"이다.

[22] 브루노 라투어Bruno Latour 또한 형식을 사물·사람·생각을 서로 연결하는 물질적 매개체로 정의하는 것이 가장 좋다고 주장한다. 라투어는 투표를 예로 제시한다. 선거에 연관된 사물·사람·생각을 서로 연결하는 투표 용지, 출석, 표기, 합계, 투표 지도 등이 바로 라투어가 말하는 형식이며, 이것들은 매우 강한 물질적 형태를 띠고 있다. Latour, *Reassembling the Social* (Oxford: Oxford University Press, 2005), 223.

[23] Stefanie Markovits, "Form Things: Looking at Genre through Victorian Diamonds," *Victorian Studies* 52, no. 4 (summer 2010): 598.

묘사하고 환기하는 질료들은 돌이 단단함을 규정하는 것과 같은 방식으로 형식을 규정하지 않는다는 것만 알아 두자. 문학은 그것이 묘사하고 소환하는 물질적 세계가 아니라 언어로 만들어져 있다. 그리고 언어는 구문·서사·리듬·수사 같은 고유의 형식이 있고, 발화된 말과 인쇄된 종이라는 그 자체의 물질성이 있다. 그리고 각각의 형식과 물질은 고유의 사용성, 즉 일정 범위의 가능성을 소유한다.

모든 문학적 형식은 이처럼 별개의 고유한 논리를 생산한다. 가장 흔한 문학적 형식주의의 독법은 문학의 형식을 내용과 연결 짓고, 형식과 내용이 어떻게 서로를 반영하는지 밝히는 일이다. 다이아몬드에 관한 마코위츠의 글이 그렇다. 그러나 일반적으로 소설이나 시는 다이아몬드와 머리카락, 초콜릿과 바다 등 그것이 다루는 사물들이 너무 많다 보니 형식을 매번 그것이 다루는 물질에 맞추기 어렵다. 이렇게 문학적 형식과 물질적 사물의 사용성을 탐구하는 독법은 이 둘이 서로의 가능성을 형성한다고 생각하지만, 텍스트 바깥 세계의 물질성이 궁극적인 결정 요소가 아니듯이, 한쪽이 다른 쪽에 완전히 수렴되지 않는다.

사용성은 형식이 무엇을 할 수 있는지, 어떤 방식으로 다양하게 사용되는지 우리에게 보여 준다. 아무도 그 가능성을 아직 활용한 적이 없더라도 마찬가지다. 또한, 사용성은 형식의 한계, 즉 특정한 물질과 조직 원리에 담긴 고유의 제약들이 무엇인지 보여 준다. 투표 상자, 생물학적 시계, 서정시는 모두 조직화하는 형식을 갖고 있다. 그런데 각 형식은 다른 곳에서 반복될 수 있는데, 이동하더라도 일정한 범위의 사용성을 함께 가지고 간다. 그러나 형식은 단독으로 존재하지 않고, 다른 정치적·미학적 형식들이 같이 작동하는 상황 속에서 작동한다. 우리 주변에는 다양한 형식들이 작용한다. 이 형식들은 다양한 방식으로 물질들을 제한하고, 끊임없이 다른 형식들과 중첩하는 상황적 맥락 속에서 질서를 부과한다. 이와 같은 관점으로 볼 때, 형식은 한편으로는 초역사적이고 이동 가능하고 추상적이며, 다른 한편으로는 물질적이고 상황적이고 정치적이다.

형식주의를 다시 생각하며

사용성을 잘 살펴보면, 형식이 제한하고 다원적이고 중첩하고 이동 가능하고 상황적임을 알 수 있다. 그러나 모든 주요한 형식주의 전통은 하나 또는 그 이상의 사용성을 빠뜨리거나 배제하는 방식으로 형식 개념을 제한했다. 예를 들어, 우리는 신비평가들이 문학 형식을 상황적이고 물질적인 사회 세계로부터 완전히 분리된 것으로 파악했을 때 중요한 것을 놓치고 있음을 이미 알고 있다. 그들은 형식적 제약이 정치적으로 중요한 문제일 수 있음을 간과했고, 형식이 특정한 역사적 상황에서 발생한다는 점을 무시했다. 그러나 신비평은 다른 이론이 다루지 않는 형식의 사용성에 관심을 기울였다. 문학·문화 연구에서 우리는 미학적 형식의 차이를 묘사하는 세련된 어휘를 갖고 있지만, 사회적 형식의 차이에 대해서는 그렇지 않다. 분명 우리는 인종적 계층질서와 담으로 둘러싸인 사유지가 각기 다른 방식으로 사회집단을 조직한다는 것을 알지만, 이 차이를 설명하는 언어를 만들지는 못했다. 그런데 신비평은 형식들 간의 차이에 주목하기 때문에 어떤 돌파구를 제시할 수 있다. 즉, 신비평은 사회적 형식의 작용을 설명하는 풍부하고 정확한 용어를 개발하는 데 큰 도움이 된다. 신비평은 또한, 짧은 서정시의 형식적 요소들이 매우 촘촘하게 짜여 있고 이것을 완전히 풀어서 설명하는 것이 불가능하지는 않지만 매우 어렵다는 것을 보여 주었다. 하나의 소네트를 구성하는 요소들을 파악하고 분석하는 것이 쉽지 않다면, 인종·계급·젠더·민족·성·장애와 같은 몇 가지 범주로 전체 사회를 구성하는 패턴을 파악하는 것은 더더욱 불가능하다. 우리는 이처럼 중첩하는 형식들의 놀라운 다수성에 주목한 신비평의 예를 좇아 교차분석의 논리를 극적으로 확대할 수 있다. 말하자면, 늘 하던 대로 인종·계급·젠더의 구조를 진지하게 다루면서도, 이 구조들이 닫힌 공간, 네트워크, 서사적 결말 등 많은 종류의 형식들과 어떻게 교차하는지 살펴보는 것이 필요하다.

최근 문학 연구 분야에서 생겨난 정치적 성향의 '신형식주의' 역시 형식의 중요한 사용성을 간과하고 있다. 신형식주의 비평가들은 문학 형식을 특정한 정치적 상황에서 살펴보아야 한다고 주장한다. 그리고 대부분 두 가지 길 중 하나를 따른다. 첫 번째 그룹의 비평가들은 문학 형식을 사회적 구조의 반영으로 읽는다. 예를 들어, 허버트 터커 Herbert F. Tucker는 엘리자베스 배럿 브라우닝Elizabeth Barrett Browning의 시 〈아이들의 외침The Cry of the Children〉의 운율이 인간의 시간 경험과 공장노동의 충격적 경험 사이에 존재하는 불편한 어긋남을 드러낸다고 읽는다. 배럿 브라우닝의 "멈추었다 다시 시작하는 운율법은 증기기관의 압력과 덜컹거리는 소음을 모방한다."[24] 두 번째 그룹의 비평가들은 문학 형식이 특정한 사회적 맥락의 반영이라기보다 고의적인 **개입**이라고 파악한다. 가령, 기존의 비평적 주장에 따르면, 낭만주의 시인들은 통합적인 "유기적 형식"으로 정치적 투쟁을 은폐하는 "낭만적 이데올로기"를 무의식적으로 전파하는 사람들이다. 그러나 수잔 울프슨은 이를 반박하면서 낭만주의 시인들 스스로도 문학적 통일성이 허구적으로 만들어진 것임을 잘 알고 있었다고 주장한다. 울프슨에 따르면, 낭만주의 시인들은 이데올로기, 주체, 사회 조건의 문제를 탐색할 목적으로 형식적 전략을 의도적으로 동원한 것이다.[25]

신형식주의의 두 비평 그룹은 문학 형식을 그것이 모방하거나 반대하는 구체적인 사회적 조건에서 생겨난 파생적 현상으로 읽는다. 말하자면, 둘 중 어느 쪽도 형식의 사용성, 즉 시공간을 가로질러 살아남는 형식의 능력을 고려하지 않는다. 젠더 이분법에서 리듬까지, 감방에서 서사적 산문까지, 미학적 · 사회적 형식들은 그것들을 탄생시킨 구체적 조건들보다 더 오래 살아남는다. 코덱스codex(종이책)가 등장했다고 해서 스크롤(양피지와 마우스 스크롤 둘 다 의미. 페이지 구분이 없다는 뜻)이 완전히 사라지지 않는다. 그것은 인터넷 시대에 다시 등장하여 엄청나게 퍼진다. 고대 서사시의 모험 구조는 현대 소설가

---

24 Herbert F. Tucker, "Of Moments and Monuments: Spacetime in Nineteenth-Century Poetry," *Modern Language Quarterly* 58 (1997): 289.

25 여기서 울프슨은 낭만주의 작가들에 관한 제롬 맥건Jerome J. MeGann의 고전적 독법을 논하고 있다. *The Romantic Ideology* (Chicago: University of Chicago Press, 1985). Susan Wolfson, *Formal Charges*, 19, 14, 231.

들에 의해 다시 사용되고 있다. 이 형식들은 특정한 사회적 사실에 반응하고자 새로 생겨난 것이 아니다. 이 형식들은 이미 있던 것으로 떠돌아다니다가 재활용된 것이다. 그런 점에서 형식은 사회적 조건에서 파생된 결과가 아니다. 형식은 특정한 시대와 장소에 속하지 않는다.

사회학자 마크 슈나이버그Marc Schneiberg가 주장하듯이, 자원과 재화를 새롭게 조직하는 대안적 방법이 있다면 언제라도 더 희망적인 배열을 만들어 낼 수 있는 것처럼, 오랜 시간을 견뎌 낸 "잔존한holdover" 형식이야말로 사회를 다원적으로 만드는 원동력이다. 가령 1950년대 사적 이윤을 추구하는 대기업들이 미국 경제 지형을 장악하기 시작할 때, 경제 전체에 중요한 전기轉機를 제공한 것은 지방의 주 소유state-owned 기업들과 협동조합들이었다. 기업의 거물들이 매일 전기를 켤 때마다, 조합 소유권의 형식을 재가동하는 셈이다. 따라서 미국의 자본주의는 자본과 노동의 뿌리 깊은 변증법적 투쟁의 이야기일 뿐만 아니라, "크고 작은 대안의 요소 또는 조각들이 널려 있는 길"이다. 말하자면, 그것은 "착취도 존재하지만, 제도적 재활성화와 조합의 가능성이 충만하며, 구조적으로 대안의 가능성도 담고 있는 길"[26]이다. '신형식

---

26 이 같은 대안적 경제 형식들이 아무런 싸움도 없이 쉽게 살아남은 것은 아니다. 사기업들은 협동조합과 주 소유 기업들을 시장에서 몰아내기 위해 거짓으로 가득 찬 광고 캠페인을 벌이는 등 온갖 수단과 방법을 동원했다. 마크 슈나이버그는 대안적 경제 형식들이 어느 곳에서 살아남았는지 살펴본다. 그 업체들은 '전통효과 legacy effect'가 있는 곳에서 가장 번성했다. 말하자면, 그들은 과거부터 그 명맥을 유지하여 오늘까지 잘 버틴 기업들이었다. "What's on the Path? Path Dependence, Organizational Diversity and the Problem of Institutional Change in the US Economy, 1900 – 1950," *Socio-Economic Review* (2007): 66, 72.

주의'를 더욱 발전시키고 강화하는 방법은 다양한 형식들의 **장기 지속** longue durées, 그리고 시공간을 넘는 이동성을 깊이 탐구하는 것이다.

장르 이론도 형식의 이동가능성에 주목함으로써 큰 도움을 얻을 수 있다. 많은 비평가들에게 **형식**과 **장르**는 동의어이거나 또는 거의 같은 의미의 용어이다.[27] 그러나 형식과 장르는 시공간을 횡단하는 방식이 다르므로, 명확하게 구분할 수 있다는 것이 이 책의 주장이다. 장르는 텍스트를 분류하는 행위다. 생산자와 독자들은 문체, 주제, 마케팅 관습과 같은 일련의 특성들을 기준으로 텍스트를 일정한 부류로 나눈다. 혁신은 장르에 대한 그와 같은 기대를 바꾸기도 한다. 실험적인 서사시가 등장하여 그 장르의 주제에 대한 독자의 이해를 확장할 수 있다. 또한, 인쇄의 도입은 민담을 읽는 독자를 확장하고 변화시킨다. 이처럼 한 작품의 장르를 파악하는 시도는 역사적으로 구체적이고 해석적인 행위다. 전통적인 민담과 최근에 창작된 동화를 구별하지 못할 수도 있고, 역사적으로 거리가 너무 멀어 어떤 풍자적 이야기를 인지하기가 어려울 수도 있다.[28]

---

27 장르와 형식의 융합에 대한 한 예로 Jason Mittell, "All in the Game: The Wire, Serial Storytelling, and Procedural Logic": *electronic book review* (March 18, 2011)를 들 수 있다. 미텔에 대한 나의 응답은 "From Genre to Form" (*electronic book review*, May 1, 2011): http://www.electronicbookreview.com/thread/firstperson/serialrip이다.

28 장르 그리고 그 효과의 유연성과 역사적 조건에 대한 탁월한 설명으로 Carolyn Williams, *Gilbert and Sullivan: Gender, Genre, Parody* (New York: Columbia University Press, 2011)를 볼 것. 디목 역시 장르가 안정적이고 오랜 세월 지속한다는 주장을 반박한다. "구부리고 잡아당기고 늘리는 것은 피할 수 없는 일이다. 장르가 다루는 것은 여전히 발전 중이고, 어떤 알 수 없고 예측할 수도 없는 방향으로 여전히 변화하는, 변덕스러운 재료들이다. *Through Other Continents*, 73-74.

패턴, 형태, 배열로 정의되는 형식은 장르와는 다른 방식으로 맥락과 관계한다. 형식은 사회적 사물과 문학적 사물 둘 다 조직할 수 있다. 그리고 형식은 시간이 지나도 안정적이다. 물론 형태와 패턴을 찾으려면 그것이 무엇인지에 대한 동의가 필요하고, 이는 그 자체로 전통적인 접근법이다. 그러나 프랜시스 퍼거슨이 주장하듯이, 일단 문장구조, 자유 간접화법, 소네트와 같은 문학적 형식의 조직 원리를 인식했다면, 그것은 이제 해석적 행위의 문제가 아니고 논쟁거리도 아니다. "셰익스피어의 희곡을 처음 읽었을 때 로미오와 줄리엣이 서로 주고받는 시가 소네트인 줄 몰랐더라도, 누군가가 알려 주면 독자는 즉각적으로 소네트를 인지할 것이다. 소네트는 발견되고 지적되고 다시 언급될 수 있다. 소네트의 의미에 대한 합의가 없어도 그것이 있다는 것은 누구나 느낄 수 있다."[29]

비슷한 관점에서 교실의 형태, 교도소의 일과표, 행정조직의 계층 질서, 친족 체계의 구조에 대해 합의를 도출하기는 어렵지 않다. 물론 여기에는 추상화의 과정이 수반된다. 그러나 조직 원리를 찾는 것에 일단 동의했다면, 인종분리정책racial apartheid이 사회를 위아래의 이분법으로 조직하고, 국민국가가 영토의 경계선을 강제한다는 생각을 반박하는 데 그리 많은 시간을 들이지 않을 것이다. 구성과 배열은 장르보다 더 안정적이며, 맥락이 무엇이든 독자가 누구이든 명확하고 반복 가능한 방식으로 재료를 조직한다. 그래서 형식은 장르와 다르게

---

29 Ferguson, "Emma and the Impact of Form," 160.

맥락을 넘어 이동한다. 형식은 또한 다양한 층위에서 작동한다. 구두점처럼 작은 단위에서도, 다중적 플롯의 서사 또는 국경선과 같이 큰 단위에서도 작동한다. 장르는 일정한 관습에 따라 요소들을 배치하여 만들어진, 역사적으로 인지 가능한 예술 작품의 묶음들이다. 장르에서 형식은 주제, 문체, 수용 상황 등과 따로 구별되지 않고 섞여 있다. 반면 형식은 재료나 맥락에 구애받지 않고 반복과 이동 가능성을 내포하는 조직 또는 배열이다.

지금까지 우리가 다룬 내용은 다음과 같다. 신비평은 제약하는 형식의 정치적 권력과 상황적 속성을 제대로 파악하지 못했다. 교차분석은 주어진 사회적 상황에서 수없이 많은 형식들이 작동한다는 사실을 간과했다. 신형식주의자와 장르 이론가들은 시공간에 구애받지 않고 견디는 형식의 능력을 무시했다. 이제 마지막으로 문학·문화 연구에서 가장 복잡하고 견고한 형식주의 학파, 즉 마르크스주의 전통의 문제가 무엇인지 살펴볼 차례다.

죄르지 루카치György Lukács와 피에르 마슈레Pierre Macherey부터 프레드릭 제임슨Fredric Jameson과 프랑코 모레티에 이르기까지, 많은 마르크스주의 사상가들은 문학적 형식을 일종의 이데올로기적 책략으로 파악한다. 말하자면 문학적 형식은 표상을 깔끔하게 정돈하고 구조화하는 기제로서, 우리를 안심시켜 질서에 대한 거짓된 생각을 품게 하고, 그럼으로써 형식을 항상 벗어나는 현실의 참모습을 제대로 파악하지 못하게 한다. 가령, 헤이든 화이트Hayden White에 따르면, "사람들은 누구나 특정한 사회 형성체 속에서 삶을 살아가야 하고, 그 속에서 사회적 주체로서 각자의 운명을 실현해야" 하는데, 서사 형식은 이와 같은

"사회 형성체와 비현실적이지만 유의미한 관계를 맺으면서" 살아가라고 가르친다.[30] 여기서 화이트는 현실—그는 현실을 "사회 형성체"라고 부른다—과 서사 형식의 비현실적인 일관성을 대비시킨다. 그러나 젠더 이분법, 감옥 일과표와 같은 사회 형성체 그 자체를 일종의 조직하는 형식으로 이해한다면, 화이트의 현실-비현실 구분은 유효하지 않다. 문학적 형식과 사회적 형성체는 재료를 조직하는 능력이 있다는 점에서 똑같이 현실적이며, 인위적이고 불확실한 제약이라는 점에서 똑같이 비현실적이다. 우리는 문학 형식에 의해 억제된 현실을 밝히려 하는 대신에, 사회정치적 삶 그 자체가 서사, 결혼, 관료제, 인종주의 같은 서로 다른 다양한 형식들로 구성되었다고 파악할 수 있다.

미학적 형식이 파생적인, 즉 부차적인 현상이라는 마르크스주의 비평의 주장은 현실을 왜곡하는 결과를 초래한다. 첫째, 정치를 형식의 문제로 보지 못하게 한다. 둘째, 하나의 형식(곧, 정치)이 항상 다른 형식(곧, 미학)의 뿌리 또는 바탕이라는 생각에 얽매인다. 문학적 형식을 사회 현실에 대한 부차적인 반응이 아니라, 다른 형식과 만나는 형식으로 읽는 것이 무슨 뜻인지 예를 들어 보자.

젠더 이분법은 집, 실험실, 감옥, 의복과 그 밖에 많은 사회적 사실에 질서를 부과하는 형식이다. 토머스 휴즈Thomas Hughes의 베스트셀러 소설《톰 브라운의 학교생활Tom Brown's Schooldays》(1857)을 통해 젠더 이분법과 서사의 만남을 살펴보자. 소설의 이야기는 격렬한 남성

---

30 Hayden V. White, *The Content of the Form* (Baltimore and London: Johns Hopkins University Press, 1990), x.

적 세계이자 기독교 식민주의 권력의 훈련소였던 남학교 럭비 스쿨로 시작한다.[31] 주인공 톰은 경주, 축구 경기, 깡패 학생과의 싸움 등 여러 가지 모험을 겪는다. 그때마다 톰은 난관을 극복하고 일어서는데, 소설의 절반 정도가 비슷한 장면들이 거듭되어 상당히 반복적이다. 톰은 "진짜 사나이"가 그렇듯 한 치도 물러서지 않고 정면 돌파를 선택한다.[32]

그러나 소설의 서사 형식은 중반부터 이상한 방향으로 선회한다. 이야기는 더욱 흥미를 더해 가는데, 기묘하게도 뜬금없이 여성적이다. 현명한 교장 토머스 아놀드는 톰과 그의 친구들이 더욱 성숙해져야 한다고 결정한다. 그래서 톰에게 신입생 한 명을 잘 보살펴 주라고 맡긴다. 이 학생은 "키가 작고 얼굴이 창백한 소년으로, 눈은 크고 파랗고 머리는 옅은 금발이었는데, 바닥이 뚫어져라 고개를 푹 숙이면서 다녔다. 뭐든지 새로 하는 걸 무서워했고, 항상 놀림을 당했다. 다른 학생들은 이 아이를 몰리, 제니와 같은 경멸적인 여성적 별명으로 부르곤 했다"(217–18).

타인에 대한 책임을 떠맡으면서 톰은 근심이 생겨 종교에 의지하게 된다. 신입생을 너무 열심히 챙겨 주는 바람에 "병아리를 키우는 암탉처럼"(231) 톰 자신이 여성화된다. 초반부에서 남자다운 모습으로 숱

---

31 이 소설은 1896년 영국에서만 50번의 증쇄를 거듭했다. Beverly Lyon Clark, *Regendering the School Story: Sassy Sissies and Tattling Tomboys* (New York and London: Garland, 1996), 11.

32 Thomas Hughes, *Tom Brown's Schooldays* (1857) (Oxford: World's Classics, 1989), 57.

한 공격을 물리치면서 승리를 거두었다면, 후반부에서는 늘 양보하고 순종적이고 타인에게 개방적인, 유연하고 확연하게 여성적인 인물로 변모한다. 소설의 서사는 갑자기 일종의 교양소설Bildungsroman, 즉 주인공이 새로운 교훈을 습득하고, 가치와 세계관의 변화를 겪는 성장소설a novel of development로 바뀐다.

이것을 어떻게 볼 것인가? 우선, 토머스 휴즈가 청소년의 모험을 다룬 반복적이고 단조로운 이야기를 좀 더 만족스러운 이야기로 바꾸기 위해 교양소설과 같은 서사적으로 풍부한 자원을 선택했다는 해석이 가능하다. 이를 뒷받침하는 데 젠더 이분법은 매우 유용하다. 용감하고 타협을 모르는 남성적 인물의 반대는, 걱정이 많으면서도 성장Bildung에 꼭 필요한 방식으로 변화에 개방적인 여성적 인물이기 때문이다. 이 같은 설명에 따르면, 휴즈는 그의 서사적 욕망의 사후 효과로 여성성을 텍스트에 도입했을지도 모른다. 그와 반대로 휴즈가 복종적인 기독교를 선호하기 때문에 교양소설의 순종적 인물, 그러니까 젠더 이분법으로 나누자면 여성적 영역에 속하는 고분고분한 인물에 경도되었으며, 따라서 종교적인 확신의 사후 효과로 유연한 인물의 서사적 형식을 선택했다는 해석도 가능하다.

어느 쪽이 먼저인지 알 방법은 없다. 확실한 것은 문학적 형식과 사회적 형식, 즉 교양과 젠더가 텍스트보다 선행한다는 것이다. 이 둘은 다른 곳에서 텍스트 안으로 도입되어 독자적으로 경험을 조직하는 작업을 수행한다. 둘 중 어떤 형식이 더 중요한지, 또는 휴즈의 동기가 무엇인지는 확실하지 않다. 어쨌거나, 텍스트 자체는 서사 형식이 젠더 이분법과 만나 둘이 동시에 작용할 때 나타나는 현상에 관하여 뭔가 흥미로운 것을 보여 준다. 사실, 저자의 의도나 각 형식의 기원이 무엇이건 간에, 이 충돌로부터 예측할 수 있고 일반화할 수 있는 형식에 관한 가설이 도출된다. 성장에 좀 더 기민하게 반응하는 능력인 유연성이 젠더 이분법에서 여성적 측면에 속한다면, 교양소설은 그 주인공이 남성일지라도 여성적 장르라고 해야 한다.

대부분의 마르크스 형식주의 비평가들은 《톰 브라운의 학교생활》의 서사적 형식을 이데올로기적 입장의 형성 또는 "사회적 관계의 추상화"로 접근할 것이다.[33] 정치적 성향이 다분한 신형식주의자들은 대부분 텍스트를 당면한 사회적 세계에 대한 반응으로 읽을 것이다. 이 책에서 주장하는 형식주의는 이와는 다르다. 나는 서사와 젠더를 별개의 형식으로 본다. 서사와 젠더의 형식은 외부에서 텍스트에 흘러 들어온 것이며, 자기만의 고유한 질서를 부과하려 싸운다. 그러나 어떤 것도 자동적으로 다른 것보다 선행한다거나 지배적이라고 볼 수 없다.

사람들은 내가 화이트의 주장을 거꾸로 뒤집었다고 말할지도 모른다. 말하자면 나는 감추어진 **형식의 내용**을 추적하기보다, **내용의 형식**들, 즉 문학 텍스트의 안팎에서 서로 만나는 조직들의 원리를 추적하고자 한다. 이 책은 사회적 형식이 문학적 형식의 근거 또는 원인이라고 가정하지 않는다. 문학적 텍스트가 단 하나의 형식을 가지고 있다고 생각하지 않는다. 그 대신에 이 책은 두 가지 새로운 질문을 제기

---

33 Moretti, *Distant Reading*, 59.

한다. 각 형식은 무엇을 내포하는가? 형식이 충돌할 때 어떤 일이 벌어지는가?

인과관계에서 충돌로

이 책의 첫 번째 주요 목표는 형식이 모든 곳에서 경험을 구조하고 조직하며, 이것이 정치공동체를 이해하는 데 중요한 함의를 가진다는 점을 보여 주는 것이다. 이와 같은 목표는 문학 연구에서 게슈탈트적 변화Gestalt shift를 수반한다. 말하자면, 정치에 대한, 정치와 문학의 관계에 대한 전혀 새로운 설명이 필요하다. 이론적으로 정치적 형식은 우리의 삶에 질서를 부과하고 우리의 위치를 설정한다. 그러나 현실에서 우리가 마주치는 형식은 너무 많다. 그러니까 가장 평범한 일상적 경험에서도 형식은 서로 충돌하는 수많은 조직 원리들로 이루어진 복합적인 환경이다. 형식들이 인간의 삶을 배열하고 제한하는 것은 맞지만, 그와 동시에 서로 경쟁하고 충돌하며 서로의 경로를 바꾼다.

　여기서 나는 아무리 강력한 형식이라도 다른 모든 형식을 지배하고 조직하거나 그것의 원인이 되지 못한다는 점을 분명히 하고자 한다. 이것은 문학적 형식이 자체의 효력을 주장할 수 있다는 뜻이다. 문학적 형식은 선행하는 정치적 현실을 그대로 반영하거나 담지 않는다. 다양한 형식들이 경험의 다양한 층위에서 작동하며 우리의 경험에 질서를 부과하기 위해 서로 다툰다. 여기서, 미학적 형식과 정치적 형식은 동일한 차원에서 작동하는 유사한 패턴으로 등장한다. 나는 이 책에서 미학적 형식과 정치적 형식이 서로의 내부에 포함될 수 있으며, 서로의 조직 능력을 파괴할 수 있다는 것을 보여 주고자 한다.

그렇다고 해서 형식의 세계가 전부 행복한 무질서의 상태라는 말은 아니다. 이 책의 두 번째 주요 목표는, 세상의 다양한 형식들이 이제까지와는 전혀 다른 정치적 전략이 필요할 정도로 서로 갈등하면서 경험을 해체하는 양상을 고찰하는 것이다. 여러 비평가와 이론가들은 강력한 사회적 제도들이 경험을 통합하고 동질화한다고 생각해 왔다. 또한, 그 제도들이 경험을 조직하고 제약하는 일관된 이데올로기를 실행한다고 생각해 왔다. 이 책은 사회의 **탈조직**disorganization을 강조한다. 다시 말해, 같은 이데올로기적 형성체의 결과물일지도 모르는 다양한 질서 형식들이 서로를 해체하는 다양한 모습들을 탐구한다. 그렇지만, 탈조직이 질서보다 더 좋은 것은 아니다. 서로 경쟁하는 형식들이 권력의 강화가 일으키는 것과 비슷한 정도로 괴로운 고통과 불의를 초래할 수 있다.

이처럼 사회적 형식과 미학적 형식을 모두 포괄하는 다원적인 방식으로 형식에 접근하는 것, 그리고 어느 하나의 형식이 다른 모든 형식을 지배하거나 조직하지 않는다고 주장하는 것은, 문학 연구의 가장 뿌리 깊은 정치적 신념, 즉 자본주의·민족주의·인종주의와 같은 심층구조가 궁극적으로 인간의 삶을 결정하는 가장 강력한 세력이라는 믿음으로부터 멀어지는 것이다. 비평가들이 그러한 설명을 고수한다고 해서 틀린 것은 아니다. 인간의 삶은 확실히 강력한 구조적 원리들에 의해 조직되었으며, 이를 간과하는 것은 심각한 실수이다. 그러나 다른 모든 것을 배제하고 궁극적인 인과관계에만 집중하는 것도 좌파 정치에 반드시 도움이 되지 않는다. 그쪽에 과도한 관심을 기울이는 바람에, 정치적인 목표를 위해 다양한 형식들을 어떻게 가장 효율적으로 배치할 것인지에 대해서는 효과적인 전략을 세우지 못했다.

나의 연구는 심층적 구조를 지나치게 강조하는 분석 방법이 급진적 정치에 오히려 해를 끼친다고 말한 법률 이론가이자 정치가 로베르토 망가베이라 웅거Roberto Mangabeira Unger의 주장에 영향을 받았다. 심층적 구조를 분석하는 것은, 우리의 관심과 목표를 소수의 완강한 요인에만 집중한다는 것이다. 이 요인들은 무너뜨리기가 너무 어려워 대다수가 시도조차 하지 않는다. 그렇다면 만약 사회를 단 하나의 원인으로 환원할 수 있는 일관된 체계로 보지 말고, "대충 불균등하게 모은" 배열들, "이것저것 붙여 만들어진 잠정적인" 질서로 보는 것은 어떨까? 웅거는 그러한 접근법이 사회적 배열의 인위성과 잠정성을 부각하고, 적절한 재배열을 통해 진정한 변화의 새로운 기회들을 제공한다고 주장한다.[34] 웅거와 마찬가지로 자크 랑시에르는 재배열의 행위에 내재한 급진적 잠재성에 주목한다.[35]

내가 제시하는 형식주의는 심층적 원인이 아니라, 정치적·문화적

---

34 "그러한 과거와 미래 질서들의 모음은 폐쇄된 목록도 아니고 미리 결정된 배열도 아니다. 그것은 유사법률적 제약이나 경향에 지배되지 않는다. 이러한 질서들의 내적 구성 그리고 간헐적인 재구성을 이해하기 위해서는, 심층구조 사회이론과 실증적 사회과학이 상정하는 가설과 결별하는 사회분석 방법이 필요하다." Roberto Mangabeira Unger, *False Necessity* (1987) (London and New York: Verso, 2001), 54. *Democracy Realized* (London and New York: Verso, 1998), 20.

35 로사 파크스Rosa Parks에 관한 랑시에르의 설명을 참고할 것. *Hatred of Democracy*, trans. Steve Corcoran (London and New York: Verso, 2006), 61.

· 사회적 경험을 구성하는 수많은 형태와 패턴에 주목해야 한다는 웅거와 랑시에르의 주장에 기초한다. 여기서 내가 특히 주목하는 것은 다양한 배열들이 서로 충돌하여 전혀 새로운 효과를 빚어내는 모습, 작은 형식들이 큰 형식들을 파열하고 변경하는 모습이다. 많은 형식들이 중첩하는 상황에서 정치적 행위자의 가장 큰 난제는, 사람들이 옹호하는 어떤 하나의 형식이 이미 언제나 작동하고 있는, 때로 서로 충돌하고 간섭하고 변경하는 다양한 조직 원리들에 의해 더욱 복잡해진다는 사실이다.

이 조직 원리들의 중첩을 통해 우리는 정치적 행동의 전혀 새로운 기회를 얻을 수 있다. 또한, 전통적인 이데올로기 비판이 왜 사회적 변화를 위한 가장 효율적인 방법이 아닌지 파악할 수 있다. 거짓된 담론과 관습은 매혹적으로 보이지만, 인간의 속박을 은폐하고 해방의 걸림돌인 억압적 사회구조를 보편화하고 자연화한다. 이데올로기 비판의 목적은 이를 폭로하는 것이다. 그런데 형식이 언제나 봉쇄하고 제한한다면, 그리고 형식이 아니고서는 사회를 상상하는 것이 불가능하다면, 가장 전략적인 정치적 행위는 환상을 드러내고 폭로하는 것이 아니라 사회적 경험을 지배하는 서로 다른, 연결성 없는 배열들을 면밀하고 세심하게 이해하는 데서 출발해야 한다.

최근 캐롤라인 레스잭Carolyn Lesjak은 내가 주장한 형식주의가 정치적 패배주의 방안이라고 비판한 바 있다.[36] 그러나 내가 표방하는 형

---

36 Carolyn Lesjak, "Reading Dialectically," *Criticism* 55 (spring 2013): 233-77.

식주의의 주된 목표는 급진적 사회변화이다. 혁명적 정치 행동을 포함해서, 모든 정치는 다양한 형식을 동원하는 지혜를 발휘하는 경우에만 성공할 수 있다. 혁명은 광장의 점령, 파업, 보이콧, 연대 같은 특정한 배열, 특정한 저항조직 형식을 동원해야 한다. 그리고 내가 강력하게 옹호하는 부의 재분배에는 특정한 종류의 조직 원리가 필요하다. 마르크스의 고전적 슬로건, "각자 자신의 능력에 따라 생산하고, 각자 자신의 필요에 따라 소비하자"는 인풋과 아웃풋의 절묘한 균형잡기다. 그것은 또한 급진적이고 정의로운 새로운 사회질서에서 에너지와 분배를 조직할 때 주된 원칙으로 삼을 만한 구조적 평행관계이다. 그렇다면 우리는 어떤 형식이 사회적 삶을 통제하기를 원하는가? 그리고 뿌리 깊은 부당한 배열을 실질적으로 해체할 수 있는 항의 또는 저항의 형식들은 무엇인가?

나는 형식의 이동과 집합에 주목하며, 이를 위해서 일종의 사건에 의존한다. 이 사건을 나는 '충돌'이라고 칭한다. 말하자면, 충돌은 둘 이상의 형식들의 기묘한 만남으로, 이를 통해 원래의 의도와 이데올로기가 바뀌기도 한다. 여기서 나는 그러한 충돌을 다양한 예시를 통해 보여 줄 것이다. 그렇게 하는 이유는 변증법을 해체하기 위해서이다. 변증법은 문학 연구와 문화 연구에서 널리 알려진 또 다른 설명 형식이다. 물론 문학 연구와 문화 연구는 오랫동안 마르크스의 변증법적 유물론으로부터 많은 영향을 받았다. 그리고 구조주의자들은 이 항대립쌍을 사회적 삶의 기초적 구조로 파악함으로써 변증법적 사유를 마르크스주의 너머로 확장시켰다.

말하자면, 구조주의 이후로 변증법적 구조를 찾는 것은 매우 쉬운 일이었다. 그것은 어디에서나 작동하고 있었다. 변증법의 역동적인 대립적 에너지들은 역사적 변화를 활성화하는 힘이었다. "선과 악의 변증법, 주체와 객체의 변증법; 빈부의 변증법, 남과 여, 흑과 백의 변증법; 좌와 우의 변증법, 시와 산문의 변증법, 고급문화와 대중문화, 과학과 이데올로기, 물질주의와 이상주의, 화음와 대위법, 색과 선, 자아와 타자 등등."[37] 물론 심층적인 사회 모순으로부터 고통스러운 역사적 경험이 상당 부분 발생하는 것은 분명한 사실이다. 그러나 이항 대립쌍은 많은 강력한 형식들 가운데 하나에 불과하다. 더 일상적이고, 더 사소하고 더 우연적인 형식적 만남에서도 많은 일이 벌어진다. 즉, 서로 아무런 관련도 없고, 서로 대립하지도 않고, 또 뚜렷하게 그 모습을 드러내지도 않는 여러 형식들이 그저 우연히 어떤 특정한 장소에서 서로 겹칠 때에도 많은 결과가 쏟아진다. 통상적인 인과성 모델을 중지할 때, 비로소 사회적 · 미학적 형식의 작용에 대한 새로운 통찰이 가능하다.

서사

서사는 충돌하는 형식들에 대한 경험을 가장 잘 포착하는 형식이다. 서사는 이 책에서 사용하거나 고찰하는 유일한 형식은 아니지만, 작

---

[37] Fredric Jameson, *Valences of the Dialectic* (London: Verso, 2009), 18.

동하는 형식들을 분석하는 데 특별히 유용한 형식이다. 서사적 형식이 내포하는 바는 형식들이 만나는 양상, 형식들이 만날 때 그리고 그 이후에 무슨 일이 일어나는지에 대한 세심한 주목이다. 서사는 의심 많은 형식주의 독자에게 특히 매력적이다. 근원적 원인을 상정하지 않고, 사건의 배열을 통해 환유적으로 인과성을 제시하기 때문이다. 데이비드 흄David Hume의 말을 빌리자면, 서사는 "필연적 연결"이 아니라 "접합conjoining"을 내포한다.[38] 그렇다면 서사는 가치 있는 자기발견적heuristic 형식이다. 다양한 사회적 형식을 작동시킬 수 있고, 궁극적 원인을 상정하지 않으면서도 다양한 사회적 형식들이 협력하고 갈등하고 중첩하는 양상을 추적할 수 있기 때문이다.

사회적 형식들은 맥락을 가로질러 이동할 때 일정한 범위의 사용성을 함께 가져간다. 그래서 논픽션뿐만 아니라 소설에서도 그 잠재적 능력을 드러낼 수 있다. 우리는《톰 브라운의 학교생활》에서 작동하는 젠더의 양상을 살펴보았다. 형식주의 독자로서 나는 젠더가 문학 텍스트에 의해 전달되거나 기록되는 사회적 사실이라는 점을 강조하지 않았다. 내가 강조한 것은 젠더가 이항대립적 형식이며, **그 사용성을 소설에 끌어들인다**는 점이다. 부르노 라투어에 따르면, 소설가는 자유롭게 실험하기 때문에 사회학자들보다 사회적 관계를 더 잘 포착한다. 소설은 "무엇이 우리를 행동하도록 하는지에 관한 다양한 설명들

---

[38] David Hume, *An Enquiry Concerning Human Understanding* (1748) (Chicago: Open Court, 1907), 198, 210. 통계 차트와 수학 공식에서 인과관계를 포착할 수 있지만, 이와 같은 표상 양식들은 서사를 수반하는 경우가 많다. 예를 들어, 경제위기가 전 세계 빈곤율에 미친 영향에 관한 옥스팜의 2009년 보고서를 보라.

을 실험하는 거대한 놀이터"를 제공한다.[39] 라투어와 마찬가지로 나는 허구적 서사를 생산적인 사유의 실험으로 본다. 서사는 다양한 사회적 형식들이 어떤 미묘한 양상으로 전개되는지 상상하게 한다.

형식들의 충돌과 전개를 관심 있게 지켜보면서 나는 플롯에도 상당한 관심을 기울이게 되었다. 그런데 모든 플롯이 똑같이 흥미로운 것은 아니다. 이 책에서는 몇 개의 탁월한 플롯에만 초점을 맞출 것이다. 소포클레스의 《안티고네Antigone》, 찰스 디킨스Charles Dickens의 《황폐한 집Bleak House》, 데이비드 사이먼David Simon의 드라마 〈더 와이어 The Wire〉는 매우 영리하고 비범한 방식으로 형식의 작용을 보여 줌으로써, 사회적 세계가 어떻게 작동하는지에 대한 우리의 이해를 넓힌다. 앞으로 이 작품들에서 펼쳐지는 서사의 전개 과정을 상세하게 살펴볼 것이다.

이것은 흔히 형식주의자가 택하지 않는 접근법이다. 어떤 학파도 플롯 분석을 정교하거나 탁월한 해석 행위로 간주한 적이 없다. 서사적 사건의 움직임을 묘사하는 것은, 신비평가 클린스 브룩스 Cleanth Brooks가 비난해 마지않는 이른바 **"바꾸어 말하기의 이단**heresy of paraphrase**"**의 위험을 무릅쓰는 것과 마찬가지다. 브룩스는 문학적 텍스트를 다른 텍스트와 다르다고 보았다. 문학 텍스트는 리듬, 이미지, 함축적 의미처럼 이질적이고 서로 갈등하는 요소들을 조화롭게 조정하여 하나의 균형 잡힌 **전체**로 만드는 **"통일성의 원리"**에 의해 조직되기

---

[39] "문학이론가들은 허구를 다루기 때문에 사회과학자보다 자유롭게 형상화를 탐구할 수 있다." Latour, *Reassembling the Social*, 54-55.

때문이다.

브룩스의 관점에서, 바꾸어 말하기의 문제는 바깥 세계에 관한 단순한 진술이나 명제가 시의 다양한 부분들 사이에서 발생하는 미묘한 상호작용을 제대로 포착하지 못한다는 것이다.[40] 이 책의 2장에서 나는 통일성을 강조하는 브룩스의 주장을 비판할 것이다. 그러나 여기서는 플롯 바꾸어 말하기를 적극적으로 수용한다는 점을 밝히고자 한다. 플롯은 하나의 메시지 또는 진술로 환원될 수 없으며, 하나의 형식으로서 다양한 요소들의 미묘한 상호관계를 촉발한다는 것이 나의 주장이다. 이 점에서 나는 신비평의 프로젝트를 다시 수행하는 셈이다. 형식들을 여러 가지 범주로 분류하는 유형학적 차트와는 다르게, 서사는 시간이 흐르면서 발생하는 형식들의 상호작용을 중시한다. 이처럼 플롯화된 서사를 풀어서 설명하는 것은 환원 불가능한 복합성을 만들어 내는 일이다. 이는 신비평의 목적과 가치에 역설적으로 부합한다.

《제인 에어》로 돌아가 보자. 가령, 로우드 스쿨 장면에서는 규율적 형식들이 복잡하게 뒤얽히며 상호작용하는 양상을 자세히 다룬다. 또한, 규율적 형식들이 빚어낸 경험의 패턴이 허구와 사회적 세계 사이를 왕래할 수 있다는 점도 아울러 탐색한다. 때로 학교의 형식들은 완벽한 조화를 이룬다. 예를 들자면, 정해진 시간에 울리는 종소리는 공간적 질서의 변화를 알리며, 공간적·시간적 배열을 모두 성실하게

---

40 Cleanth Brooks, "The Heresy of Paraphrase," in *The Well Wrought Urn* (New York: Reynal and Hitchcock, 1947), 176-96.

따르는 학생은 상위권에 진입한다. 그러나 항상 그런 것은 아니다. 학교의 가부장적 질서에서 최상위층을 차지한 사람들이 부당한 징계를 가하면, 반항적 비가부장적 네트워크가 들고 일어난다. 미스 템플, 헬렌 번즈, 제인 에어가 함께 모여 만든 새로운 사회적 형식, 즉 삼위일체형 "반–가족"을 그 예로 들 수 있다.[41] 미스 템플의 사적 거주 공간에서는 다른 형식들이 작용한다. 미스 템플은 제인이 브로클허스트의 비난에 대해 법원이 정한 규칙에 따라 자신을 변호하도록 유도한다. 제인은 "일관된 방식으로" 그리고 "절제 있고 단순한" 방식으로 증언함으로써 법정에서 자신의 무죄를 입증하고 마침내 혐의를 벗는다 (83). 이처럼 여성들만의 비밀 네트워크, 폐쇄된 공간, 법정의 규칙, 새롭게 조직되고 통제된 스토리텔링이 한데 어우러져 브로클허스트의 권위에 저항한다.

이와 같은 형식들의 상호작용은 몇 가지 이상한 부작용을 일으킨다. 가령, 비밀 법정에서 사적 스토리텔링은 공적·비개성적 규칙의 채택과 접목됨으로써 제인은 공식적으로 무죄를 선고받는다. 그런데 이때 공적 영역과 사적 영역의 이분법적 구분이라는 형식은 무질서에 빠진다. 학교의 계층질서 또한 기묘하게 이중적이다. 즉, 유연하면서도 독단적이다. 무죄선고를 받은 제인이 자신감을 얻어 로우드 스쿨의 상층부로 올라가는 한편, 브로클허스트는 상층부의 지위에서 얻은 권력을 잃기 때문이다. 한편, 법정 모델은 제인에게 자신의 목적에 부

---

[41]   Gayatri Chakravorty Spivak, "Three Women's Texts and a Critique of Imperialism," *Critical Inquiry* 12, no. 1 (autumn 1985): 243-61.

합하는 방식으로 이야기하는 방법, 즉 청중의 마음을 얻을 수 있도록 이야기를 배열하고 단순화하는 방법을 가르쳐 준다. 이처럼 서사의 플롯 형식 그 자체는 계층질서, 닫힌 공간, 네트워크, 법률적 규칙 등 다른 형식들이 교차하는 지점에서 만들어진다.

이제까지 기존의 잘 알려진 형식주의와는 전혀 다른, 그러나 이를 모두 활용하는 새로운 독법을 살펴보았다.

전체, 리듬, 위계질서, 네트워크

이 책을 구성하는 것은 네 가지 주요 형식이다. 이 형식들이 유일한 형식은 절대 아니다. 그러나 흔하게 볼 수 있고 널리 펴져 있으며, 중요하다. 우리는 이것들을 항상 형식이라는 이름으로 부르지는 않지만, 문학 및 문화 연구자들이 가장 관심을 갖는 정치적 구조들이다. 가정집의 담장과 국경선과 같은 제한된 **전체**; 산업노동의 반복적 패턴과 시간이 흘러도 변함없는 제도 패턴과 같은 시간적 **리듬**; 젠더, 인종, 계급, 관료주의를 포함한 강력한 **계층질서**; 다국적 교역, 테러리즘, 운송처럼 사람과 사물을 연결하는 **네트워크**. 이 모두는 문학 연구와 문화 연구에 중요한 의미를 가진다. 제한된 전체는 서정시와 서사적 종결의 모델이었고, 리듬은 시의 음보 그리고 문학사를 조직하는 중요한 요소였다. 계층질서는 문학 텍스트가 특정한 가치와 특정한 인물을 부각시키는 방식을 조직하고, 네트워크는 국민문화, 작가, 인물을 연결한다.

각 장은 각 형식이 문학작품, 사회제도, 문학과 사회에 대한 우리의 지식—즉, 학계에서 이루어지는 학술적 대화—을 어떻게 조직하는지 면밀하게 다룬다. 이 책에서 다루는 각 형식에 대하여 나는 다음 네 가지 질문을 제기하고자 한다.

1. 각 형식은 어떤 특정한 질서를 부여하는가? 각 형식의 사용성을 면밀하게 검토하는 것만으로도 놀라운 결론을 얻을 수 있다는 것이 이 책의 주장이다. 가령 이 책은 서사적 종결이 사실 봉쇄하지 않으며, 형식주의라고 알려진 신비평이 사실 서정시 형식에 과도한 관심을 기울인 것이 아니라 오히려 이를 소홀히 다루었다고 주장한다.

2. 어떻게 학술적 지식이 제 주장을 확고하게 만들기 위하여 특정한 조직 형식에 의존하는가? 어떻게 학술적 형식에 대한 자의식이 문학·문화 연구 분야 학자들의 주장을 변화시키는가? 나는 책의 일부분을 할애하여 가장 완고한 반형식주의 학자들이 자신들의 주장을 개진할 때 사실상 형식에 의존한다는 점을 보여 주고자 한다.

3. 문학적 형식과 정치적 형식의 관계를 어떻게 이해할 것인가? 미학적 형식이 사회적 삶을 반영한다고 읽는 비평적 관행을 넘어, 문학적 형식과 사회적 형식이 서로의 근거나 원인이 되지 않으면서 서로 접촉하고 영향을 주고받는 양상을 살펴보고자 한다.

4. 헤게모니를 차지한 어떤 단일한 체계 또는 지배적 이데올로기가 아니라 많은 형식들이 한꺼번에 우리를 조직하는 경우, 어떤 정

치적 전략, 어떤 변화의 전술이 가장 효과적인가? 정치가 공간적 틀, 반복과 지속, 높고 낮음의 수직적 배열, 상호연결의 네트워크 등 여러 종류의 형식을 통해 작동한다면, 이 중 하나에 저항한다고 해서 그 밖의 다른 형식으로부터 해방되지 않는다. 오히려 저항은 다른 형식의 권력을 생성하거나 강화할 수 있다. 이 책에서 가장 중요하고 가장 도전적인 주장은, 많고 많은 형식들이 어떤 순간에도 우리를 조직하고 있다는 것이다. 그렇다면 이처럼 형식들이 중첩하는 세계에서 사회변혁을 위한 가장 좋은 기회를 정확히 어디에서 찾아야 하는가? 하나의 형식을 다른 형식과 대립시킬 것인가? 아니면 가령 인종적 계층질서를 변경하거나 배타적 경계선을 교란시키는 새로운 형식을 도입할 것인가? 나의 주장은, 우리가 경험상 알 수 있는 가장 일상적인 사실이기도 한, 놀라울 정도로 수없이 교차하는 형식들을 다루기 위해서는 매우 섬세한 결의 형식주의적 독법이 필요하다는 것이다.

이 책에서는 테마파크, 경영 계층질서, 고전 비극, 잘 빚은 항아리,[42] 문학사, 젠더이론과 같은 다양한 형식적 예시들을 다룰 것이다. 이와 같은 광범위한 다양성은 이 책에서 제시하는 방법론이 다양한 분야에서 활용될 수 있음을 입증한다. 다시 말해, 이러한 접근법은 중세 수

---

42 '잘 빚은 항아리'는 브룩스가 지은 책 이름으로, 원래는 영국 시인 존 던John Donne 의 시 〈시성식諡聖式·Canonization〉에서 따온 표현이다. '잘 빚은 항아리'는 외부적 맥락과 관계없이 내적으로 통일된 전체를 이루는 문학작품을 일컫는 말로 널리 사용되고 있다.—옮긴이

도원, 모더니즘 조각, 초기 미국의 우편제도, 포스트콜로니얼Postcolonial 비평과 같은 다양한 장소와 제도에서 생산적으로 이용될 수 있다. 여기서 다루는 많은 예시들은 내가 가장 잘 아는 빅토리아조 시기의 영국에서 끌어온 것들이지만, 이것은 문학·문화 연구의 특정한 시기에 국한되지 않고 널리 적용 가능한 프로젝트이다.

이 책의 마지막 장에서는 네 가지 주요한 형식을 모두 활용하는 완전히 새로운, 심지어 반직관적이라고 할 만한 비평적 패러다임을 다룰 것이다. HBO의 탁월한 텔레비전 시리즈물 〈더 와이어〉(2002~2008)는 제한된 전체, 리듬, 계층질서, 네트워크를 포함한 많은 숫자의 서로 충돌하는 사회적 형식들에 의해 사회적 삶이 구조되고 완전히 예측 불가능한 방향으로 전개된다는 점을 개념화한다. 〈더 와이어〉는 하나의 형식적 충돌이 다른 형식적 충돌에 미치는 영향을 추적하는 서사적 논리에 의존하며, 세계를 설명하는 심층적·선행적·형이상학적 인과성 모델을 거부한다. 수많은 사회적 패턴들이 서로 만나고 변경하고 파열하는 양상을 추적함으로써 〈더 와이어〉는 작동하는 수많은 형식들로부터 만들어지는 세계를 탐구한다. 이 시리즈는 문학 연구와 문화 연구에 새로운 모델을 제공할 것이다.

나는 이 책이 방법론적으로 새로운 출발점이 되기를 기대한다. 이 책은 미학적 형식과 사회적 형식, 공간적 형식과 시간적 형식, 고전적 형식과 현대적 형식, 주요 형식과 부차적 형식, 비슷한 형식과 다른 형식, 징벌적 형식과 서사적 형식, 물질적 형식과 운율적 형식 사이의 관계를 이해하는 새로운 방법을 제시한다. 형태와 배열을 추적하는 방법은 문학 텍스트 또는 미학적 텍스트에 국한되지 않으며, 텍스트

·신체·제도를 조직하는 형식들에 대한 자세한 읽기와 면밀한 검토를 포함한다. 헤더 러브Heather Love의 우아한 표현을 빌리자면, "자세하지만 깊지 않은" 이 방법은 의미보다는 패턴을, 해석적 깊이보다는 관계의 복잡성을 찾는 비평이다.[43] 동시에 이 방법은 문학비평가들이 전통적으로 가장 잘해 왔던 것, 즉 복잡한 상호관계와 수없이 중첩하는 배열을 읽는 것에 기초한다. 이제 이와 같은 방법론을 **수출**할 때가 왔다. 우리의 전통적인 기술을 새로운 대상, 즉 정치적 효력을 발휘하는 가장 중요한 지점인 사회구조와 제도에 적용해 보는 것이다. 나는 다양한 질서 형식들이 세계에서 작용하는 방식을 관찰함으로써 권력에 대하여 많은 것을 배울 수 있음을 보여 주고자 한다. 또한, 정치에 관심을 가진 비평가들이 이제는 형식주의자가 되어야 한다고 말하고 싶다. 서로 갈등하는 형식의 논리들은 우리의 삶을 조직하고 해체하며, 끊임없이 박탈의 고통을 가하면서도 예기치 못한 기회를 제공한다. 형식주의자가 되어야 그 형식의 논리에 개입할 수 있다.

---

43 Heather Love, "Close but Not Deep: Literary Ethics and the Descriptive Turn," *New Literary History* 41 (2010): 375, 378; Sharon Marcus and Stephen Best, "Surface Reading: An Introduction," *Representations* 108 (fall 2009): 11-12. 여기서는 "자유의 프로젝트에 대한 의구심"을 고백하면서 "제한들이 존재를 구조하는 양상"에 주목할 것을 촉구하는 마커스와 베스트의 작업에 따른다.

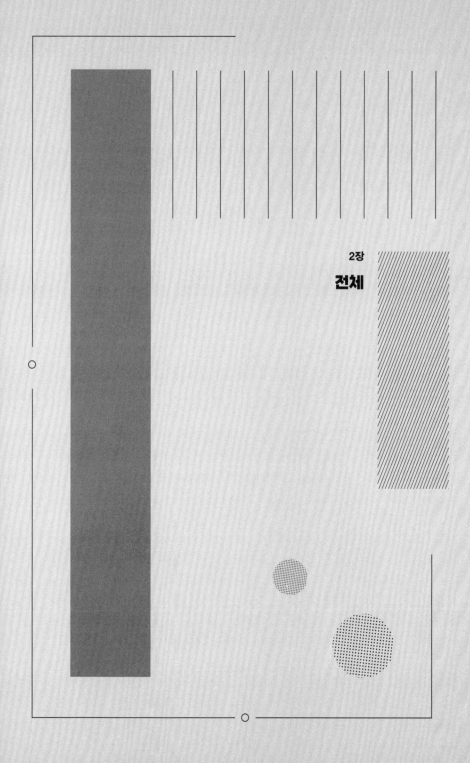

2장

전체

총체성. 통일성. 봉쇄. 전체성. 많은 비평가들에게 이러한 단어들은 형식 그 자체와 동일시된다. 예술 작품의 형식을 말하는 것은 통합하는 형식의 힘, 즉 분리된 부분들을 규합하는 능력을 가리킨다. 아리스토텔레스는 문학작품은 "그 통일성에 있어서 살아 있는 유기체를 닮을" 정도로 "전체이며 완전"해야 한다고 말한다. 1818년 사무엘 테일러 코울리지Samuel Taylor Coleridge는 예술 작품이 "다양한 부분들"을 "통합한다"고 주장한다. 20세기 마르크스주의자들과 신비평가들은 모두 형식을 닫힌 전체로 이해하였다. 문학 형식을 통합적이고 폐쇄적인 것으로 생각하는 오랜 전통은 서사 형식을 "총체화"로 보는 피터 브룩스의 정신분석적 관점으로부터 "구조적으로 모순적인 또는 이질적인 요소들의 공시적 통합"이라는 프레드릭 제임슨의 마르크스주의적 분석에 이르기까지 다양한 문학비평의 가닥들을 따라 지속되어 왔다. 이것은 소설을 "통합된 상징적·구조적 체계"로 보는 알렉스 월로크의 신형식주의적 이해와 전 세계 문학작품의 "디에게시스적 총체성diegetic totality"을 비교하는 에릭 헤이엇Eric Hayot의 세계문학 연구와 같이 우리 시대에까지 이어지고 있다.[1]

---

[1] Aristotle, *Poetics*, trans. S. H. Butcher and ed. Francis Fergusson (New York: Hill and Wang, 1961), 105. Samuel Taylor Coleridge, "On Poesy or Art," in J. Shawcross,

1970, 80년대에 들어서자 형식은 물론 형식주의 비평도 예술적 전체를 강조한다는 이유로 악평의 대상으로 전락했다. 이론가들의 비판은 주로 두 가지였다. 첫 번째 주장은, 문학적·미학적 형식은 현실적으로 경계가 있는 전체성bounded wholeness을 전혀 만들어 내지 못한다는 것이다. 독자들과 작가들은 특정한 시공간에 위치하고 존재하기 때문에 미적 대상에 특정한 지식과 경험을 끌어들이게 마련이다. 그럼으로써 미적 대상은 시대와 문화에 따라 다르게 그 의미를 활성화시키고 재형성한다. 그렇다면 예술은 유통되고 소비되는 그 사회적 맥락 밖에서는 의미를 가질 수 없다. 해석은 책이나 구술 공연과 같은 텍스트의 물질적 형태, 의도된 관객과 실제 관객, 젠더 규범 또는 변화하는 예술의 개념에 대한 논쟁과 같은 당대의 논쟁거리에 따라 변하게 된다. 말하자면, 창조와 수용이라는 사회적 세계로부터 분리될

Biographia Literaria 2 (Oxford: Clarendon Press, 1907), 255. 죄르지 루카치György Lukács는 "예술 작품의 형식은 그 작품이 주제로 다루는 삶을 닫힌 전체로 조직하는 것"이라 말한다. "Observations on the Theory of Literary History," quoted in Franco Moretti, *Signs Taken for Wonders: On the Sociology of Literary Forms* (London and New York: Verso, 1983), 10. 윌리엄 윔새트William Wimsatt는 "부분보다 전체가 우선하며, 부분과 부분끼리 그리고 부분과 전체가 서로 조화를 이루고 서로 의존한다"고 주장한다. 또한 윔새트에 따르면, "부분은 고유하고 대체 불가능하다. 그리고 부분은 미학적 전체에 앞서 존재할 수 없고, 미학적 전체 그 바깥에서도 존재할 수 없다." "Organic Form: Some Questions about a Metaphor," in *Romanticism: Vistas, Instances, Continuities*, eds. David Thorburn and Geoffrey Hartman (Ithaca, NY: Cornell University Press, 1973), 26. 피터 브룩스는 서사에서 "의미의 최종적 결정타는 마지막에 있다"고 설명한다. *Reading for the Plot: Design and Intention in Narrative* (Cambridge: Harvard University Press, 1984), 52; Fredric Jameson, *The Political Unconscious* (Ithaca, NY: Cornell University Press, 1981), 141; Alex Woloch, *The One v. the Many* (Princeton: Princeton University Press, 2003), 14; Eric Hayot, *On Literary Worlds* (Oxford: Oxford University Press, 2012), 45.

수 있는 미학적 전체는 존재하지 않는다.[2]

두 번째 비평은, 전체를 추구하는 것이 정치적 이유로 해롭다는 것이다. 지난 30년간 비평가들은 사회적 통합과 총체성을 뒤흔들고 저항하며 차이와 다양성을 열심히 추구하였다. 후기구조주의 페미니스트인 뤼스 이리가레를 예로 들어 보자. 그녀는 "형식의 차별과 개별화"에 반대하는 논지를 꾸준히 전개해 왔다. 이리가레는 이를 "개인의, (남성) 생식기의, 고유명사의, 고유한 의미를 지닌 형식 중 **하나,** … 하나의 한정된 형식에만 가치를 부여하는" 서구의 "남근형태주의phallomorphism"라 비판한다. 남성적인 서구가 세상을 제한된 단일한 형식으로 혹은 형식을 통해 이해하는 반면, 여성의 섹슈얼리티는 확산적이고 다원적이기에 해방적 대안을 제공한다고 주장한다. 이리가레를 비롯한 많은 이들이 보기에 형식의 문제점은 바로 통합된 전체, 즉 포함과 배제를 만들어 내고 구속하는 경계를 부여하려는 의도를 인정한다는 것이다.[3] 미학적 통일성에 가치를 두는 것은 경험의 이질성과

---

2 케이트 밀레트Kate Millet의 유명한 여성주의 저서 《성의 정치학Sexual Politics》은 자족적인 미학보다 정치적 맥락을 강조한 첫 번째 영향력 있는 학술적 논의라고 할 수 있다. (New York: Doubleday, 1969). 형식적 통일성에 대한 마르크스주의 비평으로는 이제 인기 교재가 된 테리 이글턴의 《문학 이론Literary Theory》 (Oxford: Blackwell, 1983)이 있다. 자크 데리다는 *Dissemination*, trans. Barbara Johnson (Chicago: University of Chicago Press, 1981)과 *The Truth in Painting*, trans. Geoff Bennington and Ian McLeod (Chicago: University of Chicago Press, 1987)에서 작품의 내부와 외부 관계에 대한 근본적인 질문을 제기하였다. 자기폐쇄적인 형식적 통일성의 한계를 지적한 명쾌한 분석으로는 다음을 참고하라. Frank Lentricchia, "How to Do Things with Wallace Stevens," in *Close Reading: The Reader*, eds. Andrew DuBois and Frank Lentricchia (Durham, NC: Duke University Press, 2003): 136-55.

3 Luce Irigaray, *This Sex Which Is Not One*, trans. Catherine Porter (Ithaca, NY and

다원성을 지배하고 조절하고 규제하려는 더 큰 욕망을 암시한다.[4]

통일성과 총체성의 정치적 함의에 관심을 두는 이론가들은 대체로 반형식주의자들이다. 다시 말해, 그들은 형식의 봉쇄하는 힘에 저항한다. 그러나 그 과정에서 형식이 통합하고 총체화한다는 전통적 형식주의자들의 전제를 그대로 유지한다. 사실, 나는 여기서 형식주의자와 반형식주의 비평가들이 신비평의 시대 이래로 지속되어 왔고 유행하였으며 사실상 변화하지 않는 문학 형식의 정치학에 대해 특정한 가정을 공유하고 있음을 지적하고 싶다. 문학 형식이 정치적 공동체와 쉽게 연관되어 배치될 수 있다는 생각, 즉 서정시의 제한된 전체와 국가의 제한된 전체가 사실상 상응한다는 가정 말이다. 마크 레드필드Marc Redfield가 설명하듯, "잘 빚은 항아리의 매끄러운 모습은 정치 자체의 섭리적 질서를 반영한다."[5]

지금까지 설명한 두 갈래의 비평은 모두 해체이론으로 수렴된다. 자크 데리다가 어떤 문학작품도 닫힌 통일성을 이룰 수 없다고 주장한 것은 유명하다. 데리다에 따르면, 각 단어는 어떤 주어진 대상에

London: Cornell University Press, 1985), 26.

4 이와 비슷하게, 주디스 버틀러Judith Butler도 아버지의 법과 이성애적 친족관계가 심리적 생존에 반드시 필요하다고 본 이른바 "라캉적 형식주의"의 부활을 비판한다. 이러한 친족관계의 규제는 지나치게 고정적일 뿐만 아니라 강력한 제약을 가하고 있어, 버틀러는 형식주의 그 자체가 문제라고 지적한다. 말하자면 형식주의는 "사회규범에 대한 구성주의적이고 유연한 설명"을 배척한다. *Antigone's Claim* (New York: Columbia University Press, 2002), 75. 질 들뢰즈 또한 *Repetition and Difference*, trans. Paul Patton (London: The Athlone Press, 1994)에서 형식에 비해 차이가 갖는 중요성을 강력히 주장한다.

5 Marc Redfield, *Phantom Formations* (Ithaca, NY: Cornell University Press, 1996), 10.

본래 있는 것은 아니지만, **차연**difference이라는 끝없는 과정에서 떠오르는 다른 흔적 또는 표식과의 관계를 통해서 그 정체성을 획득한다. 이는 데리다의 연구에서 매우 중요한 의미를 갖는다. 제한된 전체를 향한 욕망은 심각한 정치적 파장을 불러일으키기 때문이다. 데리다는 내부와 외부의 관계, 즉 당연히 속하는 것과 배척하고 버려도 되는 것 사이의 관계가 서구 철학의 근본임을 정밀하게 보여 주면서, 폐쇄적인 본질적 내부를 불필요한 외부로부터 구별하려는 이 근원적 투쟁이 최악의 정치적 파국을 초래한다고 지적한다.

예를 들어, 데리다는 고대 아테네의 희생양을 분석하면서 확실한 경계를 부과하려는 폭력적 욕망을 비판한다. 그에 따르면, 폐쇄된 체제로서의 도시는 결국 실패를 모면할 수 없다. 희생양을 죽인 다음 도시는,

> 도시를 재통합하고 안전을 위해 궁정을 폐쇄하고 아고라 광장의 경계 내에서 아테네를 아테네답게 만드는 핵심적 요소를 되찾는다. 이 모든 것은 외부적 위협 또는 공격을 대표하는 존재를 그 영토로부터 폭력적으로 배제함으로써 비로소 완성된다. 그 대표자는 불시에 침입하여 도시 내부를 감염시키는 악의 타자성을 표상한다. 그러나, 그 외부의 대표자는 공동체에 의하여 구성된 존재이다. 공동체가 그의 지위를 주기적으로 부여했고, 공동체의 내부 깊숙한 곳에서 그를 선택하고 기르고 음식을 먹였다.[6]

---

6 Derrida, *Dissemination*, 133.

데리다는 여기서 "구성적 외부constitutive outside"없이는 소속이라는
것, 즉 내부라는 것이 있을 수 없음을 보여 준다. 폐쇄적 전체는 치러
야 할 정치적 비용이 상당하다. 고대의 희생으로부터 파시즘, 그리고
반이민 정책—데리다는 '환대hospitality'에 대한 글에서 이 문제를 다룬
다—에 이르기까지, 총체성은 일관성을 유지하기 위해 추방과 배척
abjection이라는 폭력적 행위에 의존한다.

초기 해체주의 이후 문학과 문화를 연구하는 학자들이 경계가 있
는 전체성을 비판하는 것은 아주 흔한 일이 되었다. 몇몇 학자들은
데리다의 구성적 외부에 대한 탐구를 계속했다. 그중에서 주디스 버
틀러가 단연 독보적이다. 버틀러는 이성애 중심적 정치 공동체가 강
력하고 가혹하게 작동하도록 만드는 배척된abjected 범주로서 퀴어성
queerness에 주목한다.[7] 다른 비평가들도 국민국가, 국경 장벽, 교도소
감방, 묶인 주체와 같은 감금하는 정치적 울타리와 경계를 거부한다.[8]
이와 비슷하게 사회적 경험의 복잡성은 인위적인 정치적 울타리로 봉
쇄할 수 없다고 지적한 학자도 있다.[9]

---

7 버틀러의 글에 반복적으로 등장하는 용어이다. 일례로 다음을 참고하라. *Bodies That Matter: On the Discursive Limits of "Sex"* (New York: Routledge, 1993), 194.

8 일례로, 폴라 추Paula P. Chu는 아시아계 미국문학이 "동화assimilation의 두드러진 모델들을 복잡하게 만들고 전복시키고 이의를 제기하기에 가치가 있다고 주장한다." *Assimilating Asians* (Durham, NC and London: Duke University Press, 2000), 4.

9 아르준 아파두라이Arjun Appadurai는 매체와 이주를 국민국가에 균열을 일으키는 두 가지 사회적 사실로 지적한다. *Modernity at Large* (Minneapolis: University of Minnesota Press, 1996), 2-3. 그리고 도미니크 리처드 데이비드 토머스Dominick Richard David Thomas에 따르면, "콩고의 경우, 국민국가는 이념가들과 국가가 후원하는 공식 문학에 의해 위로부터 조종되어 왔고, 이는 구전문학과 비공식적

서로 다소간 차이는 있지만, 이 학자들은 모두 봉쇄하는 전체의 힘을 거부하는 데에 정의 또는 해방의 가능성이 있다고 주장한다. 그래서 이들은 내부와 외부의 대립을 해체하거나, 제한을 파열하고 이에 저항한다. 또는 제한이 애초부터 제대로 봉쇄한 적이 없다고 말한다. 요즘 선호하는 문학 텍스트들은 잘 빚은 통합체라기보다는 봉쇄적 형식을 거부하고 불연속성과 균열을 보여 주는 텍스트들이다.[10] 신형식주의 비평가 중 가장 영향력 있다고 할 수 있는 수잔 울프손마저도 낭만주의 시인들이 신화적 전체를 거부하고 '균열,' '불연속성,' '불협화음'을 선호하면서 의도적으로 유기적 형식에 균열을 내거나 의문을 제기했다고 주장한다.[11] 이처럼 신형식주의자들은 저항과 파열을 찬양하는 해체적 전통을 이어 가는 한편, 전체는 봉쇄하기 위해 존재한다는 입장을 답습한다.

나 역시 감금하고 추방하는 통일체의 힘을 경고하는 비평 전통을 강력하게 지지한다. 모든 정치적 형식 중에서 가장 문제적인 것이 제한적 틀이라는 것은 맞는 말이다. 이 형식들은 정치공동체로부터 인간 주체에 이르기까지 환경적으로나 윤리적으로나 우리의 이해를 제

인 문학, 그리고 디아스포라 문학에 의해 차례로 도전 받아 왔다." *Nation-Building, Propaganda, and Literature in Francophone Africa* (Bloomington: University of Indiana Press, 2002), 2.

10 예를 들어, 조안나 브룩스Joanna Brooks는 "무질서와 재난으로부터 의미를 만들고 그 의미를 일시적이나마 새로운 친밀함과 관계의 형식을 이루는 기초로 사용하는 서사적 공식"이 가치 있다고 주장한다. "From Edwards to Baldwin: Heterodoxy, Discontinuity, and New Narratives of American Religious-Literary History," *American Literary History* 22 (summer 2010): 443.

11 Susan Wolfson, *Formal Charges* (Stanford: Stanford University Press, 1997), 10.

한하는 심각한 결과를 초래하고, 더 나아가 파시즘, 인종차별정책, 퀴어 배척과 같은 폭력을 조직한다.[12] 하지만 여기서 나는 해체적 방법이 강력하기는 하지만 통일된 전체의 모델들에 대한 유일한 효과적 반응이 아님을 주장하고자 한다.

이 장은 제한된 전체를 통해 미학적·철학적·정치적 영역을 서로 연결하려는 긴 이론적 전통으로부터 출발한다. 나는 미적 대상이 배타적인 정치공동체나 기초 철학 개념과 통일성이라는 형식적 속성을 공유한다는 주장을 탐구할 것이다. 하지만 그 과정에서 이러한 전통에서는 다소 생소한 질문, 즉 제한된 전체의 사용성에 대한 질문을 던져 보려고 한다. 대부분의 비평가들은 배제하고 가두는 총체성의 사용성에 주목한다. 이는 물론 총체성의 중요한 기능이지만 그 과정에서 그 안에 다른 진보적 사용성이 있을 가능성을 생각해 보지 않았다. 문학적 정치적 전체가 갖는 가능한 사용성을 빠짐없이 다 밝힌다면 모든 총체성이 분열되고 파괴되어야 한다는 가정은 성립될 수 없다. 사실, 우리는 제한된 전체 없이는 살 수가 없다. 하나로 뭉치는 힘이야말로 정치적 행동을 가장 가치 있게 만드는 원동력이다.

문학 연구에 큰 영향을 끼친 학자 클린스 브룩스와 메리 푸비Mary Poovey를 살펴보자. 이들은 신비평과 신역사주의라는 두 영향력 있는 학파를 대표한다. 우선, 세부적인 입장이 서로 다른 많은 사상가를 하

---

12 버틀러에 대한 대답으로 캐리 울프Cary Wolfe의 책을 참조하라. *Before the Law: Humans and Other Animals in a Biopolitical Frame* (Chicago and London: University of Chicago Press, 2013), 16-21.

나로 묶어버리는 것은 환원적일 수 있으나, 좋은 시는 복잡한 재료들로부터 잘 짜여진 통일성을 만드는 것이라는 브룩스의 주장은 신비평가들의 생각을 효과적으로 보여 준다. 신비평가들은 거의 보편적으로 이와 같은 주장에 동의한다. 윌리엄 윔새트의 "전체적 구조total structure", 로날드 크레인Ronald S. Crane의 "구체적 전체concrete whole", 윌리엄 엠슨William Empson의 "전체로서의 사물the thing as a whole"을 생각해 볼 수 있다.[13] 다른 신비평가들과 달리 좀 더 역사적인 접근법을 강조하는 르네 웰렉René Wellek과 오스틴 워렌Austin Warren마저도 "모든 예술 작품이 재료에 질서와 조직, 통일성을 부과한다"는 점을 들어, 시가 일상 언어와 다르다고 설명한다.[14] 브룩스는 가장 명시적으로 문학 형식을 경계가 있는 봉쇄틀과 연관 지은 비평가로 유명하며, 내부와 외부를 구분하는 공간적 윤곽이 분명한 하나의 형태, 즉 잘 빚은 항아리를 자주 언급한다.

푸비는 1980년대와 1990년대에 이러한 신비평의 전제를 비판하면서 명성을 얻은 대표적인 역사주의자이다. 푸비를 비롯한 비평가들은 텍스트를 사회적 경험으로부터 유리시킨 채 통일적이고 자율적인 것으로 읽는 독법을 강력하게 거부한다. 이 학파에서 가장 영향력이 큰

---

[13] William Kurtz Wimsatt, *The Verbal Icon: Studies in the Meaning of Poetry* (Lexington: University of Kentucky Press, 1954), 202; William Empson, *Seven Types of Ambiguity* (New York: New Directions, 1947), xi; Ronald S. Crane, *The Languages of Criticism and Structure of Poetry* (Toronto: University of Toronto Press, 1957).

[14] René Wellek and Austin Warren, *A Theory of Literature*, 3rd edition (New York: Harcourt Brace, 1970), 24.

스티븐 그린블랫은 인류학으로부터 통찰력과 모형을 빌려 와, 문학 텍스트는 역사적으로 특정한 사회에 뿌리박고 있으며 특정 문화 코드와 조건에 의해 형성되지만 또 반대로 그들에게 영향을 미친다고 주장한다.[15] 푸비는 심지어 한 걸음 더 나아가 정전政典 예술 작품을 완전히 거부하고 그 대신에 복식부기double-entry bookkeeping와 같이 명백하게 비미학적인 대상들을 통해 넓은 역사적 담론을 설명하고자 한다. 현재 활동 중인 가장 견고한 반형식주의자인 푸비는 정치적 근거를 들어 신비평적 접근법을 명확히 거부한다.

이처럼 브룩스와 푸비는 영향력 있는 학파를 상징할 뿐 아니라 형식주의 스펙트럼의 양 극단을 대표한다. 그리고 형식을 바라보는 두 사람의 접근법은 상반된 정치·사회적 가치관을 반영하기도 한다. 브룩스가 예술과 삶의 통일성을 예찬하기 위해 폐쇄된 전체의 모델을 사용한다면, 푸비는 사회적 경험에 봉쇄적 형식을 부과하는 것에 전적으로 반대한다. 여기까지는 충분히 예상 가능하다. 그러나 주목할 만한 점은 브룩스가 놀랍게도 본인이 내세운 시적 형식의 표상, 즉 잘 빚은 항아리의 모델을 스스로 무너뜨린다는 것이다. 결국 잘 빚은 항아리는 특히 서정시에 알맞은 모델이 아니다. 말하자면 브룩스는 자신의 미학적·정치적 프로젝트의 중심부에 위치한 문학 형식과 봉쇄하는 통일성의 유사성에 대해 새로운 질문을 제기한다. 반면에 푸비는 형식들 간의 차이와 상호작용에 주목하면서, 의도한 바는 아니지

---

[15] Stephen Greenblatt, *Renaissance Self-Fashioning: From More to Shakespeare* (Chicago and London: University of Chicago Press, 1981).

만 실제로는 브룩스보다도 더 엄격하게 형식주의적으로 폐쇄된 전체를 분석한다.

푸비에 대한 독해를 통해 내가 주장하려는 바는, 정치적 경계선을 의심하는 문학 및 문화 연구자들조차 학문적으로는 폐쇄된 전체를 거부하고 또 반대하는 바로 그만큼 또는 그 이상으로 그것에 의존한다는 것이다. 왜냐하면 이러한 형식들은 특정한 종류의 중요한 사유 활동을 내포하기 때문이다. 플라톤적 전통에 따라 나는 전체성을 개념화의 가능성에 연결할 것이다. 학자들은 통상 분석 대상을 두고 경계선을 그어 개념을 한정짓고, 포함할 것과 배제할 것을 결정한다. 그 결과, 많은 진보적 성향의 학자들, 특히 형식적 총체성을 가장 반대하는 이들조차도, 사실 알고 보면 자신들이 비판하는 바로 그 모델에 의존하게 된다. 제한된 전체는 그 억압과 제한에 유의할 필요가 있지만, 충분히 수용할 만한 정치적 가능성도 아울러 내포한다. 이에 나는 그 위험성에도 불구하고, 진정으로 해방적이고 변혁적인 정치적 작업을 위해 개념의 봉쇄하고 통합하는 힘을 이용할 것을 제안한다.

그러한 작업은 어떤 모습인가? 여기서 나는 최종적으로 통합하는 봉쇄틀이 갖는 힘에 대한 새로운 전략적 해결책을 제시하고자 한다. 우리의 유일한 선택지가 비판하고 깨부수고 저항하는 것이라면, 우리는 제한된 전체가 항상 그리고 필연적으로 위험하며 제 마음대로 경험을 조직한다는 기존의 생각을 강화할 뿐이다. 나는 형식을 파괴하기보다 방법론적 대안을 제시하고자 한다. 중세 교회 공간, 서사적 종결, 빅토리아 시대의 젠더에 따른 '분리된 영역separate spheres'을 포함하여 제한된 전체들 간의 여러 역사적이고 문학적인 조우遭遇들을 살펴보고자 한다. 그래서 제한된 전체가 내포하는 것이 정확하게 무엇인지, 그리고 그것들이 세상의 다른 형식들과 마주쳤을 때 무슨 일이 일어나는지 알아보려 한다. 이것은 총체성과 통일성이 제한하는 힘이 있다는 주장을 반박하는 일이다. 또한 이것은 강력한 형식주의 전통의 한 분파를 거부하면서도 그 자체로 강력한 형식주의를 만드는 일이다.

《잘 빚은 항아리》

클린스 브룩스의 《잘 빚은 항아리The Well Wrought Urn: Studies in the Structure of Poetry》(1947)만큼 형식이 제한된 통합체라는 인식을 확고하게 심어준 이론서도 없을 것이다. 널리 읽고 가르친 덕분에 이 책은 1947년 한해에만도 증쇄를 여러 번 거듭했고, 이후 수십 년간 교과서로 애용되었다. 언뜻 보면 브룩스의 형식 개념은 가두는 것과는 거리가 멀어 보인다. "모순과 수식"으로 글을 짓는 시인은 "그의 도구가 갖는 속성상 역설에 이를 수밖에 없다"고 말하기 때문이다.[16] 시는 아이러니와 경탄을 자아내면서 "과학과 상식을 위반하는"(17) 방식으로 조화롭지 못한 속성들을 화합한다. 이 모든 것은 고착되고 확정되길 거부하는, 언어의 미끄러짐을 찬양하는 듯하다. 하지만 《잘 빚은 항아리》에는 또 다른 충동이 작동한다. 브룩스는 시적 언어의 끊임없는 변

---

16 Cleanth Brooks, *The Well Wrought Urn* (New York: Reynal and Hitchcock, 1947), 9, 10.

화와 미묘한 모순이 중요하지만, 이것들이 "규제되고 통제되어야"(8) 한다고 말한다. 사실 이러한 역설은 최종적으로 우리를 새롭고 초월 적인 합일로 이끄는 중요한 주장이다. 말하자면, 시인은 "경험의 통일 성을 확보하는 능력, 다시 말해 모순적이고 갈등하는 경험의 요소들 을 보다 고차원적으로 통합하여 새로운 패턴으로 만듦으로써 경험의 혼란을 극복하는 통찰력"(195)을 제공한다.

이러한 궁극의 통일성을 표현하기 위해 브룩스가 자주 쓰는 형상은 잘 빚은 항아리라는 물질적 그릇이다.[17] 잘 빚은 항아리는 이제 너무 익숙해서 당연한 것으로 여겨진다. 그러나 여기서 잠깐 멈춰서 이 형 태가 함축하는 의미를 생각해 보자. 브룩스는 분명하게, 여러 번 되풀 이하여 시는 항아리라고 말한다.[18] 셰익스피어William Shakespeare, 던John Donne, 그레이Thomas Gray, 키츠John Keats가 모두 그들의 시와 그들이 묘 사하는 항아리 간의 유사성을 시사했다는 점만 보더라도 이는 납득

---

17 《잘 빚은 항아리》에는 네 개의 '항아리'가 있다. 셰익스피어의 시 〈불사조와 거북이 The Phoenix and the Turtle〉에서 불사조의 재를 담고 있는 항아리, 던의 〈시성식諡 聖式 · The Canonization〉에 나오는 "잘 빚은 항아리," 그레이의 〈시골 교회 마당에서 쓴 비가Elegy Written in a Country Churchyard〉에 나오는 "이야기 항아리" 그리고 키츠의 〈그리스 항아리에 부치는 노래Ode on a Grecian Urn〉에 나오는 그리스식 항 아리가 있다.

18 브룩스는 던의 〈시성식The Canonization〉에 대해 다음과 같이 말한다. "시인은 실제 로 시 속에서 연인들이 좋아할 만한 '아름다운 방'을 만든다. **시 자체가 연인들의 재를 담을 수 있는 잘 빚은 항아리다**"(16, 저자 강조). 그리고 그레이를 다룬 장에서는 "그가 노래한 비가elegy 전체가 이야기 항아리다. 항아리가 바로 그 시 자체라는 말이다. 시 의 모든 행이 그렇다. 시 전체의 시적 구조가 항아리"(112)라고 말한다. 키츠에 관련 해서는 이렇게 설명한다. "하나의 만들어진 사물로서의 항아리, 그 자체의 독자적인 세계로서의 항아리"는 시를 "하나의 전체로서" 읽는 모범적 예를 제시한다(149, 152).

할 만하다. 그러나 종이 위에 펼쳐진 글자들이 항아리가 그러하듯 뭔가를 '담는다'고 할 수는 없다. 언어의 펼쳐지는 구조 때문에 우리는 시를—아주 짧은 서정시도—시간적으로 펼쳐지는 순차적 배열로 읽는다. 물론 나중에는 뭉뚱그린 하나의 실체로 파악하게 되지만 말이다. 그리고 단단한 항아리가 유골을 담아 두는 것과 달리, 시가 언어적 재료들을 통제하고 통합하는 능력은 그 재료들 자체를 통하여 이루어진다.

브룩스 자신도 시를 항아리에 비유하는 것에 한계가 있음을 아는 듯하다. 그래서 그는 또 다른 형식적 패러다임을 소개한다. "시의 구조는 연극의 구조를 닮아서 갈등을 만들어 내는 어떤 것이다"(186-87). 그렇다면 시의 구조를 전달하는 데에는 두 가지 형식이 있다. 하나는 가두고 통제하는 틀이고, 다른 하나는 갈등하는 요소들을 모으는 역동적 과정이다. 궁극적으로 브룩스는 항상 항아리의 안정적인 폐쇄성을 택한다. 그는 결코 끝이 없고, 봉쇄되지 않는 다원성 또는 완벽한 차이를 상상하지 않는다. 그러나 브룩스는 시를 이해하는 비유로 항아리와 연극이라는 두 예술 형식 사이를 오가면서, 시적 형식을 이해하는 핵심에 어떤 미결정성, 또는 모호성이 있음을 암시한다. 시는 항아리인가, 아니면 연극인가? 드라마의 미적 형식 역시 궁극적으로는 갈등을 해소함으로써 하나의 최종적 전체를 빚는, 일종의 봉쇄적 형식인가? 아니면 시는 항아리와 연극 사이를 매개하는 형식인가? 공간적 형식과 연극적 갈등의 성질을 모두 지닌 것인가? 《잘 빚은 항아리》가 이러한 질문에 대답하지 않는다는 사실—또한 이러한 질문을 명시적으로 제기하지 않는다는 것—은 브룩스가 말하는 형식주의의 핵심에 여전히 형식이 밝혀지지 않은 하나의 미스테리로 남아 있음을 시사한다.

이러한 형식적 혼란으로부터 생성되는 하나의 분명한 가치가 있다. 브룩스는 생동하는 에너지와 엄격한 통제 사이의 변증법이 항상 봉쇄로 끝맺는다는 점을 여러 차례 강조한다. 그렇기 때문에 학자들은 브룩스의 저작에 어떤 정치가 내재적으로 작동한다고 줄기차게 주장해 왔다.[19] 냉전시대 미국 학계에서 각광을 받은 시는, 승리감에 취한 민주주의 사회의 모습을 보여 준다. 브룩스는 강요된 스탈린식 단일성의 암시적 그늘과 대비되는 일종의 시적인 "다수로부터 하나로e pluribus unum"를 지지하면서, "시인은 다양성을 존중하는 한편, 반드시 경험의 통일성을 극화시켜야 한다"(195)고 서술한다. 시는 자유주의 국가와 같아서 다원성을 장려하지만, 궁극적으로는 이를 봉쇄해야 한다.

미학적인 단일성과 정치적 단일성 간의 이러한 유사관계는 결코 자유민주주의에만 국한되지 않는다. 우리는 다양한 사례들을 들 수 있다. 문화민족주의자 윌리엄 버틀러 예이츠, 파시스트 레옹 도데Lén Daudet, 마르크스주의자 죄르지 루카치, 이들은 모두 문학 형식을 정치적으로 통합된 전체의 필연적 산물이자, 그 매개체라고 생각했다.[20] 이

---

19 Eagleton, *Literary Theory*, 50; Thomas H. Schaub, *American Fiction in the Cold War* (Madison: University of Wisconsin Press, 1991), 36; and Tobin Siebers, *Cold War Criticism and the Politics of Skepticism* (Oxford: Oxford University Press, 1993), 30.

20 예이츠에 관해서는 다음을 참고할 것. Michael North, *The Political Aesthetic of Yeats, Eliot, and Pound* (Cambridge: Cambridge University Press, 1991), 21-72; 도데에 대해서는 다음을 참고할 것. David Carroll, *French Literary Fascism*

모두를 함께 논의하는 것은 그들의 진정한 차이를 간과하거나 단순화시킬 위험이 있지만, 나는 여기서 이들을 두 가지 이유로 연결시키고자 한다. 첫째, 총체성의 미적 전통과 정치적 전통이 말끔하게 유사관계를 이룬다는 점을 근거로 많은 사상가들은 문학 형식의 통합적 작업과 정치적 공동체의 통합적 작업이 즉시 연결 가능한 것으로 가정한다. 이 가정은 형식 사이의 유사성만을 중요하고 효과적인 유일한 형식적 관계로 받아들인다. 이것이 야기하는 정치 역시 위험하다. 사실, 내가 서로 다른 학파들을 함께 논의하는 두 번째 이유는 이러한 모델들이 모두 제한된 전체의 중요한 사용성—즉, 단일체가 분열된 요소들을 하나로 통합할 때 언제나 '구성적 외부'에 의존한다는 것—을 공유한다는 후기구조주의자의 주장을 강조하기 위해서이다. 단일체는 배제의 행위에 의해 만들어지고 유지된다. 통합된 형식의 수용에는 언제나 정치적 위험이 따른다는 최근 이론가들의 주장은 일리가 있다.

그러나 내가 형식주의에 관심을 두는 비평가들에게 제시하는 것은 비직관적인 결론이다. 브룩스가 남긴 특별한 유산을 어떻게 볼 것인가? 그 대답은 브룩스의 형식주의라는 아기를 그의 정치학이라는 목욕물과 함께 버릴 필요는 없다는 것이다. 왜냐하면 브룩스는 엄격한 형식주의자가 아닐뿐더러 사실 **충분히 형식주의자가 아니기** 때문이다. 브룩스는 놀랍게도 자신이 직접 보여 준 시적·조형적·연극적 형식

(Princeton: Princeton University Press, 1995), 103-104; 루카치에 대해서는 다음을 참고할 것. Timothy Bewes and Timothy Hall, *Georg Lukács: The Fundamental Dissonance of Existence* (London and New York: Continuum, 2011).

들 사이의 두드러진 차이에 별 관심이 없었다. 그리고 그의 책이 진짜 주목하는 형식적 문제는 궁극적으로는 봉쇄하고 통합하고 통제하는 행위다. 봉쇄를 중시한 브룩스는 형식의 차이와 관계들에 대해서는 개의치 않았다. 종국에 가서는 통제를 수용했기 때문에 형식의 복잡성을 구체적으로 살펴볼 필요가 없었다.

학계가 신비평적 독해의 정치적 함의에 대해 당혹감을 느낀 이유는 신비평이 통일성을 하나의 목적으로 보았기 때문이다. 형식을 생각할 때 우리는 봉쇄적 전체를 떠올리며, 뒤이어 파시스트적 전체로부터 자유주의적 동화同化에 이르기까지 정치적 통제와 전체성의 끔찍한 모델들을 떠올린다. 그 결과, 브룩스가 제안했으나 결코 탐구해 보지 않은 형식 간의 복잡한 관계에 대해 생각해 볼 기회를 잃었을지도 모른다. 형식주의적 독법은 항상 그리고 필연적으로 봉쇄와 배제의 우위를 수반하는가? 시적 형식은 어떤 구체적인 방식으로 정치적 공동체와 유사하고 또 차별되는가? 문학 형식들은 어떻게 정치적 형식들을 만나고, 반영하고, 작동시키는가?

사회적 신체

이에 대한 해답을 제시한 사람은 바로 최고의 반형식주의자 메리 푸비이다. 본인도 설명하듯 푸비는 방법론적으로나 정치적으로 신비평과 거리가 멀다. 푸비는 역사적 맥락을 중시하고 정치의식을 드러내는 쪽으로 비평적 전환을 주도한 학자이다. 그런 탓에 방법으로서의 형식주의를 줄곧 반대해 왔다. 《불균등 발전Uneven Developments》(1987)에서 푸비는 "모든 종류의 형식주의 비평가들과 달리 텍스트의 경계를 존중하지 않겠다"고 선언한다.[21] 2001년에는 후기구조주의자들이 전체주의적 형식을 거부하면서도 유기적 전체라는 모델에 여전히 묶여 있다고 지적한다.[22] 그리고 《신용경제의 장르Genres of the Credit Economy》(2008)에서 두 동료 역사주의자, 클로디아 클레버Claudia Klaver와 캐서린 갤러거Catherine Gallagher의 내재적 형식주의를 비판으로써 자신의 원래 주장을 더욱 확장한다. 푸비는 클래버와 갤러거의 독법이 모순과 불일치―과거와 현재의 독자들도 판독할 수 있다고 가정되는―에 의존한다고 주장한다. 그러나 사실 두 사람은 유기적 전체라는 전제로부터 출발한다. 결국, 모순들은 형식적 통일성을 배경으로 할 때 비로소 인지 가능하다.[23] 푸비는 이와 같은 전제를 거부하므로 문학적 해석에 치중하기보다 "역사적 묘사"를 옹호한다. 그래서 전체라는 시대착오적 이상을 그에 공감하지 않는 독자들에게 강요하기보다는, 텍스트의 창작과 초기 수용에 영향을 미친 범주들과 장르적 기대치를 탐구한다.

그런데 흥미롭게도 푸비의 《사회적 신체 만들기Making a Social Body》

21 Mary Poovey, *Uneven Developments* (Chicago and London: University of Chicago Press, 1988), 15, 17.

22 "1940년대 이래 미국에서 출판된 거의 모든 문학비평들은 노골적으로든 암시적으로든 유기적 전체의 비유를 중심으로 이루어졌다." "유기적 전체의 메타포가 암시하는 전체화를 명백하게 거부한 후기구조주의자들"도 이에 속한다. Mary Poovey, "The Model System of Contemporary Literary Criticism," *Critical Inquiry* 27 (spring 2001): 435.

23 Mary Poovey, *Genres of the Credit Economy* (Chicago and London: University of Chicago Press, 2008), 340-43.

(1995)—19세기 영국 대중문화의 등장을 학술적으로 설명한 정밀한 역사학적 저서—에서 제한된 형태는 매우 중요하다. 푸비는 "사회적 신체의 이미지는 두 가지 다른 방식으로 사용"되는데, "다른 인구집단과 구별되는 빈민층을 가리키거나 유기적 전체로서의 영국 (좁은 의미에서는 잉글랜드) 사회를 가리킨다"고 설명한다.[24] 이러한 이중적 의미는 다소 불편한 결과를 가져온다.

이와 같은 이중적 의미를 통해 사회학자들은 인구의 한 부분을 특별한 문제로 다루는 동시에 사회적 전체의 모든 부분을 (이론적으로나마) 통합하는 공동의 관심사를 암시할 수 있다. 따라서 사회적 신체라는 문구는 규율과 배려가 필요하다고 인식되는 부분 집단에 전체에 속할 구성원의 자격을 약속한다(그리고 이들에게 전체의 이미지를 제시한다). (8)

여기서 푸비는 명시적으로 "유기적 전체"를 언급하며 아리스토텔레스로 거슬러 올라가는 형식주의 전통을 환기시킨다. 《사회적 신체 만들기》는 사실 형식주의적 관점에서 사회를 경계가 있고 통합된 전체로 보는 이들을 향한 비평적 대응으로 읽을 수 있다. 푸비는 경험을 조직하는 통합체의 위협적인 힘에 관심이 많았다. 그리고 물샐틈없는 통일성과 통합에 대한 열망을 주의 깊게 관찰하는 만큼, 그러한 전체에 엿보이는 틈새와 균열에도 주목한다. 바로 이러한 관찰력 덕분에

---

24   Mary Poovey, *Making a Social Body: British Cultural Formation*, 1830－64 (Chicago and London: University of Chicago Press, 1995), 7-8.

푸비는 단일하고 제한된 빅토리아 시대 영국 사회의 강력한 새로운 개념들을 추적했던 것처럼, 클래버와 갤러거에게 작동하는 암시적 통일성을 찾아낼 수 있었다.

통일성의 이미지에서 위안과 가치를 찾았던 클린스 브룩스와는 달리, 푸비는 그러한 전체에 대한 비전이 새롭고 거대한 정치적 · 사회적 · 경제적 효과를 빚어낸다고 우려를 표명한다. 제도들 속에 구현된 통일성이라는 환상은 실제로 "동질화 과정"을 일으켰으며, 오늘날의 새로운 것 없이 늘 반복적인 대중문화에서도 그 결과를 감지할 수 있다. 그렇다면 푸비가 형식주의 독법을 그렇게 강하게 거부하는 것도 그리 놀랍지 않다. 푸비의 비판이 겨냥하는 주된 표적은 바로 브룩스가 《잘 빚은 항아리》에서 찬양한 통합된 전체이다.

그러나 이러한 결론은 사실 푸비와 신비평가들 사이에 중요한 연결고리가 있음을 보여 준다. 브룩스와 푸비는 모순과 차이로부터 섬세하고 예술적인 통일성을 빚어야 한다고 말하는 형식주의 문학비평이 결국 통합된 정치적 공동체의 논리로 귀결된다는 점에 동의한다. 브룩스는 분명 통일성의 힘을 예찬하고, 푸비는 이에 저항한다. 하지만 서로 입장이 완전히 다른 두 비평가는 제한된 전체의 구조적 원칙에 절대적으로 의존하여 비평을 전개한다. 이처럼 푸비의 작업은 《잘 빚은 항아리》의 핵심적 조직 논리를 계승하고 있는 것이다.

이제 논의를 좀 더 진전시켜 보자. 푸비의 저서 자체가 그녀가 비판하는 단일한 봉쇄적 형식, 즉 사회적 신체라는 개념을 중심으로 조직되어 있음에 주목할 필요가 있다. 푸비는 이 개념을 바탕으로 특정한 역사적 증거를 수집하고, 독자가 이해할 수 있도록 그 증거들을 적절하게 배열한다. 개념에 대한 이러한 정의는 보통 형식으로 번역되는 플라톤의 에이도스eidos에 가깝다. 그리스어의 용례를 보면, 에이도스는 '형태' 혹은 '모양'을 의미하고 시각적 경험을 떠올리게 한다.[25] 플라톤에게 이것은 혼란스러운 경험적 증거들로부터 안정적인 분류체계를 확립하는 정신적 작업이었다. 우리가 사용하는 개념이 이상적이고 초월적 영역에 존재한다고 믿었던 플라톤과 생각을 같이하는 비평가는 이제 없을 것이다. 그러나 가장 엄격한 역사주의적 학술 연구도 **개념**을 통해 흩어진 자료들에 질서를 부과하는 작업—즉 포함하고 배제하는 일, 구체적인 예시들을 수집하고 이를 다른 항목들과 분리하는 일—을 수행한다. 우리는 이 사실을 고려해야 한다.

푸비는 "정체된 것 또는 실현된 것을 의미하는 명사로서의 형성 또는 문화보다는 능동적 개념으로서 형성체formation"(1)가 갖는 "역동성"을 강조한다. 그러나 그와 동시에 시공간적으로 엄밀하게 경계 지워진 영역, 즉 1830년에서 1864년까지의 대영제국으로 그 초점을 명시적으로 제한한다. 이러한 경계를 근거로, 푸비는 분석 자료를 시공간적으로 통합된 학문적 전체 안에 담아 봉쇄한다. 문화 형성체, 신체, 영역, 경제와 같은 푸비의 핵심 용어들 또한 제한된 봉쇄틀, 즉 이질적인 대상들을 모으고 역사적 시기나 맥락을 초월하는 통합하는 개념으로 작용한다. 푸비는 이 개념들의 한계와 모호성을 추적하지만, 이

---

25 Sven-Erik Liedman, "Is Content Embodied Form?" in *Embodiment in Cognition and Culture*, ed. John Michael Krois (Amsterdam and Philadelphia: John Benjamins, 2007), 128.

개념들은 역설적으로 영국 대중문화의 탄생에 대한 그녀의 주장을 이해하도록 돕는 조직의 원리로 기능한다.

푸비처럼 논지를 조직하기 위해 경계가 있는 형식에 의존하는 것은 다른 역사주의자들도 마찬가지다. 두 편의 완전히 다른 최근의 비평서를 예로 들어 보자. 메러디스 맥길Meredith McGill의 《미국문학과 재인쇄 문화, 1834-1853American Literature and the Culture of Reprinting, 1834-1853》(2003)와 도널드 피즈Donald Pease의 《새로운 미국적 예외주의New American Exceptionalism》(2009)를 살펴보자. 두 학자는 모두 푸비와 마찬가지로 사회적 전체라는 그럴듯한 가짜 환상에 관심을 가졌으며, 증거의 시간적·공간적 경계를 명확히 했다. 맥길은 헌법상 저작권에 대한 대법원의 첫 번째 판결, 1834년 미국의 위튼 대 피터스 소송으로 시작한다. 이 판결의 결과, 미국 출판업자들은 영국을 비롯한 타국의 텍스트를 재출판해도 처벌 받지 않았다. 이 판결을 바탕으로 맥길은 초기 미국의 작가들이 값싸게 재발간된 해외 텍스트들이 빚어낸 "재인쇄 문화" 속에서 활동했다고 주장한다. 말하자면, 미국의 작가들이 새로 탄생한 통일 국가를 대표한다고 보는 전통적인 해석에 반기를 든 것이다.[26] 피즈는 냉전 종식 이후부터 테러와의 전쟁까지의 시기에 이루어진 통합된 "국가 환상"을 만들려는 투쟁을 분석한다.[27] 두 학자

---

[26] Meredith L. McGill, *American Literature and the Culture of Reprinting, 1834–1853* (Philadelphia: University of Pennsylvania Press, 2003).

[27] Donald E. Pease, *The New American Exceptionalism* (Minneapolis: University of Minnesota Press, 2009).

는 모두 명확한 개념들로 논지의 초점을 맞추고, 증거를 둘러싼 시간적 · 공간적 경계를 설정한다. 이 두 책은 강력한 주장을 담은 획기적인 저서들이며, 그 초점은 명확하고 유용했다. 결국, 확실한 개념적 조직 원리와 시간적 · 공간적 시작점과 종료점이 없다면 우리는 사회역사적 해석의 과제를 시작조차 할 수 없다.

사실 알고 보면 푸비, 맥길, 피즈와 같은 역사주의자들도 논지를 전개할 때 통합하고 봉쇄하는 형식의 전통을 계승하는 셈이다. 다시 말해, 이들은 전체성 또는 통일성의 문제를 포착하고, 증거를 둘러싼 시공간적 경계선을 긋고, 어떤 것이 속하고 속하지 않는지를 결정한다. 묘하게도 이 역사주의자들은 브룩스를 많이 닮았다. 즉, 브룩스와 마찬가지로 이들은 파열과 역설, 모순과 같은 복잡성과 균열을 추구하면서도, 그것들이 서로 작용하여 사회적 신체와 국가 환상이라는 통합적 봉쇄틀을 만든다는 점을 보여 준다. 그 봉쇄틀이 바로 그들의 책을 하나로 묶는 핵심적 요소이다. 사실, 브룩스의 서정시보다는 오히려 제한되고 통합된 사회적 신체가 견고하고 제한된 통일체를 보여주는 훨씬 더 설득력 있는 모델이다. 그리고, 신비평가들은 항아리가 없어도 문제없지만, 역사주의 학자들은 비평적 사고와 논리를 조직할 개념, 즉 경계가 있는 봉쇄적 전체가 없이는 학술적 작업을 제대로 수행할 수 없다.

호르헤 루이스 보르헤스Jorge Luis Borges의 단편소설 〈기억의 천재 푸네스〉는 평범한 사유 행위라도 이러한 개념적 추상화의 작업 없이는 불가능하다는 것을 잘 보여 준다. 이 소설에서 주인공 푸네스는 머리를 부딪힌 후 뇌가 평소와 다르게 작동한다. 그의 인지와 기억은 이제

"완벽"해져서 끝없는 세부 사항들로 가득 차게 된다. "그는 1882년 4월 30일 동틀 무렵 남쪽 구름의 형태를 모두 기억한다. 그리고 이를 한 번밖에 본 적 없는 스페인풍으로 제본된 책의 얼룩덜룩한 줄무늬와 비교할 수 있었다. 그리고 케브라초 반란 전날 밤 리오네그로에서 노를 저을 때 일어났던 거품의 모양과 비교할 수 있었다." 푸네스에게 다른 사람들이 모두 "우둔하고 얼빠진 듯" 보였으나, 정작 그 자신은 생각을 할 수 없었다. 왜 그럴까? 왜냐하면 "생각하는 것은 차이를 잊고 일반화하고 추상화하는 것이기" 때문이다. 경험을 추상화할 수 없었기에 명사들은 그를 좌절시켰다. "그는 통칭적 상징인 개가 그렇게 다양한 크기와 형태의 서로 다른 개체들을 포함한다는 것을 이해하기 어려웠다. 3시 14분에 (측면에서 보았던) 개가 3시 15분에 (정면에서 바라본) 개와 이름이 같다는 것이 못마땅했다."[28] 푸네스라는 인물은 "일반적인, 플라톤식의 사고"가 불가능하다. 여기서 제기되는 질문은 과연 세부 사항들을 살리기 위해 형식주의적 추상화를 거부하는 것이 가능한가이다. 우리는 얼마만큼 특수한가? 그리고 경험이 갖는 잠재적으로 무한한 다양성을 제한하는 추상적 개념 없이 논리를 만들 수 있을까?

보르헤스의 소설을 거쳐 푸비로 돌아오면,《사회적 신체 만들기》에서 봉쇄적 형식이란 세 가지 중요한 방식으로 작동한다는 것을 알 수 있다. 첫째, 제한된 전체, 즉 사회적 신체라는 억압적인 허구적 통일성은 푸비가 수행하는 정치적 비평의 표적이다. 둘째, 특정한 시간적 ·

---

28 Jorge Luis Borges, "Funes the Memorious," in *Labyrinths*, eds. Donald A. Yates and James E. Irby (New York: Modern Library, 1983), 63, 66, 65.

공간적 표식들은 푸비의 증거들을 봉쇄하고 제한한다. 셋째, 푸비는 몇 가지 개념적 봉쇄틀로 역사적 자료들을 종합한다. 푸비는 동질화하는 하나의 개념이 등장하여 중대하고 실질적 영향을 미치는 과정을 철저하게 추적한다. 나는 이를 높이 평가하지만, 푸비의 주장이 그 반형식주의적 수사에도 불구하고 필연적으로 형식주의에 의존한다는 점 또한 명확히 밝히고자 한다.

내가 브룩스와 푸비를 읽는 방식은 사실 기존의 관점을 뒤집는다. 말하자면, 신비평가 브룩스는 그다지 형식주의적이지 않으며, 역사주의자 푸비는 생각보다 훨씬 형식주의적이다. 푸비는 봉쇄적 경계선의 초월적이고 통합적인 힘을 달가워하지 않지만, 조직하고 봉쇄하는 형식의 힘에는 깊은 흥미를 보인다. 푸비에 따르면, 정치 인식론적 형식들이 형성되어 경험의 다중적 재료들을 지배하고 초월하는 양상을 면밀하게 관찰해야 한다. 그와 동시에 푸비의 개념들은 역사적 자료를 정돈한다. 증거에 경계선을 부과하고, 특수한 세부 사항들을 분류하는 추상적 개념을 제시한다. 푸비가 강력하게 주장하는 바를 정리하면 다음과 같다. 동질적이고 억압적이고 폭력적인 방식으로 우리를 감금하고 제한하는 제한된 전체—사회적 신체—도 있지만, 이에 저항하는 제한된 전체—비평적 개념—도 있다. 개념적 전체는 학자들이 특정한 역사적 형성체를 파악하고 정의하고 묘사하면서 자신의 주장을 전개할 때 꼭 필요한 봉쇄적 틀이다. 푸비의 작업은 제한된 전체가 비평을 가능케 한다는 것을 보여 준다. 푸비와 같은 진보적인 학자라도 제한된 전체를 사용함으로써 강력한 일관된 개념을 통해 역사적 자료를 조직할 수 있다. 봉쇄적 전체에 의존하지 않고서는 봉쇄적 전체의 위험성을 보여 줄 수 없다.

푸비는 전체와 봉쇄를 완전히 제거한 다음, 의도적으로 형식을 왜곡하는 형태 없음을 받아들이고자 한다. 즉, 전체에 의존하지 않은 채 역사적 서술에 기초한 비평을 추구한다. 다른 이들처럼 푸비도 형식보다는 무형식을 선택하는 것이 바람직하며 또 가능하다고 주장하지만, 나는 이에 대해 회의적이다. 경계를 만드는 울타리를 완전히 제거하는 것이 어떠할지 상상조차 불가능하다. 시대와 문화의 차이에 상관없이 울타리는 흔하게 발견되고 널리 퍼져 있으며, 사회적 관계, 생각, 물질적 구조를 구성한다. 그래서 모른 척 무시하거나 내버릴 수 없다. 항아리나 국가, 개념 말고도 제한된 전체와 울타리는 어디에나 존재한다. 14세기 남아프리카에서 시작된 '대짐바브웨Great Zimbabwe'의 거대한 담장 울타리는 신분이 높은 계층의 저택들을 둘러싸 이들을 다른 계층으로부터 구별했다. 1516년 베네치아 상원은 유대인들을 게토 지역에 분리 거주시키는—게이트를 세워 밤마다 문을 잠가가 둔다—법안에 찬성한다. 체로키Cherokee[29] 사냥꾼들은 절벽과 강둑과 같은 견고한 자연 경계선들을 활용하여 울타리를 만들고, 그 안에서 가죽이 두꺼운 버펄로를 포획하고 도살할 수 있도록 허용했다. 이 예들은 무작위로 뽑은 것으로 시간과 장소가 제각각 달라 연결성이 전혀 없다. 울타리의 목적도 다르고 그 출처, 가치, 의미도 서로 달라서 비교할 수 없다. 공통의 뿌리가 없다는 사실은, 외부로부터 내부를

---

29 북아메리카의 애팔래치아 남부에 살고 있던 인디언. 19세기 후반에 오클라호마주 보호지로 강제이주당했다.—옮긴이

분리하는 제한적 봉쇄틀이 특별한 형식이 아니라 일상적인 형식이라는 것을 증명한다. 울타리는 때와 장소를 가리지 않고 계속해서 다시 만들어진다. 그러나 널리 퍼져 있다고 해서 봉쇄틀의 권력에 순응할 수밖에 없다는 뜻은 아니다. 그 대신에 우리는 푸비가 정치적 통합체에 대항하여 개념적 통합체를 비평적으로 사용한 사례를 통해, 형식들이 서로의 힘을 파괴하는 양상을 살펴볼 수 있다.

나의 중요한 관심사는 형식주의도 반형식주의도 명확하게 다루지 않은 문제, 즉 담론적·미학적·개념적·물질적·정치적 형식들 사이의 관계를 분명하게 밝히는 일이다. 브룩스가 서정시와 정치공동체 사이를 너무도 쉽게 옮겨 다녔다면, 푸비는 자신의 통합적 개념들을 자신이 연구하고 비판한 정치적 통합체로부터 암시적으로 분리하였다. 따라서 형식을 새롭게 이론화하는 데 크게 기여할 사람은 바로 푸비다. 푸비는 전체들이 언제나 서로 유사하거나 서로를 반영하거나 서로에게 작용하면서, 서로의 가치와 목적을 강화한다는 전제에서 출발하지 않는다. 푸비가 시사하는 것은 형식들이 생산적인 갈등 관계를 형성한다는 것이다. 그렇다면 과제는 전략적 목표를 위해 제한된 전체를 어떻게 사용할 것이지 살펴보는 것이다.

경합하는 전체들

다음에 소개할 두 개의 구체적인 사회역사적 예시들을 통해 서로 다른 제한된 전체들이 충돌하면서 어떻게 이념적으로 흥미로운 결과를 생성해 내는지 살펴보자. 첫 번째 사례는 중세 유럽이다. 1298년 교황 보니파체 8세는 '클라우수라clausura' 교리에 따라 종교적 여성들은 엄격하게 격리되어야 한다고 발표하였다. 이로써 수도사와 수녀들의 개별적 공간이 처음으로 공식적으로 구별되었으며, 수녀들은 다양해진 여성 종교 집단 및 종파들과도 뚜렷이 분리되었다. 이중 잠금장치에 개폐문을 덧댄 창문, 잠긴 문, 커튼, 벽을 통해 수녀들은 세속적 세계와 점점 더 분리되었다. 이 교리는 성적 유혹이나 구설수를 규제하는 것이 그 목적이었지만, 사실상 여성들의 움직임, 후원자와 외부의 접촉까지 대폭 제한되었다.[30] 클라우수라는 여성을 보호하는 방편으로 정당화되었고, 여성들을 매우 효과적으로 무력화시켰다.

하지만 수녀원이 유럽 수녀들의 삶을 조직한 유일하게 제한된 공간적 틀은 아니었다. 교회나 예배당과 같은 성스러운 공간 또한 담으로 둘러친 봉쇄적 형태였다. 그리고 "내부 회랑이 있는 예배당" 또는 "성단 칸막이 뒤 제단" 같은 가장 내밀하고 통제된 공간들은 가장 신성한 공간으로 여겨졌다.[31] 교회의 공간적 계층질서에서도 가장 폐쇄되고 보호받는 장소가 최고의 특권을 부여 받았다. 독일 니더작센주 빈하우젠의 수녀원에 대한 준 메캄June Mecham의 연구에 따르면, 그 결과로 이 수녀원에 있던 여성들은 스스로를 유달리 신성하다고 믿었다. 실

---

30 Elizabeth Makowski, *Canon Law and Cloistered Women: Periculoso and Its Commentators, 1298–1545* (Washington: Catholic University Press, 1997).

31 June L. Mecham, "A Northern Jerusalem," in *Defining the Holy: Sacred Space in Medieval and Early Modern Europe*, eds. Andrew Spicer and Sarah Hamilton (Aldershot: Ashgate, 2005), 141.

제로 수녀들은 수도사들보다 기적의 경험을 얻는 능력이 더 뛰어나다고 생각했다. 빈하우젠의 수녀들은 문자 그대로 "예수님의 발자취를" 따라 걸으며 수녀원 내 십자가의 길을 수행하는 예배를 드렸다(153). 심지어 그들은 수녀원을 예루살렘으로 생각했고, 수녀와 수녀원장이 예수 그리스도와 하나 되는 특권을 가졌다고 주장했다.

그렇다면, 여성들에게 강력한 제약을 내포했던 수도원의 경계선은 역설적이게도 의도와는 전혀 달리 여성의 중심성을 내포하게 된 것이다. 교회가 접근 불가능한 제한된 장소들을 선호해 왔기에, 강제 격리된 수녀들은 유일한 영적 힘과 여성의 종교적 우월성을 주장할 수 있었다. 정확하게 말하자면, 수녀원의 경계선은 감금 그리고 중심성을 모두 내포했다. 이들은 두 가지 사용성을 동시에 수행했다. 우리는 제한된 형태들이 항상 똑같이 억압적 방식으로 봉쇄하며, 따라서 언제나 파괴해야 한다고 생각했다. 그런데 여기서 우리는 두 개의 제한된 형태—너무나 비슷해서 문자 그대로 동일한 형식을 공유하는—가 서로를 강화하지 않고, 정치적으로 새로운 효과를 만드는 방식으로 중첩하는 양상을 볼 수 있다.

최근의 또 다른 사례는 정치적 봉쇄틀 사이의 복잡한 관계가 억압적인 방식으로 충돌하지만, 그 이후 재배열되어 진보적인 공동체 모델이 생성되는 과정을 보여 준다. 1930년대 미국에서는 감리주교교회, 남감리교회, 감리개신교회가 남북전쟁 이래 처음으로 재결합을 추진하였다. 단일한 전체로 새롭게 결합되면서 감리교인들은 여섯 개의 공식 관할구역으로 나뉘어졌고, 그중 다섯 개가 지역별로 조직되었다. '중앙 관할구역'이라 불린 여섯 번째 구역은 인종에 따라 전국

36만 7천 명의 아프리카계 미국인들로 구성되었다. 따라서 몇 가지 제한된 통합체들이 중첩되었다. 국가의 경계선에 따라 구역이 정해진 새롭게 통합된 교회도 있었다. 북부와 남부의 분열은 여전했다. 이 두 봉쇄틀이 각각의 원리를 앞다투어 전체에 부과하려 경쟁했기 때문이다. 남부를 움직인 조직 원리는 지리적 통일성뿐 아니라 전혀 다른 공간적 형식, 즉 인종분리정책이었다. 오랫동안 흑인과 백인의 교회 건물을 분리해 각각의 틀을 인종적으로 동질적인 신도들로 채워 오던 북부감리교회가 흑인 신도들을 아예 배제하려는 남부인들과 합류하게 된 것이다. 인종분리정책은 내부와 외부의 논리를 실행에 옮긴 정책으로서, 국가적 통합에 대한 열망과는 어긋나는 것이었다.

1950년대 진보적 활동가들은 교회의 인종차별적 논리를 공격했고, 전지구적 인류애의 원리를 거론하면서 형식적 조화와 총체성을 요구했다.

> 그리스도 안에서는 동쪽도 서쪽도 없고,
> 그 안에서는 남쪽도 북쪽도 없다.
> 사랑으로 하나 되는 친교만이
> 넓고 넓은 땅 위에 펼쳐져 있다.[32]

감리교는 인종으로 분리된 것일까 아니면 국가로 통합된 것일까?

---

[32] A hymn by John Oxenham, quoted in Peter C. Murray, *Methodists and the Crucible of Race, 1930–1975* (Columbia: University of Missouri Press, 2004), 8.

그도 아니면 "사랑으로 하나 되는 친교"로 뭉친 것일까? 흑인 신자들은 배제된 것일까 아니면 미국 교회의 통합에 '중앙'의 역할을 담당한 것일까? 정답은 물론 이 모두이다. 놀랍도록 복잡하게 얽힌 공간적 봉쇄틀들—세계, 국가, 북부, 남부, 인종차별—은 서로 다른 포함과 배제의 논리를 따르면서도 서로 중첩함으로써 상당히 불안정한 상황을 만들어 낸다. 이론가들이 늘 우려하는 것은 하나의 제한된 전체를 부과하는 것, 또는 몇몇 연합적 형태—서로의 권력을 강화하기 위해서 구성된—를 부과하는 것이었다. 그런데 여기서 내적 분열과 형식의 다양성을 거부하고 모두를 아우르는 단일한 통일성을 추구한 것은 가장 진보적인 활동가들이었다. 궁극적으로 이들은 감리교가 인종차별정책을 철폐하도록 설득하는 데 성공했다. 교회는 결국 인종 분리의 형식도, 북부와 남부의 분열도 모두 거부함으로써, 단일하고 조화로운 포용적 전체임을 선언하였다.

이러한 역사적 예시들이 증명하는 것이 세 가지 있다. 첫째, 봉쇄틀은 감금과 배제, 차이의 제거만을 내포하지 않는다. 봉쇄틀은 중심성과 포용성까지 내포한다. 둘째, 어떤 단일한 이념적 혹은 정치적 전체도 우리의 사회적 세계를 지배하거나 조직할 수 없다. 사실 많은 전체들은 항시 작동하기 때문에, 기이한 충돌이 일상적으로 발생한다. 적어도 연합보다는 충돌이 더 자주 일어난다. 셋째, 클라우수라를 수용한 수녀들과 세계 기독교적 친교의 조직 원리를 내세운 감리교 활동가들은 예기치 못한 새로운 목적을 위해 통합적 형태를 활용한 영리한 형식주의자들이었다. 빈하우젠 수녀들은 하나의 공간적 봉쇄틀을 이용하여 다른 봉쇄틀을 약화시켰고, 감리교인들은 교회 안에서 벌어진 봉쇄적 형식들 사이의 마찰을 폭로하고 새로운 형식적 조화를 촉구했다. 여기서 두 집단은 모두 클린스 브룩스보다 더 뛰어난 형식주의자라 할 수 있다. 브룩스는 통제된 통합체에 주의를 기울이느라 형식의 특이성에는 거의 관심을 두지 않았으니 말이다.

　이러한 예시들이 일어나는 상황은 새롭거나 독특하지는 않다. 수많은 신성하고 세속적인 공간들이 수세기에 걸쳐 여러 사회에서 중첩되어 왔다. 감리교 활동가들은 한 세기 이상 지속되었고 우리 시대에까지 이어진 지역적 · 국가적 · 세계적 · 인종적 봉쇄 형식 사이의 적합한 관계에 대한 대규모 논쟁에 참여해 왔다. 형식들이 시대마다 반복되고 그 사용성도 제한적이나마 여전히 쓰임새가 있다는 사실은 중세 수녀들과 감리교 활동가들로부터 배울 점이 있음을 의미한다. 다시 말해, 이들이 전략적으로 형식을 사용한 방식은 다시 복제될 수 있다. 형식은 역사적으로 특정되지 않으며 그 작동 양상 역시 장소에 따라 완전히 달라지기 때문이다.

결말, 밀폐

문학비평가들은 사회적 상황 속에서 작동하는 다양한 제한된 전체에 주목할 필요가 있다. 그래야 비로소 문학의 역사적 맥락이 하나의 강력한 이데올로기가 아니라 경쟁하고 충돌하는 다양한 형식에 의해 조직된 사회적 조건임을 파악할 수 있다. 또한, 이러한 접근방식을 통해 문학 형식들이 기존의 생각과는 전혀 다른 힘도 가진다는 것도 아울러 알 수 있다. 형식에는 항아리와 같이 통합하고 봉쇄하는 힘만 있는 것이 아니다. 형식은 빈하우젠 수녀들과 감리교 활동가들이 그랬듯 파괴적이고 우발적인 방식으로 형식들을 서로 대립시키는 힘이 있다. 이와 같은 분석을 통해 우리는 문학 형식을 봉쇄로 보는 모델을 극복하고, 문학 형식과 사회적 봉쇄틀이 단지 서로를 반영하는 유사관계가 아니고 그 이상의 무언가가 있다는 점을 알 수 있다.

먼저, 종결closure이라는 문학 기법부터 생각해 보자. 서사의 끝맺음은 마르크스주의자들을 비롯하여 이데올로기 비판 학파의 특별한 관심사였다. 종결은 일반적으로 서사의 중간부에서 충돌했던 가치들과 관심사들을 안정적인 봉쇄적 질서로 이끄는 행위로 본다. 테리 이글턴에 따르면, "결말이라는 장치에 의해, 부르주아적 진취성과 점잖은 타협, 냉철한 합리성과 낭만적 열정, 정신적 평등과 사회적 구별, 적극적이고 긍정적 자아와 인내심 많고 공손한 자아가 신화적 통합으로 어우러진다."[33] 결말은 이야기의 마지막일 뿐 아니라 조화되지 않는 에너지와 가능성을 단일한 이념적 전체에 가두는 것이다. 여기서 우리는 브룩스와 멀리 떨어져 있지 않다. 텍스트의 봉쇄적 형식은 사회적 통합의 모델을 반영한다.

하지만 여기서 잠깐 종결에 대해 형식적으로 더 정확한 방식으로 생각해 보자. 서사가 사회적 재료를 **밀폐**하거나 **봉쇄**한다고 말하는 것은 이야기를 묘사하기 위해 공간적 비유를 사용하는 것이다. 이것은

---

[33] Terry Eagleton, *Myths of Power* (London: Macmillan, 1975), 32.

서사가 그 재료들을 납골함과 같은 방식으로 보관하는 것을 암시하지만, 사실 서사는 시간에 따라 펼쳐지면서 조직되는 형식이다. 따라서 종결이라는 용어는 서사와 공간적 울타리가 갖는 서로 다른 사용성을 생략한다. 나는 이 생략에 대해 잠시 생각해 보고자 한다. 그리고 문학적 형식을 다룰 때 빠짐없이 등장하는 공간화된 용어들을 넘어서고자 한다. 비평가들은 습관적으로 문학 형식을 두 가지 대립되는 방식으로 사용한다. 하나는 포괄적인 텍스트의 통일성—결혼 플롯 혹은 서사시—이고, 다른 하나는 텍스트를 형성하고 구조화하는 수많은 더 작고 다양한 기법들—메타포, 2행시couplet, 반전peripeteia, 긴장되는 장면cliffhanger, 독백—이다. 그렇다면 문학 텍스트가 형식에서 통합적이지 않고 다중적이라고 이해하는 것은 어떨까? 문학 텍스트가 차이를 살려두는 방식으로 다양한 사회적 · 문학적 조직 원리를 통합한다고 보는 것은 어떨까?[34] 이러한 관점에서 본다면, 텍스트의 어느 한 형식적 요소가 다른 것들을 봉쇄하거나 통제할 수 있을까?

형식의 다중성은 종결의 모델보다 텍스트의 결말을 더 정확하게 설명한다. 구체적인 예로 엘리자베스 개스켈Elizabeth Gaskel의 《남과 북 North and South》(1854~1855)을 살펴보자. 이 소설의 결말은 상당히 이데올로기적이다. 소설의 마지막에 이르러, 여왕처럼 품위 있고 사랑스러운 여성과 혼자 힘으로 성공했고 권력도 가진 남성, 산업이 발달한 영국의 북부와 농업 중심의 남부, 부르주아계급의 제조업과 귀족계급

---

[34] 이 질문을 자신만의 독특한 방식으로 생각해 내고, 내가 이 질문을 생각해 볼 수 있도록 도와준 버지니아 파이퍼에게 감사를 표한다.

의 자본이 하나로 결합한다. 게다가 경영진과 노동자의 규칙적 회동을 통하여 노동자계급에 양보하는 모습도 제시함으로써, 조화로운 국가적 통합의 이미지를 완성한다. 결국 이 모든 것은 초월적 통합을 위해 사회 모순을 억누르는 결말의 고전적인 예시를 보여 준다. 그러나 여기서 우리는 문학적 형식주의의 통상적 용어들이 서사적 형식의 작용을 드러내기보다는 은폐한다는 점을 알 수 있다. 다시 말해서, 소설의 결말이라는 형식적 현상을 통상 종결이라고 부른다고 할지라도, 소설이 그 결론에서 상상하는 것은 사실 마무리가 아닌 **시작**이다. 즉, 사회적·정치적 관계(결혼, 동맹, 투자, 경영진과 노동자의 만남)의 개시이다. 이 관계는 서사의 끝을 넘어서도 지속될 것이기 **때문에** 국가의 모델로서 중요하다. 마지막이 지닌 정치적 힘은 모순의 해소와 마무리보다는, 텍스트가 재현하는 시간을 넘어 지속되는 반복성에 달려 있다. 이것을 종결과 봉쇄라고 부르는 것은 텍스트가 암시하는 미래, 일부러 봉쇄하지 않고 열어 둔 시간적 과정을 간과하는 것이다.

만약 종결이 서사의 결말을 지나치게 공간화하는 용어라면, 이 텍스트의 결말에 질서를 부여하고자 경쟁하는 중요한 공간적 사회 형식이 존재한다는 사실에 주목해 보자. 《남과 북》은 상당 부분 국가적 공간의 분리를 중심으로 직조된 소설이다. 소설 속 공간은 마거릿 헤일Margaret Hale이 출생한 농업 중심의 남부와 그녀가 높이 평가하는 산업화된 북부로 나뉜다. 남부는 시골의 아름다운 풍광과 경제적·사회적 느슨함과 연관되고, 지주와 소작농의 사회적 격차가 인정되는 곳이다. 북부는 고된 노동, 분주함, 갑작스러운 경제적 쇠퇴, 신분 상승의 가능성이 높이 평가되는 곳이다. 크레이크W. A. Craik와 수잔 존스턴부터 캐서린 갤러거와 바버라 레아 하먼Barbara Leah Harman에 이르기까지 많은 비평가들은 국가의 분리, 공적 사적 공간, 도시와 전원 공간 등 이 소설이 공간적으로 조직되는 양상에 주목했다.[35] 줄리아 선주리Julia Sun-Joo Lee의 흥미로운 최근 주장에 따르면, 저자인 개스켈이 우려한 또 다른 지리적 분리가 있다. 그것은 바로 소설에서 묘사된 랭카셔Lancashire의 직물산업에 지대한 경제적 영향을 끼친 미국 북부와 남부의 분리다. 소설의 북부 출신 인물들이 겪는 부침은 노예노동으로 생산된 미국 면화의 유입량에 좌우된다. 개스켈 자신은 노예제폐지론자였지만 그녀가 살았던 영국 북부는 미국의 갈등 국면에서 압도적으로 남부의 편을 들었다. 지리적 분리는 뒤집혔고, 리가 주장하듯 "영국 북부는 전반적으로 미국 남부를, 영국 남부는 미국 북부에 연대했다."[36] 이러한 초국가적 맥락 속에서 두 공간적 조직은 서로 충돌했고, 개스켈의 노예제 폐지를 향한 욕망과 강력하게 통합된 대영제국을 향한 욕망은 화해가 불가능했다. 작가는 국가적 통합을 두고 서로 충돌하는 욕망들에 매료되면서도 괴로운 마음을 토로한다. 대영제국의 통

35 W. A. Craik, *Elizabeth Gaskell and the English Provincial Novel* (London: Methuen, 1975), 112. Susan Johnston, *Women and Domestic Experience in Victorian Political Fiction* (Westport, CT and London: Greenwood Press, 2001), 129. Catherine Gallagher, *The Industrial Reformation of English Fiction: Social Discourse and Narrative Form, 1832–1867* (Chicago and London: University of Chicago Press, 1985), 168. Barbara Leah Harman, *The Feminine Political Novel in Victorian England* (Charlottesville and London: University of Virginia Press, 1998), 53.

36 Julia Sun-Joo Lee, *The American Slave Narrative and the Victorian Novel* (Oxford: Oxford University Press, 2010), 111.

합을 위해서는 미국 남부의 분리독립을 지지해야 했고, 노예제폐지론자들이 요구하는 미국의 통합은 영국 내 분단을 가져올 것이었다. 소설의 마지막을 장식한 영국 북부와 남부의 통합은 미국 북부와 남부의 화해를 포기한 대가로 얻은 것이다. 이 점이 개스켈에게는 마음이 편치 않은 일이었다. 자신이 가치 있게 여기는 두 형식들이 동시에 작동할 수 없었기 때문이다. 리가 표현한 바에 따르면, 결과는 "존재론적 고통"이었다. 그런데 나는 이 고통이 정확히 형식적 문제라고 본다. 이 고통은 무수한 정치적 형식들을 단일한 봉쇄적 통합체로 만들어 문제를 해결하는 것이 불가능하기 때문에 발생한다.

이렇게 읽는 것은, 문학적 형식과 사회적 사실─가령, 소설의 종결이라는 봉쇄틀과 국가적 통합이라는 봉쇄틀─의 일치를 찾는 방식과는 다르다. 그것은 오히려 사회적 형식의 논리가 소설 속으로 들어와, 문학적 형식과 충돌하기도 하고 함께 작용하기도 하면서 예상 밖의 정치적 결과를 생산하는 양상을 추적하는 독법이다. 여기에는 적어도 세 가지 형식이 작용한다. 일단, 소설의 결말 형식이 있다. 이 형식을 통해 미래까지 지속되는 관계를 조직하기 위한 계약과 합의가 제시된다. 그리고 차이를 극복하고 통합을 이루어 내려는 두 개의 분열된 국가라는 형식이 있다.

이론상, 이것들은 모두 서로 상응하는 폐쇄된 형식들이어야 한다. 그러나 아무리 개스켈이 원한다고 하더라도 《남과 북》의 제한된 형태들을 만족할 만한 결론으로 이끌 방법은 없다. 두 개의 다른 북부와 두 개의 다른 남부, 그리고 두 개의 다른 국가 통합체가 형식적 지배권을 차지하려고 서로 다투기 때문이다. 결국 개스켈은 자국의 국가적 통합을 선택한다. 하지만 개스켈은 그 과정에서 노예제폐지론자로서의 책무와 다른 국가의 통합을 향한 욕망을 필연적으로 희생해야 했다는 사실에 괴로워한다. 감리교회의 사례처럼 균열과 불협화음은 해방을 주기는커녕 사실 어떤 단일한 제한된 전체보다도 더 골칫거리다. 텍스트 안으로 끌어들인 공간적 형식들이 서로 양립할 수 없었기에 개스켈은 원치 않는 정치적 입장으로 내몰렸다. 그래서 소설의 끝부분에서도 두 국가적 전체라는 형식들이 서로 갈등하는 상황, 그러니까 한쪽이 통합하면 다른 쪽은 분열되어야 하는 관계가 전혀 해소되지 않은 채 남아 있게 된다.

이것이 단지 특정 작가가 특정 의도가 좌절되자 어쩔 수 없이 불행한 타협을 택한 유일한 예는 아니다. 같은 시기에 출간된 존 러스킨 John Ruskin의 《참깨와 백합Sesame and Lilies》(1864)은 제한된 전체들이 어떻게 의도와는 달리 서로 충돌하면서 단일 텍스트를 넘어서는 영향력을 발휘하는지 보여 주는 또 다른 작품이다. 다른 나라와 마찬가지로 19세기 영국에서도 젠더는 공간적으로 개념화되었다. 말하자면, 젠더는 정치와 경제의 남성적 공적 세계와 사적 가정의 보호되고 신성화된 여성적 세계로 나뉜 "분리된 영역"이었다. 많은 사상가들이 국가와 여성적 영역을 밀접하게 묶거나 병합시켰다. 둘 다 "내부적domestic" 공간이면서, 보호가 필요한 제한된 전체였다.[37] 이데올로기에 관심 있는

37 18세기와 19세기의 많은 작가들이 국가와 가정을 함께 다루었다. 두 개의 예를 들어 보자. 에드먼드 버크Edmund Burke영국인들이 프랑스인들과는 달리 현명하게도 국가를 가족으로 이해한다고 서술한다. "우리는 정치 체제의 틀에 혈연관계의 이미지를 부여했다. 국가의 헌법을 가장 가까운 가정적 관계에 연결했고, 기본 법률을

학자들은 가정의 이데올로기가 국가 권력을 뒷받침하며, 한쪽이 다른 쪽의 권력을 강화하고 공고히 한다고 주장해 왔다. 앤 맥클린톡Anne McClintock에 따르면, "자연적인, 가부장적 가족의 이미지는 어지럽게 흩어진 수많은 문화들을 하나의 단일한 글로벌 서사로 질서정연하게 결집하고 이를 유럽인들이 관리하는 모습을 그린 핵심적 비유로 기능하게 되었다."[38] 말하자면, 가정성domesticity은 강력한 조직적 비유로서 사회 내부의 모순을 봉쇄하고 제국적 팽창이 야기하는 인종차별주의를 강화한다.

언뜻 보기에,《참깨와 백합》은 이러한 가정적 이데올로기의 고전적 모범 같았다. 러스킨에 따르면, "남성은 바깥세상에 나가 거친 일을 하면서 모든 위험과 시련에 맞서야 한다. 하지만 그는 이 모든 것으로부터 여성을 지킨다. 여성이 지배하는 집 안으로 어떠한 위험과 유혹, 어떠한 실수나 공격도 침입해서는 안 된다."[39] 사적인 가정의 벽은 클라우수라의 교리처럼 여성들을 가두는 제한적 형식으로 부각된다. 그러나 여성들을 가정에 묶어 둔 것은 사실이지만, 러스킨은 또한 가정과 전체로서의 국가 사이를 쉽게 오가면서 둘을 모두 '가정home'이라

가족적 애정의 품에 받아들였다. 그리고 서로 화합하고 서로를 비추는 너그러운 온정으로 국가와 가정, 무덤과 제단 그 모두를 소중히 여기고 분리되지 않도록 유지한다."(*Reflections on the Revolution in France* [London: J. Dodsley, 1790], 49) 찰스 디킨스의《황폐한 집》(1854)은 영국 전체를 상호 연결된 가족의 관계에 비유한다.

38 Anne McClintock, *Imperial Leather: Race, Gender, and Sexuality in the Colonial Context* (New York: Routledge, 1995), 45.

39 John Ruskin, *Sesame and Lilies: Two Lectures Delivered at Manchester in 1864* (New York: John Wiley, 1865), 90-91.

는 제한된 형태로 간주한다. 이 과정에서 가정과 국가가 서로를 강화하거나 공고히 한다기보다 국가의 형태가 여성성의 봉쇄에 변형을 가한다. 다시 말해, 러스킨은 가족 내 여성의 임무가 밖으로 확장되어 사회를 돌보는 행위, 즉 환경을 보호하고 빈민을 보살피는 일까지 포함한다고 상상한다. 이처럼 가정은 국가의 경계에까지 뻗어 나가면서, 가정성의 젠더적 논리를 지배했던 영역의 분리를 허물어뜨린다.

가정을 위해 남성이 할 일은, 이미 언급했듯, 가정의 유지와 발전, 그리고 방어를 확고하게 하는 것이다. 여성이 할 일은 질서와 안락함, 사랑을 확보하는 것이다. 이 두 가지 기능을 확장해 보자. 남성의 임무는 국가의 일원으로서 국가를 유지하고 발전시키고 방어하는 일에 힘을 보태는 것이다. 여성의 임무는 국가의 일원으로서 국가의 질서를 유지하고 국가의 안녕에 이바지하고 국가를 아름답게 꾸미는 일에 힘을 보태는 것이다. 남자는 집 앞에 서서 모욕과 약탈에 맞서 집을 보호해야 한다. 또한 남자는 바깥에 나가 더욱 중요한 과제를 수행해야 한다면, 비록 자기 집이 약탈자의 수중에 떨어진다 해도, 집을 지킬 때보다 더욱 헌신하는 마음으로 나라의 대문 앞에 당당히 서야 한다. 마찬가지로 여자는 대문 안에서 질서의 중심으로서 고통을 치유하고 아름다움의 본보기가 되어야 한다. 또한 여자는 대문 밖으로 나가 질서를 잡기가 더욱 힘들고 고통이 더욱 가깝고 사랑이 더욱 메마른 곳으로 가야 한다. (109)

정치권력은 신체와 사물, 생각들을 각각 적합한 자리에 배치하는 것인데, 우리는 여기서 사적 가정과 가정으로서의 국가라는 두 봉쇄적 형태가 서로 겹치고 한곳에 모일 때 특이한 정치적 결과가 발생한다는 점을 알 수 있다. 여성이 있어야 할 곳은 가정 내부일지도 모르지만, 가정이 국가로 확장될 때 여성의 자리는 가정의 벽 내부에 국한되지 않는다. 형식의 충돌로 인해 여성에게 적합한 자리가 증가하고 확장한 덕분에, 여성이 있어야 할 곳은 이제 하나가 아니다. 가정의 제한된 공간은 국가의 제한된 공간을 모방하고 반영하지만, 두 개의 봉쇄적 형태가 갖는 형식적 동등함은 젠더화된 영역의 사회적 권력을 강화하기보다는 약화시킨다.

그렇다고 해서, 이러한 결과를 작가인 러스킨의 의도와 결부시켜 그가 강력한 전복적 텍스트를 의도적으로 만들어 냈다는 말은 아니다. 가정과 국가를 혼용하는 것은 영어권 문화에서 흔히 발견된다. 영어에서는 home이라는 단어 하나로 이 두 봉쇄틀을 모두 의미할 수 있기 때문이다. 에이미 캐플런Amy Kaplan의 연구는 비슷한 방식의 논리가 19세기 미국에서도 작동했음을 보여 준다. 당시 미국의 백인 여성들은 여성을 옥죄는 분리된 영역 이데올로기의 희생자인 동시에 인종차별주의와 제국주의적 팽창에 적극적으로 가담한 동참자였다. "가정성이 국가를 집으로 상상하는 데 중요 역할을 담당한 만큼, 가정의 중심인 여성도 국가의 윤곽선과 외국과의 변화하는 경계선을 규정하는 데 큰 역할을 수행한다."[40] 국가가 가정으로 제시될 때마다 가정의 영역에 묶여 있던 여성들은 국가의 정치에 주도적으로 참여한다. 바꿔

---

[40] Amy Kaplan, "Manifest Domesticity," in *No More Separate Spheres!* Special issue of *American Literature* 70, no. 3 (1998): 582.

말하자면, 가정성 개념의 **내용**은 항상 그리고 필연적으로 **두 가지 형식**—가정의 봉쇄적 형태와 국가의 봉쇄적 형태—을 취한다. 내적으로는 분리되어 있지만, 혼합체의 성격을 띤 가정성의 형식은 두 가지 다른 형태를 하나로 결합한 셈이기 때문에, 어느 하나의 의도 또는 이데올로기를 반영하지 않으며, 그 자체의 다양한 사회적·정치적·문화적 가능성들을 생산해 낼 수 있다. 이것은 가정성이 내포한 두 형식들로부터 생겨나는 충돌이다. 가정성은 어디든 돌아다닐 수 있고, 어디에 나타나든 두 가지 다른 작업을 수행할 수 있다.

《참깨와 백합》은 독자층이 두터웠고 반응도 열광적이었다. 1905년까지 런던과 맨체스터, 토론토, 필라델피아, 뉴욕, 보스턴, 그리고 남아프리카의 그람스타운에서 출판되었고, 증쇄를 거듭하면서 총 16만 부가 팔렸다. 이후에도 수십 년간 스페인어, 독일어, 이탈리아어, 그리고 가장 유명하게는 마르셀 프루스트에 의해 프랑스어로 번역되었다.[41] 《참깨와 백합》은 그 묘한 형식적 논리로 인해 여성은 순종적으로 가정에 머물러야 한다고 주장함으로써 가부장제의 이익에 봉사하는 한편, 시민의식을 발휘하여 사회적 돌봄에 참여할 것을 독려함으로써 기존 체제에 대한 강력한 대안을 제시한다. 그렇기 때문에, 러스킨의 독자들이 완전히 상반되는 두 그룹으로 나뉘었다고 해서 그리 놀랍지는 않다.

한편으로, 이 책은 순종적인 가정성을 고취한다는 명목으로 여학생

---

41 See "Bibliographical Note" to *The Complete Works of John Ruskin*, 39 vols., eds. E. T. Cook and Alexander Wedderburn (London: George Allen, 1905), vol. 18, 193-96.

들에게 널리 배포되었다. 학교에서는 상장을 수여할 때 이 책을 주곤 했다. 조지 기싱George Gissing의 소설 《이상한 여자들The Odd Women》은 억압적인 남편 위도우슨을 통해 이러한 독자층의 모습을 재현한다. 위도우슨은 가정의 혜택에 감사한 마음을 갖도록 어린 아내에게 러스킨을 읽으라고 강요한다.

그가 말을 할 때마다 우월의식이 묻어났다. 그가 명령하고 부인이 따르는 것을 당연하게 생각했다. '여성의 영역은 집이야, 모니카. 불행하게도, 어떤 여자애들은 나가서 돈을 벌어 와야만 해. 하지만 그건 자연스럽지 않아. 필요해서 하는 거지만 문명이 진보하면 완전히 사라질 일이야. 당신은 존 러스킨을 읽어야 해. 그가 여성에 대해 하는 모든 말은 정말 훌륭하고 귀중해.'[42]

하지만 전제적인 남편들만이 러스킨을 숭배한 유일한 독자층은 아니었다. 진보적이고 독립적인 신여성들—대부분은 비혼이었다—도 《참깨와 백합》을 이용했다. 공적 영역에서 그들이 벌이는 급진적 활동을 정당화하기 위해서였다. 세스 코븐Seth Koven에 따르면, 세기말의 페미니스트들과 활동가들은 러스킨의 강의에서 영감을 얻었다. 첼튼햄 여성대학Cheltenham Ladie's College의 캐리 메이Carrie May는 러스킨을 거론하면서 학생들에게 "새로운 노동조합을 만드는 데 힘을 보태야 한다"

---

42 George Gissing, *The Odd Women*, 3 vols. (London: Lawrence and Bullen, 1893), vol. 2, 134.

고 강력히 촉구한다. "조합을 조직하는 작업은 (노동하는) 여성들이 자력으로 하기는 힘들기" 때문이다. 최초의 여성 사회복지관을 설립한 마거릿 시월Margaret Sewell은 러스킨을 인용하면서 자신이 하는 활동이 심각한 일이며, 감상적인 여성들의 자선활동과 다르다고 못을 박는다.[43]

이처럼 푸비, 빈하우젠 수녀, 감리교 활동가, 엘리자베스 개스켈과 마찬가지로, 러스킨을 통해 제한된 전체의 사회적 작동에 관한 새로운 형식주의 비평이 가능하다. 국가나 수녀원을 둘러싼 경계선은 제한하고 감금하며 추방하고 배제하는 것이 사실이다. 그러나 경계는 다른 제한된 형태들의 지배적 힘을 무력화하기도 한다. 둘이 서로 만나고 충돌함으로써 새롭고 해방적인 사회적 형성체를 만들 기회가 생긴다. 통합적 전체를 파괴하거나 경계에 균열을 냄으로써 그 지배에 저항할 수도 있다. 그러나 형식을 파괴하기보다 형식을 수를 늘리는 것이 생산적인 대안이다. 즉, 전체화하거나 통합하는 전체의 해악을 막는 효과적인 전략은 바로 **더 많은 전체**를 만드는 것이다.

결론

마지막 예시로 결론을 맺으려 한다. 이 예시는 다양성으로부터 의미

---

43 Seth Koven, "How the Victorians Read *Sesame and Lilies*," in John Ruskin, *Sesame and Lilies*, ed., Deborah Nord (New Haven, CT and London: Yale University Press, 2002), 184-84.

있는 통일성을 창조해낸다. 클린스 브룩스의 서정시나 메리 푸비의 사회적 신체와는 다르다. 그들의 특성을 다수 공유하기는 하지만 말이다. 이것은 종종 극적인 긴장감으로 가득하고 물질적 경계로 표시되며 외부로부터 차단된 통합적 봉쇄들이다. 그러나 이 폐쇄적 통합체는 신비평이나 동질화시키는 민족주의와 연관된 통합체들과 다르다. 그것은 바로 우리 같은 문학 및 문화 비평가들이 좋아하는 세미나실이다.

세미나seminar는 18세기 독일에서 나타났다. 초기에는 그 형태가 다양했으나 곧 인식 가능한 형태를 갖추게 되었다. 교수가 재능 있는 소수의 학생을 선별하여 세미나를 구성한다. 보통 기존의 과제가 정해진 자료를 학습하는 것이었다면, 이들의 임무는 특정 훈련법을 사용하여 독창적 지식을 적극적으로 생산해 내는 것이다. 세미나는 닫힌 공간에서 이루어진다. 때로는 문을 잠그기도 한다.[44] 그 안에서 카리스마 있는 역사가, 문헌학자, 철학가는 이 소수의 학생에게 자료와 연구 주제를 소개한다. 그리고 학생들이 해석과 토론, 협력과 경쟁을 통해 새로운 진리에 도달하도록 지도한다. 글쓰기는 전통적인 구술시험을 대체하고 합격을 판가름하는 새로운 시험이 되었다.[45] 독일에서 공부했던 몇몇 미국인들은 세미나 방식의 열정적인 옹호자들이 되었고,

---

[44] 프레드 플링Fred Fling은 라이프치히에서의 첫 세미나 경험을 묘사하면서, 그 방에 들어가려면 열쇠가 필요했다고 말한다. "The German Historical Seminar," *The Academy: A Journal of Secondary Education* 4 (1889 – 1890): 132.

[45] William Clark, *Academic Charisma and the Origins of the Research University* (Chicago and London: University of Chicago Press, 2006), 175 – 76.

1880년대에 이르러 세미나는 미국 전문학교와 대학에서 주요 수업 방식이 되었다.[46]

초기 옹호자들은 세미나가 교수자와 학생 사이에 일종의 평등을 가져온다고 주장하면서 사고의 독창성과 독립성을 키우는 방법이라고 보았다.[47] 새로운 공간적 배치는 학생들이 일종의 독립적 주체성을 얻는 계기로 여겨졌다. 1893년 네브라스카대학의 제임스 캔필드James H. Canfield는 강의에서 세미나로 바뀐 경험을 다음과 같이 묘사한다.

나는 높은 책상에서 내려와서 방 중앙에 긴 탁자를 놓고 그 주변에 학생들을 배치했다. 우리는 이것을 회의 탁자라고 불렀다. 한 학생이 느낀 자부심 가득한 흥분의 감정을 기억한다. 그는 내가 며칠 전 제시한 명제에 대해 날카로운 질문을 던져 나를 당황케 했다. 나는 그때 내가 사람을 만들었다고 생각했다.[48]

---

46 Eckhardt Fuchs and Benedikt Stuchtey, *Across Cultural Borders: Historiography in Global Perspective* (Boston: Rowman and Littlefield, 2002), 190, 196.

47 교수는 "자신을 학생들의 차원으로 낮춘다. 그는 학생들을 비판하지만, 반대로 학생에게 비판받을 것을 기대한다. 비판이 더 개방적이고 대담할수록 양쪽 모두에게 더 좋다. 여기서 교수는 친구이며 동등하다. 그는 분명 토론을 이끌지만 날카롭고 능력 있고 똑똑한 학생들이 있다면 가르치는 대신 종종 배울 수 있다." E.R.A. Seligman, "The Seminarium: Its Advantages and Limitations," *Annual Report of the Regents*, University of the State of New York, vol. 106 (Albany: James B. Lyon, 1893), 67.

48 James H. Canfield, "Seminar Method in Undergraduate Work," *Annual Report of the Regents*, University of the State of New York, vol. 106 (Albany: James B. Lyon, 1893), 78.

캔필드가 설명한 수업 방식은 푸코식으로 보면 두드러지게 규율적이다. 선택과 시험, 그리고 학생들과 교수자가 긴 테이블에 둘러앉음으로써 서로를 관찰할 수 있는 원형 감옥의 공간 배치 전략을 통해 자신을 스스로 다스리는 '자유로운' 주체가 형성된다.

전문학교들과 대학들은 세미나의 이러한 요소들을 19세기 후반부터 물려받았고, 그 형태는 지금도 거의 바뀌지 않고 유지되고 있다. 교수가 다수 투입되어야 하기 때문에 이러한 수업을 운영하려면 비용이 많이 든다. 게다가 수강생 인원도 제한해야 한다. 그러한 이유로 세미나는 배타적인 조직이 될 수밖에 없다. 학부 신입생 세미나든 대학원 세미나든 마찬가지다.[49] 또한, 세미나는 규율적 규범을 장려한다. 구성원들을 폐쇄된 공간 안에 가둔 다음, 상호 관찰뿐만 아니라 경쟁과 비교의 규범적 패턴을 통해 독립심과 개별성을 고취한다. 그러나 대체로 학계는 세미나를 중시한다. 왜 그럴까? 보통 우리는 규율적 기술을 불신하고, 통합적 형태—서정시, 국가적 전체성, 가정적 영역—를 습관적으로 경계하는데, 왜 세미나라는 특정한 형식에 대해 회의적이고 비판적인 입장을 취하지 않는 것일까?

우리는 역사주의적 연구에서도 통합적 개념이 자료에 형태를 부여하고 일정한 범위를 설정한다는 것을 배웠다. 그리고 통합적 개념에 제한하는 요소가 있지만, 생각을 가능하게 한다는 점도 아울러 배웠다. 우리는 또한 제한적 형태를 거부하거나 파괴하는 투쟁이 그 잠재

---

49 See, for example, Derek Bok, *Our Underachieving Colleges* (Princeton: Princeton University Press, 2006), 118.

적 권력에 대한 유일한 반응이 아님도 알게 되었다. 즉, 수많은 형태가 서로를 방해하고 서로의 방향을 새롭게 설정할 수 있다는 말이다. 이러한 관점에서 세미나실은 배제하고 통합하고 봉쇄하기도 하지만, 긍정적인 과제를 수행하기도 한다. 세미나실은 소규모로 구성되어 있어 이상적이다. 모두의 참여가 가능할 뿐만 아니라 사고를 자극하는 질문을 중심으로 수업을 진행할 수 있다. 그래서 세미나실은 관습적이고 경직된 사회적·개념적 형식들을 허물어뜨릴, 집단적이고 개방적인 사고 행위를 내포한다.

1892년에 콜롬비아 교수 E. R. A 셀리그만은 세미나를 "근대의 대학에 활력을 불어넣고 지적 자극을 제공하는 창의적인 힘의 중심"이라고 불렀다.[50] 1959년, 일간지 《보스턴 데일리 글로브》는 하버드의 신입생 세미나를 "규율과 대담함으로 미지의 세계를 탐색하는" 앞서가는 "실험"으로 묘사했다.[51] 세미나가 독창적이고 비판적이며, 창의적이고 실험적인 사고를 배양한다고 보는 이 전통은 현재까지 지속되고 있다. 세인트 존스 칼리지에서 세미나는 "새로운 생각을 향한 개방성"을 요구하며, 학생들이 "낯선 영역을 받아들이도록" 권장한다. 조지타운대학교에서 세미나는 특히나 "도전적"이며, 관습적인 연구 분야에 저항한다. 휘튼칼리지의 신입생 세미나는 "학자와 정책 입안자들—또는 그 해결책을 고심한 사람들—사이에 논란을 일으켰던" 주

---

50 Seligman, "The Seminarium," 63.

51 Ian Forman, "Lowly Freshmen Achieve Scholarly Recognition," *Boston Daily Globe* (November 18, 1959): 14-15.

제를 중심으로 이루어진다. "논쟁적인 사안들을 비판적으로 다루는 능력"을 기르기 위해서이다.[52] 세미나의 논쟁적·비판적 표적은 주로 국가라는 제한적 통합체였다. 패트리샤 힐 콜린스는 메릴랜드대학교에서 인종, 젠더, 국가의 복잡한 교차점에 대한 세미나 수업을 가르친다.[53] 그리고 메리 푸비의 《사회적 신체 만들기》는 많은 대학원 세미나의 독서 목록에 확고하게 자리 잡았다.[54]

세미나실은 학제적 경계를 넘나들고 비평과 혁신을 촉구한다. 또한 수녀원이나 국가와 같은 제한된 전체에 대한 개방적 토론을 의도적으로 독려한다. 말하자면, 세미나실은 제한되고 밀폐된 형태들을 파괴하는 제한되고 밀폐된 형태이다. 과연 성공할 수 있을까? 우리 같은 문학, 문화 연구자들 다수는 날마다 그럴 수 있고 또 그러고 있는 듯 행동한다.

52 http://www.stjohnscollege.edu/academic/seminar.shtml; http://college.georgetown. edu/persona/prospective/44356.html; http://wheatoncollege.edu/first-year-seminar/.

53 http://www.bsos.umd.edu/socy/syllabi/socy729C_pcollins.pdf.

54 예를 들면, I. C. Fletcher's "The Social in the Long Nineteenth Century," *History 8230*, Georgia State University (autumn 2006); Edward Beasley's "Seminar in Historical Methodology," *History 601*, San Diego State University (autumn 2008); and Claudia Klaver, "Nineteenth-Century Capitalism and the Victorian Novel," *English 747*, Syracuse University (http://english.syr.edu/faculty/syllabi/ klaversyllabi/ENG747.htm; no semester date given).

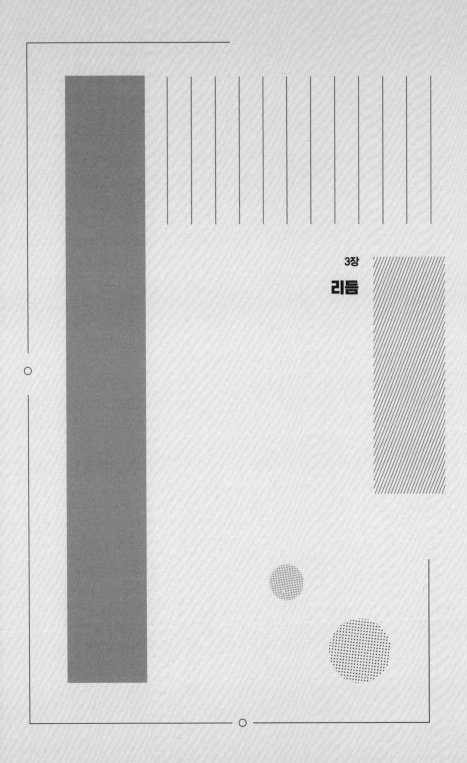

3장

리듬

기교적 통일성과 고정된 경계선의 제약과 달리, 리듬의 형식은 자연적인 것으로 보인다. 인간 신체의 경험적 시간에서 발생하기 때문이다. 1872년, 랠프 왈도우 에머슨Ralph Waldo Emerson은 "운율은 맥박과 함께 시작한다"고 말한다.[1] 현대 시인 클라렌스 메이저Clarence Major는 "시는 바로 우리의 심장박동, 걷는 발걸음의 리듬, 호흡의 패턴에 기초한다"며 전통을 이어 간다."[2] 리듬은 시와 음악을 신체의 시간 패턴과 결합한다. 그래서 자유분방하며, 작위적으로 느껴지지 않는다. 말하자면, 리듬은 "존재의 자유"를 전달하고 "실존과 쾌락"을 표현한다.[3]

그러나 리듬은 또한 형벌적이다. 강요된 운율적 · 음악적 형식은 족쇄와도 같다. 마틴 먼로Martin Munro에 따르면, 노예들이 아프리카에서 가져온 음악은 반복적이고 순환적이며, 대화적이고 복합리듬적polyrhythmic이다. 그리고 모두가 참여하여 일체가 된 집단의 즐거움을

---

1 재인용함. Michael Golston, *Rhythm and Race in Modernist Poetry and Science* (New York: Columbia University Press, 2008), 48.

2 Clarence Major, "Rhythm: A Hundred Years of African American Poetry," in *Necessary Distance: Essays and Criticism* (Minneapolis: Coffee House Press, 2001), 71.

3 로버트 핑크는 이 전통을 비판한다. "Goal Directed Soul? Analyzing Rhythmic Teleology in African American Popular Music," *Journal of the American Musicological Society* 64 (spring 2011): 185. Anne Danielson, *Presence and Pleasure: The Funk Grooves of James Brown and Parliament* (Middletown, CT: Wesleyan University Press, 2006).

표현한다. 그래서 아프리카 음악은 "선형성, 목적론, 종합"을 선호하는 18,19세기 유럽의 상류층 음악과 전혀 다르다.[4] 먼로의 설명은 여기서 좀 더 복잡해진다. 즉, 노예 주인들은 노예들이 노래를 부를 때 일을 더 잘한다는 것을 알게 되었다. "억압은 주인의 규칙적인 채찍 소리와 같이 그 자체의 리듬이 있다"(16–17). 정리하자면, 리듬은 상반되는 사용성을 내포한다. 그래서 무섭다. 리듬은 공동체적 연대 의식과 신체적 쾌락을 만든다. 반대로 리듬은 통제와 예속의 강력한 수단으로 작동한다. 육체나 노동, 소리나 기계에 어떠한 시간적 질서를 부여하는지에 따라, 리듬의 형식은 중대한 정치적 작용력을 갖는다.

그 의미를 넓게 적용하자면, 리듬은 도처에 존재한다. 근무 교대와 여행 일정표로부터 종교적 제의와 매해 여름 개봉하는 블록버스터 영화에 이르기까지, 반복적인 시간 패턴은 사회생활 전반을 규제한다. 이러한 형식은 종종 일상화된다. 출근 카드를 찍는 것이나 어린이들의 하교와 같이 일상생활의 예측 가능한 리듬들이 그러하다. 때로는 이러한 시간적 표식들은 추수, 동창회, 100주년 기념행사처럼 긴 간격을 두고 반복된다. 일반적으로 이것들은 중첩된다. 업무와 학업의 균형을 맞추기 위해 애쓰는 경우가 그렇다. 전기세를 내고, 보호 관찰관을 만나고, 영성체를 하고, 약 먹을 시간을 기억하는 일, 수면과 음식의 욕구를 해결하기 위해, 그리고 개인적 · 가족적 · 국가적 · 종교적 일정에 따라 중대한 행사를 기념하기 위해 규칙적으로 스케줄을

---

4 Martin Munro, *Different Drummers: Race and Rhythm in the Americas* (Berkeley and Los Angeles: University of California Press, 2010), 8-10.

조정하는 일이 그렇다.

사회학자들은 시간적 리듬을 조정하는 것이 사회적 결속을 강화하는 강력한 기술이라고 주장해 왔다. 피에르 부르디외Pierre Bourdieu에 따르면, "사회는 시간의 사용, 집단적 개인적 활동의 시간적 배분, 그 활동을 수행하는 적합한 리듬 등을 특정한 방식으로 규제함으로써 인간의 신체적 성향 깊숙한 곳에 질서를 부과한다."[5] 시간적 질서를 부과하는 것은 규모가 큰 권력을 행사할 때 드러나는 전형적인 특징이다. 유럽의 제국들은 전 세계에 하나의 단일한 진보 서사를 강요했다. 이를 통해 야만과 문명을 나누고, '개발도상국developing'과 '선진국developed'을 구별했다. 또한 영국의 그리니치 자오선을 표준시로 삼아 하나의 단일한 세계 시계를 도입했다. 20세기 초, 대부분의 유럽과 미국의 도시들은 공공장소에 세계 표준시계를 설치했다. "시간 엄수, 시간 통제, 시간에 관련된 행동의 표준화를 보장"하기 위해서였다.[6] 에비아타 제루바벨Eviatar Zerubavel은 현대사회가 다름 아닌 시간적 패턴화를 통해 연대 의식을 강화한다고 주장한다. 현대인은 사건이 언제 일어날지(아침에는 댄스파티가 열리지 않는다), 얼마나 오랫동안 지속될지(오락은 2시간 정도 지속되며, 진료는 1시간을 넘지 않는다), 그리고 어떠한 간격으로 일어날지(피아노 레슨은 일주일에 한 번, 대통령 선거

---

5 Pierre Bourdieu, *The Logic of Practice*, trans. Richard Nice (Stanford: Stanford University Press, 1990), 75.

6 Karlheinz A. Geissler, "A Culture of Temporal Diversity," *Time and Society* 11, no. 1 (2002): 4, 3.

는 4년마다)에 대하여 표준화된 기대치를 공유한다. 관습적이지만, 이러한 기대는 매우 견고하게 자리를 잡고 있어, "어떤 상황이나 사건이 '정상적'인지 아닌지는 주로 그것이 발생한 시간에 따라 결정된다."[7] 표준적 반복, 기간, 그리고 발전 곡선은 수면과 성생활부터 정부와 국제경제에 이르기까지 우리의 경험을 남김없이 모두 체계화한다.

　그러나 근대성에서 시간 표준화의 서사는 매우 질서정연한 시간적 진행 과정을 따른다. 그것은 자연의 순환에 기반한, 작은 공동체의 유기적 시간에서 인위적이고 기계적으로 조직된 근대적 시간으로 바뀌었다가, 최종적으로 시간적 동질화, 즉 전 지구를 포괄하는 시간의 표준화로 종결되는 이야기이다. 이 질서 정연한 서사는 양편 모두에게 오해의 소지가 있다. 산업화 이전 사회의 템포는 신체와 계절, 일광 시간에 의존하기는 했지만, 구성원들에게 규범을 강제하고, 그들을 외부인들로부터 분리하는 인위적이고 강압적인 패턴도 존재했다.[8] 거꾸로, 근대사회라고 해서 자연의 박자를 모두 버린 것은 아니다. 절기의 변화, 호흡과 맥박의 패턴, 음식과 수면에 대한 신체의 요구, 그리고 생식 작용을 하는 신체는—기계화되고 조종된다 해도—여전히 시간적 경험을 구조화한다. 요아네스 파비안Johannes Fabian은《시간과 타자》에서 진보적 근대성이라는 유럽적 서사는 사실 고대적 시간 모델,

---

7　Evitar Zerubavel, *Hidden Rhythms: Schedules and Calendars in Social Life* (Berkeley and Los Angeles: University of California Press, 1985), 20.

8　Eviatar Zerubavel, "Easter and Passover: On Calendars and Group Identity," *American Sociological Review* 47 (April 1982): 288.

즉 선택받은 민족이 신에게 임무를 부여 받아 시간과 신성한 관계를 맺었다는 이야기를 다시 반복한 것 뿐이라고 주장한다.[9]

나는 고대와 근대의 시간성을 구분하지 않는다. 근대와 전근대를 막론하고, 사회적 경험의 리듬은 모두 복합적이고 이질적이다. 그러한 리듬은 계절의 변화, 종교적 제의, 친족 규범, 노동, 재생산, 전쟁, 기술 변화와 같은 다양한 원천에서 그 패턴을 끌어온다. 근대에서 리듬의 중첩은 확실히 과거보다 훨씬 더 복잡하다. 산업기술의 변화가 가져온 가속화된 시간과 전통적인 모종과 추수의 규칙적인 주기 사이에 아무런 차이가 없다고 주장하는 것은 잘못이다. 그러나 근대든 아니든 사회적 경험이 시간적 형식에 따라 강력하게 제한되고 조직되는 방식을 이해하려면, 시간의 복합적인 패턴을 면밀하게 관찰해야 한다.

형식주의적으로 세상의 리듬을 읽고, 사회 기관과 제도를 조직하는 시간적 원리에 주의를 기울인다면, 시간적 구조들이 서로를 방해하거나 서로 경쟁하는 사회적 세계를 발견하게 된다.[10] 이것은 심지어 단

---

9 Johannes Fabian, *Time and the Other* (New York: Columbia University Press, 1983), 2.

10 나는 사회과학자들로부터 많은 것을 배웠다. "모든 리듬은 다중적이다. 리듬은 혼란스럽고 이질적인 형식으로 나타나며, 단독으로 존재하지 않는다. 어떤 주어진 장소나 활동, 또는 어떤 시간상의 특정 지점은 다중적인 리듬이 동시에 통과하는 하나의 관문 또는 혼잡 구간이다. 이 리듬 중에서 일부는 서로 모순적이며, 조화를 이루지 않는다." Steven J. Jackson, David Ribes, and Ayse Bukyutur, "Exploring Collaborative Rhythm: Temporal Flow and Alignment in Collaborative Scientific Work" Ideals@ Illinois (2010): https://www.ideals.illinois.edu/bitstream/handle/2142/14955/ JacksonRibesBuyuktur_ExploringCollaborativeRhythm.pdf?sequence=2. 완다 J. 올리코스키Wanda J. Orlikowski와 조앤 예이츠JoAnne Yates는 이러한 경험을 '**다원적**

일한 기관 내에서도 일어난다. 가령, 과학자들이 받은 3년간의 연구 지원이 기후변화와 같은 장기적 과정을 이해하는 연구와 충돌하는 경우가 그렇다.[11] 시간적 형식이 행사하는 정치적·사회적 권력, 즉 우리의 삶을 규제하고 조직하는 능력을 이해하려면, 시간의 패턴들이 충돌하는 양상을 보여 줄 수 있는 분석이 필요하다.

이론상, 문학비평은 사회적 시간에 대한 이러한 분석에 유용한 방식으로 기여할 수 있어야 한다. 왜냐하면 비평가들은 음보meter, 연속성seriality, 플롯과 같은 형식들을 다루면서, 시간적 패턴을 사유하는 섬세한 방법을 다양하게 개발해 왔기 때문이다. 그러나 앞 장에서 보았듯이, 형식에 대한 비평적 분석에서는 공간적 형식이 지배적이다. 결과적으로 소설과 같은 시간 제한적인 형식의 작용은 소홀히 다루어진다. 니콜라스 데임즈Nicholas Dames는 항상 그렇지는 않았다고 주장한다. 소설적 형식에 대한 현재의 이론은 헨리 제임스Henry James와 퍼시 러복Percy Lubbock과 같은 20세기 초 이론가들로부터 비롯된 것이다. 그들은 아무 생각 없이 성급하게 플롯화된 서사에 몰입하는 습관이 대중적 독자층의 증가와 관련이 있다고 보고 이를 저지하고자 했다. 제임스와 러복은 소설을 공시적인 통합체로 간주했다. 객관적인 거리를 유지하면서 소설을 읽기 위해서였다. 이들은 시각 예술로부터 지

<hr />

시간성pluritemporal'이라고 일컫는다. "사람들은 시간 구조의 다중성과 다원성을 수행한다. 그러나 시계 또는 마감 시간으로 이와 같은 구조를 모두 설명할 수는 없다." "It's about Time: Temporal Structuring in Organizations," *Organization Science* 13 (November–December 2002): 698.

11   Jackson, Ribes, and Bukyutur, "Exploring Collaborative Rhythm."

금은 소설 비평의 표준적 용어가 된 **시점**과 **관점**이라는 용어를 차용한다.[12] 데임즈는 이처럼 비평적 패러다임이 바뀌면서 회화가 아니라 음악에서 용어를 빌려 사용한 과거의 소설이론이 사라졌다고 주장한다. 과거 19세기 비평가들은 리듬적 경험으로서의 소설 형식에 주목했다. 그래서 이들은 시간적 배열, 흐름, 반복, 지속 기간 등 독서 경험이 갖는 시간성을 강조했다. 20세기 비평은 리듬에 별 관심을 두지 않았다. 시의 음보와 소설의 플롯 등 시간과 결부된 문학 형식마저도 잘 빚은 항아리나 서사적 종결과 같이 궁극적으로는 정적이며 봉쇄적인 것으로 이해했다. 지난 백 년간 시적 음보와 플롯의 역동성을 연구한 훌륭한 학자들이 나왔고, 그들의 작업은 나의 연구에도 큰 영향을 주었다.[13] 그러나 학계는 대체로 문학적 형식을 공간적 통일성으로 보는 시각을 이어받았다. 그런 이유로 우리는 시간적으로 전개되는 형식의

---

12 데임즈는 "이제 비평가가 할 일은 소설 읽기에서 시간적 흐름과 정서적 동일시를 거부하는 것"이 되었다고 설명한다. Nicholas Dames, *The Physiology of the Novel: Reading, Neural Science, and the Form of Victorian Fiction* (Oxford: Oxford University Press, 2007), 34, 48.

13 서사 전개에 관련된 영향력 있는 연구들은 다음과 같다. Gotthold Ephraim Lessing, *Laocoön* (1766), trans. Edward Allen McCormick (Baltimore and London: Johns Hopkins University Press, 1984); Roland Barthes's *S/Z*, trans. Richard Miller (New York: Hill and Wang, 1974); D. A. Miller, *Narrative and Its Discontents* (Princeton: Princeton University Press, 1981); Peter Brooks, *Reading for the Plot* (New York: Knopf, 1984); Wendy Steiner, *Pictures of Romance* (Chicago and London: University of Chicago Press, 1988); and Brian Richardson's *Narrative Dynamics* (Columbus: Ohio State University Press, 2002). 이 장 마지막에서 시적 음보의 문제로 다시 돌아가서 일반적인 음율 형식의 시간적 패턴을 더 명확하게 다루도록 하겠다. Derek Attridge, *Poetic Rhythm: An Introduction* (Cambridge: Cambridge University Press, 1995).

구체성을 제대로 파악할 수 없었다.[14]

나는 사회적 · 미학적 리듬에 세밀하고 집중적인 관심을 기울여야 한다고 생각한다. 이를 위해 세 가지를 강조하고자 한다. 우선, 역사주의 문학·문화 연구에서 주로 사용되는 시간적 형식에 주목할 필요가 있다. 1980년대 이래, 문화적 경험을 탐구하는 역사학적 연구는 시간을 공간화하는 경향이 있었고 역사를 시대구분을 통해 이해했다. 여기서 시대는 펼쳐지는 패턴이라기보다는 경계가 있는 봉쇄틀에 가깝다. 제도적 시간의 문제를 통해 시대구분을 비판적으로 들여다보자. 통상적으로 역사주의 학자들은 사회제도를 중심으로 시대의 시작과 끝을 정한다. 그러나 나는 스스로를 '신제도주의자new institutionalists'라고 칭한 사회과학 이론가들의 연구를 바탕으로, 제도들 자체가 역사주의 연구의 일반적인 시대구분과는 맞지 않는, 중첩하는 반복과 지속 기간으로 구성된다고 주장하고자 한다. 사회적 리듬의 이질성과 지속성은 새로운 종류의 사회문화적 분석을 요구한다. 사회의 풍경에

---

14 데임즈와 마찬가지로, 캐서린 갤러거는 서사학자들이나 러시아 형식주의자들조차 정적인 상태를 선호하게 된 현실을 개탄한다. 가령, 이들은 그래프 또는 도표를 그려 텍스트의 형태론 혹은 "전체적 형태"를 보여 주거나, 통사론 또는 동사 시제와 같은 양식적 특징에 초점을 맞춘다. "그들은 모두 시간을 초월하거나 굳혀 버림으로써 시간을 극복한다는 인상을 준다. 따라서 그들의 장점이 무엇이든, 분석하는 작품의 시간적 특성과 서로 어긋난다." "Formalism and Time," *Modern Language Quarterly* 61 [March 2000]: 230-31. 힐러리 스코는 소설 중간 부분의 동력에 주목하는 피터 브룩스도 거리를 둔 회상을 암묵적으로 중시한다고 주장한다. "중간 부분은 결말에 이르러서야 파악할 수 있는 어떤 것이다. 그것은 플롯을 이야기로 재배열했을 때, 인물들이 욕망한 것이 무엇이고, 인물들이 어떻게 성공했는지 또는 실패했는지 알게 되었을 때, 비로소 발견하는 어떤 것이다." "The Make-Believe of a Beginning," in *Narrative Middles*, eds. Caroline Levine and Mario Ortiz-Robles (Columbus: Ohio State University Press, 2011), 48.

는 과거와 미래로 길게 뻗은, 서로 경쟁하는 리듬이 새겨져 있다고 상상해야 한다.

이 장의 두 번째 부분에서는 이러한 종류의 분석을 어떻게 사용할지 살펴볼 것이다. 1920년대 후반, 아방가르드 예술가들이 다중적 사회 리듬의 작용을 파악하여 미국 법을 바꾼 사례를 다룰 것이다. 이를 통해 리듬은 억압하고 조직하는 힘도 있지만 제한된 전체와 마찬가지로 새로운 방식으로 이용될 수 있으며, 다른 형식들과 협력하고 서로 충돌하면서 사회를 바꾸는 정치적 효과를 만들 수 있음을 입증하고자 한다.

마지막으로, 나는 리듬에 대한 새로운 접근을 통해 문학적 형식과 사회적 조직 간의 관계를 탐구할 것이다. 운율법을 살펴보면서, 미학적 템포가 사회적 제도의 시간을 반영해야 한다는 문학비평가들의 가정에 한계가 있음을 주장할 것이다. 그리고, 엘리자베스 배럿 브라우닝이 쓴 빅토리아 여왕에 대한 시를 분석하면서, 이전의 비평과 구별되는 대안적 독법을 제시할 것이다. 다시 말해, 나는 시의 음보가 시 자체의 조직 원리가 될 수 있으며, 시의 조직 원리는 사회적 시간을 조직하는 다른 원리들과 서로 경쟁하고 투쟁하고 서로 간섭한다는 점을 구체적으로 보여 주려 한다.

그 과정에서 분석의 초점을 문학, 음악과 기타 예술에서 대학과 경제, 정부, 테마파크의 시간적 패턴으로 옮길 것이다. 따라서 이 장의 조직적 개념으로 왜 '리듬'을 선택하였는지 간단히 설명할 필요가 있다. **리듬**이라는 용어는 미학과 비미학적 용도를 쉽게 넘나들며 통용된다. 일의 리듬이 있고 사회적 리듬이 있다는 말은 이미 흔한 표현이

되었다.[15] 시적인 리듬과 음악적인 리듬이 신체에서 비롯한다는 전통적인 주장은 예술적인 그리고 비예술적인 영역들 사이의 경계 이동이 어렵지 않다는 점을 보여 준다. 따라서 리듬은 이미 언제나 미학적 형식과 경험적 형식의 구분을 거부하는 범주이다. 그러나 그와 동시에, 미학적 리듬 자체를 연구하는 것도 많은 도움이 된다. 다시 말해, 플롯의 역동성과 운율법을 분석하는 방법을 터득한다면, 사회적 경험의 템포를 새롭게 해석하는 방법도 아울러 배울 수 있다. 하나의 단일한 제도에 존재하는 복잡하고 중첩하는 리듬을 분석할 수 있다. 우리는 반복과 차이, 기억과 예측 등 미학적 리듬의 사용성을 통해 사회적 리듬을 이해할 수 있다. 시간적 패턴을 소홀히 한다면 역사적 변화의 작용과 권력의 작용을 제대로 파악할 수 없다. 그러나 구체적인 형식들의 다양한 작용을 세밀하게 분석하는 문학적 형식주의의 기술은 시간의 제한을 받는 정치 권력의 작용을 새롭게 이해하는 데 많은 도움이 될 수 있다.[16]

---

15 먼로가 서술하듯, "리듬을 연설, 음악, 시에서와 같이 소리의 요소라고 보면, 리듬은 다른 반복과 규칙의 패턴들에도 적용되는 유연한 개념이다. 그것이 자연적이든 (신체, 시간, 계절의 리듬) 인위적이든 (노동, 기계, 산업 시간, 일상생활의 리듬) 상관없다." *Different Drummers*, 5-6.

16 갈수록 중요해지는 글로벌 자본, 인구, 권력의 흐름을 탐구하는 것은 필수적이다. 그러나 그러한 흐름들로 인해 발생하는 템포 간의 형식적인 갈등을 살펴보는 것도 꼭 필요한 일이다. 가령, 초국가적 기업의 시간은 노동, 여가 생활, 선거 주기, 민주적 토의 과정과 같은 국가적·지역적 리듬과 충돌하고 그 방향을 바꾸기도 한다. 정치경제학자 밥 제솝Bob Jessop에 따르면, "시민들은 민주적 토의를 통해 정치적 연합을 규제하는 법의 내용을 결정한다. 그런데 초국가적 기관과 국가 엘리트들은 신속하고 관료적인 의사결정을 통해 국가 공동체에 법과 규칙을 부과할 수 있고, 그럼으로써 민주적 토의 과정의 시간적 리듬을 파괴하는 결과를 초래한다." "Time and Space

형식으로서의 시대

지난 30년간 문학·문화 연구 분야에서는 예술 작품을 생산하고 수용하는 사회적 맥락이 예술 작품과 어떤 연관관계가 있는지 탐구하는 정교한 방법들이 다수 등장했다. 그러나 이처럼 역사에 주목하는 연구는 문화적 전체의 개념에 의존하는 경향이 다분하다. 그래서 역사적 맥락은 마치 공간적 봉쇄틀, 즉 "자족적 전체"인 것처럼 여겨진다.[17] 가령, 맥락의 이론화를 강하게 주장하는 캐서린 갤러거와 스티븐 그린블랫을 예로 들어 보자. 이들에 따르면, 문화는 "전체로서의 생활세계"이다. 그리고 이 생활세계는 "어떤 형태, 즉 특정한 시간과 장소에 사는 사람들이 가진 어떤 복합적 개별성"을 지닌 하나의 "텍스트"다.[18]

물론 많은 학자들은, 특히 최근 들어, 더 개방적인 문화 개념을 선택했고, 그에 따라 초국가적 흐름과 경계선의 파열에 관심을 두는 편

---

in the Globalization of Capital and their Implications for State Power," *Rethinking Marxism* (December 2010), 82. 언론학자 웨인 호프Wayne Hope 또한 규모가 다른 사회생활의 리듬들이 서로 충돌하면서, 극도로 복잡하고 예측 불가능한 권력 형성이 만들어지고 있다고 주장한다. 가령, "가속성, 즉흥성, 단기성, 일시성"을 강조하고 "야간 경제, 유연 노동, 업무 및 여가의 다변화"를 중시하는 정보의 세계적 흐름은 전통적인 국가적 시간과 충돌한다. 그리고 "국가 그 자체도 시간적 갈등으로 분열될 수 있다. 기업의 신속한 의사결정이 선거 주기, 입법 심의, 사법 절차를 무시하기 때문이다. "Conflicting Temporalities: State, Nation, Economy and Democracy under Global Capitalism," *Time and Society* 18 (2009): 78, 64.

17 이는 시대구분을 강한 어조로 비판한 에릭 헤이옷의 표현이다. *On Literary Worlds* (Oxford: Oxford University Press, 2012), 151.

18 Catherine Gallagher and Stephen Greenblatt, *Practicing New Historicism* (Chicago and London: University of Chicago Press, 2000), 13.

이다. 그래서 이제는 질서 정연한 시간적 경계를 절대적으로 믿는 비평가는 거의 없다. 그러나 대다수의 문학·문화 연구 학자들은 여전히 역사적 시대구분에 의존한다. 잠정적으로나마 연구의 경계를 설정하기 위해서다. 와이 치 디목은 역사주의자들이 뉴턴으로부터 시간성 모델을 빌려 왔다고 주장한다. 뉴턴에게 "시간은 공간적 좌표와 정확하게 같은 방식으로 기능한다. 시간은 장소, 위치, 눈금선 위에 놓인 단위들의 배열이다. 그리고 그 모든 이유 때문에 어떠한 사건도 배정될 수 있는 하나의 봉쇄들이다."[19]

우리는 최근 학계에 큰 반향을 일으킨 두 편의 역사주의 문학비평 연구서를 통해 역사적 시대가 제한된 봉쇄틀로서 어떤 작용을 하는지 살펴볼 수 있다. 첫째, 샤론 마커스Sharon Marcus의《여자들끼리Between Women》(2007)는 대상화, 매혹, 평등한 우정, 관음증, 안정적인 결혼 등 빅토리아 시대 여성들이 다른 여성들과 관계를 맺는 다양한 양상을 탐구한다. 남성성과 여성성의 대립이라는 젠더 개념, 그리고 연속체로서의 섹슈얼리티 개념은 젠더와 섹슈얼리티의 역사 연구를 주도해 온 두 가지 견고한 모델이었다. 그런데 마커스가 보여 준 관계의 유연성과 가변성은 이 모델을 급진적으로 해체한다.[20] 둘째, 데니즈 지

---

19 "1년, 5년, 10년; 이것이 우리가 텍스트를 '맥락화'하는 데 사용하는 표준 기간이며 여기에는 이러한 시간의 조각들이 완전하며 통합되어 있다는 전제가 깔려 있다." Wai-Chee Dimock, "Nonbiological Clock: Literary History against Newtonian Mechanics," *South Atlantic Quarterly* 102 (winter 2003): 154-55.

20 Sharon Marcus, *Between Women; Friendship, Desire, and Marriage in Victorian England* (Princeton and Oxford: Princeton University Press, 2007).

간티Denise Gigante의《생명: 유기적 형식과 낭만주의Life: Organic Form and Romanticism》(2009)는 낭만주의 시대의 과학 사상가들이 예측 불가능한 "활기 넘치는" 생명이라는 새로운 개념을 발전시켰고, 이것은 자연과학과 미학에 모두 해당된다고 주장한다.[21]

이 두 비평가는 문학·문화사의 기존 해석을 해체하면서도, 명시적으로 시대구분에 기대어 그들이 다루는 자료에 경계선을 긋는다. 마커스의 논의는 1830년부터 시작한다. 당시는 우애결혼companionate marriage과 남녀를 대립된 성으로 보는 개념이 영국의 모든 계급에 표준이 된 시기였다. 그리고 1880년, 유전학과 성과학 같은 새로운 담론들이 등장하면서 빅토리아 시대 중반을 주도해 오던 성과 결혼 모델이 흔들리기 시작했다는 주장으로 끝을 맺는다. 지간티는 유럽 전역의 과학 출판물들이 계몽주의 시대를 풍미한 '전성설前成說 · preformation' 이론에 반대하여 '생명력vital power' 개념을 재조명하던 1740년부터 시작하여, 세포 이론으로 대표되는 "인식적 전환"이 발생한 1840년에 논의를 끝맺는다.

분명 두 학자 모두 절대적인 시대 개념에 반대한다. 마커스는 "빅토리아 시대의 상당 부분이 18세기에서 발원했으며, 1880년 이후에도 지속되었음을 인정한다"(7) 지간티 또한 "낭만주의 시대의 모든 자연철학자들이 생명력이나 형성력 개념을 수용했다"(21)는 의미가 아니라고 설명한다. 하지만 그럼에도 불구하고 이들은 자료를 효과적인

---

21 Denise Gigante, *Life: Organic Form and Romanticism* (New Haven, CT and London: Yale University Press, 2009).

문화적 논의로 집약시키기 위해 시대라는 표식을 사용하며, 결과적으로 두 사람 모두 관습적인 시대구분을 정당화한다.[22]

이와 같이 역사적 성향을 가진 비평가들은 시대구분이 인위적이라는 사실을 인지하고 인정한다. 그러나 다른 한편으로 이들은 관습적인 시대구분에 의존할 뿐 아니라 이를 노골적으로 강화한다. 시대는 인위적인 통합체일지도 모른다. 그러나 시대를 통해 비로소 문화적 경험에 대한 유의미한 설명이 가능하다. 바로 이 점에서 가장 세련된 역사주의적 비평도 그것이 대체하려고 하는 고루하고 비역사적인 신비평과 기이할 정도로 비슷하다. 신비평의 사랑을 받은 잘 정돈된 예술 작품과 마찬가지로, 역사적 시대는 복잡한 문화 자료에 이해 가능한 형태를 부여하는, 만들어진 전체로서 작용한다. 이를 통해 우리는 그 전체에 속한 부분들 사이에 존재하는 중요한 상호관계를 파악한다. 이러한 방식으로 정의된 형식은 탈역사적 초월성과 연관되기 때문에, 역사적 시대라는 형식은 사실 역설적이다. 즉, 시대구분은 특정 지역의 뿌리 깊은 역사적 구체성을 드러내기 위한 일종의 추상적이고 보편적인 조직 원리다. 바꾸어 말하자면, 이상하게 들리겠지만 시대는 반형식주의가 취하는 형식이다.

---

22 마커스는 "나는 1830년과 1880년을 시간적 경계선으로 선택했다. 이 두 시점이 결혼과 섹슈얼리티의 역사에서 명확한 기간을 형성하기 때문이다"라고 설명한다(6). 지간티는 다음과 같이 말한다. "공통의 지적 프로젝트로서 낭만주의라는 개념은 지난 수십 년간 많은 도전을 받아 왔다. 그러나 이 책에서 다루는 작가들은 계산할 수도, 통제할 수도 없는—변덕스럽고 솟구치는—생명의 힘을 규정하고 표상하려고 노력했다"(3).

이러한 결론은 즉각적인 반발을 불러올지 모르겠다. 다시 말해, 역사학자들과 문화 연구가들은 그러한 통합적 형식들을 중시하기는커녕 오히려 단층, 균열, 탈경계에 지속적으로 관심을 기울인다. 데이비드 퍼킨스David Perkins는 다음과 같이 지적한다. "우리는 부정하기 위해서 단일한 시대 개념을 필요로 한다. 특수성, 지역적 차이, 이질성, 변동, 단절, 투쟁은 이제 과거를 이해하기 위해 우리가 선호하는 용어들이며, 이를 밝히는 것이 중요한 과제가 되었다."[23]

이와 같은 설명에 따르면, 시대구분은 전체성을 상정한다. 그런데 우리가 만일 전체성을 부각한다면, 그 이유는 경계를 파괴하기 위해서다. 그러나, 형식주의는 여전히 유용하다. 균열도 일정한 패턴을 따르기 때문이다. 봉쇄와 전복, 법과 위반, 경계와 탈경계, 이 모든 것들은 모두 반복적이고 조직적인 구조를 공유한다.[24] 전복과 봉쇄의 역학관계는 마커스의 연구와 같은, 문화적 다양성과 유연성에 관한 최근의 연구에 비해 매우 낡은 것으로 보인다. 그러나 현재 가장 탁월한 비평가도 여전히 학술적 연구의 조직적 원리로 시대를 사용하는 것을 보면, 우리는 여전히 형식주의의 숲을 벗어나지 못한 셈이다. 봉쇄틀은 역사적 시간을 탐구하는 구조로서 여전히 유효하다.

---

[23] David Perkins, *Is Literary History Possible?* (Baltimore: The Johns Hopkins University Press, 1992), 64.

[24] 수십 년 전, 알란 리우Alan Liu는 신역사주의 연구가 신비평 형식주의의 연속임을 이미 밝혀내었다. 신역사주의자들은 역사적 구체성을 강조하지만, 그들은 어떤 맥락을 다루든지 결국에는 언제나 통일성과 다원성의 형식적 긴장이라는 똑같은 주제로 다시 돌아온다. "The Power of Formalism: The New Historicism," *ELH* 56 (winter 1989): 721-71.

많은 학자들이 설명한 바에 따르면, 시대가 문학 연구에서 강력한 조직 원리인 이유는 시대의 시작과 끝이 제도의 사회적 수명과 접점을 이루기 때문이다. 예를 들어, 마커스는 우애결혼 제도가 자신이 연구 대상으로 삼은 시대의 조직 원리라고 주장한다. 반면 지간티는 1740년대 후성설後成說·epigenesis에 관한 새로운 가설을 제시한 범유럽적 과학 연구 네트워크에 주목한다. 마커스와 지간티는 최근의 여러 학자들과 마찬가지로 사회적 경험을 형성하는 제도의 역할에 주목한다. 이들에게 제도는 두 가지 의미에서 중요하다. 첫째, 제도는 문화 현상에 우선한다. 둘째, 제도는 문화적 생산을 촉발하고 형성한다.

그러나 제도는 문학 텍스트를 역사화하는 작업에는 중요하지만, 문학을 연구하는 학자들의 분석적 관심 대상이 아니다. 특정 제도의 영향력을 다룬 비평가들도 제도라는 용어의 의미를 명확히 밝히거나 자세히 설명하지 않는다.[25] 제도를 직접 연구하는 몇몇 학자들은 용어의 의미에 내재하는 긴장을 지적한다. 먼저, 호머 브라운Homer Brown이 설명하듯 제도는 한편으로 내구성을 암시한다. "라틴어 instituare에서 비롯된 제도화하다는 문자 그대로 일어나게 하다, 일어서다, 무언가를 서 있도록 움직이다, 또는 한 장소에 서 있다는 느낌을 주다—다시 말해, 머무르는 어떤 것을 뜻한다.[26] 다른 한편으로 제도화의 행위는

---

25 문학 연구의 제도에 관한 제랄드 그라프Gerald Graff의 작업은 매우 흥미롭다. 그러나 그라프 또한 제도라는 용어의 의미를 정의하지도 설명하지도 않는다. 제도의 의미가 자명하다고 생각하는 것이다. *Professing Literature: An Institutional History* (Chicago and London: University of Chicago Press, 1987).

26 Homer Brown, "Prologue," in *Cultural Institutions of the Novel*, eds. Deidre Shauna

새로운 어떤 것을 도입하고, 과거와 단절하는 행위를 암시한다. 이러한 긴장은 제도가 시대구분에 필요한 이유를 보여 준다. 제도는 시작점 혹은 개시의 시점을 표시하며, 오랜 기간 지속한다.[27] 바꿔 말하면, 제도는 시간 경험에 형식을 부여한다.

그렇다면, 정확하게 제도란 무엇일까? 제도는 어떻게 사회적 경험에 템포를 형성할까? 제도화하는 행위는 어떠한 종류의 개입을 수반할까? 제도는 어떻게 그리고 왜 지속될까? 제도는 우리가 연구하는 대상뿐 아니라 우리의 연구 방법도 조직한다. 따라서 관습적인 방식의 역사적 논증에 머무른다면, 제도가 실제로 역사적 시간에 어떻게 질서를 부과하는지의 근본적인 문제를 다루지 못한다. 바로 이 지점에서 새로운 형식주의는 그 유용성을 입증할 수 있다. 제도와 시대는 모두 이질적 재료들을 조직하는 방식이라는 점에서 형식으로 볼 수 있다. 둘은 어떤 종류의 제한과 기회를 내포하며, 정치적 질서에 신체, 의미, 사물을 가져온다. 제도와 시대가 내포하는 제한과 기회는 동일하지 않다. 그 형식이 다르기 때문이다. 시대는 제한된 전체로 작동한다. 제도는 리듬, 즉 시간이 흐르면서 펼쳐지는 지속과 반복의 패턴으로 구성되어 있다.

Lynch and William B. Warner (Durham, NC: Duke University Press, 1996): 19.

27 알렌 그로스맨Allen Grossman도 유사한 주장을 펼친다. "Wordsworth's 'The Solitary Reaper': Notes on Poiesis, Pastoral, and Institution," *TriQuarterly* 116 (summer 2003): 277-99.

제도적 시간의 기이한 패턴

영문학자들은 특정한 사회제도가 행사하는 권력을 이해하기 위해 마르크스, 푸코, 부르디외를 찾았다. 그러나, 문학비평가들에게는 다소 생소하지만, 제도와 시대의 교차점에 대한 문제, 특히 제도가 변화를 가져오고 또 안정을 유지하는 방식을 면밀하게 탐구한 사회과학자들이 있다. '신제도주의자들'은 규모가 크고 다양하여 사회과학자, 정치학자, 그리고 경제학자를 모두 포괄한다. 이들은 대부분 제도가 변화를 일으키고 수용하고 반응하는 방식은 물론, 오랜 시간에 걸쳐 규범과 기대, 계층질서를 유지하는 방식에 공통적으로 주목한다. 이 학자들은 학문적 전략, 지적 궤적 및 목적이 서로 다르고, 정치적 관점도 다양하다. 따라서 결과적으로 학문적으로나 이념적으로 그들을 하나의 동질적인 집단으로 볼 수는 없다.[28] 그러나 그들 모두는 제도가 사회적 시간을 조직하는 방식을 연구한다. 이 점에서 그들의 연구는 형식주의적 문학 문화 연구의 전도유망한 새 시작점을 제공한다.

무엇보다도, 신제도주의자들은 **제도**라는 용어를 정확하고 생산적인 방식으로 정의하기 위해 작업해 왔다. 제도라는 단어는 일반적으로 정부, 교회, 감옥, 그리고 다른 공식적인 기관들을 가리키지만, 동

---

28 신제도주의의 대표적 저서로는 Paul J. DiMaggio and Walter W. Powell, eds., *The New Institutionalism in Organizational Analysis* (Chicago and London: University of Chicago Press, 1991). 관련 학계의 다른 의견으로 다음을 참고할 것. Vivien Lowndes, "Varieties of New Institutionalism: A Critical Appraisal," *Public Administration* 74 (summer 1996): 181-97.

시에 모든 규제적 양식과 모든 질서정연하게 자리 잡은 관습과 용도를 포괄하는 넓은 의미를 갖는다. 신제도주의자들은 이러한 두 가지 의미를 모두 합쳐, 제도는 고도로 복잡한 공식 기관들(국가, 법, 대학), 조직된 양식과 행동 패턴(가족이나 게임), 그리고 경험을 형성하는 강력한 관습(젠더 규범이나 애국적 가치) 등 다양한 층위에서 작동한다고 주장한다. 이처럼 신제도주의는 다양한 층위를 다루는 방법이다. 신제도주의 학자들은 시장이나 국가의 거시적 층위와 개별 행위자의 미시적 층위 사이에, 사회적 경험의 대부분을 조직하는 많은 제도를 발견할 수 있다고 주장한다. 우리가 잘 아는 제도를 꼽아 보자면, 결혼, 보험정책, 매주 열리는 축구 경기, 교회의 계층질서, 부서 회의, 코덱스, 운송 경로, 자유민주주의, 인종차별, 슈퍼마켓 등이 있다. 이 제도들은 모두 다양한 층위에서 작동하며, 각기 다른 종류의 제약, 가치, 규칙, 기대를 갖는다.

　시간과 관련하여 제도는 그 안정성이 가장 두드러진다. 브라운이 설명하기를, **제도**라는 용어는 내구성을 함축하기 때문에 문학 연구는 주로 건축물edifice에 초점을 맞춘다.[29] 여기서 말하는 건축물이란 제도가 갖는 권력과 내구성을 실제 건물과 결합한 용어로 이해할 수 있다. 그러나 이것은 오해의 소지가 있다. 제한된 공간뿐만 아니라 패턴도 제도를 구성하는 핵심적 요소이다. 봉쇄하는 벽뿐만 아니라 반복적

29　"제도를 생각할 때, 우리는 거의 항상 건물을 떠올린다. 교회, 학교, 은행은 일반적인 제도의 이름이지만, 동시에 제도가 위치한 실제 건물이기도 하다. 그래서 때로는 제도와 건물을 혼동하는 경우도 있다. '건축물'은 인상적인 존재감을 주기도 하지만 과거나 미래, 지속성과 연속성의 외관을 부여해 준다."(Brown, "Prologue," 19-20.)

으로 시행되는 규칙과 관행도 제도를 조직하는 핵심적 요소이다.[30] 정치과학자 제임스 마치James March와 요한 올슨Johan Olsen은 제도를 "비교적 오래 지속하는 규칙과 관행의 집합체"로 정의한다. 말하자면, 제도는 "개별 구성원이 바뀌어도 크게 변하지 않으며, 각 개인의 개별적인 선호도와 기대뿐만 아니라 외부의 환경 변화에도 탄력적으로 반응하는, 의미와 자원의 구조에 깊이 뿌리박고 있다."[31] 그렇다면 제도가 지속하는 이유는 그 참여자들이 적극적으로 규칙과 관행을 재생산하기 때문이다.[32] 관리자이든 부모님이든, 마초 같은 남자든 성실한 학생이든, 포커 플레이어든 기초생활수급자든, 우리는 제도가 정해 놓은 역할을 수행하며, 그렇게 함으로써 제도 자체를 재생산한다.[33] 안

---

[30] 로운데스Lowndes가 설명하듯, "모든 '신제도주의'적 관점은 제도가 사물이 아니라 과정임을 강조한다. 제도적 규칙들은 오랜 시간에 걸쳐 지속되어야 한다. 지속하는 제도화의 과정은 안정성을 만들어 낸다." ("Varieties of New Institutionalism," 193).

[31] James G. March and Johan P. Olsen, "Elaborating the 'New Institutionalism,'" in *The Oxford Handbook of Political Institutions* (Oxford: Oxford University Press, 2006): 3.

[32] 많은 신제도주의 학자들은 인간 주체가 제도를 만들고 유지한다고 주장한다. 하지만 많은 경우, 오히려 제도가 인간을 만든다. 제도를 대체할 다른 것이 있다고 상상하는 것조차 불가능하다. 그리고 우리는 익숙하고 점점 더 견고해지는 패턴에 따라 끊임없이 제도를 재구성한다. "제도를 재설계하는 것은 쉽지 않다. 궁극적으로 말해서, 제도가 개인이 선택한 개혁을 이미 구조화하기 때문이다. Peter A. Hall and Rosemary C. R. Taylor, "Political Science and the Three New Institutionalisms," paper presented at the Max Planck Institut für Gesellschaftsforschung(May 9, 1996); online at http://www.mpifg.de/pu/mpifg_dp/dp96-6.pdf(8).

[33] 정치과학자 로버트 그라프스타인Robert Grafstein은 제도들이 "인간의 만든 생산물이면서 동시에 그 자체로 하나의 사회적 힘"으로 작용하는 "이중성"을 갖고 있다고 주장한다. "The Problem of Institutional Constraints," *Journal of Politics* 50(1988): 577-78.

정성을 유지하기 위해서 제도는 구조물보다는 조셉 로치가 말한 대리 surrogation, 즉 떠나간 자들의 역할로 들어가 그 자리를 채우는 과정에 의존한다.[34]

이처럼 시간적 리듬의 중요한 사용성인 반복은 제도의 지속성을 유지하는 핵심 요소이다. 그러나 반대로 제도를 설립하는 시작 행위는 기존의 견고한 관행적 패턴을 파괴한다. 신제도주의자들에 의하면, 제도가 생기는 순간, 제도는 권력을 가진 특정 그룹의 과제를 반영할 목적으로 과거의 패턴을 깨부수기 마련이다. 그러나 제도는 오랜 시간에 걸친 반복에 의해 규정된다. 그래서 제도는 공식적 과제에 상관없이 오래 지속하기도 한다.

문학비평가들에게 친숙한 영문학 교과과정을 예로 들어 보자. 가우리 비스와나탄Gauri Viswanathan에 따르면, 영문학은 영국에서 제도화되기 전에 인도에서 학문 분과로 만들어졌다. 영국의 식민 행정부는 인도인들이 식민주의자들의 우월함을 수용하고 식민 권력을 자발적으로 받아들이도록 설득할 방법이 필요했다. 이것은 쉬운 일이 아니었다. 많은 영국 사상가들의 생각으로는 영국의 우월함은 기독교 정신과 관련되어 있었고, 영국적 가치는 종교의 자유였다. 그러나 개종을 시도하면 전면적인 반발이 있을 거라 예상했기에 인도인들에게 선뜻 기독교를 강요하지 못했다. 해결책은 영국문학이었다. 문학작품은 공식적으로는 세속적이기 때문에 외래 종교를 노골적으로 강요하지 않

---

34 Joseph Roach, *Cities of the Dead* (New York: Columbia University Press, 1996), 2.

고도 제국적 사회질서의 우월함과 기독교적 도덕성을 전달할 수 있었다.[35] 이 교과과정은 이후 본국에 도입되었고, 국가 지배와 식민지 지배에 열광하도록 영국 독자들을 사회화하는 방편으로 이용되었다. 이후 미국문학도 이와 유사한 국가적 목적으로 교과과정에 도입되었다. 1920년대 미국문학의 주변적 지위를 우려한 학자들은 미국 작가들의 작품을 치켜세우기 시작하였다. 1950년대에 이르러, 미국문학은 냉전시대의 문화적 무기가 되었다.[36]

제도 건축가들이 염두에 둔 특정 과제가 문학 연구의 제도화를 이끌어냈다는 것은 놀라운 일이 아니다. 하지만 흥미로운 것은, 제도화된 문학 연구가 우리 시대에까지 지속되면서 우리가 그러한 과제들을 계속해서 되풀이한다는 것이다. 지난 몇 십 년간 학자들은 국민문학의 이데올로기적 뿌리와 협소한 범위를 폭로해 왔다. 그러나 여전히 영문학과 교과과정은 일반적으로 국가를 중심으로 조직되어 있다. 대부분은 아닐지 몰라도 다수의 문학비평가들이 민족주의와 제국주의에 대한 혐오감을 표출하고, 문학을 다양한 언어와 지리를 포용하는 탈국가적 형성체로 간주하는 것은 분명한 사실이다. 그러나 그럼에도 불구하고 19세기와 20세기 초반에 형성된 영문학과의 제도적 패턴은

---

35 Gauri Viswanathan, *Masks of Conquest: Literary Study and British Rule in India* (New York: Columbia University Press, 1989).

36 Frances Stonor Saunders, *The Cultural Cold War* (New Press, 2001); Joel Whitney, "The Paris Review, the Cold War and the CIA," *Salon*, May 27, 2012; Michael Bérubé, *Rhetorical Occasions* (Chapel Hill: University of North Carolina Press, 2006), 130.

사라지지 않았다.

왜 그럴까? 신제도주의자들은 '경로 의존성path dependency'이라는 현상으로 설명한다. 일단 하나의 제도가 "경로를 따라가기 시작하면 이를 전환시키는 데 드는 비용은 상당하다."[37] 이 비용 때문에 큰 제도적 변화를 만드는 것은 비현실적이거나 불공평하게 여겨진다. 예를 들어, 교수들은 어쩔 수 없이 국민문학 모델에 얽매이게 된다. GRE(대학원입학시험)를 준비하는 학부생들이 신경 쓰이고, 국가별로 전공분야가 구분된 고용시장에서 대학원생의 미래가 걱정스럽기 때문이다. 그리고 국민문학을 중심으로 훈련을 받은 교수들은 자신의 좁은 지식의 폭 때문에 한계를 느낄 것이다. 언어와 학과의 구분을 초월한 연구를 아예 봉쇄해 버리는 관료적 구조와 마찰을 빚을 수도 있다. 그런데 공통의 텍스트를 상정하면 소통이 원활하므로, 편의상 국가별 전공에 의존할 것이다. 말하자면, 국가 중심의 문학 연구는 이미 신뢰를 잃었지만, 거꾸로 그 제도적 패턴은 점점 고착화 되었다. 영문학계에서 제도의 조직 원리로서 국가라는 형식이 여전히 끈질긴 생명력을 이어가는 것도 바로 그런 이유 때문이다.

경로 의존성은 문학·문화 연구에서 시대구분이 제도적 형식으로 여전히 건재한 이유를 설명한다. 신비평이 전성기에 이르렀을 때도 영문과의 대다수 교과목들은 이전 세대로부터 계승된 역사적 시대를

---

37 André Lecours, "New Institutionalism: Issues and Questions," in *New Institutionalism: Theory and Analysis*, ed. André Lecours (Toronto: University of Toronto Press, 2005), 9.

중심으로 편성되었다. 고착된 교과과정으로 인해 과거의 역사적 형식이 살아남을 수 있었고, 새로 유행한 신역사주의도 과거의 시대적 틀에 잘 맞아떨어졌다. 그래서 영문과를 대폭적으로 재편할 필요가 없었다.[38] 최근 학자들은 경계선을 그어 시대를 나누는 경향을 강하게 비판하지만, 여전히 우리는 반세기 전에 만든 시대 분류를 기준으로 채용하고, 가르치고, 학문을 조직한다. 아이러니하게도, 시대구분은 시대를 넘어 지속되었다. 그렇게 시대구분은 반복과 회귀, 즉 수십 년에 걸쳐 교과목, 교과과정, 학술회의, 학술 연구에 그 질서를 반복적으로 부과한 봉쇄적 형식을 통해 살아남았다.

이러한 사례가 보여 주는 가장 중요한 점은, **제도가 형식을 보존한다**는 것이다. 오랜 기간 반복되는 리듬은 안정성을 내포한다. 사실 오랜 기간 같은 형식을 되풀이하는 것은 제도적 조직의 작용에 필수적이다. 그러한 반복이 없다면 제도는 인식될 수 없을 것이다. 형식이 없다면 제도는 신체와 담론, 사물에 질서를 부과할 수 없을 것이다. 그러나 이러한 결론은 시대구분에 대한 기존의 생각을 무너뜨린다. 만약 다수의 제도가 우리의 경험을 구조화한다면, 만약 이러한 다양한 제도들이 서로 다른 문화적 환경에서 나온 것이라면, 그리고 만약 그 형식들이 장시간의 반복을 통해 안정을 유지했다면, 그처럼 사람과 생각을 조직하는 방법을 만든 서로 다른 가치들은 실제로 **제도 그 자체의 형식에 계속 남아 있다.**

---

[38] Graff, *Professing Literature*, 6-8.

제도는 사회적 시간을 잘라 여러 조각의 시기로 나누지 않는다. 오히려 제도는 사실 우리를 다수의 시기에 동시에 살도록 만든다. 예를 들어, 다양한 국민문학을 가르치는 영문과 교수들은 19세기 제국주의 시대와 20세기 냉전시대를 동시에 사는 셈이다. 하루 수업 일과를 따르는 것은 중세 수도원의 시간을 사는 것이다. 또는 사실 중세와 18세기를 모두 사는 것이다. 왜냐하면 푸코가 주장하듯 18세기의 공장, 감옥, 학교는 중세 수도원에서 일정을 빌려 와서 평범한 사람들이 규율화된 사회의 효율적 목적에 맞추어 스스로를 통제하도록 했기 때문이다. 겨울 방학은 이보다 훨씬 오래된 과거로 거슬러 올라간다. 즉, 그것은 주기적 의식으로서, 초기 기독교 이전에 동지冬至·winter solstice 를 기념하는 이교도 행사에서 유래한다.

다양한 제도적 과거의 끈질긴 생명력을 보여 주는 것은 비단 대학의 학사일정만은 아니다. 급여명세서를 받을 때, 우리는 19세기 후반의 관료제를 경험한다. 학장과 처장에게 청원서를 제출할 때는, 8세기 수도원의 행정체계를 불러낸다. 학회나 심포지엄에 참석할 때는, 고대의 연회로부터 교회 반대파 대표 회의에 이르는 제도적 전통에 의존한다. 데스크톱 컴퓨터를 시작할 때 우리는 21세기 첨단기술을 사용하는 셈이다. 그러나 여기에는 책상, 문서보관함, 타자기, 계산기, 대차대조표, 문서를 전달하는 사환messenger boy, 우편제도, 사진관 등 이전 세대가 사용한 모든 종류의 기술이 집약되어 있다고 봐야 한다.

그렇다면, 학자들은 고대를 살고 있는가? 아니면 8세기, 15세기, 18세기, 19세기, 20세기 혹은 21세기를 살고 있는가? 이 혼란에다가 학문 제도 안에서만 생활하는 사람은 없다는 사실까지 더해 보자. 다시 말해, 우리는 시장, 친족관계, 종교, 매체문화, 국가와 같은 제도를 일상적으로 경험한다. 게다가 이 모든 제도는 과거와 미래로 길게 뻗은, 서로 충돌하는 다양한 시간성에 의해서 구성된다. 그렇게 보면, 우리 자신의 역사적 좌표를 시대라는 봉쇄적 형식으로 포착하려는 것은 무의미하다.

물론 이 모든 시간의 패턴은 현재가 과거의 흔적들로 가득 차 있음을 확인할 뿐이라며 단순한 결론을 내리는 사람도 있을 것이다. 그러니까 역사를 공부해야 한다고 덧붙이면서 말이다. 또 어떤 사람은 우리 시대, 더 구체적으로 말해서 포스트모던의 시대는 바로 이와 같은 문화적 역사적 아나크로니즘anachronism의 혼합이 그 특징이라고 말할지도 모른다. 그러나 나는 제도의 시간성에 대해 세 가지 주장을 제시하고자 한다.

첫째, 어떤 시기도 개별적이거나 동질적이지 않다. 앞서 설명한 대로, 제도적 리듬은 안정성을 내포하고, 형식을 보존한다. 그리고 제도적 형식을 발생시킨 최초의 특수한 지역적 상황이 여전히 지속한다고 가정해 보자. 게다가 그 제도의 형식도 지속적으로 반복되면서 살아남았다고 생각해 보자. 그렇다면, 그러한 상황은 사실상 특수하거나 지역적이라고 말할 수 없다. 그러한 상황이 제도화되었다는 사실, 즉 제도를 통해 그리고 제도 속에서 반복된다는 사실은 그것이 다른 역사적 시간대로 이동한다는 것을 뜻한다. 즉, 역설적으로, 제도는 문화적 상황의 구체성을 보존하는 **동시에** 훼손한다. 더욱이, 다수의 제도가 공존하기 때문에, 특정한 지역적 기원들도 공존한다. 따라서 하나의 사회 속에는, 제도적 형식들이 살아남았기 때문에 존재하는, 서로 다른 기원들이 뒤섞여 혼재한다.

둘째, 제도는 정적인 구조가 아니라 규범과 관습의 지속적인 반복이기 때문에, 필연적으로 시간적 리듬을 따른다. 제도적 시간의 패턴은 종교적 의례부터 학기말 시험의 시작과 종료를 기록하는 방법까지 모두 반복적 제의를 수반한다. 각 제도는 각자의 템포를 따른다. 그리고 그러한 반복적 재실행의 패턴은 바로 그 반복을 통해 그 자체로 제도를 재형성한다. 사실 제도의 정당성, 안정성, 자율성을 보존하는 것은 바로 이 반복이다. 이처럼 제도들은 시간을 표시함으로써 존재한다. 즉, 제도들은 연속성을 보장할 만큼 반복적으로 과거의 형식을 되살리고 보존함으로써 존재한다. 그러나, 제도들은 또한 다른 제도들과 공존하기 때문에 제도적 환경에는 무수한 템포들이 중첩된다. 따라서 이처럼 템포들이 끊임없이 중첩하고 병존하는 상황 속에서 제도는 어쩔 수 없이 시간적 패턴을 강화하는 동시에 파괴한다. 즉, 제도를 인식 가능하게 만드는 것은 바로 반복적 관행의 형식이며, 제도는 그러한 형식을 통해 시간을 표시하지만, 제도들이 서로 섞이면, 서로 공통점이 전혀 없는 무수한 리듬들도 서로 뒤얽히고 중첩된다.

셋째, 제도는 반복을 통해, 즉 관행의 작용과 규칙의 인용을 통해 지속하고 생존하기에 결코 제도 그 자체로는 존재하지 않는다. 제도는 오랜 시간에 **걸쳐** 실체화된다. 각 사건이 나타날 때마다 이전의 사건들을 인용하는 수행적 과정을 통해 실체화된다. 여기에는 두 종류의 시간이 작용한다. 제도는 이전에 제도화된 패턴을 끊임없이 인용할 뿐만 아니라, 제도 그 자체가 흔들리고 깜박거리는 반복적 수행**으로서** 존재한다. 대학은 수행과 평가의 반복적 업무에 의존한다. 국가는 법을 제정하고 집행함으로써 권력과 정체성을 갖는다. 젠더 규범은 노동, 의복, 발언, 움직임의 관행을 통해 매일 강화되고 재강화된다. 이러한 제도들은 **현존하는 것**present으로 볼 수 없다. 제도는 어떤 특정한 현재present에 얽매이지 않는다. 반복과 인용의 과정에서 발생하기에 어떤 순간에도 완전히 현존하지 않는다. 다시 말해, 제도는 특이한 템포를 보이기 때문에, 우리는 오랜 시간에 걸쳐 발생하는 반복, 즉 특정한 시점을 넘어 오랫동안 존재하는 경험의 반복적 패턴에 주목해야 한다.

균등하지 않고 중첩하는 시간성에 관심이 있다면, 레이먼드 윌리엄스Raymond Williams를 떠올리지 않을 수 없다. 윌리엄스는 지배문화dominant, 잔여문화residual, 그리고 생성문화emergent라는 개념을 소개하면서, 고전적 마르크스주의의 '시대적epochal' 시간 모델에 반기를 든다. 윌리엄스에 따르면, 산업자본주의와 같은 어떤 형성체는 일정 기간 효과적이고 강력하다—따라서 '지배적'이다. 반면, 다른 형성체들은 변화와 저항의 대안과 가능성을 제공한다. '잔여적' 요소들은 현재까지 살아남아 여전히 작동하면서 효력을 발휘하는 과거의 잔여물을 가리킨다. 잔여문화는 지배적인 사회형식으로부터 멀리 떨어져 존재하는데, 지배문화는 이를 흡수하여 지배적 목적에 사용하려 한다. 예를 들어 시골 마을은 산업 근대화로부터 동떨어진 대안을 표상하지만, 하나의 환상 또는 탈출구로서 지배적 양식에 통합되어 존재한다. 다른 한편 "새로운 의미와 가치, 새로운 관행, 새로운 관계, 또는 새로운 종류의 관계가 계속해서 창조"되고, 이 중 어떤 것은 지배적 사회형성체에 반하는 진정한 대안을 제시하기도 한다. 이것이 바로 "생성

적" 양식이며, 나중에 결국 지배문화를 대체한다.[39]

윌리엄스의 모델은 매우 생산적이다. 이를 통해 역사적 시간을 봉쇄적 틀의 연속으로 이해하는 관행에서 벗어날 수 있기 때문이다. 그러나 나는 윌리엄스의 모델을 세 가지 방식으로 바꾸고 가다듬어 제도의 복잡성을 설명하고자 한다. 모두 시간적 형식과 관련된다. 첫째, 윌리엄스는 암묵적으로 하나의 형식의 기대어 지배문화, 잔여문화, 생성문화를 관계를 조직한다. 그 형식은 바로 직선적으로 펼쳐지는 서사이다. 잔여문화와 생성문화는 지배문화와의 관계에서 '과거' 또는 '미래'로 표시된다. 가령, 윌리엄스에게 종교 조직은 잔여문화다. 점진적인 세속화의 추세를 고려해서 그렇게 규정한 것이다. 물론 이 세속화의 경로는 최근 들어 두드러지게 불안정해 보인다.

둘째, 윌리엄스는 지배적인 제도에서도 발견되는 형식적 이질성, 또는 우리의 일상적 경험을 조직하는 일정, 관행, 일과, 반복의 복잡한 중첩을 제대로 묘사하거나 포착하지 못한다. 그의 이론이 광범위하고 거대한 사회적 힘을 상정하고, 산업자본주의나 종교 조직과 같은 사회제도를 포괄적으로 설명하기 때문이다. 사실, 각 제도는 많은 잔류하는 요소와 생성하는 요소들에 대한 소유권을 주장한다. 이는 다양한 시간적 요소들이 마구 뒤섞여 있어 제도들에 지배문화, 잔여문화, 생성문화의 형식들이 모두 동시에 혼재되어 있는 대학의 사례를 통해 확인할 수 있다.

---

39 Raymond Williams, *Marxism and Literature* (Oxford: Oxford University Press, 1977), 122-23.

셋째, 반복은 하나의 형식으로서 제도의 존속에 결정적이다. 반복을 통해 잔여적 요소라도 먼 미래까지 지속될 수 있으며, 그래서 결국 지배문화, 잔여문화, 생성문화의 구분이 무너질 수 있다. 다시 말해, 제도가 규범과 관행을 시행함으로써 날마다 형성되는 것이라면, 이는 제도가 항상 과거의 인용에 의존하고 있음을 의미한다. 따라서 어떤 측면에서 보면, 잔여적이지 않은 지배문화는 존재하지 않는다.

그렇지만, 제도들이 지속된다 해도 어느 특정 장소와 시간에 시작된 것은 분명하다고 반박하는 사람이 있을지 모른다. 19세기에 이르러 국가의 형식이 영문학을 조직한 것처럼, 1830년 즈음 영국에서는 우애결혼이라는 형식이 가족관계를 지배한다. 이러한 조직 원리들은 모두 그 시작점을 훨씬 지나 지속되었으나, 앞선 주장에 따르자면 그 제도화의 순간만큼은 명확하고 중요한 시작점으로 볼 수 있다. 그러나 이러한 단절 개념은 종종 오해의 소지가 있다. 데리다가 주장하는 기호의 반복성, 즉 기호는 필연적으로 오랜 기간 반복되며 기원이 없고 어떤 문맥과도 단절 가능하다는 주장을 한번 생각해 보자.[40] 폐쇄

---

40 "언어적이든 비언어적이든, 말이든 글이든(통상적인 대립적 의미에서), 모든 기호는 크고 작은 단일체로서 인용부호 사이에 놓여 **인용**될 수 있다. 따라서 주어진 모든 문맥과 단절될 수 있고 완전히 별개의 방식으로 무한히 새로운 문맥을 낳을 수도 있다. 이것은 표식이 그 문맥을 벗어나 유효하다는 말이 아니다. 반대로 완전히 고정된 중심이 없는 문맥들만 있을 뿐이라는 말이다. 이러한 표식의 인용가능성, 복제성, 이중성, 반복성은 우연도 아니고 변칙도 아니다. 그것은 표식의 '정상적'인 기능을 가능하게 하는 것(정상/비정상)이다. 인용할 수 없다면 표식은 무엇일까? 그리고 어떤 근원이 도중에 유실되지 않을 수 있을까? Jacques Derrida, "Signature, Event, Context," from *Margins of Philosophy*, trans. Alan Bass (Chicago and London: University of Chicago Press, 1982), 320.

적 울타리, 의례, 친족관계와 같은 제도적 형식은 다양한 맥락에서 반복되기에 어떤 특정한 곳에서 시작되지 않았고, 그 기원 지점은 과거 속으로 계속 멀어져 간다.

우리는 역사주의 학자들에게 많은 영향을 준 미셸 푸코의《감시와 처벌》에서 이 논리가 작동함을 볼 수 있다. 푸코는 문학 · 문화 연구에서 제도의 문제를 다룬 영향력이 있는 사상가였다. 그뿐만 아니라, 특정 제도를 특정한 역사적 순간에 위치시켜야 한다는 논지로 인하여, "가장 악명 높은 시대구분가periodizer"이기도 했다."[41] 하지만《감시와 처벌》을 보면 이 위대한 시대구분가는 시간을 가로질러 일어나는 확산의 과정, 즉 제도적 형식이 그 최초의 맥락을 넘어 전파되는 과정에 또한 매료되었음을 알 수 있다. 그의 글은 제도가 다른 시간과 공간에서 전략들을 빌려 오거나 도입하여 새로운 목적을 위해 활용하는 방식에 지대한 관심을 보인다. 예를 들어, 처벌 제도에 매우 중요한, 상세하고 고도로 구체적인 비교와 판결의 관습은 적어도 고대 로마에서 기원한 사법 체계를 바탕으로 한다. 푸코가 서술하듯, "처벌의 새로운 기능을 … 창조하기" 위해 "매우 오래된 일련의 절차를 도입했다."[42] 벤담이 만든 원형 감옥의 구획화된 폐쇄 공간이 전염병이 창궐한 도시를 분할하는 17세기 도시계획에 착안했다는 사실 역시 주목할 만

---

[41] Marshall Brown, "Periods and Resistances," *Modern Language Quarterly* 62 (2001): 315.

[42] Michel Foucault, *Discipline and Punish: The Birth of the Prison*, trans. Alan Sheridan (New York: Vintage, 1979), 183.

하다. "거의 모든 경우에 산업 혁신, 전염병의 재발, 소총의 발명, 프러시아의 승리와 같은 특정한 요구에 대응하기 위해" 징벌 전략이 "채택"(138)된다고 푸코는 설명한다. 그러한 징벌 전략은 지역적이고 특수한 상태에 머물지 않고, 곧 군대에서 학교로, 다시 공장과 감옥으로 유포된다.

처벌의 작고 지엽적인 기술들은 한 제도에서 시작되는데 왜 다른 제도로 퍼져 나가는 것일까? 그것도 놀랄 만한 속도로 말이다. 푸코가 아니라 내가 제시한 개념을 사용하자면, 제도가 이동성을 내포하기 때문이라고 말하고 싶다. 신체나 사물을 조직하는 기술은 빠르게 전파되는데, 이질적 재료들에 질서를 부여하는 간단하고 반복 가능하며 효율적인 방법이기 때문이다. 시간표, 반복적 운동, 열, 원, 기숙사의 형태, 수도원의 리듬, 이 모든 것들은 하나의 제도에서 다른 제도로, 하나의 시대에서 다른 시대로 이동한다. 어떤 단일한 맥락에 종속되지 않으며, 언제 어디서든 필요에 맞추어 질서를 부여하는 유용한 방법이기 때문이다. 특수성에 집중하는 비평가들에게 형식의 초역사적 힘은 의심스럽다. 맥락을 뛰어넘는 형식의 힘은 형식의 추상성을 입증한다. 그러나 푸코에 따르면, 역설적이게도, 특정 제도가 당면한 문제를 해결하기 위해 다른 제도로부터 형태와 리듬을 빌려 와 특수한 지역적 압력에 대응할 때, 그 특정 제도가 의존하게 되는 것 또한 바로 이 형식의 일반화 가능성, 즉 이동성이다.

《감시와 처벌》에서 형식에 대한 푸코의 설명이 놀라운 것은, 이 형식들이 매우 광범위하게 전파될 수 있어 전체 사회를 지배할 수 있음을 푸코가 이미 간파했다는 것이다. 다시 말해, 형식은 함께 작동한다는 말이다. 감옥은 "단독으로 작동하지 않으며, 일련의 '감금' 체계 전체와 연결되어 있다. 이 '감금' 체계는 고통을 경감하고 치료하고 위로하는 것이 목적이므로 감옥과는 사뭇 다르게 보이지만, 사실 감옥과 마찬가지로 정상화의 힘을 행사한다."(308) 공동의 목표를 향해 작동하는 형식들의 역량은 응집되어 있을 때 무섭도록 강력해 보인다. 그리고 정상화의 기술이 사회적 신체에 침투하여, 학교, 병원, 관료제, 가족, 감옥의 일상적 업무를 조직한다는 주장도 분명 틀린 말은 아니다. 그러나 제도적 형식의 작동 방식에 주목한다면, 푸코의 주장을 뒤집는 결론을 도출할 수 있다는 것이 나의 주장이다. 제도의 반복적 패턴들은 가끔 서로 잘 맞기도 하지만, 대부분 서로 엇갈리고 훼방한다. 그래서 아주 혼란스럽고 무질서한 권력의 풍경을 빚어낸다.

'감금' 형식이 총체적으로 조직화하는 악몽의 시대가 불가능하다는 점을 입증하는 데 필요한 도구를 준 것이 바로 푸코라는 사실은 역설적이다. 그는 수도원 시대가 감옥 규율에 적용된 바와 같이, 과거의 형식이 현대적 용도로 재활용될 수 있음을 보여 준다. 푸코는 새로운 강력한 목적을 위해 사용된 형식들에만 초점을 맞추고 있으나, 그의 논리는 수많은 과거의 형식들이 재사용되기를 기다리고 있음을 암시한다. 이처럼 푸코는 강한 생명력으로 오래 지속하는 형식에 관심이 많다. 이로부터 우리는 반복과 재실행의 패턴을 보이며 오래 존재하는 낡은 제도적 형식을 파악할 수 있다. 그러한 제도 중에는 역사적 시대구분, 세미나, 전기협동조합이 있다. 이들은 어떤 단일하고 조직된 거대 권력 체제에 대한 대안을 지속적으로 제공할 것이다.

충돌하는 리듬들

다양한 역사적 시기로부터 가져온 다양한 형식들이 어떤 제도 안에 작동한다면, 그리고 인용과 반복을 통해 오랜 기간 이 형식들을 재동원한다면, 다양한 제도로 조직된 그 사회는 다양한 시작점들뿐 아니라 수많은 갈등하는 리듬들에 의해서도 만들어졌다고 할 수 있다. 사회적 템포가 조정되기도 갈등하기도 하면서 어떻게 중첩될 수 있는지 보여 주는 하나의 예를 살펴보자.

나의 예시는 짐짓 일상적이며 익숙한 것이다. 미국과 유럽의 공립학교 일정은 보통 긴 여름방학을 포함한다. 긴 여름방학은 농경사회의 유산이라는 속설에도 불구하고, 교육 역사학자들은 19세기에는 사실 여름에 시골 학생들의 학교 출석률이 가장 높았다고 주장한다. 날씨가 나빠서 통학하기 어려운 날이 없었고, 학생들의 노동력이 절실히 필요한 시기는 파종하는 봄과 추수하는 가을이었기 때문이다. "여름휴가, 무단결석, 무더위, 전염병으로 인한 위생 문제"를 거론하면서, 되풀이하여 여름방학을 연장한 것은 정작 도시의 학교들이었다.[43]

중산층 가족들이 붐비는 도심을 벗어나 피서지로 도피하는 생활을 시작하면서, 캠프나 리조트와 같은 새로운 레저산업들이 생겨났고, 매년 반복되는 여름휴가의 리듬에 맞추어 일정을 조정했다. 많은 경

---

[43] Joel Weiss and Robert S. Brown, "Telling Tales over Time: Constructing and Deconstructing the School Calendar," *Teachers College Record* 105 (December 2003): 1733.

우 여름 동안에는, 휴가 가는 가족들로부터 이윤을 얻기도 하지만, 청년 노동력을 구하기도 그만큼 쉬웠다. 그러자 다른 리듬들도 덩달아 학사일정에 맞추어 조정되었다. 가령 새로운 TV 시리즈는 가을에 시작되었다. 사회적 템포가 의도적으로 맞추어진 것이다.

그러나 최근 들어 시험 성적을 올려야 한다는 심리적 압박이 심해지고, 맞벌이 부모가 아이들을 맡길 여름 돌봄 기관을 찾기가 힘들어지면서, 일부 학교들이 여름방학 기간을 줄이려고 한 적이 있었다. 그런데 이는 결국 반발을 불러왔다. 예를 들어, 버지니아주는 어떤 공립학교도 노동절(9월 1일) 이전에는 개학할 수 없다는 법을 통과시켰다. 이 법은 로비를 통해 영향력을 행사한 유명 테마파크 이름을 따서 '킹스 도미니언 법'이라 불렸다.[44] 법이 시행된 이후 몇몇 학교들은 추운 겨울에 학교를 닫게 되면 수업일수가 줄어 시험 점수가 떨어질 것이라며 면제 탄원서를 제출하였다.[45] 그렇게 공립학교의 연간 템포는 대체로 익숙하고 반복적인 시간적 경로를 계속해서 따라가고는 있으나, 여행산업, 가계 수입, 겨울 날씨 그리고 (미국에서는) 연방법에 의거한 시험 일정으로부터 상충하는 압력을 받는다.

이러한 사례는 부르디외, 윌리엄스, 그리고 푸코에서 보았던 제도적 시간의 사회적 모델을 수정하고 심화시킬 제도적 사회 리듬의 세

---

44   Elena Silva, *On the Clock: Rethinking the Way Schools Use Time* (Washington, DC: Education Sector, 2007), 8.

45   "Editorial: Back to School Rules Don't Serve Students," *Roanoke Times* (August 19, 2008); online at http://ww2.roanoke.com/editorials/wb/173633/.

가지 면모를 보여 준다. 첫째, 리듬이 갖는 사용성의 하나는 이동성이다. 제도들은 시간적 형식을 서로에게서 빌려 올 수 있다. 기업과 매체들은 학사일정의 리듬을 따르고, 학사일정은 휴가를 즐기는 도시 중산층의 리듬을 따르고, 중산층은 여름마다 발생하는 질병과 무더위의 주기에 반응한다. 푸코도 여기까지는 동의할 것이다. 하지만 푸코와 부르디외의 모델과는 달리, 우리는 이 사례에서 제도들이 시간적 리듬을 다루는데 주도권을 잡기 위해 서로 경쟁하며 가끔은 서로 마찰을 빚기도 한다는 것을 알 수 있다. 가령, 테마파크들은 도시의 학교에서 연간 템포를 빌려 왔지만, 거꾸로 국가, 진보적 기관들, 맞벌이 부부는 물론이고 바로 그 학교들이 주장하는 패턴의 변화에 저항한다.

둘째로, 어떤 하나의 제도가 작동하는 모든 템포를 발생시키는 또는 지배하는 요소로 작용하지 않는다. 모든 템포가 다 국민국가, 교회, 경제, 자연에서 발원했다고도 할 수 없다. 이 모든 원천으로부터 생성된 리듬은 계속해서 우리를 조직하며, 종종 동시에 작동한다. 셋째로, 가장 지배적이고 오래된 리듬마저도 취약하다. 제도는 한편으로는 상당히 경로 의존적이다. 가령, 일단 익숙한 리듬으로 굳어지면 학사일정을 변경하는 것은 아주 어렵다. 그러나 다른 한편으로 제도는 템포를 바꾸라는 안팎의 압력에 끊임없이 직면한다. 그리고 제도의 시간적 형식은, 제도가 존속하기 위해서 반복적으로 시행되어야 하는 관행의 패턴을 포함하는데, 바로 여기서 제도의 취약점이 드러난다. 즉, 중단과 변형의 기회가 발생한다. 그렇다면 제도의 리듬은 이동성뿐만 아니라 중단과 변형도 내포한다. 리듬의 사용성은 정지와 중단, 연장과 단축을 포함한다.

리듬과 반복에 천착하다 보면, 우리는 결국 역사주의의 문제로 귀착한다. 또한 이를 통해 우리는 문학·문화 연구에서 공간적 틀이 역사적 시간을 파악하는 최선의 형식이 아님을 인식하게 된다. 역사주의 학자들은 시대라는 봉쇄틀과 역사적 제도의 상동 관계를 찾는 습관에 빠져 있다. 이들은 시대구분의 시간적 경계와 제도의 시작과 끝이 갖는 상호 연관성을 탐구하려 한다. 여기서 중요한 방법론적 문제는 연관성이 있다고 하더라도 잘 맞는 경우가 드물다는 것이다. 시대를 담는 봉쇄적 형식은 제도의 복잡한 템포를 제대로 전달하지 못한다. 제도의 형식은 시대의 형식과 다르다. 신제도주의는 신역사주의와는 상당히 다른 출발점을 제시한다. 말하자면, 한정된 맥락 또는 제도를 묘사하는 단일한 '형태' 혹은 '개별성' 개념에서 벗어나, 꽤 오랜 시간에 걸쳐 반복되는 과정의 중첩에 주목한다. 특정 제도의 형성 못지않게 장기지속longue durée도 학문적 분석 도구로 유용하다. 가장 이상적인 관점에서는, 서로 다른 두 시간성들이 중첩하고 충돌하면서 함께 그리고 다르게 작동하는 것으로 보아야 한다. 그래야지만 문화적 특수성을 탐구하는 어떤 면밀한 학술적 작업도 포착하지 못할 만큼 미묘하고 세밀한 통시적 복잡성을 파악할 수 있다. 사실, 이러한 종류의 통시적 분석은 역사적으로 특정한 시기라는 개념 자체를 인정하지 않는다. 그렇기 때문에, 엄밀한 의미에서 역사화하는 행위란 문화적 경험이라는 폐쇄되고 제한된 개념을 거부하고, 장시간에 걸쳐 복잡하게 뒤얽힌, 전달과 인용의 초역사적 과정을 탐구하는 것을 의미한다. 말하자면, 사회적 제도들은 역사주의 학자들의 생각과 달리 사회적 시간에 명확한 형태를 제대로 부여하지 못한다. 그래서 우리에게는 역사적 맥락을 담는 익숙한 봉쇄틀과는 사뭇 다른 모델이 필요하다. 그래야 문화 분석 작업을 제대로 수행할 수 있다.

이러한 방식의 형식주의는 서로 다른 템포들이 서로를 형성하고 강화하고 뒤흔들고 변화시키는 다양한 양상을 식별하는 데 필요한 도구를 제공한다. 사회적 형성 과정에 이렇게 세심한 주의를 기울이는 습관이 없다 보니 안타깝게도 우리는 많은 것을 놓친다. 말하자면, 이제까지 우리는 문학 텍스트를 조직하는 포착하기 힘든 섬세한 구조는 면밀하게 탐구해 온 반면, 정작 제도의 형식들은 당연히 서로 조화를 이룬 단일하고 거대한 구조라고 생각하는 것이 일반적이었다. 이제는 사회적 경험 역시 서로 갈등하는 미묘한 시간적 조직 패턴으로 구성되어 있음을 인정할 때가 왔다. 또한 미학과 사회적 템포 간의 관계도 직접적으로 다루어야 할 때가 왔다.

전략적 시간: 독창성과 선례

정치적 성향이 다분한 독자들이 사회적 템포에 대한 형식주의적 분석의 중요성을 인정하는 경우는 그것이 사회적 변화를 일으키는 데 도움이 될 때이다. 리듬은 그러한 잠재력이 충분하다. 지금까지는 오랜 기간에 걸친 제도의 지속성과 반복성에 주목했다면, 이제부터는 또 다른 사용성을 다루어 보자. 즉, 학사일정을 다룰 때 잠시 살펴보았던 것으로, 리듬의 반복이 깨지고, 제도적 반복이 중단될 가능성이다. 뒤따를 예시는 한 작은 예술가 집단이 제도적 리듬을 매우 약삭빠르게 이해하여 법적인 개혁을 이끌어 낼 수 있음을 보여 준다. 특히, 이 예술가들은 제도적 리듬의 구체적인 사용성을 매우 섬세하게 이해하고 있었다. 그들은 법의 리듬이 시와 음악의 리듬과 마찬가지로 반복뿐만 아니라 차이, 즉 과거의 패턴을 불완전하게 반복하는 변주와 이탈에도 의존하고 있음을 간파했다. 이들은 아방가르드 시대의 저항적인 예술가들로서, 예술 세계의 리듬과 판례법common law의 리듬 사이에 존재하는 제도적 유사성을 교묘하게 강조함으로써 승리를 쟁취하여 모두를 놀라움에 빠뜨렸다. 그들은 리듬의 중첩과 만남 속에 정치적으로 중요한 기회가 깃들어 있음을 정확히 간파했다.

1926년 10월, 루마니아의 조각가 콩스탕탱 브랑쿠시Constantin Brâncuși는 청동으로 만든 새 조각품을 파리에서 뉴욕으로 운송하였다. 지금은 '공간 속의 새'라고 알려져 있는 이 작품은 사진작가이자 예술품 수집가이며 미국 내 유럽 아방가르드의주요 후원자인 에드워드 스타이첸에게 배송되었다. 그런데 항구에서 스타이첸은 예상치 못한 난관에 봉착한다. 세관 직원들이 이 물체를 예술 작품으로 분류하지 않고 "탁자, 가정용품, 부엌용품, 병원물품"의 수입품 목록에 속한다고 한 것이다. 그렇게 되면 구입가의 40퍼센트를 관세로 물어야 했다.[46]

예술계의 많은 이들에게 이 사건은 모욕이었다. 특히 '새'를 부엌 도

---

[46] 이 재판 기록은 출판되었고, 이 재판으로부터의 모든 뒤따르는 인용들은 이 판본을 참고할 것이다. Margit Rowell, ed., *Brancusi v. United States: The Historic Trial*, 1928 (Paris: Adam Biro, 1999). 이 이야기에 대한 긴 설명은 다음 저서에 실었다. *Provoking Democracy: Why We Need the Arts* (Oxford: Wiley-Blackwell, 2007), 150-65.

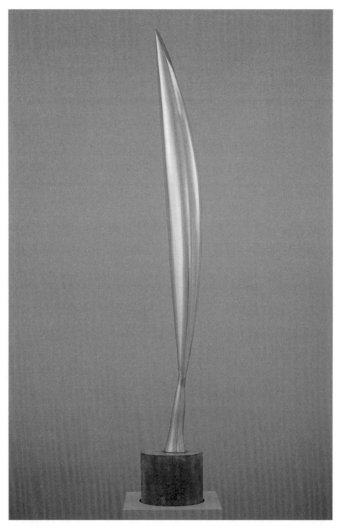

콩스탕탱 브랑쿠시의 조각품 〈공간 속의 새Bird in Space〉

구로 분류한 것이 충격적이었다. 소수의 예술가들이 나서서 법의 분류 방식을 역으로 이용해 보려 했고, 그중에는 당시 뉴욕에 살고 있던 마르셀 뒤샹Marcel Duchamp도 있었다. 그는 이 물체가 정말 "감자 으깨는 도구"라면 브랑쿠시가 청구한 600달러의 가치가 있을 리 없다고 지적하였다. 분명 시중에서는 35달러나 40달러쯤 할 것이다. 만약 이것이 예술품이라면 세금이 면제될 것이고, 부엌 도구라면 세금은 20달러 이하일 것이다. 《시카고 포스트》지는 브랑쿠시가 부엌 도구에 원하는 가격을 매길 수 있으며, 아마도 〈새〉는 지나치게 비싼 감자 으깨는 기계일 것이라고 응수하였다.[47]

예술계가 브랑쿠시를 지지하자, 주류 언론은 브랑쿠시에게 강한 적대감을 표했다. 《뉴욕 시티 선》지는 세관이 〈새〉를 예술품으로 인정하지 않은 것은 "잘한 일"이라며, "프랑스식 견해에 맞선 건강한 독립성"을 보여줬다고 주장하였다.[48] 이 기사는 국민문화를 부추기며 유럽에서 일어난 혁신적인 새로운 예술을 향한 미국의 불안감을 자극했다. 일반적으로 반대 의견은 작품의 산업적 재료를 겨냥했다. 《뉴욕 아메리칸》지는 "길고 가늘며 광택을 잘 입힌 물체로, 말하자면 그저 비행기 프로펠러를 반 토막 낸 것에 불과하다"고 주장했고,[49] 《프로비던스 저널》은 〈새〉가 "브론즈로 만든 타원형 회전심 봉일 뿐"이어서 세관

---

[47] Anna Chave, *Constantin Brancusi: Shifting the Bases of Art* (New Haven, CT and London: Yale University Press, 1993), 201.

[48] *New York City Sun* (February 24, 1927), quoted in Rowell, Brancusi v. United States, 133.

[49] *New York American* (October 22, 1927), quoted in Rowell, 136.

직원들이 "단순한 고물"로 분류한 것이 옳았다고 논평했다.[50] 익숙한 표상의 전통과 국민적 취향 기준을 어긴 브랑쿠시의 작품은 예술로 평가 받기에 너무 낯설었다.

혹자는 '브랑쿠시 대 미국'(1928)의 법적 전쟁에서 애국적 대중 정서나 전통적인 고급예술 제도의 세력이 저항적 아방가르드보다 우세하리라 추정할지 모르겠다. 그러나 뒤이은 사건들은 외로운 예술가가 대중적 취향, 기업 편향의 대중매체, 보수적 제도 또는 국가에 의해 묵살당한다는 일반적 서사에 들어맞지 않는다. 법정에서는 두 개의 주요 법률적 문제가 해결되어야 했다. 1922년 관세 법령Tariff Act은 법적으로 예술품으로 분류되어 면세가 인정되는 조각품의 종류를 정의하였는데, 작품이 예술로 간주되려면 "독창적"이어야 한다고 규정했다. 이것은 유럽 아방가르드의 의도적으로 낯설고 도전적인 작품에는 큰 문제가 되지 않았던 듯하다. 이들은 전통으로부터 탈주함으로써 스스로를 정의했기 때문이다. 그런데 이 독창성 요구는 최근의 법적 선례가 제기한 두 번째 문제에 맞닥뜨리게 된다. '미국 대 올리보티'(1916) 판결은 조각품이란 "자연 물체를 모방한 것으로 길이, 넓이, 두께의 비율에 맞거나, 아니면 길이와 넓이라도 맞도록" 조각하거나 빚은 예술이라 정의하였다.[51] 예술로 간주되기 위해서는 독창적일 뿐 아니라 모방적이기도 해야 하는 것이다.

암암리에 시간적 과정의 두 모델, 즉 두 가지 시간적 형식은 재판에

---

50 *Providence Journal* (February 27, 1927), quoted in Rowell, 134.

51 United States v. Olivotti, 7 Ct. Cust. Appeals, 46 (1916).

서 우위를 다투게 된다. 독창성은 단절을 수반하며 과거를 반복하길 거부한다. 역사상 아방가르드 시기에 모방에 대한 거부는 분명 단절의 징표였다. 반대로, 모방은 이중적 반복을 수반한다. 한편으로, 짐짓 사실적이기를 추구하는 예술은 현실을 모방해 사물의 실제 경험을 반복하고자 한다. 다른 한편, 1920년대에 이르러 이러한 종류의 사실주의는 너무 익숙하고 관습적이 되어 반복이 오히려 소모적인 일이었다.

그렇다면, 어떤 의미에서 재판에 부쳐진 것은 반복 그 자체에 대한 질문이었다. 정부 측 변호사들은 브랑쿠시의 예술이 지나치게 극단적이며 파격적이고 신기해서, 표상적이어야한다는 조각의 법률적 정의에 부합하지 않는다고 강변한다. 그들은 증인들을 심문하여 예술가가 새를 사실적인 방식으로 표상하는 데 실패했음을 증명하는 데에 재판 시간의 대부분을 썼다. 판사가 한 증인에게 "만약 당신이 이것을 숲에서 보았다면, 총을 겨눴을 것 같나요?"(20)라고 질문한 것은 유명하다. 영국의 저명한 아방가르드 조각가 제이콥 엡스타인Jacob Epstein은 증언석에서 '새'라는 제목은 물체에 상응하는 것이 아니라 새롭게 읽으라는 신호라고 주장하였다. "만약 예술가가 이것을 새라고 부른다면, 그리고 내가 그 예술가를 어떤 식으로든 존중한다면 나는 이를 진지하게 받아들일 것이다. 나라면 정말 새처럼 보이는지 살펴보려고 노력할 것이다."(30) 엡스타인은 현실에 대한 작품의 유사성이 아니라 예술가의 관념을 강조했다. 그리고 예술가의 작품 제목은 보는 이가 작품을 이해하는 방향을 설정하기 위해 주어진다고 보았다. 엡스타인은 법정에서 예술은 반복하는 것이 아니라 관객의 인식과 가정을 변형시키는 것이라는 예술이론을 제시하기도 했다. 제목은 작품을 보는 이에게 새롭고 교육적인 방식으로 인지하도록 안내할 것이며, 작품은 세상에 대한 새로운 인식을 촉구할 것이다. 이것은 대체의 경로가 아니라 발전의 경로이며, 각 단계는 이전 단계를 토대로 형성된다. 처음에는 제목, 그 다음엔 예술 작품, 마지막엔 현실 세계, 각 단계는 그 다음 단계에 대한 낯선 경험을 불러일으키게 된다.

사회 변화를 가져오는 동력으로서의 예술 개념은 관세법에 이미 내포된 예술의 발전 능력에 대한 이해와 일치한다. "자유 예술은 국가의 예술품을 증가시킴으로써 국민의 예술적 취향을 발전시킬 것이며, 이것은 다시 예술적 상품들에 대한 수요를 창출할 것이고 숙련노동자들을 높은 임금으로 고용할 수 있는 새로운 내수산업을 만들어 낼 것이다."[52] 예술이 사람들을 변화시킴에 따라, 창의성은 더욱 활성화될 것이며, 경제적 발전과 자국 내 예술품 생산도 더욱 왕성할 것이다. 예술적인 이유는 물론이고 경제적인 이유로도 기존 모델이나 스타일을 복제하기보다는 창조하고 변형하는 예술 작품의 힘을 확립하는 것이 더 중요했다. 이러한 유사성이 시사하는 바는, 예술이 변혁적이고 미래지향적이라는 엡스타인의 설명이 올리보티 판결이 상정하는 끝없이 순환하는 반복의 리듬보다 훨씬 더 설득력이 있다는 것이다.

하지만 이야기는 여기서 끝나지 않는다. 브랑쿠시의 법률팀은 곧 정반대의 문제도 고려해야 함을 알게 되었다. 이 작품이 **지나치게 독창적**일 수 있을까? 만약 이 작품이 다른 예술 작품과 완전히 다르다

---

52 H. R. Doc. No. 1505, 60th Cong., 2nd Sess. 7209 (1908).

면, 과거로부터 너무 급진적인 단절을 의미해서 예술로 간주되지 못할 수도 있다. 제도적으로 말하자면, 예술품이 예술 세계에 소속되기 위해서는 어떤 인식 가능한 방식으로 예술의 규범을 반복해야만 하는 것이다. 앞서 살펴보았듯이, 제도란 반복을 통해 그 자체의 안정성을 보장받는다. 재판이 계속되면서 상대편 변호사는 이러한 공격 노선을 취했고, 브랑쿠시의 독창성을 깎아내리기보다는 과장하였다.

브룩클린 박물관장인 윌리엄 헨리 팍스는 박물관이 브랑쿠시의 〈새〉와 유사한 어떤 작품이라도 소장하고 있는지 질문 받았다. 그가 이것은 "뚜렷이 다르다"는 데 동의하자, 변호사는 "예술가들이 만든 다른 모든 조각품들과 다르다는 것은 우리가 예술이라 일컫는 것으로부터도 동떨어져 있다는 거냐?"(42)고 물고 늘어졌다. 엡스타인은 "지난 30년간 … 전시 1과 같은 어떤 것을 만든 적이 있느냐"는 질문을 받았고, 그런 적이 없다고 답하였다. 그리고 이 반응은 브랑쿠시의 작품에 대한 더 많은 의심의 여지를 남겼다. "그렇다면 그는 이 특정 분야의 예술에서 실질적으로 고립되어 있고 혼자라는 것입니까?"(30)

재판에서는 그 다음 순간이 결정적이었다. 엡스타인은 예를 하나 들었다. 그에 따르면, 브랑쿠시의 작품은

매우 오래된 조각품의 형태, 가령 이집트의 조각품과 관련되어 있습니다. 그는 절대 혼자 동떨어져 있지 않아요. 브랑쿠시는 3,000년 전 초기 이집트의 훌륭한 고대 예술 조각품에 연결되어 있습니다. 고대 조각품 하나를 법정에 가지고 올 수 있다면, 제가 하나 가지고 있긴 한데, 저는 분명히 보여 드릴 수 있습니다. (30)

조각가는 3,000년 된 그 작품, 이집트의 독수리상을 가져와도 좋다는 허락을 받았고, 와이트 판사는 엡스타인에게 이 독수리상과 브랑쿠시의 〈새〉를 비교하여 유사성을 규명하라고 요구하였다. 엡스타인은 고대 작품이 〈새〉와 마찬가지로 추상적이지만 무언가를 연상시킨다는 점에서 주로 유사성을 찾을 수 있다고 주장하였다. 판사는 "날개와 발이 보이지 않음에도 여전히 이것이 독수리라는 인상을 받을 수 있다"(31)며 수긍하였다. 이집트의 조각품은 브랑쿠시의 〈공간 속의 새〉와 같이 실제 새와 연관된 세부 사항이 부족했다. 그러나 해부학적으로는 완벽하지 않아도 그 단순화된 윤곽은 어떤 '인상'을 불러일으켰다. 따라서 고대 조각품은 현대 추상예술의 선구자로 인정될 수 있었다.

그렇다면 이 시점에서 아방가르드적 독창성의 템포는 판례법의 리듬과 놀랍도록 유사해 보이기 시작한다. 영미법은 새로운 판례를 그 선례와 연결함으로써 전통 속에 위치시키면서도, 새로운 판례의 특수성, 즉 전통과 결별하겠다는 각 판례의 잠재성을 인정하려고 한다. 각 판례의 특수성이 기존에 확립된 의미의 변화 또는 확장을 요구할 때 새로운 선례가 생겨난다. 이처럼 판례법은 미래의 예측 불가능한 생소함을 인정하면서 과거에도 충실함으로써 양자의 균형을 잡고자 항상 노력한다.[53] 이론상 아방가르드 예술은 정반대로, 전통 그리고 과거의 영향력과 완전한 단절을 이루려는 노력을 상징한다. 법과 아방

---

53 Ronald Dworkin, *Law's Empire* (Cambridge: Harvard University Press, 1986), 225.

가르드의 템포는 근본적으로 상충되어야 한다.[54]

그러나 엡스타인은 머리를 써서 아방가르드가 의도적으로 과거와의 연관성을 파괴한다는 의례적인 수사적 주장을 거부하였다. 〈새〉가 독창적인 예술품으로 인정 받으려면 새롭게 보여야만 했다. 하지만 예술의 범주에 속하지 않을 정도로 새로우면 안 되었다. 엡스타인은 추상성을 고대의 선례에 연결함으로써, 충격적인 아방가르드 예술처럼 보이던 것이 실제로는 유장한 역사에서 끌어 온 요소를 반복한 것임을 확인시켰다.

'브랑쿠시 대 미국 사건'의 최종 판결이 예술계의 혁신을 존중했다는 것은 놀랍지 않다.

('미국 대 올리보티 사건'은) 1916년 판결이 내려졌다. 그동안, 소위 새로운 예술 유파가 성장하였고 그 주창자들은 자연 물체를 모방하기보다 추상적 관념을 그려 내려고 하였다. 이러한 새로운 관념과 이를 표방하는 유파들에 공감하든 그렇지 않든, 그들의 존재와 그들이 예술계에 미치는 영향력은, 법정에서 인지된 바와 같이, 고려되어야 한다고 사료된다. (115)

---

54 로저 트레이노Roger J. Traynor는 다음과 같이 설명한다. "전례 없는 사건을 맡는다 하더라도, 판사는 여전히 과거와 분명하게 연결된 사법적 추론의 맥락에서 판결을 내린다. 과거와의 유사성을 통해, 판사의 판결은 선례가 없던 사건을 미래를 위한 전례로 확립하는 동시에, 때로는 재조직되면서도 과거와의 연결성은 항상 유지하는 전통에 통합시킨다." "Reasoning in a Circle of Law," in *Precedents, Statutes and Analysis of Legal Concepts*, ed. Scott Brewer (New York and London: Garland Press, 1998), 344.

이 판결로 관세법은 예술이 개인의 천부적 재능의 결과라는 전통적인 예술 개념에 사회적 요소를 추가한다. 어떤 창의성의 불꽃이든 '학파'에서 발생하며, 이 학파가 응집하여 독립된 '예술 세계'를 만든다. 사실, 브랑쿠시의 추상파 작품이 파격적으로 낯설었음에도 불구하고, 종국에 법정 의사록에 나타난 아방가르드의 정의는 규칙 위반자가 아닌 반복적이고 자율적인 제도였다.

여타 법률 사건들에서처럼, 전문가 증인들은 법정 증언을 위해 자격을 증명해야 했다. 브랑쿠시를 옹호하든 혹은 반대하든, 모든 증인은 그들의 교육, 수상, 학위, 창작 또는 비평 활동 기간, 작품을 전시한 갤러리, 비평을 게재한 잡지에 관해 모두 깐깐한 질문을 받았다. 양측 변호인단은 특정 저널, 박물관, 학교가 예술의 문제에 관해서는 전문성을 가진 정당한 출처임을 입증하려고 노력했다. 이러한 맥락에서 브랑쿠시 팀은 예술가의 직업적 지위를 확립하는 데 거의 문제가 없었다. 검증된 전문가들이 브랑쿠시의 국제적 평판과 세간의 이목을 끌었던 전시회, 저명한 예술 출판물에 실린 평가, 예술사 과목에서 그가 차지한 위치, 그리고 창작에만 전념한 그의 헌신적 예술 활동을 증명했다. 이 증인들이 수상과 지침, 저명한 권위자들과 국제적 명성을 반복적으로 거론하는 것을 듣다 보면, 급진적 아방가르드의 목적이 관습화되고 제도화되어 정통파가 되는 것이 아닐까 하는 생각이 들 정도였다.

엡스타인의 선례와 더불어 법정이 예술계를 규칙에 묶인 제도로 파악하자, 브랑쿠시의 작품은 전통과 혁신, 반복과 균열 사이에서 절묘한 균형을 유지한, 익숙하고 승인된 제도적 리듬을 따르는 것이 되었고, 판사들은 이를 쉽게 인지해 낼 수 있었다. 이것은 예술계로서도 눈속임도 아니고 신념을 저버리는 것도 아니었다. 엡스타인은 선례에 의존함으로써, 거의 인정되지 않았던 아방가르드의 진짜 리듬이 밖으로 드러났다. 독창성이란 결코 과거를 뒤로하고 완전히 내버릴 만큼 절대적일 수 없다. 가장 급진적인 예술적 일탈조차도 어떤 식으로든 그들이 버린 것을 인정하기 때문이다. 아방가르드적 반란의 순간에, 브랑쿠시와 같은 예술가들에게 전통과의 연결성을 가장 효과적으로 보장한 것은 사실 예술계라는 제도이다. 예술가들 스스로 제도화에 격렬히 저항했음에도 불구하고, 잡지와 전시회, 평론가와 학자들의 느슨한 네트워크는 예술사 발전 과정의 일부로 간주되는 것과 간주되지 않는 것에 대해 끊임없이 결정을 내린다.[55]

결국, 브랑쿠시가 전투에서 이길 수 있었던 것은 제도적 템포를 영리하게 파악했기 때문이다. 아방가르드 예술계와 국가라는 서로 다른 템포로 보이는 것들을 조화시킴으로써, 이 둘은 적대자라기보다는 동맹 같아졌다. 법이 예술계에 괴팍하고 혁신적인 기술을 추구할 자유를 부여했을 때, 법은 예술을 반항적이고 적대적인 세력으로 생각하지 않았다. 그 대신에 관세 법정은 예술계를, 자체의 규칙과 지침을 갖춘, 반복도 존재하고 패턴과의 승인된 단절도 존재하는, 사법제도와 같은 종류의 자족적이고 일관된 제도로 보았다. 마찬가지로 예술계는 독창성과 선례, 반복과 차이의 패턴, 혁신적이지만 지나치게

---

55 Howard Becker's classic argument in *Art Worlds* (Berkeley and Los Angeles: University of California Press, 1984).

혁신적이지 않으며, 자유롭지만 너무 자유롭지는 않은 패턴을 자신의 템포로 선뜻 받아들였다. 그렇게 법정은 아방가르드 조각가에게 확고하게 유리한 판결을 내렸다. 이처럼 법정은 안으로는 법적 선례를 뒤집어 반복적 리듬을 중단하는 한편, 밖으로는 예술에 대한 사전적 정의, 주류 집단, 예술에 대한 상식적 반응으로부터 예술이 벗어날 수 있도록 허가한 셈이다.

운율 체계

사회 변화를 위해 사회적 템포들 간의 만남을 이해하는 것이 중요하다면, 운율·운·구성과 같은 문학 텍스트를 조직하는 시간적 형식들과 사회제도를 조직하고 또 파괴하는, 수많은 충돌하는 리듬들의 관계를 어떻게 이해해야 할까? 이 점에 관하여 소설 학계의 논의가 빈약한 데 반해, 시 비평가들은 최근 수십 년간 리듬에 많은 관심을 기울여 왔다. 그것이 여기서 운율 체계를 고려해 보는 이유이다. 클린스 브룩스 같은 신비평가들은 서정시의 정적인 전체를 선호하였지만, 신형식주의자들은 운율적 형식과 사회제도 간의 관계를 해석하는 데 열중하였다. 그들은 종종 유사성과 상동 관계를 찾아내었고, 시적 운율이 사회적 템포를 반영한다고 해석했다. 가령, 이반 크레일캠프Ivan Kreilkamp는 빅토리아 시대의 시가 "전기, 속도, 열기, 그리고 빛이 가득 찬 상황"을 고려하여 새롭게 읽힐 수 있었다고 주장한다. 다시 말해, 빅토리아 시대의 시는 사회적 "충격 … 유동성, 가속도, 불연속성, 일시적이고 규정하기 어렵고 찰나적인 것"의 운율적 경험을 제공한다.[56] 여기서 운율적 형식은 경험된 시간성과 유사하거나 이를 반영한다.

나는 시의 리듬과 사회적 경험의 리듬을 연결하는 대안적 모델을 하나 제시하고자 한다. 사회적 경험의 리듬이란 우리가 익히 보아 왔듯 종종 난잡하고 복잡하고 여러 겹으로 중첩된 것이다. 운율이 이러한 사회적 리듬의 하나라고 생각한다면 어떨까? 운율이 사회적 현실의 부수적 효과가 아니라 그 자체로 권력을 행사하거나 전달할 수 있다고 보면 어떨까? 정치적 성향의 비평가들이 시의 형식을 읽어 내는데 불편을 느끼는 이유는, 운율의 패턴을 "수갑과 족쇄"[57]로 이해하면서 수감이나 봉쇄에 비유하기 때문이다. 이것은 마치 감옥이나 학교와 같이 운율적 형식이 그 재료들을 배열하고 통제함을 의미한다. 물론 이것은 어느 정도 사실이다. 시적 리듬이 물리적 강제력을 지니거나 신체를 속박하지는 않더라도, 시간적 질서의 부과를 내포하기 때문이다. 여기서 나는 리듬이 있는 형식과 정치적 제도가 모두 시간을 통제하려 하는데, 서로 다른 방식으로, 때로는 경쟁적 방식으로 그렇게 한다는 점을 입증하려 한다.

이와 같은 결론으로 나를 이끈 것은 바로 엘리자베스 배럿 브라우닝이다. 브라우닝은 마치 신제도주의자들의 활동을 예상이라도 한

---

56 Ivan Kreilkamp, "Victorian Poetry's Modernity," *Victorian Poetry* 14 (winter 2003): 609.

57 Coventry Patmore, *Essay on English Metrical Law* (1857), ed. Sister Mary Augustine Roth (Washington, DC: Catholic University Press of America, 1961), 8.

듯, 사회적 제도의 중첩으로 인한 복잡하고 일관성 없는 시간적 경험에 깊은 관심을 보인 시인이자 관습적인 해석이 불가능한 독특한 운율을 가진 시인이었다. 〈어린 여왕The Young Queen〉(1837)에서 배럿 브라우닝은 왕위 승계의 사유로 권력을 이양할 때 작동하는 시간의 다양한 형태를 탐구한다. 이 시는 배럿 브라우닝의 가장 잘 알려진 시도 아니었고 가장 사랑 받은 시도 아니었으며(알레시아 헤이터는 사실 "최악의, 가장 당황스러운" 시라고 평한다),[58] 독자와 비평가들을 만족시키는 데 실패했다. 나는 그 이유가 이 시가 문학적 시간을 사회적 시간에 흡수하려 하지 않았기 때문이라고 생각한다. 이 시는 일견 감상적이고 품위 없이 느껴진다. 형식적 통일성에 대한 통념, 사회적 시간과 시적 시간의 조화에 대한 통념을 위반하기 때문이다. 그러나 바로 이러한 실패가 제도의 시간과 시의 시간 간의 관계를 읽어 내는 새로운 길을 열어 준다. 우선 배럿 브라우닝이 시에서 묘사하는 시간성을 살펴보고, 다음으로 운율을 통해 어떻게 시간적 경험을 형성하는지를 분석해 보겠다. 우선은 형식과 내용을 분리해야 할 필요가 있는데, 이

----

[58] Alethea Hayter, *Mrs Browning: A Poet's Work and Its Setting* (London: Faber and Faber, 1962), 125. 다른 간략한 비평적 논의로는 다음을 참고할 것. Adrienne Munich, *Queen Victoria's Secrets* (New York: Columbia University Press, 1996), 15-22; and Margaret Homans, *Royal Representations: Queen Victoria and British Culture, 1837–1876* (Chicago and London: University of Chicago Press, 1998), 33-34. 안토니 해리슨은 시를 중요하게 생각한 몇 안 되는 학자 가운데 하나였다. 해리슨은 지금까지 간과되어 왔지만 1830년대 후반 배럿 브라우닝의 시에 지배 이데올로기가 돌발적으로 "난입"했다는 점에 주목해야 한다면서, 그것이 놀라울 만큼 급진적인 일이었다고 주장한다. *Victorian Poets and the Politics of Culture* (Charlottesville and London: University of Virginia Press, 1998), 83-85.

는 시인 자신이 어느 한쪽이 다른 쪽에 동화되지 않는다고 보기 때문이다.

새 여왕이 쓴 제문題文이 시 본문에 앞서 등장한다. 왕의 서거 당일에 쓴 여왕의 글은 사건의 갑작스러움을 강조한다.

이 막중한 책임을 너무나 갑자기, 너무도 일찍 떠맡으니, 이 부담에 온 마음이 짓눌린 듯하다. 나를 이리로 부르신 신의 섭리가 감당할 힘을 주실 것이라는 희망으로 버틸 수밖에.[59]

너무나 일찍 갑작스럽게 즉위한 나이 어린 여왕을 보면서 배럿 브라우닝은 이 국가적 사건에서 시간적 경험의 조직에 대해 깊이 생각해본다. 갑작스러움에 대한 강조는 시 경험의 핵심적 기조를 이룬다. 이후, 시 본문은 왕의 시신에 대한 언급으로 시작된다.

돌아가신 왕이 두를 수의도
아직 펴볼 새 없이
그의 영혼은 섬뜩한 운명이 오는데도 들을 새 없는데
사방은 숨죽여 고요만이
왕관이 있던 자리엔 가지런한 눈썹만이
죽음마저 무덤의 적막에 맞출 겨를도 없는데.

---

59 *The Complete Poetical Works of Elizabeth Barrett Browning* (Boston and New York: Houghton Mifflin, 1900), 54-55.

The shroud is yet unspread

To wrap our crowned dead;

His soul hath scarcely hearkened for the thrilling word of doom;

And Death, that makes serene,

Ev'n brows where crowns have been,

Hath scarcely time to meeten his for silence of the tomb. (1–6)

시 전체가 왕에게 수의를 입히기 전의 짧은 순간에 일어난다. 첫 연에 두 번 등장하는 "제대로 못하다scarcely"는 적절한 표현이다. 왕권의 양도는 반드시 신속하게 이루어져야 한다. 통치권을 넘길 때 잠시라도 머뭇거림이 있다면, 권력은 끊기고 공백이 생길 위험이 있다. 이처럼 배럿 브라우닝은 왕권 승계는 신속해야 하기 때문에 장례식이라는 중대한 의식도 중단해야 한다는 사실에 주목한다. 승계와는 달리 죽음은 멈춤을 요한다. 첫 연에서 죽음은 왕에게 다음 생을 준비할 것을 촉구하는 반면, 3연에서 슬픔에 잠긴 과부와 국가는 상실감을 달래기도 힘든 이들을 위해 저승사자도 발걸음을 늦춘다고 주장한다. 하지만 왕의 죽음으로, 너무 어리고 준비되지 **않았**지만 여왕의 급박한 승계 또한 필요하다.[60]

---

60 배럿 브라우닝은 사실 역사적 기록보다 훨씬 더 이상화된 언어로 이 사건을 묘사한다. 빅토리아의 삼촌, 윌리엄 4세는 병들고 대중적으로 인기도 없었고 어린 빅토리아는 집권을 위해 조심스레 준비해 왔다. 삼촌이 죽었다는 소식을 받자마자 빅토리아는 그녀의 어머니를 거부했고 그녀의 새로운 지위를 만끽하고 있었다. Helen Rappaport, *Queen Victoria: A Biographical Companion* (Santa Barbara: ABC-

두 사회제도 모두 각자의 고유한 시간적 논리를 따른다. 신속한 승계는 정치적으로 중요한 일이며, 신중하고 엄숙한 장례 의식은 망자와 유족과 국민이 죽음 이후의 삶을 준비할 수 있도록 돕는다. 그런데 둘은 이 불편한 순간에 중첩된다. 장례식은 적절히 조율되어야 하고, 승계는 무섭도록 갑작스럽다.

두 번째 연은 장례식과 군주제 간의 "혼란스러운" 중첩을 명시적으로 언급한다.

> 성 바오로 성당 슬픈 노래
> 도시마다 심장이 에이지만
> 노래보다 무거운 마음이 도시의 가슴을 치는데
> 저마다 얼굴마다
> 언제였나 어느새 지나간 그늘
> 왕릉인지 왕좌인지 형태도 없이 얼룩져 흐려지는데.
> St. Paul's king-dirging note
> The city's heart hath smote—
> The city's heart is struck with thought more solemn than the tone!
> The shadow sweeps apace
> Before the nation's face,
> Confusing in a shapeless blot both sepulchre and throne. (7–12)

CLIO, 2003), 183, 360.

왕의 죽음을 공식적으로 알리는 것은 애도가哀悼歌, 즉 느리고 정돈된 음악으로 묘사된다. 반면, 왕의 죽음이라는 그림자가 빠르게 지나간다. 결과는 시간적 공간적 혼란이다. 도시와 나라, 교회와 국가, 서거와 승계는 "흐려지는 얼룩"을 더욱 가중시킨다. 말하자면 한쪽은 서서히 느린 걸음으로 도시를 지나는데, 다른 쪽은 서둘러 국가를 전진시킨다. 여기서 "왕좌와 왕릉"이라는 공간적 봉쇄틀로 표현되는, 두 개의 강력한 제도들을 분리하는 것은 불가능하다.

배럿 브라우닝은 이 두 개의 제도적 템포만을 중첩시키는 것에 만족하지 않는다. 여왕이 승계의 순간 갑작스럽게 성년에 이르는 것을 통해 브라우닝은 성장의 시간을 더한다. 시인은 제문에 기초하여 그렇게 극적인 방식으로 유년기와 이별하는 것이 어떨지 반추한다. "아마 젊은 여왕은 / 생각이 날 듯— / 사랑으로 뛰놀던 푸른 땅 어린 날의 휴식을—."(37-39) 그 시간은 이제 끝났지만, 배럿 브라우닝은 이것이 그에 못지 않게 행복한 미래와 교환될 수 있음을 시사한다. 시인은 어린 여왕이 "그렇게 행복한 나날들을 뒤로하고 행복을 만들 미래로"(45) 향하라고 말한다. 승계의 순간, 어린 여왕은 갑작스레 국민에서 군주로 바뀌고, 그 변화는 느린 발전의 과정이라기보다는 일순간에 이루어지는 과정이다. 그리고 이러한 삶의 과정이라는 형식은 유년기를 성년기로 바꾸는 것이지만, 경험의 내용은 연속적이다. 행복은 과거와 현재, 국민과 국왕 모두에 해당된다.

마지막 연은 이러한 교체의 과정에 정치적 요소를 추가한다. 시인은 이제 어머니가 딸을 보며 느끼는 행복이 이제는 국민이 여왕을 보며 느끼는 행복으로 바뀔 것으로 상상한다.

섬마다 고마운 마음

당신께 웃음 지으니

여왕 보며 흐뭇한 어머니처럼 백성보고 흐뭇한 당신이시길

기쁜 마음에 하얀 이마

다소곳이 낮추시길

왕의 왕이 백성의 목소리로 여왕을 축복하는 동안

And so the grateful isles

Will give thee back their smiles,

And as thy mother joys in thee, in them shalt thou rejoice.

Rejoice to meekly bow

A somewhat paler brow,

While the King of kings shall bless thee with the British people's voice.

(49-54)

배럿 브라우닝은 공화당 성향이라, 신이 백성의 목소리를 빌려 여왕에게 정당성을 부여한다고 말한다. 그리고 승계는 신과 백성이 하나 되어 다소곳하게 고개를 숙이는 젊은 여왕을 축성祝聖하는 순간으로 바뀐다. 여기서 우리에게 가장 중요한 점은, 이 과정에서 시간이 변화를 겪는다는 것이다. 승계 과정은 처음에 유년기에서 성년기로의 이행으로 형상화되지만, 이제는 정당성을 부여하는 정치적 관계로 그 형태가 바뀐다. 배럿 브라우닝은 앞을 향해 나아가는 시간의 진행이 아니라 좌우로 움직이는 상호성을 제시한다. 둘 다 대체이지만, 정치적 교환은 앞으로 움직이는 시간에 의존하지 않는다. 그보다는 **하는**

동안meanwhile("왕의 왕이… 하는 동안")에 의존한다. 그러나, 51번째 행에서 "여왕 보며 흐뭇한 어머니처럼 백성보고 흐뭇한 **당신**이시길" 이라며 이 두 개의 시간적 과정들을 병합한다. "흐뭇함"을 지속적 요소로 작동시킴으로써, 시인은 유년기에서 성년기로의 이동이 여왕과 국민과의 관계에 존재하는 상호적 행복감과 통합하도록 만든다. 다시 말해, 배럿 브라우닝의 고도로 압축된 언어는 두 개의 서로 다른 조직 원리들을 중첩시켜 구분이 불가능하게 만든다. 아이가 성인으로 대체 되는 시간적 질서와 국민과 여왕이 서로를 재가하는 법적 질서가 중첩된 것이다.

전체로 보자면, 이 시는 시간적 과정들의 예상치 못한 중첩을 묘사한다. 말하자면, 죽음의 순간, 장례식의 의례적 시간, 유년기에서 성년기로의 이행, 그리고 신·국민·어린 여왕이 동시에 대응해야 했던 국가권력의 갑작스러운 이양이 서로 중첩한다. 텍스트는 이 국가적 사건을 다양한 템포로 조직된 것으로 묘사하려 한다. 말하자면, 죽음의 놀라운 갑작스러움, 조종弔鐘의 규칙성, 왕의 죽음으로 멈춘 "어린 날의 휴식," 여왕과 국민 간의 상호적 관계가 형성되는 기간, 국가권력의 갑작스런 이양 등 다양한 시간들이 공존한다. 배럿 브라우닝은 이렇게 여러 층으로 쌓는 것이 "혼란하고" "형체 없는" 경험으로 이어질 수 있다고 분명히 말한다. 말하자면, 사회적·정치적 리듬에다가 생체적 리듬까지 더해져 버거운 산더미를 이룬다. 시간적 경험을 형성하는 여러 가지 요소들에 출생, 사망, 성장까지 포함시키면 그렇다.

운율 체계로 돌아가 보자. 세상의 실제 리듬들은 이렇게 모호하게 중첩하는데 시의 리듬은 어떻게 이를 제대로 포착할 수 있을까? 배럿 브라우닝이 권력의 평화로운 이양을 찬양하는 매우 규칙적이며 표준화된 리듬을 선택하지도 않았고, 죽음의 충격을 군주제라는 제도의 필수적 부분으로 보여 주는, 돌발적이고 갑작스러운 리듬을 선택하지도 않았다는 점은 주목할 만하다. 그런데 이 두 리듬을 합치지도 않았다. 그보다 규칙적 리듬과 불규칙적 리듬 사이를 왔다 갔다 하면서 안정과 변화를 모방한다. 이는 입헌군주제에서 필연적으로 발생하는 움직임을 형상화한 것이다. 배럿 브라우닝은 노골적인 혁명을 가리키며 규칙성을 훼손하지도 않았고, 입헌군주제를 특징짓는 불안감과 모순들을 덮으려 하지도 않았다. 또한, 다양한 운율 패턴을 중첩시켜, 혼란스러운 무정형—"왕릉과 왕좌"의 혼동, 성숙의 시간, 의례의 시간, 합법화의 시간—을 형상화하려고 하지도 않았다.

그 대신, 배럿 브라우닝은 상대적으로 완벽하지는 않지만 그래도 규칙적인 리듬을 제시한다. 말하자면, 전통적 운율 체계를 상기시키면서도 그로부터 벗어나는 운율 형식인 셈이다. "어린 여왕"은 2행의 약강 3보격iambic trimeter에 1행의 14음절(7보격)이 뒤따른다. 그래서 음절로 따지면 혹은 6, 6, 14의 구조로 이루어져 있다. 이러한 패턴은 16세기 시인 조지 개스코인George Gascoigne이 정의한 12음절과 14음절이 교차하는 패턴인 "폴터스율律 · poulter's measure"에 매우 가깝다. 16세기 이후 이러한 긴 행은 분절되어, 6, 6, 8, 6 패턴이 되기도 한다. "단음보short meter"로 칭하기도 하며, 주로 찬송가에 사용된다.

우리는 배럿 브라우닝이 알렉산더격(약강6보격, 12음절)을 반으로 잘라 긴 폴터스율을 나누고, 마지막 두 줄(각 8, 6음절)을 하나로 병합(14음절)하면서 단음보를 연장하는 것을 볼 수 있다. 많은 연이 실제

로 단음보에 가깝다. 긴 행의 상당수가 8음절 뒤에 명확한 휴지caesura
로 나뉘기 때문이다("그렇게 행복한 나날들을 뒤로하고 행복을 만들 시
간으로"(45)). 그러나 여전히 세 번째와 여섯 번째 행이 길게 늘어져 있
는 모습이 확연하고, 단음보의 명칭과 일반적 형태를 거부하는 것도
분명하다. 따라서 배럿 브라우닝이 사용하는 6, 6, 14의 기이한 패턴
은 전통적 운율을 반복하는 한편 이를 변형한다.

　한편으로는 완벽하게 인식 가능하며 관습적인 시적 형식을 찾을 수
없다. 다른 한편, 관습에 대한 노골적인 저항도 찾을 수 없다. 이러한
패턴을 정체도 혁명도 아닌 온건한 변화를 선호했던 배럿 브라우닝식
자유주의를 의도적으로 표현한 것으로 읽을 수 있다. 하지만 이러한
해석은 자칫 시가 가진 시간적 관심, 가령 개인적, 국가적 경험을 함
께 구성하는, 공통점이 없이 밀집한 시간성들을 간과할 수 있다. 다시
말해, 배럿 브라우닝은 국가권력의 시간성을 사유하면서 왕위 승계의
적합한 또는 부적합한 속도나 비율에 관한 질문을 다루지 않는다. 그
보다는 왕권 승계의 순간에 **필연적으로** 중첩되는 다양한 제도적 템포
들의 축적을 살펴본다. 배럿 브라우닝의 운율적 선택이 정치적 속도
를 제한하려는 욕망을 표현한다고 말한다면, 이 시가 동시에 작동하
는 다양한 속도, 즉 서로 뒤얽혀 구분이 어려운 수많은 속도들을 자세
하게 형상화한다는 사실을 놓치는 것이다. 죽음의 놀라운 갑작스러움
없이는 권력의 평화로운 이양이 있을 수 없다. 어린 여왕이 새로운 책
임을 맡을 채비를 하는 동안, 신중하고 정중한 의식을 통해 죽은 왕의
장례를 치를 수 없는 상황이다. 여기서는 서두름과 휴식이 경쟁하지
도 않고, 번갈아 나타나지도 않는다. 사회적 상황은 그저 다양한 템포

들의 공존, 즉 다양한 속도들의 동시적 작용을 요구할 뿐이다.

지금까지 비평가들은 운율 체계가 세상의 리듬을 반영하기 때문에 정치적이라고 생각한다. 그러나 이 시는 전혀 다른 결론을 암시한다. 배럿 브라우닝의 운율은 시가 묘사하는 어떤 특정한 사회적 템포도 상기시키지 않는다. 이를 통해 시인은 시가 그 자체의 질서를 부여할 수 있음을 주장한다. 시와 국가는 모두 리듬이 있는 반복과 갑작스런 중단으로 이루어져 있다. 그러나 여기서 시는 국가의 리듬을 단순히 번역하거나 표상하지 않는다. 시적 운율은 마치 정치권력이 왕권 승계의 순간에 그러하듯, 독서의 순간에 자체적 방식으로 시간적 경험을 조직한다. 이는 국가와 시인이 실제로는 시간적 질서를 부과하는 작업을 똑같이 수행한다는 것을 의미한다. 이러한 독서에서, 배럿 브라우닝의 수정된 폴터스율은, 이미 존재하는 국가와 가족, 장례식의 조종, 갑작스런 유년기의 상실이라는 패턴에 또 다른 템포, 또 다른 리듬을 추가로 더하는 셈이다. 우리가 경험하는 모든 사회적 · 정치적 · 생체적 · 미적 템포들은 우리의 경험을 구조화한다. 그중 어떤 것도 다른 것을 조직하거나 지배하지 않는다. 모든 시간적 템포들이 똑같은 기원, 가령 국가나 자연에 뿌리를 둔다고 볼 수는 없다.

이러한 맥락에서 볼 때, 배럿 브라우닝이 사회 세계의 형식과 전혀 맞지 않는 운율 체계를 시도한 것은 적절했던 것으로 보인다. 이 시는 운율 체계의 독립을 선언하고 있으며, 단순히 부수적 현상으로 읽히길 거부한다. 하지만 이러한 시적 형식이 부차적이길 거부한다는 것은 우선권 역시 거부한다는 뜻이다. 운율 체계는 해방적이지도 않고 통제적이지도 않다. 오히려 다른 리듬들과 마찬가지로, 시는 다른 템포들에 의해 끊임없이 조직되고 재조직되는 사회적 맥락 내에서만 시간에 질서를 부여할 수 있고, 이것은 의외로 "형체 없는" 시간적 경험을 빚어낸다. 배럿 브라우닝이 고집하는 운율 체계의 독립성이 시를 역사나 경험의 족쇄로부터 해방된 것으로 파악하는 순진한 또는 이상적인 견해에 불과하다고 치부할 수도 있다. 그러나 이는 시의 주요 초점을 구성하는 권력과 사회제도에 대한 솔직한 성찰을 간과한 해석이다. 이 시는 정치로부터 거리를 두려 하지도 않고, 국민국가의 상징적 의식에 작동하는 복잡한 제도적 압력을 숨기려 하지도 않는다. 배럿 브라우닝은 명백한 정치적 내용을 담고 있는 시에서 운율 체계의 독립성을 탐구하는데, 이는 문학적 형식이 정치에 종속되지 않으면서도 정치에 깊이 얽혀 있다고 보는 새로운 비평적 시각을 제시하는 것이다.

그리고 이러한 결론을 통해 우리는 형식의 정치적 힘을 새롭게 조명할 필요가 있음을 알 수 있다. 형식과 형식주의를 거부하는 사람들은 대체로 사회에 질서를 부과하여 모든 것을 동질화하고 통합하려는 힘을 우려한다. 배럿 브라우닝은 다른 가설을 제시한다. 세상을 조직하는 형식들이 경험을 통합하지 않거나 통합할 수 없다면 어떨까? 그 형식들이 만약 서로 다른 제도들로부터 나와, 서로 다른 논리에 따라 재료들을 조직한다면, 이들이 작동하는 방식은 서로 다르다는 말이다. 이러한 점에서 운율의 '법칙'은 다른 많은 법칙의 하나로 존재한다. 이때 어떤 하나의 법칙이 다른 시간적 리듬을 지배할 수 없고, 반대로 그 법칙이 다른 리듬에 지배되지도 않는다.

이제까지 살펴보았듯이, 형식주의적 독법은 예술 작품을 고도로 조직된 전체, 즉 개념들과 언어적 관계들을 융합하여 만들어진 하나의 밀도 높은 조직적 통합체로 이해해야 한다고 말한다. 반면, 배럿 브라우닝은 운율적 형식을 더 개방적인 방식으로 읽어야 한다고 말한다. 즉, 시간적 질서의 뚜렷이 다른 다양한 원리들에 주목함으로써 균형보다는 충돌, 중첩, 더 나아가 혼란한 무질서를 읽어야 한다고 말한다. 사실 이는 미학적으로 위험하다. 형체 없음을 사고하는 것은 그 자체로 혼란스러워 보일 위험이 있기 때문이다. 그리고 그러한 형식적 개방성은 또한 시의 형식을 기존 사회 형태의 반영으로 읽는 통상적인 독법에 비추어 보면 쉽게 납득하기 어려운 점이 있다. 그러나 빅토리아 여왕에 대한 시에 드러난 배럿 브라우닝의 운율적 선택에서, 우리는 문학적 형식과 정치적 형식의 관계를 새롭고 생산적으로 개념화하는 방법을 배울 수 있다. 시를 포함하여 우리의 사회적 세계를 조직하는 원리들이 서로 다른 반복적 템포와 지속 시간을 따르며 우리의 경험을 제한하지만, 그 어떤 것도 지배적이지 않다는 생각 말이다. 형식은 우리를 조직한다. 그러나, 매일의 일상 속에서 우리는 다양한 사회적, 정치적, 생체적, 미적 리듬들에 의해 동시에 조직되며, 각각은 서로 다른 논리를 따르고, 서로 다른 질서를 부여한다. 그들은 함께 작동하지 않으며, 따라서 결국에는 하나의 단일하고 일관된 질서를 경험에 부여할 수 없다. 만약 배럿 브라우닝이 옳다면, 즉 서로 갈등하고 중첩하는 수많은 조직적 원리들이 경험에 하나의 거대한 법칙을 부여하려고 **애를 쓰지만**, 결과적으로 통합된 권력이 아니라 혼란스럽고 형체 없는 얼룩을 만들 뿐이라면, 새로운 형식주의는 시간적 패턴이 예술과 삶을 조직하고 형성하는 점을 인정하면서도, 그와 동시에 수많은 시간적 패턴이 서로 충돌하고, 뒤섞인 상태로 끊임없이 변화하며, 각각의 패턴이 다른 패턴의 방해를 받아 자신의 질서를 지배적으로 부과할 수 없다는 점도 아울러 설명해야 한다.

4장

계층질서

'신성하다'를 뜻하는 그리스어 hieros와 '다스리다'를 뜻하는 그리스어 arche에서 기원한 계층질서hierarchy는, 6세기에 9층위의 천사들을 가리키는 단어로 쓰이다가 교회의 통치 방식에 적용되어 엄격하게 조직된 교회의 권위와 복종 체계를 의미하는 용어가 되었다. 14세기부터 17세기까지 점차 그 의미가 종교적 맥락을 넘어 자연과학과 사회 전반에 걸쳐 확장되었다.[1] 현대에 와서 이 단어는 조직, 가치, 사회적 관계를 가리키게 되었다.

제한된 전체와 리듬처럼 계층질서를 형식으로 이해하기는 어렵지 않다. 계층질서는 권력 또는 중요성의 수준에 따라 신체, 사물, 관념을 배열한다. 계층질서는 서열을 정한다. 즉, 경험을 조직하여 비대칭적이고 차별적이며, 때로는 지극히 부당한 배열을 생산한다. 계층적 구조의 가장 지속적이고 고통스러운 사용성은 불평등이다. 계층질서는 이 점에서 우리가 다루는 모든 형식들 중에서 가장 문제적이다.

인문과학 전반에 걸쳐, 계층질서는 상당히 많은 주목을 받아 왔다. 학자들은 왜 그리고 어떻게 그처럼 확연하게 불평등한 구조들이 세상에 질서를 부과해 왔는지 이해하고자 했다. 1970년대 이후로 이론가

---

1 Nicolas Verdier, "Hierarchy: A Short History of a Word in Western Thought," in Denise Pumain, *Hierarchy in Natural and Social Sciences* (Dordrecht: Spring, 2006), 13.

들은 특히 문화적 · 정치적 경험의 상당 부분을 조직하는 남성성과 여성성, 공적 영역과 사적 영역, 정신과 육체, 흑과 백과 같은 이항대립쌍에 주목했다. 이것들은 1950, 60년대 인류학자 클로드 레비 스트로스와 같은 구조주의 사상가들에게 보편적이고 중립적으로 여겨졌다.[2] 그러나 뒤이어 등장한 후기구조주의자들은 겉으로는 중립적으로 보이는 이 같은 대립쌍들이 사실 알고 보면 계층적이며, 폭력과 불평등을 정당화했다고 주장한다.

후기구조주의자들에 따르면, 그리스 이후로 서구 사상은 초월적 진리의 근거를 이성, 정신, 인간, 공적 영역과 같은 단 하나의 근원적 개념에 두고자 했다. 철학자들은 각 근본적 개념의 정체성을 이 대립항을 통해 정립하려고 했다. 말하자면 광기에 대하여 이성을, 육체에 대하여 정신을, 여성에 대하여 남성을, 사적인 것에 대하여 공적인 것을 규정했다. 여기서 두 번째 개념항, 즉 배제된 타자(광기, 육체, 여성)는 언제나 타락하고 비루한 것으로 여겨졌다는 것이 후기구조주의자들의 주장이다. 철학자 엘리자베스 그로스Elizabeth Grosz를 인용하자면,

이분법적 사유는 필연적으로 두 개의 대립적 용어를 서열화하고 등급을 나눈다. 그래서 그중 하나를 특권적 용어로, 다른 하나를 억눌리고 종속된 부정적인 대립항으로 간주한다. 종속된 용어는 단지 첫 번째 용어

---

2 Claude Lévi-Strauss, *The Raw and the Cooked* (1964), reprinted as *Mythologiques*, vol. 1, trans. John and Doreen Weightman (Chicago and London: University of Chicago Press, 1983).

의 부정 또는 부인, 부재 또는 결핍, 아니면 몰락일 뿐이었다. 첫 번째 용어는 그 타자를 추방함으로써 자신을 정의하고, 그 과정에서 구분선과 경계선을 그음으로써 자신의 정체성을 만든다.[3]

다른 많은 비평가들처럼, 그로스는 근원적인 계층질서적 이분법이 서로 협력하여 권력구조 전체를 강화한다고 주장했다. 이 설명에 따르면, 각 이항대립쌍의 특권적 용어는 다른 근원적 대립쌍의 특권적 용어들을 강화시킨다. 가령 이성적 · 남성적 · 공적 주체는 감정적 · 사적 · 여성적 객체를 지배한다. 남성은 정신이고 여성은 육체이다. 이항대립쌍들이 서로 제휴하면서 권력과 주도권은 백인 남성 주체의 손에 쥐어진다.[4]

1세대 후기구조주의 이후로, 많은 인문학 이론가들은 이처럼 고통을 가하는 계층질서적 이분법을 파괴하려는 시도를 거듭했다. 그들은 이분법의 불안정성과 관습성을 폭로하고, 첫 번째 근원적 용어가 두 번째 비루한 용어에 필연적으로 오염되어 있음을 밝히고, 둘 사이의 경계선을 엄격하게 통제하는 것이 불가능하다는 점을 강조했다. 이 중에서 가장 영향력이 큰 주디스 버틀러Judith Butler는 다음과 같이 쓴다.

---

3 Elizabeth Grosz, *Volatile Bodies* (Bloomington: Indiana University Press, 1994), 3.
4 그로스는 "정신/육체의 대립이 수많은 다른 대립쌍들과 상호적으로 관련되어 있다"고 말한다. 미구엘 로페즈 로자노Miguel López Lozano는 유럽/원주민이 남성/여성, 문화/자연과 제휴하는 과정을 탐구한다. *Utopian Dreams, Apocalyptic Nightmares: Globalization in Recent Mexican and Chicano Narrative* (West Lafayette, IN: Purdue University Press, 2008), 12.

젠더는 남성성과 여성성 관념을 생산하고 자연화하는 메커니즘이다. 그러나 젠더는 그러한 관념들을 해체하고 탈자연화하는 장치로 쓰일 수도 있다. 확실히, 규범을 설치하려는 바로 그 장치가 설치 자체를 무너뜨리기도 한다. 설치는 말하자면 정의상 비완결적이다. "젠더 트러블," "젠더 섞기," "트랜스젠더," "크로스-젠더"를 거론하는 사람이 있다면, 그는 이미 젠더가 자연화된 이항대립의 틀을 초월하여 이동하는 경향이 있다고 주장하는 셈이다.[5]

'메커니즘'과 '장치'로서의 젠더는 자연의 사실이 아니라 계층적 구별을 만들어 내는 수단 또는 도구이다. 그리고 젠더는 구별을 만들어 내면서도 그것을 해체할 가능성을 내포하기도 한다.

이항대립에 대한 해체적인 접근법은 문학·문화 연구에서 이제 너무나 친숙해져서 그 자체로 하나의 제2의 본성과 같은 것이 되었다. 나는 해체이론의 풍부한 이론적 성과로부터 많은 것을 배웠고 이 책에서도 이를 활용하겠지만, 세 가지 점에서 해체이론과 차별을 두고자 한다. 첫 번째, 나는 이항대립의 형식과 계층질서의 형식을 분리하고자 한다. 후기구조주의 이론은 중립적으로 보이는 이항대립이 사실 계층질서를 감추고 있다는 불편한 사실을 경고한다. 그러나 그렇다고 해서 두 형식이 항상 같다는 말은 아니다. 이항대립적 형식들은 사물, 신체, 관념의 장을 두 영역으로 나눈다. 채소와 과일을 냉장고의 두

---

5   Judith Butler, *Undoing Gender* (New York and Abington: Routledge, 2004), 42-43.

칸에 따로 넣는 이항대립—완전히 일상적인 이분법—은 특별히 우려할 만한 계층질서를 감추고 있지 않다.

천문학자들은 비계층질서적 이항대립 방식으로 운행하는 17쌍의 별을 발견했다. 이것은 소규모의 항성 체계지만 흥미로운 현상이다.[6] 문학·문화 연구에서 비계층질서적 이항대립은 딱히 논쟁거리가 아니기 때문에 이를 다루는 것이 별로 흥미롭지 않지만, 엄격한 형식주의는 분석적인 목적을 위해 두 형식을 분리한다. 각각이 어떤 사용성을 제공하고 어떻게 작동하는지를 더 확실하게 파악하기 위해서는 그렇게 하는 것이 좋다. 이항대립이 계층질서와 항상 일치하지 않는 것은 분명하지만, 그것은 언제 어떻게 두 형식이 서로의 조직 권력을 중첩하고 강화하는지를 더 잘 이해하도록 돕는 형식주의적 방법이다.

이항대립들 중 어떤 것들은 계층질서가 아니며, 마찬가지로 계층질서 중 어떤 것들은 이항대립이 아니다. 후기구조주의 접근법과의 두 번째 차이는 인간을 조직하는 엄청나게 다양한 계층 구조들에 주목해야 한다는 것이다.

예를 들어 단순한 구조로 이루어진 젠더 이분법과 초국적 기업의 계층 조직을 비교해 보자. 또는 인종주의가 세상을 백인과 비백인의 단순 이분법으로 나누기도 하지만, 다른 한편 하나의 광범위한 스펙트럼으로서 피부 색깔의 단계적 차이가 권력과 특권을 조직한다는 점도 고려해 보자.

---

6 International Astronomical Union, *Binary Stars as Critical Tools and Tests in Contemporary Astrophysics* (Cambridge: Cambridge University Press, 2007), 347.

계급 역시 복합적이고 다층적인 계층 구조의 형태를 띤다. 18,19세기 유럽에서 계층의 단계는 가장 낮은 거지와 극빈자에서, 공장과 농장의 노동자, 군인, 장인, 소부르주아 점주, 그리고 은행가, 장교, 대영주, 상층 귀족으로 올라간다. 귀족과 군대 내에는 많은 미세한 등급의 차이들이 존재한다. 물론 계급을 부르주아지와 프롤레타리아, 가진 자와 못 가진 자의 단순 이분법으로 볼 수도 있다. 그러나 마르크스 자신도 각 범주 내부의 층위들을 구별하는 데 관심을 보였고, 도시 프롤레타리아를 시골 농부나 룸펜프롤레타리아Lumpenproletariat와 분리했다. 특히 룸펜프롤레타리아는 1848년 군주제 및 금융계와 결탁한 오합지졸 무리로 노동자계급의 혁명에 큰 장애물이었다.[7] 다시 말해, 모든 계층질서는 등급의 사용성을 내포한다. 형식주의자의 면밀한 검토가 꼭 필요한 이유는 불평등을 구조하는 방식이 셀 수 없이 많기 때문이다.

후기구조주의 방법과 구별되는 세 번째 가장 중요한 차이점은 앞서 언급한 두 차이점에 기초한다. 많은 다른 계층질서가 동시에 질서를 부여하려고 할 때 항상 연합하는 것은 아니다. 그리고 이 질서들이 충돌하는 경우, 질서보다는 무질서를 만들어 낼 수 있다. 이 주장은 다른 장에서 다루었기 때문에 새로운 것은 아니다. 그러나 계층질서에 적용될 때는 의외의 결과가 만들어진다. 계층질서에서 광포한 권력의 힘이 가장 적나라하게 표출되기 때문이다. 사실 다양한 사회적 상황들 속에서 계층질서가 다른 계층질서 그리고 다른 형식들과

---

7 Karl Marx, *Later Political Writings*, Terrell Carver, ed. (Cambridge: Cambridge University Press, 1996), 78.

충돌할 때, 계층질서는 굴절되거나 변경되며, 완전히 다른 놀라운, 때로는 발전적인 결과를 빚어내기도 한다. 그렇다면 계층질서를 해체하고, 평평하게 하고, 뒤엎는 것이 계층질서가 행사하는 권력을 대하는 가장 전략적인 접근법이 아니다. 계층질서 형식들을 면밀하게 관찰함으로써 계층질서가 어떤 배열들을 부과하는지 살펴보고, 다른 형식들과 교차할 때 계층질서의 조직력에 어떤 일이 발생하는지 살펴본다면, 계층질서의 권력을 교란할 새로운 방법을 발견할 수 있다. 계층질서들이 다른 형식들과 교차하면서 흥미롭고 예기치 못한 결과를 만드는 양상들을 탐구하는 것은 이 장의 주안점이 될 것이다.

최근 사회학자들도 이와 비슷한 입장을 취한다. 이들에 따르면, 계층질서는 의외로 취약하고 예측 불가능하며 쉽게 무너질 수 있다. 국제관계 이론가 알렉산더 쿨리Alexander Cooley에 따르면, "계층적 정치체가 상대적으로 기능적이고 잘 조직되어 있으며 통치가 잘되는 정치체라고 배웠다." 그러나 그 결과 학자들은 "계층 조직 내에서 발생하는 통제 불능과 권위 실패의 상황들"을 인지하지 못하고, "계층질서적 통치를 한다고 해서 반드시 지배권력이 예측한 결과가 나오지는 않는다는 점을 간과했다." 쿨리에 따르면, 우리가 이러한 실패에 주목하지 않는 이유는 이데올로기와 정체성을 너무 강조한 나머지 "조직 형식"의 복잡한 작용을 제대로 이해하지 못했기 때문이다.[8]

---

8 Alexander Cooley, *Logics of Hierarchy: The Organization of Empire, States, and Military Occupations* (Ithaca, NY and London: Cornell University Press, 2005), x-xi, 2, 12.

이 장은 쿨리의 주장을 발전시켜, 계층질서적 형식의 작용을 잘 살펴면 그것이 생각만큼 질서 정연하고 체계적인 지배권을 행사하지 못한다는 것을 알게 될 것이라고 주장한다. 소포클레스의《안티고네 Antigone》로 시작해 보자.《안티고네》에서는 여러 가지 강력한 계층질서가 작용한다. 모두 남성과 여성, 왕과 신하, 친구와 적, 신과 인간의 단순 이분법으로 조직되어 있다. 희곡이 진행되면서 다양한 계층질서들이 만나고 교차하는데, 보통 이때 하나의 계층질서를 강조하는 강경한 입장이 나타나 결국 다른 계층질서의 논리를 역전하거나 전복한다. 그 결과 심각한 불안정성과 예측불가능성으로 점철된 정치적 상황이 발생한다. 물론《안티고네》는 서양철학에 지대한 영향을 미쳤다. 그리고 어떤 점에서 나는 이 비극을 문학비평가가 아니라 철학자로서 읽고자 한다. 그래서 희곡의 장르적 관습과 예술적 언어가 아니라 희곡이 제시하고 탐구하고 질문하는 권력과 가치의 관계들을 살펴볼 것이다.

그러나 다른 철학자들처럼 결론에 가서 특정 인물, 가령 안티고네 또는 크레온 중 한 인물을 옹호하지 않을 것이다. 또는《안티고네》가 극화하는 암묵적인 가치들을 융합하거나 비판하는 입장을 취하지도 않을 것이다. 나는 소포클레스가 계층질서적 이분법의 지배적 항목들이 연합과 협력에 실패하고 서로를 가차 없이 방해하면서, 가장 강력한 인물들의 의도에 반하는 결과를 빚어내는 과정에 유별난 관심을 갖는다고 주장한다. 이처럼 소포클레스는 이분법의 구조들이 서로를 강화하는 사례에 주목한 엘리자베스 그로스와 여타 이론가들에게 강력한 응답을 제공한다. 나는《안티고네》를 탁월한 사유 실험으로 읽는다. 소포클레스는 동시에 작동하는 다수의 계층적 이분법들이 서로 중첩하면서 빚어내는 파장들을 정밀하게 풀어낸다. 그럼으로써 권력에 대한 설득력 있는 전혀 색다른 설명을 펼쳐 낸다.

이처럼 소포클레스는 우리에게 다양한 계층질서들이 서로 세계를 조직하지 못하도록 싸우고 방해한다고 상상해 보기를 요청한다. 이장의 두 번째 부분은 범위를 넓혀 다른 형식들도 함께 다룬다. 제한된 전체와 리듬이 등장하여 계층질서 위에서 그리고 옆에서 우리의 경험을 조직할 때 어떤 일이 일어나는가? 이처럼 서로 다른, 공통점이 없는 형식들은 서로 협력하는가 아니면 서로 다투는가? 여기서 나의 주된 관심사는 젠더 규범이다. 이것은 문학·문화 연구의 오랜 쟁점이자 이 책에서 이미 다룬 문제이다. 젠더는 특히나 강력한 형식이다. 그것은 신체뿐만 아니라 공적·사적 영역, 노동의 분화, 옷을 입는 스타일, 말하는 습관, 권위의 작용에 가차 없이 질서를 부과하는 이분법이다. '크로스젠더'와 '트랜스젠더'를 이분법에 대한 도전으로 본 버틀러의 지적은 옳지만, 이러한 용어들조차 젠더의 형식을 이루는 경계선을 인식하고 있음을 알 수 있다. 그 단순성으로 인해 젠더 이분법은 특히 이동성이 뛰어난 형식이다. 그것은 시대와 대륙을 넘어 고대와 현대의 재료와 가치를 모두 조직한다.

소포클레스에게 젠더는 높고 낮은 범주들로 구분하는 이분법으로 나타난다. 그러나 다른 유사한 이분법적 형식들과 충돌하면서, 젠더는 복잡하고 흥미로운 것이 된다. 사실 젠더는 그 자체로 볼 때 단순하다. 경험의 많은 영역들을 선명한 대립의 논리에 따라 조직하기 때문이다. 그러나 젠더 이분법이 전체, 리듬, **다른** 계층질서 등 다른 형식들과 끊임없이 교차하기 때문에, 형식의 이야기는 난해하고 기묘해진다. 이렇게 많은 중첩이 발생할 때, 젠더의 형식은 이데올로기적으로 기묘한 효과를 만들어 낸다. 앞으로 살펴보겠지만 젠더는 때때로 심지어 **그 자신과** 충돌할 수 있다.

이 장의 처음 두 부분은 이분법적인 계층질서에 초점을 둔다. 세 번째 부분에서는 좀 더 복잡한 형식적 패턴을 다룰 것이다. 그것은 바로 상사와 부하라는 명확한 서열로 이루어진 근대적 관리 조직의 정수, 즉 관료적 계층질서이다. 조직적 계층질서는 어떤 형태를 취하는가? 그것이 노동자와 노동의 과정에 확실한 질서를 부과할 수 있는가? 조직사회학의 연구 성과를 바탕으로, 나는 관료적 형식들이 서로 부딪치고 충돌하는 일이 허다하다고 주장한다. 경영의 계층질서는 다중적 템포, 제한된 공간, 다른 계층질서와 중첩한다. 그리고 그것은 다시 원점으로 돌아와, 젠더의 계층질서적 이분법과도 중첩한다.

계층질서에 대한 형식주의적 분석은 문학·문화 연구에 두 가지 의미를 갖는다. 첫째, 이 접근법은 권력관계에 대한 색다른 분석을 제시하고, 문화적 생산과 수용의 정치적 맥락에 대한 기존의 지배적 가설들을 비판한다.

둘째, 이 장의 결론 부분에서 다시 다루겠지만, 계층질서는 독서 행위에 중요한 의미를 갖는다. 독서는 우리의 일상적 해석 행위를 형성하는 수직적 계층질서 형식이기 때문이다. 실제로 나는 텍스트의 정치적 독법들이 형식을 일반화하면서도 서열화한다고 주장할 것이다. 포스트콜로니얼리즘, 마르크스주의, 페미니즘과 같이 문학 연구 분야에서 정치적으로 가장 진보적인 글쓰기에서도 계층질서가 작동한다고 주장한 브루스 로빈스Bruce Robbins의 주장을 주로 논할 것이다. 앞 장들을 통해 이미 친숙해졌겠지만, 이 장의 목표는 계층질서를 극복하는 방법을 찾는 것이 아니라 계층질서를 생산적으로 다루는 방법을 생각해 보는 것이다.

《안티고네》

기원전 5세기 아테네에서 씌어진《안티고네》는 오늘날까지 오랫동안 철학자와 정치사상가들을 매혹시킨 희곡이다. 국가의 공식적 칙령에 불복하고 가족적 유대 관계를 중시하는 고대적 관습을 선택한 주인공 안티고네는 지금까지 실로 다양한 가치와 입장을 대변하는 것으로 해석되어 왔다. 몇 가지 예를 들면, 국가보다 선행하는 폭력적 법률질서, 윤리와 정치의 투쟁, 애도, 여성성, 괴물성, 시민불복종, 친족관계의 퀴어화 등을 들 수 있다.《안티고네》가 자아, 친족, 국가의 적절한 또는 부적절한 관계에 대해 핵심적 질문을 제기한다고 주장한 사상가들 가운데 헤겔, 셸링, 키르케고르, 라캉, 드보브와르, 이리가레, 데리다, 지젝, 버틀러가 있다. 이 중에서《안티고네》의 핵심이 가족에 대한 비정치적 · 여성적 책무와 국가로 대표되는 공공의 선에 대한 남성적 · 보편적 책무의 충돌이라고 본 헤겔의 해석이 가장 유명하다.[9] 헤겔

9　G.W.F. Hegel, *The Phenomenology of Spirit*, trans. A. V. Miller (Oxford: Oxford University Press, 1977), 274-75.

에 따르면, 가족적 충성과 시민적 책무라는 두 법칙은 지배권을 차지하기 위해 서로 경쟁한다.

그러나 **두 가지** 법칙만으로 《안티고네》를 읽는다면 작품을 제대로 파악할 수 없다. 크레온 왕은 남성성의 우월함을 강조하고 친족 체계에 반하여 국가의 권력을 옹호한다. 이를 위해 내부자와 외부자에 대한 법적 구분을 강제한다. 반면, 안티고네는 국가권력보다 신들에 대한 충성심을 중시한다. 그녀는 가족에 대한 사랑이 법률에 우선해야 한다고 보고 공적으로 국가에 불복종하는 여성적 권리를 내세운다. 크레온과 안티고네 둘 다 자신들의 사적 이해보다 공공선을 더 높이 평가한다고 주장한다. 다시 말해서, 소포클레스는 두 개가 아니라 공과 사, 신과 인간, 왕과 국민, 남성과 여성, 복종과 불복종, 친구와 적 등 6가지의 주요 조직 원리를 제시한다. 크레온과 안티고네는 둘 다 이분법을 일종의 계층질서로 이해하며, 대립쌍의 한쪽을 다른 쪽보다 높게 본다.

극의 시작부터 등장인물들은 주역 조역을 막론하고 경쟁하는 계층질서에 직면하여 여러 가지 선택을 한다. 첫 장면에서 안티고네는 이스메네에게 테베의 새로운 왕 크레온이 남동생 폴리네이세스의 관습에 따른 매장을 거절함으로써 신의 법칙을 어기는 불경 행위를 저질렀다고 말한다. 안티고네가 이스메네에게 폴리네이세스의 매장을 도와달라며, 왕의 부당한 명령이 아니라 신성한 친족 유대 관계를 존중해야 한다고 말하자 여동생은 큰 충격을 받는다.

법을 어기고 왕의 권력을 침해한다면 얼마나 비참하게 죽을지 한번 생각해 보세요. 우리는 여자로 태어났고 남자하고 싸우면 안 된다는 걸 알아야 해요. 강요를 받아 하는 일이니, 땅에 묻힌 이들이 나를 용서해 주길 바래요. 나는 권력을 가진 사람들에게 복종할 겁니다.[10]

이스메네는 왕과 신하, 남성과 여성, 두 가지 계층질서적 이분법을 거론한다. 그러자 안티고네는 신과 인간이라는 세 번째 계층질서가 다른 두 개보다 우선한다고 주장한다. "나는 여기 있는 사람들보다 저 아래 묻힌 사람들이 좋아할 일을 할 것이다. 나도 거기 영원히 있게 될 것이니까."(7)

안티고네가 국가의 세속적 권력보다 친족인 오빠에 대한 사랑과 신들의 초월적 권력을 우위에 두는 반면, 이스메네는 젠더 계층질서를 언급하면서 권력을 가진 남자들에게 어쩔 수 없이 수동적으로 복종해야 하는 여성들을 신들이 용서해 주길 간청한다. 여동생의 말을 받아들일 수 없었던 안티고네는 친구와 적이라는 네 번째 계층질서를 거론하면서 여동생이 적의 편에 선다고 몰아세운다. 그녀는 "너를 증오할 것"이라며 가족보다 왕을 선택한 이스메네를 비난한다.

이 마지막 계층질서는 사실 극의 행동을 촉발하는 출발점이다. 폴리네이세스는 테베를 차지하기 위해 형과 싸우고, 군사를 모으는 데 도움을 준 이방인 여성과 결혼한다. 크레온은 폴리네이세스가 테베의

---

10 Sophocles, *Antigone*, trans. David Franklin and John Harrison (Cambridge: Cambridge University Press, 2003), 7.

친구가 아니라 적이라는 바로 그 이유로 그의 매장을 거부한다.[11]

이와 같은 형식들이 《안티고네》의 적대적 관계들을 조직하는 것처럼 보일 수 있지만, 사실 이 관계들을 해체하기도 한다. 안티고네는 국가의 공적 영역에 반하여 가족의 사적 영역에 대한 충성심으로 움직인다. 그녀는 그러한 충성심을 훌륭하고 소중한 것으로 생각해서 어떠한 부끄러움도 없이 공공연하게 왕에 대항한다. 그 과정에서 안티고네는 사적 영역의 우위를 변호하는 공적 대변인이 된다. 그리고 공적인 의견을 내면서 여성성의 규범을 위반하고 남성성을 얻는다. 그런데 이것은 크레온이 보기에 그를 여성화시키는 위협적 행위나 다름없다. 크레온은 "안티고네가 자신이 한 일을 자랑하면서 웃는다"고 불평한다. "안티고네가 처벌받지 않고 이긴다면, 나는 남자가 아니다. 안티고네가 남자다!" 다른 한편, 안티고네의 저항은 부분적으로 그녀가 테베의 시민들을 공적으로 대변하고 집단 대중과 연대하여 행동하고 있다는 생각에 바탕을 둔다. 그녀는 크레온이 국가의 욕망보다 자기 개인의 사적 욕망을 우선시한다고 비난하는데, 이것은 바로 크레온이 안티고네를 비난한 내용이다.

이와 같은 종류의 반어적 반전은 희곡의 전반에 걸쳐 반복적으로 나타난다. 안티고네가 이스메네를 거절한 이유가 바로 가족적 연대를 중시했기 때문인데도, 그녀는 이스메네를 가족의 적으로 규정하고 연

---

11 《안티고네》에서는 수직적 계층질서 간의 상호 충돌뿐만 아니라 국민을 둘러싼 경계선처럼 봉쇄틀도 중요하다. 이와 같은 형태는 문자 그대로 공간적 형식이다. 결국, 합당한 묘지에 매장되는 사람들은 폴리스의 경계선 내에 속한다고 표시된 사람들이다. 이 장의 뒷부분에서 전체와 계층질서의 관계를 다시 다룰 것이다.

대하자는 여동생의 간곡한 요청을 물리친다. 스테파니 엥겔스틴Stefani Engelstein이 주장하듯이, "순수한 형태의 형제애"를 위한 안티고네의 노력이 실제로는 "이스메네보다 폴리네이세스, 즉 형제 한 명을 다른 형제보다 더 높게 여기는 태도"가 되어 버린다.[12] 버틀러는 《안티고네》의 유명한 이분법들이 완전히 붕괴한다는 것을 알고 나서 느낀 놀라운 감정을 다음과 같이 묘사한다. "안티고네의 경우 그녀의 행동을 본 사람은 그녀가 '남성적'이라고 여기지 않을 수 없으며, 친족 체계가 젠더를 뒷받침한다는 점에 의문을 제기할 것이다. 안티고네의 언어는 크레온의 언어, 즉 최고 주권의 권위 및 행동을 표현하는 언어와 닮았다. 크레온은 친족 계보 덕분에 왕위를 계승하고, 왕권을 획득한다. 그리고 안티고네의 반항으로 그리고 자신의 행동으로 인해 크레온의 남성적 권위가 무너졌다. 그럼으로써 크레온은 자신의 왕권과 친족 내 지위를 가져다준 그 규범들을 무효화한다."(6)

버틀러를 비롯한 학자들은 이와 같은 역설을 해체주의적 주장을 펼칠 기회로 받아들인다. 이들은 안정적인 친족 규범과 같은 근원적 규칙과 규범으로 주장되어 온 것이 사실 알고 보면 일탈과 위반—"구성적 외부constitutive outside"—에 의존한다는 것을 보여 주고자 한다. 이분법이 필연적으로 흔들리고 실패한다는 인식을 공유한다는 점에서, 그리고 어떤 하나의 법칙이나 개념을 근원으로 상정하기를 거부한다는 점에서, 나의 접근 방식은 해체이론에 보완적이다. 그러나 방법론적

---

12 여기서 형제 관계는 부모와 자녀의 관계보다 더 중요하다. Stefani Engelstein, "Sibling Logic; or, Antigone Again," *PMLA* 126, no. 1 (January 2011): 38-54.

으로 볼 때 내가 제시하는 형식주의적 방법은 사뭇 다르다.

나는 각 형식마다 그 자체의 논리, 질서를 부여하는 그 자체의 원칙을 가진다고 생각한다. 이처럼 친구와 적의 대립은 분명한 계층질서를 제공한다. 이 계층질서는 전쟁은 물론 국가가 범죄자들에게 가하는 폭력적 처벌을 정당화한다. 젠더의 형식도 이와 비슷하다. 젠더는 남성성이 여성성을 지배하는 방식의 이분법적 구분으로 작용한다. 이와 마찬가지로 집단의 공적 영역과 가족의 사적 영역 간의 대립, 인간과 신의 대립은 경험의 장을 두 개의 불균등한 부분으로 나눔으로써 작동한다. 그러나 이와 같은 다양한 이분법들은 형식적으로는 유사해도 서로 완전히 맞아떨어지지 않는다. 가령, 적은 여성일 수도 있고 남성일 수도 있다. 신에 충성하는 시민이 국가에 불충할 수 있다. 백성을 받드는 왕이 신의 이름을 너럽힐 수 있다.

형식주의 독자를 위한 다음 단계는, 계층질서들이 서로 충돌할 때 어떤 일이 벌어지는지를 고찰하는 것이다. 희곡 속 행위를 촉발하는 발단은 안티고네가 신에게 복종하고 국가에 불복하는 것처럼 인물들이 특정한 계층질서를 선택하는 순간이다. 안티고네는 하나의 계층질서(신, 인간)를 옹호하고 그럼으로써 다른 계층질서(왕, 신하)를 위반한다. 그리고 그 과정에서 의도치 않게 다른 계층질서를 작동시킨다. 그녀는 여성(하위)으로서 특정한 친족관계(하위)를 선호하는 국가의 적(하위)으로 시작하지만, 왕에 대항함으로써 백성(상위)의 편에 서고 신(상위)에게 충성하는 공적 행위자(상위)가 된다. 특정한 계층질서를 택하는 행위가 다른 계층질서 전체에도 변화를 가져온다는 말이다. 즉, 낮은 것(여성·가족·국가의 적)이 높은 것(신과 테베 시민의 편)이

되고, 높은 것(인간·국가·공적인 것)이 낮은 것(신과 시민의 적)이 된다. 군주제 자체도 그 자신의 이분법적 형식들 속에서 혼란에 빠질 수 있다. 즉, 국가는 친족에 대한 어떠한 충성도 금지하는 법률을 시행하지만, 왕위 계승 순서를 통제하고 국가의 수장을 정하는 것은 친족관계의 논리다.

안티고네가 특정한 계층질서를 택하는 행위는 통상적인 질서를 전복하고, 다른 계층질서들을 혼란에 빠뜨리고 그 경계를 모호하게 한다. 예를 들어 인간의 법칙 대신에 신을 선택하고 이를 공표함으로써, 안티고네는 공적인 인물이 되며 젠더 이분법을 가로질러 남성적인 특성을 얻는다. 안티고네는 또한 두 가지 계층질서를 해체한다. 즉, 그녀는 사적인 충성을 공적인 행위로 바꾸고, 시민의 적이 된 형제를 존중함으로써 자신을 시민의 친구로 만든다. 이 과정에서 안티고네는 개인이라는 유기적 형식을 파열한다. 즉, 그녀는 자신을 그 자신과 대립시키고(자신의 행복을 지키기 위해 기꺼이 죽기를 각오한다는 점에서), 크레온을 크레온과 대립시킨다(국가에 대한 그의 충성이 결국 국가에 대한 그의 충성을 해체한다는 점에서). 다른 계층질서를 침해하는 계층질서를 선택함으로써, 안티고네는 높아지면서 낮아지고, 남성적이면서 여성적이고, 공적이면서 사적이고, 테베의 시민에 대하여 친구이면서 적이 되고, 자기 자신이면서 자기 자신이 아니게 된다. 이와 같은 맥락에서, 안티고네의 종말은 완전히 해체된 그녀의 상태에 완벽하게 들어맞는다. 말하자면, 안티고네는 타살당한 것이지만 죽게 놔둔 것이며, 매장당하지만 동시에 살아 있는 상태이다.

안티고네보다 덜 저항적인 두 조역 인물은 경험을 조직하는 계층적 구조 안에서 행동하지만, 이 구조가 조화 불가능하다는 것을 깨닫는다. 크레온의 아들이자 안티고네의 약혼자 하에몬은 아버지, 약혼녀, 신, 국가, **그리고** 가족 등 갈등하는 모든 진영에 충성하려고 한다. 하에몬은 아버지와 국가에 대한 절대적 충성을 주장하면서도, 왕에게 안티고네를 용서함으로써 신들을 존중하라고 말한다. 즉, 하에몬은 자신이 왕-국가-아버지에게 충성하고 있다고 생각한다. 그는 국가의 적을 벌함으로써 발생하는 해악으로부터 이 세 가지 계층질서의 상위 개념을 보호하려고 한다. 안티고네는 신과 하에몬의 친구이기도 하기 때문이다.

이 경우에 흔히 말하듯이 서구문화에서 계층질서들이 결합하여 강력한 이데올로기적 문화적 형성체를 생성하는 것이 사실이라면, 하에몬은 난관에 빠지지 않았을 것이다. 그러나 그는 결국 난관에 빠졌다. 크레온은 처음에 신이 국가의 편에 서 있다고 주장했지만, 이제 안티고네와 싸우면서 하에몬이 신을 거론하기 때문에 적의 편을 택한 셈이라고 생각한다. 친구-적의 계층질서가 크레온의 논리를 너무도 강하게 지배한다. 그래서 그는 신들과 자신의 아들을 비롯한 안티고네의 모든 동맹에 대항하여 의도적으로 각을 세운다. 심지어 자신의 아들을 하위계층 중에서도 가장 낮은 "여성의 노예"(55)라고 비난한다. 하에몬에 대한 소포클레스의 묘사는 강력한 계층질서를 공고하게 만들지 않으며, 계층질서가 얼마나 잘 작동하는지를 보여 주지도 않는다. 소포클레스는 아버지, 신, 왕, 남성성, 국가를 모두 동시에 지지하는 것이 말 그대로 불가능하다는 점을 보여 준다.

한편 이스메네 또한 충성심을 보이려 한다. 이스메네는 안티고네의 안위를 걱정하지만, 이는 안티고네의 관점에 볼 때 이스메네가 겁 많은 국가의 친구이면서 가족의 배신자임을 입증할 뿐이다. 반면 크레온의 입장에서 이스메네는 가족에 충성하고 국가를 배반하는 것으로 보인다. 다시 말하자면, 안티고네에 대한 이스메네의 한결같은 애정은 혼란스럽게도 공적이면서 사적이고, 친구면서 적으로서 이스메네의 모순적 면모를 드러낸다. 왜냐하면 안티고네의 행동이 이미 두 영역의 구분을 무너뜨렸기 때문이다.

이분법이 이토록 얽히고설켜 서로를 끊임없이 변형하는 세상에서, 세계를 조직할 단 하나의 계층질서를 선택하기란 불가능에 가깝다. 계층질서는 내적 모순 때문에 무너지는 것이 아니라 다른 계급질서들과 만나 흔들리기 때문에 무너진다. 안티고네의 반항적 연설과 행동은 크레온을 약화시켜, 그녀 자신을 높이고 크레온을 낮춘다. 남자가 여자보다 우월하다고 주장한 크레온의 논리대로 하면, 안티고네가 크레온을 이겼다는 사실은 그녀를 남성적으로 만든다. 이론적으로 이 논리는 아주 쉽게 정반대 방향으로 흐를 수 있다. 예컨대 안티고네가 한 말은 아무 효력이 없다고 주장할 수 있다. 가부장적 추론 방식에 따르면, 그 말이 바로 여성의 입에서 나온 것이고 여성은 통상적으로 공적인 방식으로 말하지 않으며 그렇게 할 수도 없기 때문이다. 이러한 의미에서 형식적 충돌의 공간은 우연적 공간이다. 그리고 각 형식이 아무리 제 논리를 고수하려고 해도 매 순간마다 어떠한 형식이 다른 형식들을 조직하는지 분명하지 않기 때문에, 형식적 충돌의 공간은 예측 불가능한 공간이다.

분명, 소포클레스의 체계 전체가 신과 인간이라는 궁극적인 계층질서적 이분법에 귀결된다고 주장할 수 있다. 결국 《안티고네》는 크레온의 오만을 벌한다. 그러나 다른 계층질서와의 관계에서 신의 역할은 전적으로 비확정적이다. 인물들은 신들이 전통적인 친족 관습과 국가 중에서 어느 편을 드는지 의문에 빠진다. 어느 쪽도 가능하다. 크레온은 신들이 폴리스의 이익에 이바지하는 사람에게 은혜를 베풀 것이라는 주장을 편다. "신들이 사악한 인간들을 존중하는가? 그렇지 않다!" 국가의 친구는 신들의 친구이다. 그러나 안티고네는 신들이 인간의 법보다 신의 법을 존중하는 사람들을 고맙게 생각한다고 굳게 믿는다. 말하자면 신들의 친구는 국가의 적이다. 코러스조차도 인간과 신의 관계에 대하여 생각을 바꾼다. 폴리네이세스, 안티고네, 크레온, 하에몬, 이스메네, 유리디케, 그리고 희곡이 끝날 무렵 "병에 걸린" 테베의 모든 시민 등 희곡 속의 모든 사람들이 결국 벌을 받는 것으로 볼 때 신이 누구 편에 서는지 분명치 않다. 잘 알려진 대로, 비극은 정의로 불의를 바로잡는 이야기가 아니라 정의와 정의가 맞붙어 싸우는 이야기다. 신들은 모두의 편을 들면서, 누구의 편도 들지 않는다.

그렇다면 소포클레스가 말하려는 것은, 서로 경쟁하면서 서로의 논리에 혼란을 가하지만 그렇다고 반대쪽 형식을 완전히 바꾸거나 전복하지 않는 형식들 사이의 갈등이다. 그리고 소포클레스는 어느 하나의 계층질서가 다른 모든 계층질서들을 조직하거나 근본 바탕을 마련하면서 바람직한 또는 안정적인 형식을 제공한다고 암시하지도 않는다.

게다가 《안티고네》의 무차별적인 징벌로 미루어 볼 때, 형식들 사이의 투쟁이 함축하는 바를 확정적으로 말하기는 어렵다. 즉, 계층질서가 충돌하여 만들어진 파장은 광범위하다. 이스메네는 안티고네를 보호하려고 하다가, 하에몬은 전통적인 계층질서에 충실하려고 하다가, 둘 다 충돌하는 형식들의 논리에 휘말려 들면서 붕괴된 질서의 희생자가 된다. 안티고네의 최초 선택으로 인하여 많은 사람과 그들의 의도는 물론이고 모든 계층질서적 구조의 원리들이 모조리 혼란에 빠진다. 다시 말해, 여성은 남성이 되고, 사적인 것은 공적인 것이 된다. 또한, 왕은 "아무것도 아닌 것보다 못한" 상태가 되고, 폴리스의 이익을 위한 한결같은 헌신은 도시를 병들게 한다.

《안티고네》는 이 책이 제시하는 형식주의 방법을 가장 잘 보여 주는 훌륭한 사유 실험이다. 정치적 경험을 구조하는 이분법적 형식이 충돌할 때 어떤 결과가 나오는지 묻기 때문이다. 나의 독법은 리듬, 메타포, 드라마 구조가 한데 어울려 물샐틈없는 통일성을 이루는 방식에 집중하는 전통적인 문학적 형식주의 방법에 의존하지 않는다. 그러나 나의 독법에 문학 형식이 전혀 중요치 않다고 주장하는 것도 잘못이다. 이 책에서는 다른 형식들에 우선하여 어떤 특정한 형식— 희곡의 서사 형식, 즉 최초에 내린 결정 때문에 사건들이 서로 충돌하면서 벌어지는 양상—에 주목했기 때문이다. 소포클레스는 복잡한 최초의 상황으로부터 어떤 사건들이 발생할 수 있는지 질문하면서, 형식이 작동하는 방식에 대한 여러 가지 생각들을 내놓는다. 이처럼 시간의 제약을 받는 문학 형식은 비문학적 형식들이 각자의 사용성을 《안티고네》에 끌어들여 어떤 사회적 작용을 수행하는지 고찰하도록 해 준다.

대부분의 철학자들과 정치이론가들은 《안티고네》를 윤리적·정치적 선택과 그 결과를 사유하는 방법으로 읽는다. 친족 유대 관계를 택할 것인가 아니면 국가의 법률을 택할 것인가? 형제의 특수성과 폴리스의 일반성 중에서 어느 것을 선택할 것인가? 비극의 형식은 그러한 철학적 질문에 가장 이상적으로 적합하다고 여겨진다. 말하자면, 비극은 어느 특정한 입장을 비난하거나 이상화하는 대신에, 진정한 대안들의 갈등에 집중하면서 선에 대한 대립적 관념들을 어떻게 다루어야 할지 묻는다.[13] 통상적인 철학적 독법이나 내가 제시하는 형식적 독법이나 모두 희곡의 형식과 세계의 형식을 넘나든다. 여기서 중요하게 주목할 것은, 대체로 미학적인 것에 별 관심을 두지 않는 정치적인 해석들조차도 세계에 대한 독자적인 이론을 창출하기 위해 희곡의 형식을 **사용**한다는 것이다. 논증, 묘사, 제시와 같은 담론적 형식의 바깥에서 윤리학 또는 정치학을 생각하기란 불가능하다. 희곡적 형식은 다른 형식들에서는 불가능한 정치적·철학적 사유를 내포한다.《안티고네》는 하나의 자족적인 예술 작품, 아름답게 빚은 하나의 총체성으로서 가치가 있다. 이 점은 분명하다. 그러나 이 희곡은 또한 정치적 관계에 대한 형식적 모델, 즉 세상을 조직하는 계층질서의 힘에 대하여 새롭게 사유하게 하고 독자의 관심을 재구조하는 형식적 모델로서도 큰 가치가 있다.

---

13 보니 호니그Bonnie Honig가 주장하듯이, 비극은 "죽음과 고통"을 인간이 모두 공유하는 근본적 경험, 즉 시공간에 상관없이 모두 동일하고 보편적인 경험으로 만들 위험이 있다. "Antigone's Two Laws: Greek Tragedy and the Politics of Humanism," *New Literary History* 41 (winter 2010): 3-4.

젠더

《안티고네》에서 젠더는 여러 강력한 계층질서적 이분법 중의 하나로서, 다른 계층질서와 관련하여 전복되고 뒤집힐 수 있다. 이제 나는 이 주장을 확대하여 다중적 계층질서가 충돌하는 형식적 모델에서 벗어나, 다른 종류의 형식들이 젠더 규범들과 협력하고 갈등하는 다양한 상황들을 살펴보고자 한다. 앞 두 장에서 우리는 전체가 다른 전체를 뒤흔들고, 리듬과 리듬이 충돌하는 양상을 살펴보았다. 그러나 실제 세계에서는 비슷한 형식들끼리만 만나는 것은 아니다. 이 책의 나머지 부분에서는 서로 완전히 다른 형식들이 어떻게 상호작용하는지 살펴볼 것이다. 가령 어떤 사건 또는 경험이 동시에 리듬, 전체, 계층질서에 의하여 동시에 조직되는 경우 어떤 일이 발생하는가? 소포클레스의 비극에서처럼 이와 같은 형식적 충돌은 기이하고 우연적인 가능성을 빚어낸다. 젠더는 좋은 출발점이다. 왜냐하면, 앞으로 살펴보겠지만 젠더는 계층질서들이 무수한 다른 형식들과 관련을 맺도록 규칙적인 강제를 가하며, 이와 같은 충돌 속에서 계층질서적 권력이 어떻게 교란되는지 보여 주기 때문이다.

문학·문화 연구자들은 통상 젠더를 형식으로 생각하지 않지만, 푸코와 버틀러와 같은 이론가들은 젠더를 형식으로 여길 만한 강력한 근거를 제공한다. 이들은 젠더가 이미 주어진 또는 선행하는 성적 구별에서 발생하는 것이 아니라 규범과 일탈에 맞추어 반복적으로 주장되고 재주장된다는 점을 설득력 있게 보여 준다. 젠더의 '기제'는 이분법적 구조의 규제와 강제를 동반한다. 이처럼 신체, 실천, 장르, 스타일 어느 것이든지 모두 남성성과 여성성, 또는 이 둘의 결합체로 젠더화될 수 있으며, 그 본래의 젠더 영역에서 벗어나는 경우 처벌될 수 있다.[14] 이것을 다르게 말하자면 다음과 같다. 남성성 – 여성성의 이분법은 조직의 규칙이며, 어디에서나 수많은 사회적 재료들에 질서를 부과할 수 있는 추상적이고 일반화할 수 있는 원리다. 울타리와 리듬과 마찬가지로 남성 여성 이분법은 시공간을 가로질러 반복될 수 있다. 그렇다고 해서 그러한 형식들이 보편적이라는 말은 아니다. 그리고 그것들이 특수성을 초월하여 어떤 심층적인 진리 또는 가치에 근접한다는 말도 아니다. 그러나 우리는 수십 년에 걸쳐 축적된 페미니즘으로부터 젠더 이분법이 특정한 문화 또는 맥락에 속하지 않는다고 배웠다. 어디를 가든 젠더는, 한쪽이 높다면 다른 쪽은 낮고, 한쪽이 권력을 휘두른다면 다른 쪽은 그에 복속되는 식의 계층질서적 관계를 통하여 사회집단을 조직하는 원리로 작용한다. 이처럼 젠더를 끊임없이 경험을 형성하는 많은 반복 가능한 구조 또는 패턴의 하나로 생각하는 것이 이치에 맞다. 말하자면, 젠더는 자연의 사실이라기보다는 문학적 형식에 가깝다. 젠더는 물질로부터 무언가를 빚어내는 인위적인 형상화이다.

---

14 "젠더가 항상 오로지 '남성성'과 '여성성'이라는 근원적 틀만을 의미한다고 가정한다면, 이는 그 이분법의 생산이 잠정적이라는 것, 그것에는 희생이 따른다는 것, 그리고 이분법에 맞지 않는 젠더의 배열체들 또한 가장 규범적인 젠더와 마찬가지로 젠더의 일부분이라는 것을 간과하는 것이다. 젠더는 젠더의 호르몬적 · 염색체적 · 심리적 · 수행적 틈새 형식들에 따라 남성성과 여성성의 생산과 규범화를 만들어 내는 장치다." Butler, *Undoing Gender*, 42.

젠더를 단순한 형식으로 보는 것은 지난 몇 십 년 동안 젠더의 복잡성과 다중성을 강조해 온 학술적 경향에 반하는 것처럼 보인다.[15] 교차분석에 따르면, 젠더는 인종, 계급, 섹슈얼리티, 장애와 같은 다른 억압 및 차별과의 관계 속에서 사회적 경험을 구조한다.[16] 19세기 미국을 연구하는 학자들 가운데 단순한 젠더이론을 배격하고 "분리된 영역"의 범주를 완전히 없애야 한다고까지 주장하는 사람도 있다. 캐시 데이비드슨Cathy N. Davidson에 따르면, 젠더 이분법은 "19세기 미국 사회 또는 문학적 생산이 기능하는 다양하고 복잡한 양상을 설명하기에는 지나치게 허술한—너무 경직되고 전체화하는—도구"이다. 데이비드슨은 젠더가 19세기 문화를 단순화시키는 편의주의적 "메타포"라는 주장을 펼친다. 그래서 그녀는 젠더를 폐기해야 한다고 말한다.[17]

젠더 이분법이 너무 단순하고, 규칙적이고, 포괄적이어서 19세기 사회의 복잡성을 제대로 포착하지 못한다는 데이비드슨의 우려는 정당하다. 그러나 나는 그것이 젠더를 이분법적 관점에서 사유하지 말아야 하는 이유가 될 수는 없다고 생각한다. 이분법이 허술하긴 하지만 나름대로 쓸모가 있다면? 이분법으로서의 젠더가 나름 기능을 하

---

15 19세기 영국의 여성성이 "내적으로 모순적이고 불균등하게 동원되기 때문에 서로 전혀 다른 방식의 다양한 해석적 가능성이 있다"는 매리 푸비의 주장은 잘 알려져 있다. *Uneven Developments: The Ideoltical Work of Gender in Mid-Victorian England* (Chicago and London: University of Chicago Press, 1988), 15.

16 Kimberlé Crenshaw, "Mapping the Margins: Intersectionality, Identity, Politics, and Violence against Women of Color," *Stanford Law Review* 43 (July 1991): 1241-99.

17 Cathy N. Davidson, "Preface: No More Separate Spheres!" *American Literature* 70 (1998): 445-46. Monika Maria Elbert, *Separate Spheres No More* (Tuscaloosa: University of Alabama Press, 2001).

고, 때로 그 작용력이 강력하다면? 결국 정체성 범주가 널리 퍼지고 일반화할 수 있는 이유는 그것이 특징적으로 단순하기 때문이다. 제인 갤럽Jane Gallop의 표현을 빌리자면, "젠더 그리고/또는 권위의 작용이 늘 그렇듯, 조잡하고 도식적인 것이 대개 가장 적절하다."[18] 말하자면, 젠더 이분법이 강력한 것은 그것이 환원적이기 **때문**이다.

단순성은 젠더를 분석적 범주로서 폐기해야 할 이유가 아니다. 그러나 젠더 이분법이 사회정치적 · 문화적 경험을 환원적으로 설명하는 도구가 될지도 모른다는 데이비드슨의 우려는 충분히 납득할 만하다. 문제는 젠더가 단순하다는 것이 아니라 젠더만 따로 떼어 낼 경우에 구분이 너무 명확해진다는 것이다. 젠더가 사회를 둘로 구분하는 경우를 찾는다면, 젠더는 사회의 모든 것에 일괄적인 질서를 부과하는 것으로 여겨질 수 있다. 그러나 사회적 경험을 복잡하게 만드는 것은 젠더 이분법이 인종 · 계급 · 성과 같은 다른 정체성 범주와 항상 서로 연합하고 투쟁한다는 사실이다. 그리고 이는 정체성에만 해당하는 이야기가 아니다. 젠더는 또한 수많은 형식들, 가령 지식의 형식, 서사의 형식, 주체의 형식, 공간 · 행정 · 교육 · 반복 · 유통 · 집단 · 종교 · 친밀성의 형식과 만난다.

이제 데이비드슨을 비롯한 미국문학 연구자들이 배격하는 형식, 즉 특히 19세기와 가장 밀접하게 연관된 "분리된 영역"을 좀 더 자세하게 살펴보면서 젠더에 대한 논의를 계속해 보자. "분리된 영역"의 메

---

18   Jane Gallop, *Anecdotal Theory* (Durham, NC: Duke University Press, 2002), 25.

타포는 젠더 계층질서가 다른 형식, 즉 제한된 전체, 더 정확하게는 두 가지 제한된 전체들과 중첩된다는 점을 보여 준다. 하나는 상업과 공적 활동의 남성적 · 공적 영역이고, 다른 하나는 가정과 가족의 여성적 · 사적 공간이다. "분리된 영역" 하면 말 그대로 명료한 이분법이 떠오르지만, 공간적으로도 구분 가능한 형식이기도 하다. 그러니까 분리는 비유일 뿐이지만, 남성의 일과 여성의 일에 대한 분리된 영역이라는 생각은 실제의 공간적 배열에 질서를 부과했고, 여성을 가정의 벽 안에 가두고 정치적 공간에서 발언하지 못하도록 막았다.[19]

공간이 젠더화되고 거꾸로 젠더가 공간으로 개념화되기 때문에, 젠더를 단순히 공간적 봉쇄틀의 형식으로 이해하고자 하는 생각이 들수도 있다. 그러나 젠더 이분법은 시간적 경험을 규제하기도 한다. 너무 일찍 성 경험을 하지 말라거나 결혼을 너무 뒤로 미루지 말라는 것은 근래 여성들이 흔히 듣는 말이다. 반면 남성들은 여성들과 달리 엄마 품을 떠나 일찍 독립할수록 좋다는 얘기를 많이 듣는다. 젠더는 또한 노동의 템포를 조직한다. 전 세계 어디를 가나 여성들은 밖에 나가

---

19 피에르 부르디외는 과거 구조주의에 영향을 받은 시기에 알제리 카빌리아의 가정 공간에 대한 인류학 연구를 발표한 바 있다. 그에 따르면, 젠더화된 공간 구분은 많은 비서구 사회에서도 발견된다. 부르디외는 집 자체가 어둡고 여성으로 젠더화되어 있고, 이곳에서 여성들은 음식을 만들고 뜨개질을 하며 시간을 보내고 있음을 관찰한다. 반대편에는 밝고 남성적인 바깥 공간이 있으며, 이곳에서 남자들은 음식을 구한다. 그러나 집 안으로 들어오면, 요리와 뜨개질과 같은 인간 중심적 활동이 이루어지는 밝고 남성적인 영역과 동물들이 먹고 자는 어둡고 여성적인 영역이 존재한다. 잘 알려진 대로, 부르디외는 내부 공간이 외부 공간의 코드를 뒤집는다고 주장한다. 가령 밝은 바깥으로 코드화된 서쪽은 집에서는 어두운 안쪽으로 코드화된다. *The Logic of Practice*, trans. Richard Nice (Stanford: Stanford University Press, 1990), 271-83.

일하면서 돈을 벌지만 동시에 무급으로 집안일도 병행해야 하는 "이중 근로시간"을 감당한다.[20] 19세기 미국의 노예 농장에서, 젠더는 노동시간과 생애주기를 동시에 조직한다. 가령, 아기 엄마가 낮에 노동하는 동안 할머니는 아기를 돌본다. 그리고 젠더는 성장의 의미에 질서를 부여한다. 수세기 동안 유럽의 어린 소년들은 가운과 드레스를 벗고 바지로 갈아입는 관습이 있었는데, 이를 '브리칭breeching'이라고 한다. 그리고 제1차 세계대전 직후 영국 의회는 세대주 여성들에게 투표권을 부여하는 법률을 통과시켰다. 그런데 남성 투표권이 21세부터 부여된 반면, 여성은 30세가 넘어야 투표를 할 수 있었다.

젠더 이분법이 제한된 공간과 시간적 리듬을 **뛰어넘어** 작용한다면, 우리는 세 가지 다른 형식의 관계를 생각해야 한다. 첫째, 젠더의 계층질서적 형식은 사회석 재료를 배열하여 권력과 권위를 두 개의 층위로 나눈다. 이때 남성은 상위계층을, 여성은 하위계층을 차지한다. 이 계층질서는 또한 사회문화적 공간을 남성성과 여성성이라는 분리된 봉쇄틀로 나눈다. 그리고 시간에도 질서를 부과하는데, 가령 성별에 따라 남성적 리듬과 여성적 리듬을 만든다. 봉쇄틀은 공간을 조직하고 리듬은 시간을 규제하지만, 계층질서는 지배와 억압을 만드는 형식으로 가장 고통스러운 실질적 효과를 일으킨다. 그렇기 때문에 정치적인 측면으로 따져서 계층질서가 가장 중요한 사회조직 형식이라고 생각해도 무방하다.

---

20 Diane Elson, "Labor Markets as Gendered Institutions," *World Development* 27, no. 3 (1999), 611–27.

그러나 형식이 중첩하고 충돌할 때, 계층질서가 항상 형식을 지배하는 것은 아니다. 19세기 영국의 예를 살펴보자. 이를 위해 노화에 관한 테레사 맹엄Teresa Mangum의 흥미로운 연구를 주로 활용하고자 한다.

맹엄에 따르면 빅토리아 시대의 영국 남성들은 나이가 들면 공적 영역에서의 활발한 활동을 중단했다. 이때 노화한 영국 남성들은 "성적 정체성을 완전히 상실하는 것은 아니지만 무기력한 여성성과 유사한 상태로 퇴화하는 현상"을 겪는다. 노인 남성의 모습은 연약하고, 쓸모없고, 처량하다. 여성성과 연결된다는 것은 사람으로서 제 구실을 못한다는 심적 고통을 동반한다. 그러나 다 그런 것은 아니다. "여성화는 때로 도덕적 · 정신적 · 가정적 성취를 뜻한다. 노년기의 좀 더 부드럽고, 좀 더 모성적인 남성성은 사회적으로 용인되기도 한다. 디킨스의 《크리스마스 캐럴A Christmas Carol》(1843)에 등장하는 개과천선한 스크루지 또는 개스켈의 《매리 바튼Mary Barton》(1848)의 (손녀딸을 혼자 키운) 잡 레그 같은 인물이 관심을 끄는 것은 바로 그 때문이다."[21]

유아기, 아동기, 청년기, 장년기, 노년기와 같은 친숙한 시기 구분에서 보이는 남성의 시간적 리듬은 남성의 공적 영역과 여성의 사적 영역을 조직하는 공간적 봉쇄와 중첩하면서 젠더 정체성과 남성적 특권에 불확실한 효과를 가져온다. 노인 남성이 가정적 공간에 거주할 때 가정 영역의 가치는 상승하는가? 아니면 가정의 여성적 영역으로 추

---

21 Jane Waldfogel, "Understanding the 'Family Gap' in Pay for Women with Children," *Journal of Economic Perspectives* 12 (winter 1998): 137-56; Shelley J. Correll, Stephen Benard, and In Paik, "Getting a Job: Is There a Motherhood Penalty?" *American Journal of Sociology* 112 (March 2007): 1297-1338.

락하는 셈이어서 노인 남성은 쓸모없는 존재가 되는 것일까? 그 노인은 남성적인가 아니면 여성적인가, 경멸의 대상인가 아니면 감탄의 대상인가, 권위를 상실한 것인가 아니면 그냥 단지 걱정이 많은 것인가? 다른 방식으로 질문해 보자. 계층질서가 리듬과 제한된 전체를 만날 때, 어느 쪽이 경험을 조직할지 예측할 수 있을까? 계층질서의 상위 개념이 시간의 파괴를 견디고 가정 공간의 봉쇄를 이겨 내고 그 지위를 유지할 수 있을까? 그래서 가정을 높은 층위로 끌어 올릴 수 있을까? 아니면 노화의 리듬 때문에 그리고 가정 공간에 갇혔기 때문에, 노인 남성은 사회적 계층질서에서 젠더 이분법의 여성적 공간 쪽으로 추락하는 것일까?

서로 충돌하는 젠더화된 형식들의 우발적 경로들은 비단 빅토리아 시대에만 국한되지 않는다. 최근의 경제학자들과 사회학자들은 임금의 '가정격차'라는 초국가적 현상을 지적한다. 말하자면 자녀가 있는 남성들이 자녀가 없는 남성들보다 월급이 더 많고 직장 내 평가 기준도 엄격하게 적용되지 않는 반면, 여성은 정확히 그 반대이다.[22] 직장 내 여성 차별의 역사를 생각해 보면 자녀가 없는 여성보다 있는 여성이 돈을 더 적게 번다는 얘기는 그리 놀랍지 않다. 그런데 아이가 있는 남성들은 왜 없는 남성들보다 더 많은 월급을 받을까? 한편으로, 사회학자들은 남성이 가장이라는 강력한 고정관념이 임금격차가 발생

---

[22] Jane Waldfogel, "Understanding the 'Family Gap' in Pay for Women with Children," *Journal of Economic Perspectives* 12 (winter 1998): 137-56; Shelley J. Correll, Stephen Benard, and In Paik, "Getting a Job: Is There a Motherhood Penalty?" *American Journal of Sociology* 112 (March 2007): 1297-1338.

하는 이유라고 주장한다. 그러나 동시에 자녀가 있는 남성들이 휴가를 더 많이 받고 급여도 높다는 점을 아울러 지적하면서, 이것을 가정적인 남성들에 대한 일종의 사회적 보상이라고 설명한다.[23] 이 경우를 보면 육아에 대한 남성의 역할과 책임은 사회적 계층질서 내에서 남성의 지위를 낮추기보다 오히려 가정적 영역의 가치를 높인다는 것을 알 수 있다.

다른 경우에는 정반대의 결과가 발생한다. 남성이 전업 가정주부가 되면 여성적 가정성과 결부된 남성의 지위는 하락한다.[24] 이 모든 점을 종합해 볼 때, 발생하는 충돌이 상당히 다양한 결과를 가져오기 때문에 제한된 전체, 리듬, 계층질서의 관계는 불안정하다. 이것이 의미하는 바는, 계층질서가 항상 정치를 조직하지는 않는다는 것이다. 계층질서는 노화와 가정 공간의 구조처럼 다채로운 형식들에 의해 안정성이 흔들리고 경로가 재조정된다.

관료주의

지금까지 나는 높고 낮은 단순 이분법의 형태를 띤 계층질서적 형식

---

23 Correll, Benard, and Paik, "Getting a Job," 1317.

24 한 심리학 연구에 따르면, 대체적으로 '가사 전담 남편house husband'보다 직장을 가진 남성들에 대한 선호도가 더 높은 편이다. Victoria L. Brescoll and Eric Luis Uhlmann, "Attitudes Toward Traditional and Nontraditional Parents," *Psychology of Women Quarterly* 29 (December 2005): 436-45.

들을 다루어 왔다.《안티고네》는 단순하고 전통적인 이분법들을 한곳에 모아 놓았을 때 불확실하고 기형적인 효과가 발생한다는 점을 보여 준다. 그러나 지난 2세기 동안 관료적 질서라는 더욱 복잡한 계층 질서적 형식이 전 세계적으로 공통 조직 경험이 되었다. "상급 관료가 하급 관료를 지휘 감독하는, 지배와 종속의 질서 정연한 체제" 내에서 "등급화된 권위의 층위"가 다양하게 존재한다고 주장한 막스 베버Max Weber의 이론은 익히 잘 알려져 있다.[25] 이 공식적인 지휘 체계는 생산 라인의 노동자부터 CEO에 이르기까지, 군대와 정부의 하위계층부터 고위 관료에 이르기까지 이어진다. 이러한 서열 구조는 공과 사, 좌와 우, 공식 비공식, 국가 초국가를 가릴 것 없이 노동조합, 식민지 행정, 교회 지도부, 정치 정당, 대학, 정부기관, 기업 등 모든 조직을 구성한다. 관료제는 또한 사회적 형식 중에서 가장 많은 비난을 받은 형식이다. 비난의 내용은 서로 다르고 모순적이다. 관료제는 "실수투성이의 비효율"을 나타내기도 하고, "위협적인 권력"을 상징하기도 한다. 즉, 관료제는 "한편으로는 무능, 관료적 형식주의, 초과고용" 때문에, "다른 한편으로는 조작, 방해, 권모술수" 때문에 비난의 과녁이 된다.[26]

끝도 없는 규칙과 기록을 요구하는 관료제는 단순한 요식행위, 말하자면 절차를 위한 절차에 매몰된 것처럼 보인다. 그러나 이 기록들은 우리의 육체, 우리의 신체와 정신의 건강, 우리의 교육, 우리의 신

---

25 Max Weber, "Bureaucracy," in *Essays in Sociology*, eds. H. H. Gerth and C. Wright Mills (Abingdon: Routledge, 1991), 197.

26 David Beetham, *Bureaucracy* (Minneapolis: University of Minnesota Press, 1996), 1.

용등급, 우리의 시민권을 추적하여 (우리에게 도움도 되지만 해도 끼칠 수 있는) 지식의 저장소를 만든다. 이와 같은 관료적 기록은 무용성과 권력의 의미를 모두 내포하기 때문에, **형식**이라는 단어의 가장 일반적인 의미가 무엇인지 보여 준다. 여기서 형식은 납세 서식, 이민 서식, 등록 서식, 평가 서식 등 근대의 제도와 접촉하는 개인들을 감시하는 각종 서식forms을 뜻한다. 기묘하게도 이와 같은 **형식**의 의미는 그 정반대 편의 미학적 타자에도 나타난다. (거꾸로 형식에도 미학이 들어 있다.) 말하자면, 관료제는 조직의 생존만을 위한 이기주의와 쓸데없는 형식주의로 인해 비판 받는다. 즉, 관료제의 업무는 내적인 의미는 없는 순수한 형식적 절차—프로 포르마pro forma〔형식만을 위한 형식주의〕—를 만드는 일인 것처럼 여겨졌던 것이다. 그러나 이것은 관료제가 자기 자신만을 지시하는 자급자족하고 자율적인 자기목적적 체제라는 뜻도 담고 있다. 그렇게 본다면 관료제는 예술을 무용하지만 강력한, 그 자체의 목적으로 보는 이마누엘 칸트의 미학과 크게 다르지 않다.

전적으로 자신만의 목적에 매몰된 관료제의 모습은 바로 소설가 디킨스를 격분시킨 요소이다. 디킨스는《리틀 도릿Little Dorrit》에서 아서 클레넘을 정부 부처를 이리저리 옮겨 다니게 함으로써 어떤 종류의 업무도 하지 못하게 만든 번문욕례청Circumlocution Office[27]의 예를 들면서 관료주의를 신랄하게 비판한 바 있다. 어떤 관료는 친절하게도 클

---

27 繁文縟禮廳. '쓸데없는 형식과 번잡한 의식의 관청'이라는 뜻의 디킨스의 조어造語이다. —옮긴이

레넘에게 이렇게 말한다. "작성할 서식을 많이 드릴 수 있습니다. 여기 엄청 많거든요. 원한다면 한 다스를 드릴 수 있습니다. 하지만 그걸로 다 끝난 건 아닙니다."[28] 《황폐한 집》에서도 법률이 이와 비슷한 방식으로 묘사된다. 잔디스 대 잔디스의 법률 소송이 마침내 끝나고 나서 "산더미 같은 서류 뭉치"의 모습으로 엄청난 쓰레기가 쏟아진다. "자루에 담은 서류 다발, 너무 커서 자루에 넣을 수 없는 서류 뭉치, 온갖 모양과 크기의 엄청난 양의 서류들. 짐꾼들이 지고 가다가 너무 무거워 비틀대다 마룻바닥에 잠시 던져 놓고 남은 서류를 가지러 돌아간다."[29] 이처럼 디킨스는 내부지향적이고 자기 생존에만 봉사하는 관료주의의 모습을 대중화한다.

디킨스가 그리는 관료 세계의 계층질서는 특히 심각하다. 번문욕례청의 관리가 아서 클레넘에게 상당히 복잡한 지시문을 보여 주는 장면에서 우리는 이 관리가 "이 부서가 아첨꾼들을 몰아내고 부자들을 돕기 위한 정치적·외교적 속임수 장치라는 것을 이미 간파"했음을 알게 된다. "이 젊고 씩씩한 바나클은 말하자면 나중에 정치인이 되어 두각을 나타낼 것이다."(119-120) 바나클은 관료제가 아무런 목적이 없는 조직이라는 것을 알기 때문에 사다리를 타고 올라 자신의 목적을 달성한다. 디킨스에 따르면, 이기적인 개인들은 계층질서 내에서 출

28 Charles Dickens, *Little Dorrit* (1855–57), (New York: Modern Library, 2002), 119.

29 Charles Dickens, *Bleak House* (1854), ed. Sylvère Monod (New York: W. W. Norton, 1977), 759.

세에 몰두하며, 이 경우 다른 가치, 형식, 목적은 모두 배제되고 오로지 계층질서만이 지배적인 위치를 점한다. 이처럼 관료제는 오로지 자체의 계층적 구조를 영구화하기 위해 존재하는 프로 포르마, 즉 형식만을 위한 조직이 되어 버린다.

물론 관료제에는 또 다른 어두운 면이 있다. 도스토옙스키, 카프카, 오웰이나 〈이쿠루IKuru〉 〈브라질Brazil〉 같은 영화들은 인간의 삶을 통제하는 악몽 같은 관료제의 모습을 보여 준다. 얼굴 없는 고위층 관리가 저 멀리 높은 곳에 앉아 알 수 없는 결정을 내리고, 노동자들은 아무런 보상도 못 받고 의미 없는 노동을 수행한다. 2011년 영화 〈조정 부서 The Adjustment Bureau〉(한국어 제목 '컨트롤러')는 의장Chairman으로 불리는 미지의 인물이 이끄는 비밀 관료제가 모든 살아 있는 인간의 삶을 모종의 '계획'에 따라 결정하는 상황을 상상한다.

대중의 상상 속에서 관료기관의 조직이기주의와 위협적 권력은 경찰의 조사 과정과 신문 기사, 허구적 서사에 이르기까지 다양한 방식으로 등장한다. 그 속에 그려진 범죄 조직, 복지기관, 이민 단체, 정신과협회, 신용평가기관을 보면, 서식과 기록이 있고 직원과 관리자들을 갖춘 조직들이 중대한 실질적 영향을 끼치며, 건강보험과 실직 급여, 수감 기간과 추방 등 모든 것을 결정한다는 것을 알 수 있다.

지금까지 몇 가지 예를 통해 관료제가 근대적 권력 담론에서 중요한 역할을 담당한다는 점을 살펴보았다. 디킨스와 베버 이후로 많은 사상가들은 관료제를 지배하는 것이 바로 계층질서라는 단 하나의 형식이며, 이것이 사다리와 같은 사나운 계층적 논리에 우리 모두를 복속시킨다는 점을 공통적으로 지적한다. 관료제의 상층부를 차지한 관리들이 알 수 없는 명령을 내리면 하급 관리들은 그 명령을 수행하며 승진을 위해 노력하고, 관료제 바깥의 사람들은 영문도 모른 채 좌절하고 무력감을 느낀다. 그러나 여기서 단 하나의 형식을 분리하여 그 지배적 권력을 살펴보면 지나친 단순화에 빠질 우려가 있다는 것이 이 책의 주장이다. 형식적으로 볼 때, 관료제의 일상적인 업무에서는 훨씬 더 복잡한 일이 발생한다.

형식주의적 접근법으로 보면, 디킨스와 베버보다 관료적 권력의 복잡한 양상을 훨씬 더 생산적으로 이해할 수 있다. 먼저 1980년대 초 미국의 한 대기업을 연구한 사회학자 로버트 재콜Robert Jackall의 연구에 기초하여 관료적 조직에서 다양한 형식이 중첩하는 양상을 파악해보자. 재콜이 밝혀낸 바는, 대기업이 생산 현장과 스태프라는 두 가지 다른 경영 계층질서로 구조되어 있다는 것이다. 생산을 담당하는 생산 현장 직원들은 일반 노동자와 관리자로 이루어져 있다. 주로 고문의 역할을 맡는 스태프는 환경 감시, 법률적 자문, 기술과 조직에 관한 전문적 지식 제공 등을 주로 담당한다. 재콜에 따르면, 두 부서의 직원들은 끊임없는 경쟁 구도 속에서 대결한다.

스태프가 마음대로 생산 현장에 개입할수록 생산관리 측의 두려움과 분노는 더욱 커진다. 현장관리 측이 보기에, 스태프는 현장관리자가 시장의 긴급한 요구에 집중해야 한다고 느끼고 있는데도 원치 않는 "규칙과 절차의 사고방식"을 끌어들이는 사람들이거나 아니면 모종의 권력을 등에 업고 기득권을 위협하는 세력이다. 그러나 오늘날 기업에 널리 확산된 "탈중앙적" 조직에서 대부분의 스태프는 현장에 전적으로 의존하며, 바깥의 회사들이 하는 것처럼 그들의 기술적·법률적·조직적 기술을 생산관리자에게 마케팅해야 한다. 자신이 전문적 지식을 팔아야 하는 입장이라는 것을 알면, 스태프는 자제심을 발휘한다. 왜냐하면, 생산관리자가 예산이 빠듯하다거나 다른 여러 가지 그럴듯한 근거를 대면서 제공된 조언을 무시하거나 거절할 수 있기 때문이다.[30]

관리의 계층질서를 이루는 두 가지 요소 중에서 어느 쪽이라도 다른 쪽보다 '우위'를 점할 수 있다. 계층질서들이 서로 충돌할 때 관리자들은 일상적인 작업을 통제하는 규칙과 절차를 두고 서로 갈등한다. 그리고 이 갈등은 조직의 통상적인 업무에서 나타나는 유일한 권력투쟁이 아니다. 이 기업은 다른 기업들과 마찬가지로 생산, 판매, 마케팅, 금융을 포함하여 다양한 전문화된 부서들로 나누어져 있다. 궁극적으로 모든 부서들은 더 큰 전체에 봉사해야 하지만, 실제로는 서로 "목적이 엇갈리는" 때가 많고 권위를 얻으려고 끊임없이 경쟁한다.(37)

다른 한편, 몇몇 관리자들은 동맹을 맺고 '가신 관계'를 형성하여, 경쟁 계층질서를 무너뜨리고 막후 협상을 하기도 한다. 때로는 이 동맹이 이익과 손실보다 더 중요하다. 어느 관리자의 표현을 빌리자면, "돈을 잃어도 우리 편은 우리 편이고, 돈을 벌어도 외부인은 외부인이다."(66) 계층질서는 완전히 뒤집어지기도 한다. 관리자의 성공이 부하직원의 성과에 기반한 것이 밝혀질 때가 그렇다.(46) 결국, 관료제는

---

30 Robert Jackall, *Moral Mazes: The World of Corporate Managers*, 2nd ed. (Oxford: Oxford University Press, 2010), 37.

베버의 "상급 관료가 하급 관료를 지휘 감독하는, 지배와 종속의 질서 정연한 체제"가 설명하듯이 하나의 계층질서가 아니다. 재콜이 제시하듯이, 관료제는 수많은 계층질서를 서로 경쟁시키고, 경쟁 관계의 부서와 계층질서를 가로지르는 동맹을 부추기며, 부하 직원의 업무를 관리자가 책임지도록 한다. 이 모든 것은 지속적 불안정성의 환경을 조성한다. 누가 승진하고 어떻게 승진하는지, 어떤 부서가 존경받고 가장 많은 자원을 확보하는지, 생산 라인과 스태프 중에서 누가 주도권을 확보하는지 분명하지 않다. 그래서 어느 한 가지 전략이 승진을 보장하지 않는다. 규범을 잘 지키고 팀워크가 좋다고 해서 승진하지 않는다. 반대로 속임수를 잘 쓰고 물밑 협상을 잘하는 사람이 승진하란 법도 없다. 창조성이 있다고, 연줄을 잘 잡았다고, 잔인할 만큼 경쟁력이 뛰어나다고 승진하는 것도 아니다. 이승 어떤 것이 살 먹힐 때가 있지만 그렇지 않을 때도 있다.

이로 인한 불안감은 계층질서의 작동 방식에 대한 강한 집착을 낳는다. 관리자가 승진에만 온 신경을 집중하는 경우가 그렇다. 이 점에서 재콜은 디킨스와 생각이 같다. 즉, 관료적 계층질서는 다른 가치와 목적을 희생해서라도 승진하겠다는 강박관념을 부추긴다. 재콜이 보기에, 회사에서 높은 직급에 오른다는 것은 도덕적 모호성을 쉽게 용인하고, 동료의 불행을 틈타 이득을 챙기기를 마다하지 않으며, "세상이 무너져도 상관없다는 뻔뻔한 철면피"(219)의 마음을 갖는다는 것이다. 그러나 디킨스보다는 재콜이 이 끔찍한 직업윤리를 만드는 형식을 더 정확하게 분석한다. 디킨스가 보기에 관료제는 그 구조와 규칙이 지나치게 복잡해서 아무런 쓸모가 없고, 따라서 야망 있는 관료들이 관심을 쏟는 수직적인 계층구조 말고는 소설적 가치도 없다. 반면 재콜은 복잡하고 예측 불가능한 방식으로 서로 충돌하면서 승진과 적체, 도덕성과 부패의 기회들을 만드는 서열 구조, 부서, 동맹들을 면밀하게 분석한다.

재콜의 연구는 개혁이 좌절될 가능성이 높으며, 윤리의식이 투철한 직원들이 힘을 잃거나 실패한다는 일반 상식을 확인시킬 뿐이라고 할 수도 있지만, 다른 한편으로 재콜은 계층질서적 형식이 갖는 힘에 대한 두 가지 고정관념을 해체한다. 첫째, 재콜은 하나의 조직에서도 서로 투쟁하는 다양한 계층질서가 존재하며, 이 질서가 동맹·네트워크·파벌과 같은 다른 형식들과 충돌한다는 점을 보여 준다. 따라서 "직장 내 수직구조"를 말한다는 것은 서로 끊임없이 교차하고 파열하고 변경하는 수많은 수직적·수평적 형식들로 구성된 형식의 양상들을 지나치게 단순화하는 것이다. 베버의 관료가 "끊임없이 작동하는 제도 속에서 이미 정해진 길만을 가야 하고, 결정권도 없이 일하는 하나의 톱니바퀴"[31]라면, 재콜의 관료는 (원한다면 계층질서 대신에 파벌을 선택할 수 있다는 점에서) 더 많은 권한이 있지만, (조직을 가로지르는 수많은 형식을 모두 신경 쓰면서 일하는 것이 불가능하다는 점에서) 통제권이 약하며, (다른 부서 관리자와 협상을 할지 아니면 직속 상사의 기분을 맞춰야 할지 어려운 선택을 해야 한다는 점에서) 방향을 쉽게 정할 수 없다.

---

[31] Weber, "Bureaucracy," 228.

재콜의 두 번째 성과는, 관료제가 흔히 생각하듯 그렇게 폐쇄적이거나 자기목적적인 제도가 아니라는 점을 보여 준 것이다. 어느 조직이든 때로는 한 가지 이상의 계층질서로 만들어진 다양한 형식으로 구조되어 있다. 그리고 조직들은 서로 상호작용하기 때문에, 각 계층질서는 많은 형식들이 작동하는 상황 속에서 작용한다.《조직의 외재적 통제The External Control of Organizations》에서 제프리 페퍼와 제럴드 샐런치크는 이와 같이 상호작용하는 형식들이 얼마나 복잡한지 보여 준다. "조직들은 합종연횡, 고객·공급자 관계, 경쟁 관계, 이러한 관계들의 한계를 규정하고 규제하는 법적·사회적 장치 등을 통해 환경에 연결되어 있다. 공적 조직과 사적 조직, 큰 조직과 작은 조직, 관료적 조직과 유기적 조직 가릴 것 없이 모두 마찬가지다."[32] 관료제는 자기목적적이라기보다는 생태환경적이기 때문에 자체의 이기적인 목적을 중심으로 돌아가지 않는다. 모든 관료는 위를 바라볼 뿐 아니라 주위를 둘러보아야 하며, 계층구조 너머에 존재하는 외부의 압력과 형식들을 고려해야 한다.

가령, 재콜이 연구한 어느 회사는 1970년대 후반 환경 재난을 겪는다. 사회적 공분이 들끓었고 경영진은 사고를 방지하기 위해 강도 높은 개혁을 단행한다. 그러나 몇 년이 지나지 않아 경기침체가 찾아 왔고, 회사 대표 "브라운"은 환경 부서 직원의 해고를 결정한다.

---

[32] Jeffrey Pfeffer and Gerald R. Salancik, *The External Control of Organizations: A Resource Dependence Perspective* (1978) (Stanford: Stanford University Press, 2003), 2.

브라운은 경영진 회의에서 훌륭한 직원은 자신의 존재를 정당화하기 위하여 일을 만든다고 말한다. 생산관리자들의 생각도 대부분 비슷했다. 더 중요한 이유를 말하자면, 레이건 시대에 환경 관련 업무는 절박한 일이 아니라는 의견이 많았다. 환경보호국(EPA)은 유명무실했다. 환경 문제에서 기업의 유일한 실질적 위협은 법원이다. 그러나 법원은 현재 벌어지는 일이 아니라 과거의 사건을 판결한다. 법원이 현재 사건에 관련된 소송을 처리할 때는 이미 15년이 지난 다음이다. 그때는 이미 관련 책임자들이 자신의 정책 때문에 생긴 문제들을 다음 사람에게 미루고 난 다음이다. (33)

브라운은 회사, 규제 기관, 법원이라는 세 가지 관료제의 교차점에서 결정을 내린다. 여기서 브라운은 형식들이 서로 충돌한다는 점을 이용하여 무서운 결정을 내린다. 브라운은 CEO의 환심을 사기 위해 회사의 예산을 삭감한다. 생산관리자와 그에 대립하는 스태프가 서로 경쟁하는 구도 속에서 브라운은 더 효율적인 진영을 선택한다. 이 선택을 정당화하기 위하여 또 다른 계층질서, 즉 정부의 행정부와 규제 기관의 관계를 이용한다. 새 대통령은 기관을 해체할 것이고, 반규제의 방향으로 흐르는 여론이 이를 지지할 것이다. 회사에 영향을 끼칠 수 있는 남은 세력은 사법부뿐이다. 여기서 브라운은 부도덕한 일이지만 잔꾀를 써서 두 가지 시간적 형식을 충돌시킨다. 법원의 일 처리는 느린 리듬으로 진행되기 때문에, 기업 리더십의 빠른 템포를 파괴하기에는 역부족이다. 브라운은 세 가지 서로 다른 관료제와 세 가지 충돌하는 형식—적어도 두 가지 계층적 구조와 한 쌍의 리듬—을 잘 활용하여 환경 부서 직원을 해고하는 편의주의적 결정을 해도 된다는 결론을 내린다.

브라운은 임원 계층질서에서 그가 차지한 위치, 환경규제법의 제약, 새로운 대통령, 여론의 추이, 법원 등 경쟁하는 형식의 압력 속에서 권한을 발휘할 틈새를 찾는다. 그리고 회사와 자신의 이익에 도움이 되는 최선의 결정을 내리기 위해 계획적으로 형식들을 충돌시킨다. 그러나 역설적으로 이 결정 때문에 브라운은 강등되었다. 자신이 그렇게도 열심히 봉사한 회사의 계층질서 밑바닥으로 떨어지는 대반전이 일어난 것이다.

크레온의 운명처럼, 서로 싸우는 계층질서 속에서 브라운의 거침없는 결정은 자신의 몰락을 가져왔다. 이 두 경우에서 보듯, 일종의 오만함으로 인해 두 지도자는 경쟁하는 형식들을 완전히 이해하고 이를 자신의 목적에 이용할 수 있다는 착각에 빠진다. 물론 희곡과는 달리 회사에서는 주인공의 이야기가 항상 비극적으로 끝나지 않는다. 재콜은 책의 마지막 부분에서 상층부의 몇 명은 "사건의 내적 논리를 읽고 무엇을 해야 할지 파악하고 이를 실행에 옮기는 능력"(219)으로 상당한 보상을 받았다고 말한다. 그러나 또한 '내적 논리'를 이해하지 못한 사람이 승진하는가 하면, 이를 잘 파악해도 실패하는 사람이 있다고 지적한다. 서로 다른 무수한 리듬과 형상과 질서들로 이루어진 세계에서, 충돌하는 형식의 불확실성은 성공을 추구하는 가장 냉혹한 전략가도 낙마시킬 수 있다.

충돌하는 형식에 대한 논의는 이쯤 해 두기로 하자. 어쨌거나 형식들이 서로 충돌하는 양상을 이해한다고 해서 회사에서 승진이 보장되는 것은 아니다. 그러나 여기서 나의 목적은 브라운의 목적과는 사뭇 다르다. 나는 형식의 조직화 능력뿐만 아니라 탈조직화 능력도 제대로 살펴봄으로써 형식의 작동 방식을 제대로 파헤쳐 보고 싶었다. 또한, 이를 출발점으로 삼아 효과적인 정치가 무엇인지 논의하고자 했다. 계층질서가 항상 다른 형식들을 조직하지 않는다면, 계층질서가 봉쇄틀이나 리듬, 다른 계층질서에 의해 파괴될 수 있다면, 권위는 쉽게 부서진다. 그리고 적어도 권력을 행사하는 것은 계층질서 속에서 지위를 유지하는 단순한 문제가 아니다. 특정한 행위자가 자신의 목적에 맞게 사회 세계를 성공적으로 조직할 수 있다고 생각해서는 안 된다. 사회적 형식이 서로 복잡하게 얽히고 우발적으로 중첩하는 상황에서는 언제든지 예상하지 못한 결과, 기존의 관념을 완전히 뒤흔드는 결과가 나올 가능성이 상존한다.

젠더, 관료제

지금까지 분석한 젠더와 관료제라는 두 가지 주요한 계층질서 형식들이 서로 만날 때 어떤 일이 일어나는가? 뻔한 이야기라고 생각할 수 있다. 즉, 유리천장은 여성의 승진을 제약하고, 여성들과 밀접하게 연관된 업무는 사회적으로 낮게 취급되고 급여 수준도 떨어진다. 그러나 여기에서도 두 계층질서의 충돌은 몇 가지 기형적이고 예측 불가능한 효과를 불러일으킬 수 있다. 로사베스 모스 캔터Rosabeth Moss Kanter는 저명한 페미니즘 연구서에서 1970년대 미국 기업에 근무한 여성 판매직 노동자와 관리자를 조사한다. 캔터는 특히 다수를 이루는 '지배층dominant'과 소수를 이루는 '징표token'로 나뉜 '왜곡된' 노동 환경에 특별한 관심을 기울인다. 캔터가 연구한 기업의 상층부에 남성 직원이 대다수라는 사실은 분리된 영역이 지속적으로 영향을 끼치는 상황과 밀접한 관련이 있다. 회사에서 승진한 직장 여성들은 그 숫자가 많지 않다. 중산층 여성들은 사적 영역, 즉 가정에 머물러 있어야 한다는 사회적 기대가 존재하기 때문이다. 그러나 직장 내의 희소성은 역설적 결과를 초래한다. 여성은 수가 너무나 적기 때문에 눈에 잘 띄고, 지속적으로 주목을 받고, 뒷담화의 대상이 되고, 평가에 노출된다. 캔터가 말하듯이 그들은 불가피하게 "공적 존재"가 되어 버린 것이다.[33] 여성을 사적인 존재로 보는 **바로 그** 이분법적 형식이 여성을 공적인 존재로 만든 셈이다. 이와 같은 반전으로 인해 '징표' 여성은 자신의 공적인 측면을 과장하지 않을 수 없다.

많은 징표 여성들은 소수민족 또는 피지배 민족들에게서 발견할 수 있는 능력을 개발한 것으로 보인다. 그것은 내적 감정을 숨기고 공적 페르소나를 보여 주는 능력이다. 고속 승진자를 포함하여 인디스코의 젊은 관리직 남성들은 일을 열심히 하지 않는다고 털어놓거나 회사의 일처리 방식에 불만을 표출하곤 하지만, 여성들은 그처럼 부정적인 생각

---

33 Rosabeth Moss Kanter, "Men and Women of the Corporation," in Michael J. Handel, ed. *The Sociology of Organizations* (Thousand Oaks, CA and London: Sage, 2003), 384.

을 입 밖으로 꺼내기가 어렵다고 느낀다.

반면, 여성들은 이와는 전혀 다른 규칙, 즉 공적 페르소나와 사적 개인의 분리를 요구하는 규칙에 따라 행동한다. (385)

여성들은 전통적으로 내적 영역(감정, 가정, 사생활)을 담당해 왔지만, 가정 바깥의 공적 세계에서 내부자가 되려면 내적인 감정들을 억눌러야 한다. 반면, 남성 내부자들은 외적 영역(이성, 직장, 공적 생활)을 담당해 왔지만, 공적 세계의 내부자로서 그 위치가 튼튼하기 때문에 내적인 감정들을 표현할 수 있다.

관료적 계층질서 내의 징표 여성은 분리된 영역의 논리를 해체할 수 있다지만, 캔터는 만일 한 명의 징표가 아니라 두 명의 여성이 직장에 있을 때 무슨 일이 발생하는지 살펴본다. 캔터는 세 가지 시나리오를 보여 준다.

첫 번째 시나리오:

대개 양쪽의 특성을 과장하여, 한 여성은 특출하다고 치켜세우고, 다른 한 명은 능력이 떨어진다고 평가한다. 한쪽은 성공한 여성으로, 다른 쪽은 실패한 여성으로 규정된다. 성공의 표식을 획득한 여성은 내부자가 되고 칭찬을 받으니 한결 마음이 편할 것이며, 실패의 낙인이 찍힌 여성과 엮이면 기왕에 얻은 좋은 평가가 퇴색할 거라는 생각을 품게 된다. 결과적으로, 성공한 여성은 실패한 여성을 멀리한다. 업무에 아무런 도움을 주지 않으며 실패한 여성이 비난을 받아도 알아 두라고 귀띔해 주지 않는다. 두 번째 여성은 곧 직장을 떠난다. (394)

여기에서, 남성들은 새로운 계층질서를 만들어 여성을 둘로 가른다. 한 여성은 이중적으로 종속된다. 모든 남성들보다 낮게 취급되는 동시에 그녀의 유일한 여성 동료보다 낮게 취급된다. 말하자면 성공한 여성은 여성들 사이에 계층질서를 만드는 공모자가 된다. 그녀에게 불안감을 초래하고 종속적 위치를 강요한 것이 다름 아닌 남성 – 여성 계층질서이지만, 여성 사이의 서열 관계로 인해 젠더 계층질서 내에서 그녀의 열등한 위치가 크게 부각되지 않을 것이기 때문이다.

두 번째의 경우, 남성 직장 동료들은 여성을 '자동적인 단짝'으로 취급한다. 그들은 직장을 남성·여성의 영역으로 양분하고 "여성들을 돕거나 같이 작업해야 할 책임으로부터 해방되었다"고 여긴다. 제한된 전체의 논리에 따라 남성들은 직장을 명확하게 구분된 영역으로 나눈다. 이 경우에 그들의 형식적 선택은 젠더 계층질서를 강화한다. 이때 여성들은 고립을 강요당하는 상황에 충격을 받아, 때로는 "둘 사이에 차이를 만들거나 거리를 두면서 극심한 경쟁에 돌입한다."(394)

캔터가 묘사하는 세 번째 상황은 두 여성이 연대하는 경우이다.

여성들은 경쟁을 거부한다. 그러한 연대감의 밑바탕에는 다른 여성들과 자신을 동일시하고 페미니즘적 대의에 충실하겠다는 마음이 깔려 있다. 두 징표 여성들은 연대를 맺음으로써 바깥으로부터의 압력을 줄이고 함정을 피할 수 있게 된다. 그들은 여성의 대표라는 부담을 함께 나누고, '여성의 자리the woman's slot'에서 각자 활발하게 활동하는 한편, 다른 능력과 관심을 증명할 시간을 갖는다. (394)

한 쌍의 여성들은 자신을 구조적으로 이해하고, 거대한 젠더 계층 질서에서 종속된 집단으로 생각함으로써, 자신들의 반계층질서적 형식, 즉 동료들과의 연대를 형성하고 유지할 수 있다. 이 연대를 통해 여성들은 징표주의tokenism라는 고질적인 문제와 싸우는 한편, 고립감을 완화하고 그들을 향한 비판을 견딘다. 여성들에게 동료와의 협력은 젠더화된 역할로부터 탈피하여 뭔가 다른 일을 할 수 있는 시간을 제공한다는 점에서 말 그대로 해방의 형식이다. 여기서 자유는 모든 제약으로부터의 도피가 아니라 연대라는 형식의 전략적 활용이다.

이와 같은 연구를 바탕으로 캔터는 '지배층dominant' 노동자 대비 소수 노동자의 비율을 높여야 한다고 주장한다. 이후 캔터를 반박하는 학자들이 등장하여 숫자를 늘리는 것만으로 차별을 고칠 수 없다고 주장한다. 직장에서 소수자의 비율을 늘리면 상당한 반발을 가져올 수 있기 때문이다. 현실적으로 성희롱이 증가하고 임금격차가 벌어지고, 유리천장을 강요하는 행태가 늘어날 것이다.[34] 그러나 캔터의 연구는 권력에 대한 형식주의적 연구로서 상당히 중요하다. 캔터는 계층질서들이 충돌할 때 재조정과 변형이 발생하며, 공과 사, 남성과 여성의 구분을 해체한다는 점을 여실히 증명한다. 또한 캔터의 연구는 쌍의 구조가 직장 내 서열 구조, 젠더 이분법 등 다른 계층질서들과 상호작용할 때, 새로운 계층질서를 만들고 경쟁 **또는** 연대를 만드는 등 전혀 예측하지 못한 결과를 가져온다는 점을 명확하게 보여 준다.

---

[34] Janice D. Yoder, "Rethinking Tokenism: Looking beyond Numbers," in *Gender and Society* 5 (June 1991): 178-92.

경쟁하는 계층질서

소포클레스에 대한 분석과 마찬가지로 기업의 예를 통해서 나는 계층질서들이 서로 충돌하고 다른 형식들과도 충돌할 때 어떤 결과들이 빚어지는지를 탐구하고자 했다. 결과는 권력에 관한 기존의 설명보다 더 우연적이다. 젠더 이분법 형식이 강력한 지배와 종속의 방식으로 남성과 여성을 분리하는 것은 사실이다. 그러나 그와 동시에 젠더 이분법은 다른 이분법의 논리를 변형하고 해체하면서 공과 사, 감정과 이성, 친구와 적, 권력과 무권력의 관계를 전도하고 해체하고 변형하는 기회들을 만들어 낸다. 물론 지금까지 계층질서들이 충돌한 경우, 그 결말은 대부분 비극적이었다. 유일하게 긍정적인 결과는 계층질서를 완전히 거부하고 평등한 연대를 선택한 경우에서 나왔다. 나는 선적으로 평등을 계층질서에 대한 형식적 대안으로 받아들이지만, 계층질서 자체가 서로 중첩하고 충돌하면서 비극적 결말만이 아니라 정치적 기회들을 창출하는 매우 생산적이고 해방적인 결과를 가져올 수 있다는 점을 주장하면서 마무리하고자 한다.

이 결론 부분에서 나는 중첩하는 계층질서를 논한 브루스 로빈스의 《신분 상승과 공공의 선Upward Mobility and the Common Good》(2007)을 주로 다룰 것이다. 이 책에서 로빈스는 정확히 말해서 신분 상승의 이야기는 가난한 인물 또는 주변적 인물이 자신의 뿌리를 외면하고 주변 사람들을 희생시키면서 계층 사다리를 타고 올라가는 이야기가 아니라고 말한다. 또는 적어도 그것이 유일한 이야기는 아니다. 그것은 "정체성 **사이의** 이동, 즉 한 인물이 하나의 정체성에서 다른 정체성으로 이동하는 양상에 주목함으로써 권력에 대하여 뭔가 중요한 이야기를 드러내는 서사이다."[35] 좀 더 정확히 말해서, 신분 상승 이야기는 특정한 인물이 사회적 신분 상승을 이루는 데 중재 과정이 중요하다는 점을 보여 준다. 선의의 개인 후원자에게 도움을 받든지 사회제도에 의존하든지, 계층 사다리를 오르는 주인공은 자수성가의 개인적 능력이 아니라 상호의존이 더 중요하다고 인식한다. 그리고 로빈스에 따르면, 이 인식은 복지국가가 가장 훌륭하게 수행하는 일종의 사회적 중재에 대한 욕망을 촉진한다.

책의 끝부분에서 로빈스는 《제인 에어》에 대한 가야트리 스피박의 널리 알려진 분석과는 사뭇 다른 해석을 제시한다. 특히, 로빈스는 계층질서가 작동하는 방식에 대한 스피박의 분석에 이의를 제기한다. 스피박은 제인의 신분 상승을 위해 검은 피부를 가진 카리브해 출신의 버사가 몰락해야 했다고 말한다. 제인이 합법적인 내부자로서 사회적 세계의 핵심을 차지하기 위해서는 버사의 배제가 필요했다는 말이다. 말하자면, 소설의 서사는 제1세계 주인공을 위하여 제3세계 여성을 희생시킨다.[36] 스피박 이후로 많은 비평가들은 《제인 에어》가 어떻게 인종주의적·제국주의적 이데올로기를 뒷받침하는지 탐구해 왔다.[37] 그러나 로빈스는 다른 관점을 제시한다. 버사의 거부와 배제

---

35 Bruce Robbins, *Upward Mobility and the Common Good: Toward a Literary History of the Welfare State* (Princeton: Princeton University Press, 2007), xii.

36 Gayatri Chakravorty Spivak, "Three Women's Texts and a Critique of Imperialism," *Critical Inquiry* 12 (1985): 243-61.

37 Deirdre David, *Rule Britannia* (Ithaca, NY and London: Cornell University Press,

를 토대로 제인의 성공이 이루어졌다는 주장에 대하여, 로빈스는 한 편으로는 계급적 질서가 있고, 다른 한편에는 중심부/주변부 또는 1세계/3세계의 분할이라는 두 가지 계층질서가 있는데, 이 둘을 분리할 필요가 있다고 주장한다.

스피박은 국제적 노동 분화가 유럽의 노동계급에게서 정치적 대표성을 박탈한 측면이 있지만, 그와 동시에 비유럽 중산층에게 정치적 대표성을 **부여**한 측면도 있다는 점을 인정하지 않는다. 탈식민 중산층에게 동포들을 대변할 권리를 부여한 것은 바로 국제적 노동 분화가 빚어낸 중심/주변의 불일치다. 물론 정통 마르크스주의는 그 중산층을 부르주아계급의 구성원으로 보기 때문에 그 권리를 인정하지 않지만 말이다. 이것이 중요한 점이다. 신분 상승의 이야기가 버사 메이슨과 같은 제3세계 토착성을 대표하는 사람을 희생시키고 배신해야 할 절대적 필요성에 근거하지 않을 수도 있다는 것이다. (239)

다른 방식으로 표현하자면, 스피박이나 전통 마르크스주의자들은 부르주아/프롤레타리아, 중심/주변의 두 가지 계층질서적 형식들이 통합적으로 작용한다고 가정하고 이 둘을 뒤섞어 사용한다. 로빈스는 이 둘을 분리해야 하며, 이 둘이 만나는 지점에서 중요한 사건이 발생한다고 주장한다. 즉, 글로벌 남부의 중산층은 중심/주변의 중재자,

1995); Patricia McKee, "Racial Strategies in *Jane Eyre*," *Victorian Literature and Culture* 37 (2009): 67-83.

또는 "제1세계/제3세계의 중간자"(242)가 될 수 있다. 두 중첩하는 계층질서가 만나는 바로 그 지점에서 스피박 자신도 중재하는 인물이 되고, 자신의 계급적 지위와 직업적 성공을 이용하여 제3세계를 위해 강력한 비판의 목소리를 낼 수 있다. 즉, 스피박의 권력은 그 자체로 계급과 제1세계/제3세계의 분할이라는 두 형식, 두 계층질서가 만나면서 만들어진 결과로 볼 수 있다.

큰 틀에서 보자면, 로빈스의 주장은 한 사람의 성공이 반드시 다른 사람의 희생으로 이루어진다고 가정할 필요가 없다는 생각에 근거한다. 선교사는 개종을 위해 노력하고, 여성은 유의미한 사회적 행동에 참여하고, 교수는 학생들을 교육하고 공적 토론을 선도하고, 복지국가는 가난을 극복할 여건을 마련하는 일에 전력을 기울인다. 이 모든 중재 행위는 특정한 사람들의 사회계층적 지위를 향상시키기 위함이다. 그러나 그 행위는 유럽의 제국주의나 부르주아 권력 같은 어느 하나의 거대 계층질서에 전적으로 좌우되거나 지배되지 않는다. 반대로, 하나의 계층질서는 다른 계층질서를 방해한다. 스피박이 자신의 계급적 지위와 직업적 성공을 이용하여 제3세계 여성을 위한 비판적 목소리를 내는 것이 이에 해당한다. 결국, 로빈스는 교육자들이 이것을 이미 다 알고 있다고 주장한다. 교육자들은 학생들이 다른 사람들보다 우월해지도록 돕지 않는다. 그보다는 학생들이 책임 있는 시민의식 갖추고 다른 사람들을 끌어올릴 수 있도록 비판적 능력과 지식을 가르친다. 즉, 교육자는 공공의 선을 위한 사회적 이동의 중재자가 되기 위해 힘을 쏟는다.

여기서 나의 목적은 로빈스의 주장을 뒷받침하는 형식주의적 논리를 밝힘으로써 그의 설득력 있는 주장에 힘을 싣는 것이다. 유럽 여성의 유의미한 성공이 반드시 원주민 타자의 희생을 동반한다는 시각, 남자가 가정적 영역을 선택하는 것을 권력의 상실로 보는 시각은 제로섬게임처럼 한쪽이 뭔가를 얻으면 다른 쪽이 뭔가를 잃어야 하는 가치의 거대 계층질서를 상정하는 것이다. 계층질서는, 또는 일반적으로 형식은 그런 방식으로 작동하지 않는다. 계층질서는 서로를 뒤흔든다. 그리고 그 충돌은 전혀 엉뚱한 곳에서 승리를 얻어 내고 그럼으로써 기존 권력구조를 강화하기도 한다. 다시 말해서, 로빈스가 제로섬게임을 거부한 것은 옳은 일이다. 단 하나의 계층질서가 다른 모든 것들을 지배하지는 않기 때문이다. 그리고 모든 계층질서가 서로 힘을 합쳐 서구의 제국주의, 지배계층, 가부장제를 강화하는 것은 아니기 때문이다. 사실 부르주아/프롤레타리아, 중심/주변이라는 두 개의 강력한 계층질서가 중첩하는 곳에서 우리는 글로벌 남부를 대변하는 영향력 있는 학자의 목소리를 찾을 수 있다.

이 장에서 다룬 젠더와 승진, 두 계층질서의 충돌에 대한 로빈스의 흥미로운 논의를 살펴보자. 로빈스는 《제인 에어》에서 세인트 존이 제인을 인도로 초대한 부분을 잘 읽으면 창의적인 대안적 독법의 가능성이 열린다고 말한다. "세인트 존은 제인이 보기에 의미 있고 바람직한 일을 제안한 것이다. 그 일이 바람직하다는 것은 제인으로서는, 그것이 꼭 결혼을 **필요로 하는** 일이 아니라는 사실과 관련이 있다. 그러니까 인도행을 선택함으로써 제인은 결혼을 하는 대신에 개인적 자율성과 사회적으로 유의미한 행동의 가능성을 얻은 셈이기 때문이다."(64) 로빈스는 소설 속에서 이 가능성이 실제로 실현된 것은 아니지만,《제인 에어》가 "이 파괴적 에너지를 기록"(65)한 것에는 주목할 필요가 있다고 주장한다. 이와 유사하게, 디어드리 데이비드Deirdre David는 제인을 식민지 행정관료의 원형으로 파악한다. 그에 따르면, 세인트 존이 감탄한 제인의 야망과 헌신은 관료적 계층질서에 정확하게 부합한다. 사실 결혼제도에서 남편의 우월성과 권력을 강조하는 세인트 존의 태도가 이러한 결과를 막은 유일한 요인이다. 이처럼 세인트 존의 젠더 계층질서는 완전히 다른 종류의 미래를 봉쇄해 버렸다. 즉, 젠더의 계층질서적 구분이 아니라 의미 있는 직업을 위해 사다리를 오르면서 얻는 야망의 계층질서적 즐거움을 약속하는 결말은 실현되지 못했다.

로빈스와 데이비드는 제인 에어가 직업을 위해 결혼을 거부하는 대안적 결말에 모두 관심이 있지만, 각기 다른 계층질서를 끌어들여 암시된 서사를 전개한다. 로빈스가 보기에, 세인트 존의 제안을 통해 제인과 독자는 직업이 결혼보다 우선하는 상대적 자율성의 삶을 상상한다. 반면 데이비드에게는 제인의 미래 직업이 자유와 자율성을 보장하지만, 그러기 위해서는 피지배 식민지 민족의 희생이 뒤따른다. 이 둘의 독법을 구별하는 가장 큰 차이는 어디에서 계층질서적 형식의 이야기가 멈추는가 하는 부분이다. 로빈스는 하나의 계층질서에 이야기를 한정하고, 일과 자율성의 선택에서 멈춘다. 데이비드의 서사는 좀 더 이야기를 밀고 나가, 제인의 선택이 새로운 계층질서를 옹호할 것이라고 상상한다.

이렇게 하는 것이 비평가들이 하는 일인가? 서사의 결말을 넘어 새로운 형식이 등장하는 암시된 이야기를 펼치는 것이 비평가의 작업인가? 아마도 이것은 우리가 흔히 보는 비평적 독법은 아닐 것이다. 그러나 정치적 성향의 비평가라면 바로 이와 같은 방식으로 읽는다는 것이 나의 주장이다. 그들은 텍스트 안에서 발견되는 정치적 형식을 먼저 탐구하고, 그 다음에 텍스트의 구체적인 예를 넘어 이를 일반화하려 한다. 말하자면, 그들은 텍스트 내에서 작동하는 정치적 질서의 원리를 확장하여 텍스트 바깥세상을 조직하는 숨은 규칙을 이해하고자 한다. 이러한 독법을 가능케 하는 것은 바로 정치적 형식의 이동가능성이다. 그리고 문학 텍스트의 정치학에 대한 우리의 비평적 평가를 안내 또는 지배하는 것은 바로 바깥세상의 정치적 형식이 어떻게 작동하는가에 대한 우리의 생각이다. 이는 정치적 독법이 통상적으로 형식의 전개에 대한 암시적 모델에 의존한다는 것을 의미한다.

《제인 에어》를 좀 더 논의해 보자. 비평가들은 서사의 결말에 대해서 합의에 도달하지 못했다. 힘든 봉사의 생활보다 관능적인 사랑을 더 우선시하는 제인의 태도가 해방적이라고 보는 시각이 있는가 하면, 세인트의 존의 영웅적 죽음과 대비하여 가정으로 들어가 잊혀진 제인의 모습이 실망스럽다고 평가한 비평도 있다.[38] '여기 지금'을 주장하는 제인을 리얼리즘 소설의 세속화 계획의 일부로 받아들이는 독자도 있고, 세인트 존에 저항하는 제인을 대안적인 영적 포교 활동, 가령 새롭고 급진적인 기독교 페미니즘의 상징으로 높이 평가하는 독

---

[38] Joyce Carol Oates, "Romance and Anti-Romance," in *Charlotte Brontë's Jane Eyre: A Casebook*, ed. Elsie B. Michie (Oxford: Oxford University Press, 2006), 202-3; Rachel Blau DuPlessis, *Writing beyond the Ending* (Indianapolis: University of Indiana Press, 1985), 10.

자도 있다.[39]

이 모든 비평적 입장을 나는 텍스트에 대한 다양한 **해석**이라기보다는 계층질서 사이에 벌어지는 다양한 종류의 경쟁으로 보고자 한다. 비평가들 사이에 두 가지 주요한 쟁점이 존재한다. 첫 번째 논쟁은 《제인 에어》가 가치의 계층질서들 중에서 어떤 것이 중요한지 명확하게 결정을 내리지 않는다는 사실에서 발생한다. 즉, 《제인 에어》는 영국성의 우월함과 식민지화 사명 의식의 유용성 같은 계층질서에 대해 명확한 입장을 밝히지만, 개인의 자율성, 관능적 열정, 야망, 가정의 즐거움, 훌륭한 결혼, 의미 있는 직업, 종교적 봉사의 상대적 장점에 대해서는 분명한 최종적 평가를 내리지 않는다. 사실 《제인 에어》는 많은 계층질서 간의 갈등을 해소하지 않음으로써, '파열적 에너지'를 어떤 고정된 관계 또는 결론으로 이끌지 않고 있는 그대로 분출시킨다. 독자들이 다양한 암시적 사회 세계를 상상하게 만드는 원천은 바로 이 비결정이다.

두 번째 논쟁은 비평가에 따라 가치관이 다르다는 것이다. 가부장제 사회에서 여성이 관능적 쾌락을 우선시한다면, 이것이 여성이 사회적 야망과 사회적 행동을 접고 가정적 영역을 선택하는 것보다 더 중요한 의미가 있는가? 제인이 영적 보상보다 세속적 쾌락을 더 중요하게 여긴다면, 이것이 제인이 영적 사명의 언어를 사용하고, 선교사

---

39 Barry Qualls, *The Secular Pilgrims of Victorian Fiction* (Cambridge: Cambridge University Press, 1982); Susan VanZanten Gallagher, "Jane Eyre and Christianity," in *Approaches to Teaching "Jane Eyre,"* eds. Diane Hoeveler and Beth Lau (New York: MLA Press, 1993), 62-68.

에게 기꺼이 최종 결정권을 내준다는 사실보다 더 중요한가? 문학 텍스트와는 별도로 이러한 질문을 한다는 것은 의미 있는 일이다. 이것은 샬롯 브론테에 대한 문제가 아니라 우리 자신의 가치 계층질서에 관한 문제이기 때문이다.

결국, 방법론의 논점은 특정 텍스트에 존재하는 가치 계층질서 중에서 어느 것을 최종적으로 선택하느냐의 문제가 아니라, 계층질서의 수직적 형식이 문학적 해석 행위를 어떤 방식으로 구조하는지를 명확하게 파악하는 일이다. 텍스트 내에서 특권과 우월의 양상을 구별하는 작업은 텍스트 바깥 세계를 조직하는 윤리적 · 정치적 · 직업적 계층질서를 파악하는 작업을 수반하기 마련이다. 제국주의로 많은 사람이 희생된다는 것이 중산층 여성 등장인물이 직업적 성공을 거두었다는 사실보다 더 중요하다고 보는가? 가치의 계층질서가 공존할 수 있는가? 그것이 함께 작동하는 경우 어떤 일이 발생하는가? 신형식주의가 한 가지 교훈을 제공한다면, 그것은 바로 경쟁하고 충돌하는 계층질서에 대한 면밀한 분석을 통해 효과적인 정치적 행위가 무엇인지 다시 생각할 수 있다는 것이다.

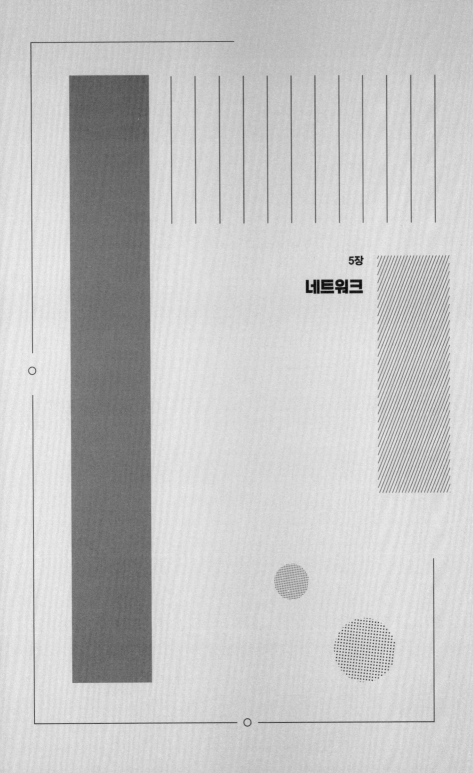

5장

네트워크

네트워크는 넓게 퍼져 있어 형식이 없는 것처럼 보이고, 심지어 형식의 반대항처럼 보인다. 몇몇 유명한 이론가들에 따르면, 네트워크가 해방적이고 정치적으로 생산적이라면, 그 이유는 그것이 형식에 저항하기 때문이다. 이미 잘 알려진 대로, 질 들뢰즈와 펠릭스 가타리가 말하는 리좀rhizome은 어떤 지점이든지 다른 지점과 연결하는 네트워크이다. 이분법적 가지들이 사방으로 뻗치지만 공통된 뿌리가 있어 하나의 정돈된 질서를 이루는 나무와 같이 모든 것을 아우르는 통합적 형식에 대하여, 들뢰즈와 가타리는 리좀을 탈조직적·해체적 대안으로 제시한다. 그들의 말을 빌리자면, "땅속의 줄기와 뿌리가 없다면 아름다움도 사랑도 정치도 없다."[1] 엘라 쇼아트Ella Shohat도 무한히 뻗어 가는 네트워크가 정치적으로 중요하며, 네트워크적 흐름과 순환을 통해 "규율적·공동체적 경계선이 끼치는 정치적 악영향을 극복할 수 있다"[2]고 주장한다. 이와 같이 네트워크는 봉쇄적 형식을 교란한다는

---

1 Gilles Deleuze and Félix Guattari, *A Thousand Plateaux: Capitalism and Schizophrenia*, trans. Brian Massumi (Minneapolis: University of Minnesota Press, 1987), 15.

2 Ella Shohat, "Columbus, Palestine and Arab-Jews: Toward a Relational Approach to Community Identity," in *Cultural Readings of Imperialism: Edward Said and the Gravity of History*, eds. Keith Ansell-Pearson, Benita Parry and Judith Squires (New York: St. Martin's, 1997), 88.

점에서 유용하다.

지난 10년 동안 네트워크에 관심을 기울인 비평가들이 적지 않았다. 그들은 이 개념을 이용하여 초국적인 시장, 운송, 인쇄문화와 같은 강력한 사회적 현상을 분석했다. 대부분은 네트워크를 대체로 "연결성"[3]으로 정의한다. 그러나 최근 다양한 학문 분야에서 네트워크 이론이 생기면서 패트릭 재고다Patrick Jagoda, 패트릭 조이스Patrick Joyce, 프랑코 모레티Franco Moretti 같은 인문학자들이 수학 · 물리학 · 사회학의 네트워크 연구를 바탕으로 연결적 배치가 인지 가능한 규칙과 패턴을 따른다는 점을 보여 주었다. 네트워크가 통일된 형태 또는 전체성의 형식 모델에 맞지 않는 것은 사실이지만,[4] 겉보기에는 혼란스러운 네트워크도 의외로 체계적인 조직 원리에 의존한다. 그중에서 "가장 유명한 것은 소위 '작은 세계'적 특성, '여섯 단계 분리six degrees of separation'이다. 그에 따르면, 여섯 단계만 거치면 "네트워크에서 임의의 어느 꼭지점에서 다른 꼭지점으로 매우 신속하게 도달할 수 있다."[5]

---

3 Jonathan H. Grossman, *Charles Dickens's Networks* (Oxford: Oxford University Press, 2012), 7. Cathy Davidson, *Revolution and the Word: The Rise of the Novel in America* (Oxford: Oxford University Press, 1986), 11, 39; Joseph R. Roach, *Cities of the Dead: Circum-Atlantic Performance* (New York and London: Columbia University Press, 1996), 9, 24, 39; and Jules David Law, *The Social Life of Fluids: Blood, Milk, and Water in the Victorian Novel* (Ithaca, NY and London: Cornell University Press, 2010), 28, 31, 152.

4 패트릭 재고다는 "네트워크는 원래 변형 가능하고 확장 가능하기 때문에 그 전체를 다시 재생하기란 불가능하다"고 말한다. "Terror Networks and the Aesthetics of Interconnection," *Social Text* 105 (winter 2010): 66.

5 Franco Moretti, "Network Theory, Plot Analysis," *New Left Review* 68 (March – April 2011): 80; Jagoda, "Terror Networks," 65-89; Patrick Joyce, *The State of*

비평가들은 "약한 결속의 힘"에 관한 마크 그래노베터Mark S. Granovetter 의 이론을 논의하기 시작했다. 그에 따르면, 그냥 알고 지내는 사람들이 내가 긴밀한 관계를 맺고 있는 소수의 사람들보다 나에게 더 광범위한 정보와 자원을 제공한다. 잘 아는 사람들은 그 친밀함 때문에 지식과 아는 사람이 서로 겹치기 때문이다.[6] 비평가들은 또한 접속점 사이를 연결하는 고리의 숫자를 세는 **경로 길이**path length, 네트워크 전체에 대하여 한 접속점의 인기와 중요성을 분석하는 **네트워크 중앙성** network centrality, 여러 접속점 클러스터에서 역할을 수행하는 물체 또는 사람을 뜻하는 **허브**hubs, 서로 분리된 그룹을 연결하는 접속점을 뜻하는 **연결점**hinges 등 다양한 용어를 문화 연구에 도입하기 시작했다.[7]

이 새로운 용어들은 네트워크를 별개의 형식, 즉 사회적·미학적 경험을 조직하는 상호연결과 교환의 패턴으로 볼 수 있음을 시사한다. 네트워크는 폐쇄적인 통일체는 아니지만, 형식적 용어로 분석 가능한 구조적 특성들이 있다. 그리고 네트워크를 지배하는 패턴에 주목함으로써 정치권력과 사회 경험을 새롭고 엄밀한 방식으로 연구할 수 있다.

앞 장에서 나는 두세 개의 형식이 만날 때 발생하는 현상을 다루었다. 가령 국가의 경계선이 서사적 종결과 만나는 경우, 젠더 계층질서

Freedom: A Social History of the British State since 1800 (Cambridge: Cambridge University Press, 2013).

6 Mark S. Granovetter, "The Strength of Weak Ties," *Sociological Theory* 1 (1983): 201-33.

7 Graham Alexander Sack, "Bleak House and Weak Social Networks."

가 노화의 과정과 가정 공간의 울타리와 만나는 경우를 살펴보았다. 네트워크는 무엇보다도 연결을 내포하는 형식으로, 전체·리듬·계층질서를 포함한 많은 형식적 요소들이 큰 형성체 안에서 어떻게 서로 연결되는지 보여 준다. 특히 네트워크 조직을 통해 우리는 많은 형식적 요소들이 연결하여 국가 또는 문화를 창조하는 양상을 살펴볼 수 있다. 이처럼 네트워크는 사회를 포함하여 중요한 조합assemblage들을 파악하는 데 가장 핵심적인 형식이다.

브루노 라투어에 따르면, 네트워크는 인과성에 관한 형이상학적 가정을 거부하고, 사물·신체·담론 간의 연결을 관찰하는 것을 선호한다는 점에서 유용하다. 라투어는 행위자가 선택한 경로뿐만 아니라 행위자 사이의 접촉 지점들을 살펴보아야 한다고 말한다.[8] 형식이 택하는 실제적 경로와 가능한 경로를 모두 추적함으로써, 우리는 인과성을 가정하지 않고 형식들 사이에 존재하는 구체적인 접촉 패턴에 주목하는 큰 규모의 문화 연구 방법을 실행할 수 있다. 무엇이 다양한 형식들을 연결하는가? 형식이 서로 만났을 때 어떤 경로를 택하는가?

네트워크는 16세기 제련 및 섬유업계에서 네트와 망처럼 직물과 금속섬유로 엮어 만든 물체를 묘사한 단어에서 비롯되었다. **텍스트**라는 단어처럼, 네트워크의 말 뿌리는 하나의 목적을 향하기보다 사방으로 뻗어 뒤얽힌 가닥들을 암시한다.[9] 이후 네트워크는 그 개념이 확

---

8 '조합'이라는 용어는 브루노 라투어의 것이다. *Reassembling the Social: An Introduction to Actor-Network Theory* (Oxford: Oxford University Press, 2005), 8.
9 자크 데리다는 사실 독서 행위를 설명하는 데 네트워크의 이미지를 사용한다. "The

장되어 동물과 식물의 조직, 자연의 결정체 구조를 포함했고, 19세기에는 사회적 관계, 즉 운송과 통신 체계로부터 재산, 상업, 직능단체, 문학까지 모든 상호연결의 구조 또는 연결을 의미하게 되었다.[10] 가장 단순하게 정의하자면, 네트워크는 "따로 떨어진 요소들을 연결하는 일련의 연결망"이다.[11] 그러한 요소들이 무엇인지, 이 요소들이 서로 어떤 방식으로 연결되는지는 컴퓨터, 유기적 조직, 도시계획, 친분 관계 등 적용되는 분야마다 크게 다르다.

네트워크에 관심을 둔 문학 및 문화 연구자들은 일반적으로 노예무역, 인쇄시장, 텔레그래프, 글로벌 자본 등 한 분야에만 초점을 맞춘다. 그러나 조나단 그로스만Jonathan Grossman의《찰스 디킨스의 네트워크들Charles Dickens' Networks》은 커뮤니케이션 · 정치 · 종교 · 경제 중에서 운송 네트워크만을 가려내어 연구함으로써 승객 운송의 구체성에 대한 "깊은" 이해를 도모한다.[12]

글로벌 네트워크 사회의 복잡성을 연구한 가장 영향력 있는 이론가 마누엘 카스텔스Manuel Castells는 모든 것의 핵심에 가장 단순하고 일관된 단 하나의 네트워크가 있다고 상상한다. 카스텔스에 따르면, "테크놀로지는 사회이다."[13]

First Session," in *Acts of Literature*, trans. Derek Attridge (Routledge, 1992), 144.

10 Hermione Lee, "Network of Allusion," *Essays in Criticism* 26 (October 1976): 355-63.

11 Mark Newman, Albert Lazlo Barabasi, and Duncan J. Watts, *The Structure and Dynamics of Networks* (Princeton: Princeton University Press, 2006), 2.

12 Jonathan Grossman, *Charles Dickens' Networks*, 8.

13 Manuel Castells, *The Rise of the Network Society*, 2 vols. (Oxford: Blackwell,

확실히, 하나의 단일한 네트워크를 분리하여 그 영향을 추적하는 일은 명쾌하고 실용적이다. 네트워크를 한데 모아 놓으면 너저분하고 혼란스럽기 때문이다. 그러나 따로 떼어 다루면 문제가 생길 수도 있다. 카스텔스와는 달리 사회학자 마이클 만Michael Mann이 주장하듯이, "상호작용 네트워크의 중첩은 역사적 표준"이다. 만은 네트워크가 근대, 기술적 혁신, 세계화의 결과가 아니라고 말한다. 예를 들어, 고대 제국에서 "다수의 사람들은 대부분 작은 규모의 지역적 상호작용 네트워크에 참여하지만, 불규칙적으로 권력을 행사하는 멀리 떨어진 국가 그리고 안정적이지만 가벼운 권력을 행사하면서 어느 정도의 자치권을 유지하는 지역의 유력 인사, 이 두 세력의 네트워크에도 얽혀 있었다." 그러니까 경제 교환, 법률 체계, 군사동맹, 교회, 통신, 운송, 언어적 의미를 포함하여 모는 "사회·지역적으로 다양한 강력한 네트워크"에 동시에 참여하는 것은 예외가 아니라 늘 있는 일이었다.[14]

형식주의는 네트워크의 다중성, 특히 그 차이에 주목하는 작업을 옹호하는 편이다. 어떤 네트워크는 한 마을의 사회적 관계처럼 상당히 지역적이다. 해운 항로와 같은 네트워크는 접속점 사이에 엄청난 거리를 둔다. 가톨릭 교회처럼 중앙집권적인 네트워크가 있는가 하면, 항공운송처럼 다중의 허브를 가진 네트워크가 있다. 릴라 간디 Leela Gandhi가 말한 "정동 공동체affective communities"처럼 유토피아적·

1996), vol. 1, 6.

14 Michael Mann, *The Sources of Social Power*, 2 vols. (Cambridge: Cambridge University Press, 1986), vol. 1, 16-17, 4.

초국적·담론적 네트워크가 있다면,[15] 연방 교도소 시스템처럼 물질적이고 강제적인 네트워크도 있다. 글로벌 금융처럼 수많은 제도와 사람과 장소를 연결하는 복잡한 네트워크도 있고, 깡통에 줄을 연결하여 얘기하는 아이들처럼 단순한 네트워크도 있다. 어떤 네트워크는 경계선을 뛰어넘는다. 종교적 공동체는 대양을 건너지만, 철도 네트워크는 그럴 수 없다. 모든 네트워크는 연결성을 내포한다. 다시 말해, 모든 네트워크는 연결되지 않은 두 지점 사이를 연결한다. 정치적인 의미에서, 네트워크는 항상 해방적이지도 항상 위협적이지도 않다. 즉, 네트워크는 기존의 질서 또는 지배적 질서로부터 해방시켜 주지도 않으며, 주권을 공격하거나 보호하는 경계선을 해체하지도 않는다. 네트워크의 조직하는 능력은 각 네트워크의 특정한 패턴, 그리고 그 배열이 다른 네트워크와 다른 형식과 충돌하는 양상에 의존한다.

나는 통일된 전체와 네트워크 연결의 만남을 살펴보는 것으로 이 장을 시작하고자 한다. 이 둘의 관계는 20세기 초 인류학에서부터 전지구적 흐름에 관한 최근 연구에 이르기까지 문화 연구에 핵심적인 관계라고 보기 때문이다. 문화에 대한 우리의 이해는 이 두 형식이 중첩될 때 발생하는 상황에 대한 여러 가지 변화하는 암묵적 가정들에 의존한다. 쇼아트와 같은 이론가들은 유통적 흐름, 초국적 이동, 경제 교환이 항상 반드시 문화와 국가의 경계선 같은 전체와 닫힌 공간에

---

[15] Leela Gandhi, *Affective Communities: Anticolonial Thought, Fin-de-Siècle Radicalism, and the Politics of Friendship* (Durham, NC: Duke University Press, 2006).

대립한다고 가정한다. 반면, 이 둘이 서로 상호적으로 작용하며, 서로의 권력을 강화한다고 주장하는 이론가도 있다. 나는 형식주의적 분석을 활용하여 이러한 형식들이 구체적으로 어떻게 충돌하는지, 이 형식들이 서로 협력할 수 있는지, 언제 협력하는지 살펴볼 것이다.

그 다음으로는, 많은 네트워크들이 중첩하는 현상을 다룰 것이다. 이것은 문학 및 문화 연구자들이 알고 있는 것보다 실제 삶 속에서 흔하게 발견되는, 그리고 더 불안정하고 더 불안정하게 하는 현상이다. 여기서 나는 논픽션과 픽션, 두 권의 책을 살펴보면서 네트워크 형식에 대한 나의 관점을 개진할 것이다. 첫 번째는 초기 미국 인쇄문화에 관한 트리시 로크런Trish Loughran의 연구서《인쇄로 본 공화국The Republic in Print: Print Culture in the Age of U.S. Nation-Building, 1776-1876》이다. 이 책에서 로크런은 우편, 인쇄, 화폐, 도로 등 중첩하는 다양한 네트워크들이 서로를 방해하고, 새로운 국가 확립 작업을 파괴한다고 주장한다. 두 번째는 찰스 디킨스의《황폐한 집》이다. 이 소설에서 사회적 관계는 공간을 가로질러 펼쳐져 있고, 시간을 가로질러 전개되는 복잡한 네트워크 무더기로 표현된다. 디킨스는 다양한 상호연결의 원리들이 널리 퍼지고 중첩하는 과정에 주목한다. 그리고 디킨스 서사의 형식을 이용하여 역동적으로 펼쳐지는 네트워크의 네트워크로서 사회의 모습을 살펴본다.

네트워크, 전체

문화 연구는 오랫동안 명시적으로나 암시적으로 네트워크에 관심을
기울여 왔다. 20세기 초 인류학자들은 전체와 네트워크의 조화로운
관계를 통해 문화를 이해했다. 즉, 그들은 어떤 주어진 문화를 의미·
실천·가치의 일관된 네트워크로 보고, 이를 통해 특정한 삶의 방식
전체를 이해할 수 있다고 생각했다. 프란츠 보아스Franz Boas, 브로니슬
라브 말리놉스키Bronislaw Malinowski를 비롯한 인류학자들에게 문화는
특정한 장소에서 관찰할 수 있는 축적된 세부 사항이 아니라 "어떤 것
이라도 다른 모든 것과 어떻게든 관계가 있는 전체," "표면적 현상의
근본이 되거나, 그에 스며들어 있거나, 그 위를 떠도는 네트워크"이
다.[16] 제임스 버자드James Buzard에 따르면, 이와 같은 문화 개념은 인류
학자들에게 많은 비판을 받았지만, 문화 연구에서는 그럼에도 불구하
고 이 개념을 계속 불러들이고 있다.[17]

　　캐서린 갤러거와 스티븐 그린블랫의 연구에서 한 가지 분명한 예를
찾아볼 수 있다. 이들은 《신역사주의 실천Practicing New Historicism》에서
"글이나 그림으로 된 특정 문화의 모든 흔적들을 서로 이해 가능한 기
호의 네트워크로 볼 가능성"에 매료되었다고 말한다.[18] 이들은 "문화

---

[16] James Buzard, *Disorienting Fiction: The Autoethnographic Work of Nineteenth-Century British Novels* (Princeton: Princeton University Press, 2005), 31, 30.

[17] Buzard, *Disorienting Fiction*, 5, 31.

[18] Catherine Gallagher and Stephen Greenblatt, *Practicing New Historicism* (Chicago and London: University of Chicago Press, 2001), 7.

적 모체"의 "보이지 않는 응집성"을 언급하면서, 문화가 이해 가능한 전체의 경계선 안에서 흐르는 다양한 네트워크로 구성되어 있다고 본다.

우리는 주변과 중심 사이를 왕래하면서, 예술로 표시된 영역으로부터 예술에 적대적이거나 무관심한 영역으로 이동하고, 아래로부터 솟구쳐 나와 높은 곳을 바꾸고 위로부터 내려와 낮은 곳을 식민화하는, 하나의 문화 안에 흐르는 사회적 에너지들을 추적하는 데 깊은 관심을 기울인다. 이와 같은 접근은 한 문화의 다양한 표현 방식 전체에 관한 깊은 관심에서 발생한다. (13)

"하나의 문화"에 "중심"이 있고 "다양한 표현의 모든 범위"가 있다는 것은 전체, 즉 통일성을 암시한다. 그 문화에 "유통"하고 "흐르는" "사회적 에너지"가 교차한다는 것은 네트워크화된 움직임 없이 문화를 이해하는 것이 불가능함을 뜻한다. 역사주의적 문화 연구의 초점인 "문화"는 바로 네트워크와 전체의 조화로운 공동 작업으로서 발생한다.

최근의 비평은 이와 같은 신역사주의 문화 모델을 이제는 낡은 것으로 본다. 무엇보다, 인류학자들은 자기폐쇄적 문화라는 것이 존재하지 않는다는 데에 동의한다. 분명 현실에서는 그런 문화가 존재한 적이 없다. 제임스 클리포드James Clifford의 고전적인 주장에 따르면, 우리는 가장 고립된 마을에 접근하기 위해 관찰자와 정보 제공자, 즉 문화 사이를 왕래하는 움직이는 접촉점에 의존한다. 전통적인 인류학은 대개 인류학자가 관찰 장소로 오갈 때 이용하는 "보트, 랜드로버, 항공기"와 같은 수단의 흔적을 지운다. 이 교통수단은 "바깥 장소와 세력들—연구 관찰 대상이 아니다—과 전부터 지속적으로 접촉하고 교역해 왔다"는 증거이다. 클리포드는 또한 많은 종류의 사물들이 군대, 여행객, 텔레비전, 판매 상품과 같은 먼 곳의 지점들을 거친다는 점을 지적한다.[19] 사람도 물건도 떠나고 돌아온다.

따라서 고립적, 자기폐쇄적 고유문화의 이상을 무너뜨리기 위해서는 경제, 운송, 통신 네트워크에 주목하는 것이 핵심적이다. 이주와 이산, 초국적 교역로, 접촉 지대, 여행하는 문화에 관한 최근 연구들은 제한된 전체성을 뒤흔들거나 파열하는 네트워크의 능력에 초점을 맞춘다.[20] 네트워크에 대한 학문적 관심이 더욱 커지는 상황에서, 학자들은 전체와 네트워크의 조화로운 중첩보다는 갈등 관계를 선호하는 편이다. 어떤 비평가는 전체성이 일종의 신화이고, 네트워크가 이를 파괴한다고 말한다. 다른 비평가는 전체성이 문제적인 현실이며, 네트워크 확장으로 그것을 해체할 수 있고 해체해야 한다고 주장한다. 글로벌 자본과 언어적·문화적 경험의 동질화를 막는 방책으로서 정착 공동체라는 구시대의 형식을 고수해야 한다고 말하는 비평가도 있다.[21] 살펴본 것처럼, 비평가들은 하나같이 네트워크가 제한된 전체라

---

[19] James Clifford, "Traveling Cultures," in *Cultural Studies*, eds. Lawrence Grossberg, Cary Nelson, and Paula Treichler (New York and London: Routledge, 1992), 99-100.

[20] 가령 초국적인 요루바족 네트워크에 관한 카마리 맥신 클라크Kamari Maxine Clarke의 면밀한 연구에 따르면, 소속감은 서로 충돌하며 다층적이다. 장소에 관계된 것도 있고, 이동에 관계된 것도 있다. 그 점에서 클라크는 정착과 고유성의 장소로서 근원적인 서아프리카 '고향'이라는 단일한 이상을 무너뜨린다. *Mapping Yoruba Networks: Power and Agency in the Making of Transnational Communities* (Durham, NC: Duke University Press, 2004).

[21] 이와 같은 입장을 취하는 비평가는 다음과 같다. Roland Greene, "Not Works but

는 형식을 파괴한다고 주장하고 있다.

그러나 과거와 현재의 문화 개념이 서로 완전히 달라도 공통점이 있으니, 바로 문화적 경험을 파악하기 위해 네트워크와 전체라는 두 가지 주요 형식에 암묵적으로 의존한다는 사실이다.

그러니까 우리는 네트워크와 전체의 관계를 통해 문화를 하나의 연구 대상으로 파악한다. 보아스·갤러거·그린블랫에 따르면, 문화의 전체성은 종횡으로 가로지르는 연결의 네트워크를 분명하게 드러내며, 경계선은 네트워크를 봉쇄하는 능력이 있다. 반면, 쇼아트와 클리포드처럼 지구화와 문화적 만남을 연구한 이론가들에게 네트워크는 폐쇄된 전체를 파괴하거나 그에 도전하는 형식이며, 우리는 네트워크를 통해 경계를 넘나드는 유통과 전달을 이해할 수 있다.

그렇다면 둘 중 어느 쪽인가? 네트워크는 제한된 형대로 봉쇄될 수 있는 것인가 아니면 봉쇄할 수 없는 것인가? 형식주의야말로 이 질문에 대답하기 위해 꼭 필요한 접근법이다. 제한된 전체와 널리 퍼진 네트워크가 만나는 접점들에 주목해야 한다는 말이다. 이론적으로 네트워크는 무한정의 확장이 가능하다. 일단 두 접속점 사이에 연결이 있다면, 네트워크가 존재한다. 그리고 네트워크는 새로운 접속점에 연

Networks: Colonial Worlds in Comparative Literature," in *Comparative Literature in an Age of Globalization*, ed. Haun Saussy (Baltimore and London: Johns Hopkins University Press, 2006), 212-23; Jahan Ramazani, *A Transnational Poetics* (Chicago and London: University of Chicago Press, 2009); Stephen Owen, "Stepping Forward and Back: Issues and Possibilities for 'World' Poetry," *Modern Philology* 100 (2003): 532-48.

결만 해도 생겨난다. 이처럼 네트워크 형식은 무한한 확장성을 내포한다. 그러나 사실상 많은 네트워크는 제한적이다. 제한된 숫자의 컴퓨터를 연결하는 근거리통신망(LAN)처럼 어떤 네트워크는 의도적으로 폐쇄된 시스템이다. 그리고 확장하는 네트워크조차도 엄격한 규칙의 지배를 받는다. 친족 네트워크는 결혼, 번식, 입양을 통해 잠재적으로 무한한 링크를 새로 만들 수 있지만, 이 모든 것은 사실상 국가, 종교제도, 관습에 통제를 받는다. 다시 말해, 국가, 종교, 관습은 어떤 특정한 접속점이 네트워크에 연결될 수 있는지에 대해 강력한 제한을 둔다. 물론, 어떤 네트워크는 봉쇄하는 형태의 경계선을 가로지르고 심지어 이를 무너뜨리기도 한다. 사실 대중문화에 가장 자주 등장하는 것도 바로 이와 같은 종류의 네트워크이다. 다국적 자본, 질병, 테러리스트 네트워크, 월드와이드웹은 가공할 힘으로 국가 간의 경계선을 허문다. 그러나 모든 네트워크가 다 그런 것은 아니다. 도로, 철도, 운하 등 운송 시스템을 보자. 이것은 이론상으로는 확장이 가능하다. 그러나 확장하려면 기반시설 투자가 필요하고, 때로는 복잡한 국제조약도 필요하다. 도로와 철도는 넓은 수역을 가로지를 수 없고, 특정한 사물과 신체는 교통수단이 있더라도 국경선 통과가 허용되지 않는다. 확장은 포기되거나 지체된다. 간단히 말해서, 몇몇 네트워크는 경계선을 아예 넘을 수 없고, 상당수의 네트워크는 쉽게 넘을 수 없다.

그래서 전체와 네트워크의 관계를 따지자면, 어떤 형식이 지배하는지는 분명하지 않다. 봉쇄될 수 있는 네트워크가 있고, 봉쇄를 방해하는 네트워크도 있다. 글로벌 자본 자체는 네트워크 확장도 필요하고, 이를 봉쇄하는 경계선도 필요하다. 다국적기업들은 우호적인 경제적 조건들을 찾아 전 세계 곳곳을 돌아다니면서 지역 경제를 무너뜨릴 뿐만 아니라, 토지, 접근 용이성, 특별 세금 혜택을 요구하면서 개별 국민국가의 정치적 의제를 바꾸기도 한다. 이 점에서 자본의 세계적 흐름은 국민국가의 주권에 도전한다. 그러나 국가도 국경선을 넘는 노동자의 이동을 엄격하게 통제하고, 기업의 재산을 보호하는 법률—이 두 경계선은 다국적기업의 성공에 매우 중요하다—을 시행한다.[22] 테러 조직을 보자면, 그림은 더욱 복잡해진다. 테러리스트는 국민국가의 논리 바깥에서 작동하기 때문에, 국가들은 더 높은 장벽과 장막을 세워 이들을 배제하거나 봉쇄하려고 한다. 이처럼 초국적 네트워크에도 불구하고 국가의 경계선은 여전히 강력하게, 때로는 이전보다 훨씬 더 강력하게 작용한다.[23]

최근 들어 네트워크가 사람을 가두거나 보호하는 제한된 울타리를 항상 침범한다고 생각하는 경향이 강해졌다. 그러나 제한된 형태와 넓게 퍼진 네트워크의 만남이 오히려 서로에게 도움이 되는 마지막 예, 좀 더 문학적인 사례를 살펴보자. 바로 에밀리 디킨슨Emily Dickinson 의 경우이다. 그녀는 매사추세츠 앰허스트의 아버지 집 자기 방에 스스로를 유폐했고, 평생을 그곳에 머물렀다고 알려져 있다. 단 한 번

---

22 Ellen Meiksins Wood, *Empire of Capital* (London and New York: Verso, 2003).

23 Wendy Brown, *Walled States, Waning Sovereignty* (New York: Zone, 2010). 역사 가 리스 존스Rhys Jones는 중세 유럽의 네트워크 봉쇄가 안정적인 국가권력을 정착시키는 데 필수적인 전제조건이었을 가능성이 높다고 주장한다: "네트워크의 제한을 중세 사회의 제도적 성숙도를 가늠하는 중요한 기준으로 사용할 수 있다." "Mann and Men in a Medieval State: The Geographies of Power in the Middle Ages," *Transactions of the Institute of British Geographers* 24, no. 1 (1999): 75.

집 밖을 벗어난 적이 있는데, "밤중에 몰래 나와 달빛으로 새로 지은 교회를 보기" 위해서였다고 한다.[24] 비평가 대부분은 디킨슨을 불안증과 광장공포증이 있거나 사회적으로 반항적이고 독립적이라고 본다. 그래서 그들은 디킨슨이 처한 물리적 폐쇄와 그녀의 강렬한 내면성이 연결되어 있음을 강조한다. 그러나 다이앤 퍼스Diana Fuss가 주장하듯이, 이와 같은 공간적 봉쇄는 오히려 광범위한 네트워크를 가능하게 하는 측면이 있다.

디킨슨을 가둔 또는 매장한 사생활의 영역은 사실 시인에게 지적 성장의 풍부한 기회를 제공했다. 디킨슨의 침실은 감금의 공간도, 죽음의 공간도 아니다. 그것은 공적인 문학의 세계로 가는 입구였다. 디킨슨이 뒤로 물러날수록 그녀가 아는 지인의 범위가 더욱 넓어졌다는 것이 바로 내면적 삶의 위대한 역설이다. 농장의 침실은 바로 디킨슨이 1,775편에 달하는 시의 대부분과 1만여 편으로 추산되는 편지—그중 1천여 편이 남아 있다—를 쓴 곳이다. 이곳에서 디킨슨은 "그녀만의 대중"들과 교류했고, 사적인 시인**으로서의** 공적 페르소나를 만들었다.[25]

디킨슨의 삶을 지배한 것은 첫 번째 장에서 우리가 만난 빈하우젠

---

24 Mabel Loomis Todd, quoted in Jay Leda, *The Years and Hours of Emily Dickinson*, 2 vols. (New Haven, CT and London: Yale University Press, 1960), 2: 357.

25 Diana Fuss, *The Sense of an Interior: Four Writers and the Rooms that Shaped Them* (New York and London: Routledge, 2004), 58-59.

의 수녀들처럼 하나의 형식, 즉 폐쇄된 사적 공간에 틀어박힌 여성적 유폐가 아니었다. 디킨슨에게는 다수의 형식들이 있었고, 그것들이 서로 중첩하면서 뜻밖의 기회를 만들었던 것이다. 그녀가 바깥출입도 삼간 채 침실의 사적 공간에 틀어박혀 있었던 건 사실이다. 그러나 편지와 책의 네트워크가 이 방으로 들어 왔다. 디킨슨은 인쇄물의 유통 네트워크와 우편 시스템을 통해 멀고 가까운 접속점들과 연결할 수 있었다.

실제로 시인의 유폐는 디킨슨을 사회적 책임과 가정의 의무에서 벗어나게 한 중요한 의미가 있다. 그녀의 아버지는 앰허스트대학의 회계 책임자였고 국회의원을 역임했으며, 유력한 지역 유지로서 공적 지위가 확고했다. 그래서 디킨슨의 집에는 "날마다 높고 낮은 지위를 막론하고 그 세계 사람들로 넘쳐났다." 그리고 사람들이 끊임없이 찾아오고 청탁을 하는 바람에 그 집의 딸들은 늘 힘들어했다.[26] 하인을 고용하고 벽난로를 설치한 후에야 디킨슨은 집안일과 손님 접대의 의무에서 해방될 수 있었다. 이렇게 제한된 울타리를 전략적으로 수용함으로써 디킨슨은 친족과 지역사회 네트워크가 요구하는 고된 일을 피할 수 있었고, 더 크고 넓게 퍼진 네트워크, 즉 초국적인 문학 공동체에 참여하여 삶의 활력을 얻을 수 있었다.

이 모든 예를 통해 알 수 있는 것은 네트워크와 울타리가 끊임없이 만나고, 서로에게 도움을 주고 힘을 실어 주기도 하고, 반대로 서로를

---

[26] Quoted in Fuss, *The Sense of an Interior*, 53.

위협하고 훼방하기도 한다는 점이다. 말하자면, 둘 가운데 어떤 형식도 최종적인 조직의 권한을 행사하지 못한다. 어느 쪽도 다른 쪽을 일방적으로 규제하지 못한다. 그러나 그렇다고 해서 잘 모르겠다고 또는 관심 없다고 손을 놓을 수는 없다. 형식주의 분석이 내포하는 것은 각 형식의 구체성—어떤 종류의 네트워크인가? 어떤 규칙이 지배하는가—에 대한 관심이다. 또한, 형식주의 분석을 통해 각 네트워크의 사용성이 다른 형식에 어떤 변화를 일으키는지도 파악할 수 있다. 어떤 네트워크가 제한된 전체를 위협하는가, 안정시키는가, 또는 변화하는가? 그리고 정확히 어떤 방식으로 그렇게 하는가? 어떤 울타리가 네트워크를 성공적으로 봉쇄하는가? 그 이유는 무엇인가? 형식주의적 방법은 '문화'가 형태를 통해 네트워크를 완전히 봉쇄한다거나 아니면 반대로 네트워크가 언제나 경계선을 파괴하거나 무시한다고 가정하지 않는다. 형식주의 방법은 이러한 형식들이 서로 충돌하는 양상, 그리고 그 충돌이 세상에 일으키는 파장을 추적하는 도구를 제공한다.

네트워크, 네트워크, 전체

문학비평가들은 네트워크와 제한된 전체의 관계를 집중적으로 연구하지만, 다양한 네트워크의 중첩은 소홀히 다루었다. 예외적으로 트리시 로크린은 다양한 네트워크들이 서로 충돌하면서 한 사회가 조직되고 해체되는 양상을 탁월하게 보여 주었다.[27] 사실 로크린은 중첩하는 네트워크의 관계뿐만 아니라 그것이 국가 전체에 미치는 영향도 탐구해야 한다고 주장한다. 이 점에서 로크린은 통신 네트워크의 등장과 공통적인 국민의식의 형성 사이에 인과관계가 있다고 주장하는 베네딕트 앤더슨Benedict Anderson과 마이클 워너Michael David Warner를 비판한다. 그녀는 인쇄 생산의 네트워크가 국민국가에 대한 공통의 동질적인 애국심을 일으킨 것이 아니며, 오히려 1770년대와 1870년대 사이 미국의 전체성은 네트워크에 의해 좌절되고 방해받았다고 주장한다. 다음 부분에서 나는 로크린이 사용한 형식적 용어들을 살펴보고, 그녀의 연구가 네트워크 형식과 제한하는 형식의 충돌에 대한 강력한 예를 제공한다는 점을 보여 줄 것이다.

　로크린은 식민지를 하나로 통일시켰다고 알려진 혁명 이전의 우편제도를 탐구한다. 영국은 식민지의 모든 우편에 세금을 부과했고, 1773년에는 세금을 걷기 위해 조사관 휴 핀레이를 파견하여 제도의 효율성을 향상시킬 방법을 마련하고자 했다. 네트워크 이론의 용어를 빌려 말하자면, 핀레이가 발견한 것은 모든 경로가 식민지에서부터 왕으로 귀결되는 **중앙집권적 네트워크**도 아니었고, 모든 지점이 다른 지점과 연결되는 부드럽게 작동하는 **분산된 네트워크**도 아니었다. 그것은 작은 접속점 그룹 사이의 **연결점**들이 부재하거나 망가진, 지역적 **네트워크 클러스터**의 연결체였다. 네트워크 클러스터는 날씨가 나쁘거

27　Trish Loughran, *The Republic in Print: Print Culture in the Age of Nation-Building* (New York: Columbia University Press, 2007).

나, 도로가 막히거나, 고의적인 지연이 일어나면 연결이 어려웠다. 그리고 뉴햄프셔와 매사추세츠 사이에 발생한 일인데, 때로는 경쟁 식민지의 무역을 막기 위해 붕괴된 도로를 그대로 방치하기도 했다. 게다가 식민지 우편 배달부는 영국이 부과한 세금에 분노했고, 편지를 사적으로 친구들과 이웃에게 가져다주기도 했다. 말하자면, 지역의 비과세 네트워크가 제국의 중앙집권적 네트워크—허브는 수천 마일 밖에 멀리 떨어져 있다—위에 포개진 셈이다. 다수의 네트워크가 분리되고 중첩하는 형식으로 작동하기 때문에, 영국의 지배도 통일적인 대안도 성공하지 못했다.

미합중국 초기의 국민 인쇄문화에서도 비슷한 종류의 문제들이 있었다. 1787년경 각 주들은 10년 전보다 더 잘 연결되어 있었지만, "북미 동부 지역 전반에 걸쳐 기능적으로 잘 작동하는 시장, 또는 통일적인 교환의 장이 형성될 기미가 좀처럼 보이지 않았다. 미국에는 도로나 철도가 부족했고, 돈도 많지 않았다."(17)

혁명 이전에도 그랬지만 혁명 이후에도 흩어진 지역 네트워크를 연결할 좋은 연결점이 부재했고, 따라서 중앙집권적인 또는 막강한 영향력을 행사하는 전국적 규모의 인쇄문화가 만들어질 수 없었다. 로크린의 결론은 진정한 의미의 공통된 국민의식은 없었다는 것이다.

이 시기의 텍스트는 아직 성장 중인 미국 도서시장의 잠재적 통일성이, 특정 지역에서 발생하고 그 영향의 범위도 그 지역에 국한된 물질적 조건—가령 지리적 고립, 서로 경쟁하는 정치적 연합체, 지역적 정체성과 다양성, 텍스트의 생산과 유포에 수반되는 시간적 지체—에 의해 파

괴되는 과정을 훌륭하게 기록하고 있다. (22)

네트워크를 조직하는 일이 너무 어렵다는 점만이 문제는 아니다. 오히려 네트워크가 **너무 많다**는 것이 문제다. 마을, 지역, 인쇄, 정치 등 고유의 논리가 있고 동시에 작동하면서 중첩하고 충돌하는 네트워크가 즐비하다. 더욱이 국민적 통합을 저해하는 사회적 리듬—인쇄의 유통에 발생하는 시간적 지체—까지 생각하면, 왜 나라가 제한된 전체로 통합할 수 없는지 이해할 수 있다. 간단히 말해서, 너무나 많은 조직의 패턴이 작동하고, 어느 것 하나가 지배하거나 통제하지 못하기 때문에, 제한된 전체는 분명하게 형성될 수 없었다. 이처럼 로크린에 따르면, 초기 미합중국에서 인쇄문화가 "형식적 동질성"을 촉진하고 지역적 차이를 제거했다는 베네딕트 앤더스의 유명한 가설은 하나의 환상에 지나지 않는다.[28] 국가를 통일체로 **상상**할 수는 있지만—형식적으로 표현해서, 국가를 통합된 전체로 이해할 수는 있지만—수많은 인쇄, 우편, 경제, 지역 네트워크는 서로 다른 조직의 원리와 끊어진 연결과 시간적 지체로 인해 국가가 통일된 전체의 형태를 취하는 데 도움을 주기는커녕 오히려 방해 요소가 될 뿐이다.

---

[28] Loughran, *The Republic in Print*, 14. 로크린의 주장에 '앵글로아메리카 인쇄공화국'이라는 공식적 세계에 전혀 등장하지 않는 네트워크, 형태, 템포, 가령 이로코이 민족의 네트워크, 아프리카 언어·구전설화·노래를 내부적으로 유통하는 노예 공동체를 포함할 수 있다.

네트워크, 전체, 내러티브

이제 찰스 디킨스의 《황폐한 집》(1854)을 살펴보자. 다수의 네트워크로 조직된 세상의 모습을 파악하는 것은 늘 어려운 작업이지만, 이 소설은 이를 탁월하게 수행함은 물론 복잡하고 섬세한 의미까지도 참신하고 극적인 방식으로 조명하고 있다. 《안티고네》에서와 마찬가지로, 나는 허구적 텍스트를 사회를 이해하는 하나의 모델, 서로 경쟁하는 다수의 형식을 통해 사회를 이해하는—또는 사회가 서로 경쟁하는 다수의 형식임을 보여 주는—하나의 실험으로 파악한다. 여기서 중요한 것은, 형식주의적 방법으로 디킨스를 읽는 것이 아니라 디킨스를 이용하여 사회적 형식의 작용을 밝히는 것이다. 이것은 문학비평을 거꾸로 뒤집는 것처럼 보일 수도 있지만, 바로 그것이 나의 목적이다. 내가 이해한 바로, 문학 텍스트는 기존의 사회 형식에 대한 반영 또는 표현이 아니라 사회적 상황과 마찬가지로 다양한 형식들이 교차하고 충돌하는 장소이며, 이를 통해 우리는 권력을 새롭게 사유할 수 있다. 어떤 형식들은 사회적·문학적 맥락을 쉽게 뛰어넘는다. 그리고 서사는 다양한 형식들 사이에서 펼쳐지는 관계들을 파악하고 추적하는 최적의 형식이다.

《황폐한 집》은 서로 다르지만 중첩하는 수많은 네트워크를 통해 경험을 조직한다는 점에서 매우 특별한 서사이다. 로크린처럼 디킨스는 널리 퍼진 네트워크와 한 국가의 제한된 형태의 관계를 탐색하는 데 관심을 둔다. 그러나 소포클레스처럼 디킨스는 이러한 문제적인 사회적 배열을 이해하기 위해 특정한 문학 형식—이 경우에는 다중 플롯의 구조를 가진 장편 서사—을 사용한다.《황폐한 집》은 서사라는 시간의 제약을 받는 형식이 중첩하는 수많은 네트워크와 충돌하는 양상을 섬세하게 검토한다. 문학·문화 연구 분야의 네트워크 이론가들은 이와 같은 방식의 분석을 거의 하지 않는다. 겉으로 보기에, 한 시스템의 접속점들 사이에 발생하는 교차의 네트워크는 차트나 지도와 같은 공시적인 형식으로 가장 잘 표현되는 것처럼 보인다. 그리고 과학자들과 사회과학자들은 네트워크가 펼쳐지는 양상을 시각화하고자 시간을 쪼개는 방식을 시도하지만, 네트워크에 관심을 가진 인문학자들은 언제나 시간보다는 공간을 더 중요하게 여겼다.[29] 디킨스는 서사 형식의 사용성을 탁월한 방식으로 활용함으로써, 네트워크가 시간적으로 전개되는 양상을 개념화한다. 이것은 네트워크이론과 서사이론이 서로를 변형할 수 있음을 보여 주는 하나의 예이다. 즉, 네트워크는 서사 형식의 통상적인 관습을 확장하고 변형하는 반면, 서사는 네트워크와 사회권력에 대한 기존의 이론을 발전시키거나 그에 도전한다. 《황폐한 집》은 네트워크를 소설에 도입함으로써 데이비드 보드웰David Bordwell이 최근에 언급한 "네트워크 서사" 영화—〈트래픽

---

29 《햄릿》의 플롯을 네트워크로 분석한 모레티는 연구 결과를 시각화한 그래프를 "공간으로 전환된 시간"이라고 말한다.("Network Theory," 82) 패트릭 재고다는 다음과 같이 말한다. "네트워크 형식을 연구한 많은 후기구조주의 이론은 주로 공간적 용어를 사용한다.("Terror Networks," 87n34) 과학자들이 네트워크의 시간 문제를 연구하기 시작한 것은 비교적 최근의 일이다. 기존 이론에 반기를 든 뉴먼Newman, 바라바시Barabasi, 워츠Watts는 시간적 전개에 중점을 둔 연구가 가장 최신의 네트워크 이론이라고 주장한다. 기존 이론과 달리, 이 새로운 이론은 "네트워크가 정태적이지 않으며, 많은 역동적 규칙에 따라 시간 속에서 진화한다는 입장을 취한다."(*The Structure and Dynamics of Networks*, 4)

traffic〉〈시리아나Syriana〉〈바벨Babel〉처럼 정치·기술·경제·사회의 네트워크를 중심으로 전개되는 영화—를 위한 새로운 길을 개척했다고 볼 수 있다.[30] 그러나 디킨스의 19세기 소설은 네트워크로 조직된 사회적 경험의 복잡성과 힘을 영화보다 더 잘 분석하고 있다.

레스터 데드락 경이 집을 떠나고 나서 존 잔디스는 말한다. "에스더, 그 사람하고 당신이 서로 연결될 거라고는 전혀 상상도 하지 못했어요."[31] 《황폐한 집》은 서로 동떨어진 사람들이 상호연결될 가능성에 주목하기 때문에 자선가, 군인, 댄스 마스터, 의사, 구혼자, 법률가를 경유하여 거만한 귀족을 지나가는 청소부, 벽돌공과 연결한다.

그렇다면 소설에 나타난 상호연결의 원리는 정확히 무엇인가? 프랑코 모레티는 네트워크 상호작용을 인물들이 주고받는 실제 대화에 한정하고, 장밥티스트 미셸Jean-Baptiste Michel은 같은 장면에 등장하는 인물에 주로 주목한다.[32] 이에 반하여 나는 디킨스의 예를 따라 사람들을 이어 주는 엄청나게 다양한 연결고리들을 상상한다. 《황폐한 집》에서 가장 분명한 상호연결의 원리는 잔디스 대 잔디스의 법률 소송이다. 여기서 인물들은 서로의 관계에 대해 전혀 알지 못하고, 인물들끼리 대면 접촉도 전혀 없으며, 인물들이 같은 장면에 동시에 등장

---

30 David Bordwell, *The Way Hollywood Tells It: Story and Style in Modern Movies* (Berkeley and Los Angeles: University of California Press, 2006), 72-114.

31 Charles Dickens, *Bleak House* (1854), George Ford and Sylvère Monod, eds. (New York: W. W. Norton, 1977), 532.

32 Moretti, "Network Theory," 81-82; Jean-Baptiste Michel et al., "Quantitative Analysis of Culture Using Millions of Digitized Books," *Science* 331 (December 2010), 176-82.

하지도 않는다. 그러나 인물들이 연결되는 수많은 다른 방식들—어떤 것들은 질병처럼 물리적 접촉에 의존한다—이 소설에 그려져 있다. 조가 에스더에게 천연두를 전파하면서, 감염은 서로 다른 그룹에 속한 사회적 행위자를 연결하는 접촉점이 된다. 자선사업 네트워크는 세 번째 조직 원리로서, 에스더와 캐디 젤리비를 연결하고 채드밴드 부인과 거피 씨를 연결한다. 또, 귀족의 사회적·정치적 네트워크가 있어 데드락 경 부인을 패션계와 연결하고, 레스터 데드락 경을 사회개혁에 관한 의회 논쟁에 연결한다.

그리고 "마을에 끊임없이 떠도는 웅성거리는 소문"(690)이 있다. 가장 중요한 것으로,《황폐한 집》은 친족관계의 연결 패턴에 관심을 기울인다. 이 중에서 가장 중요한 것은, 니모와 데드락 부인을 통해 레스터 데드락과 에스더를 연결하는 은밀한 유대 관계이다. 여러 페이지에 걸쳐 대면적 접촉이 없다고 해서 이 연결 관계가 덜 중요한 것은 아니다. 트루퍼 조지와 아이언마스터를 연결하고, 젤리비 부인을 터비드랍 씨와 연결하는 또 다른 친족 네트워크도 작동한다. 게다가, 단순한 근접성에 의해 찰리와 그리들리 같은 인물들을 연결하는 도시의 공간이 있다. "런던"은 이 소설의 유명한 첫 줄이다. 이 도시는 하나의 네트워크, 즉 순전히 인접성을 통해 상호연결된 도로와 건물의 집합체로 인식될 수 있다. 그리고 도시를 가로지르는 교통과 통신의 거대한 네트워크로 인해 런던은 인접한 장소들과 항상 연결되어 있다. 가령 런던의 거리는 시골 도로와 연결되어 있다. 제니와 리즈가 보여 주듯이, 그들은 탐올얼로운을 떠나 허트포드셔로 가서, 거기 있는 데드락 부인을 런던으로 도피시키며, 그녀는 나중에 런던에서 생을 마감한다.

도시가 인접성의 원리로서만 기능하는 것은 아니라는 점도 중요하다. 도시는 또한 인물과 제도의 연결을 장려한다. 상당히 복잡한 예이지만, 버킷 씨는 털킹혼의 방에 있었던 얼굴을 가린 여성이 누군지 알아보기 위해 조를 찾아다니다가 탐올얼로운에서 제니와 리즈를 우연히 만난다. 그곳의 도시적 공간에 시골의 벽돌공들이 모이고, 이들은 잔디스의 자선 네트워크에 참여한 파디글 부인을 통해 에스더를 알게 된다. 니모와 데드락 부인의 비밀을 푸는 열쇠를 가지고 있는 조는 가난 때문에 탐올얼로운에 왔는데, 이곳은 바로 법률 소송이 벌어지는 곳이다. 그리고 스낵스비, 털킹혼, 버킷은 데드락 부인과 니모를 잇는 연결 조각들을 끼워 맞추려고 한다. 여기서 런던이라는 도시는 상호 연결의 원리들을 연결하고 한데 모으는 일종의 메타 네트워크로 작용한다.

어떤 이는 디킨스에게 이 모든 네트워크는 국가의 경계선에서 멈춘다고 주장할지도 모른다. 가령,《황폐한 집》은 토지를 가진 귀족, 시골의 가난한 사람들, 산업화된 북부 지역을 모두 흡수하지만, 제국 전체를 보여 주는 것은 명확하고 철저하게 거부한다고 볼 수도 있다. 그러나 확장하고 접근하는 네트워크의 형식적 능력은 디킨스가 의도한 민족주의도 뚫고 나간다. 젤리비 부인은 국가의 요구에 전혀 관심을 기울이지 않지만, 디킨스는 조를 지구상의 먼 곳까지 뻗은 네트워크에 연결할 때, 이상하게도 젤리비 부인의 예를 따른다.

조는 탐올얼로운에서 나와 언제나 늦게 찾아오는 지각쟁이 아침을 맞이하면서 꾸질꾸질한 빵 조각 하나를 오물거리며 먹는다. 가는 길이 멀어 시내를 통과해서 아직 닫혀 있는 집들을 지나가야 하니까, 해외 복음 전파 협회 건물의 현관에 걸터앉아 아침을 먹는다. 그리고 식사를 마치고 나서 자리를 내줘 고맙다는 표시로 자리를 한 번 쓰윽 닦는다. 조는 건물의 크기에 감탄하고 무슨 일을 하는 곳일까 생각해 본다. 가련한 조는 태평양 산호초에 영혼의 궁핍함이 있는지도, 코코넛과 빵나무 사이에서 귀중한 영혼을 찾는 것이 얼마나 힘든 일인지도 도무지 알 길이 없었다. (198-99)

조는 입구에 앉아 있는데, 이것은 네트워크로서의 도시에 일어난 하나의 작은 우연이다. 이 특정 건물의 입구는 조가 아침을 먹을 때 우연히 조의 옆에 있었을 뿐이다. 그러나 이 입구는 많은 접속점에 연결된 접속점이다. 그것이 "태평양 산호초" 같은 먼 곳까지 퍼져 있어 전 세계 곳곳에 책과 사람을 보내는 어떤 기관의 건물에 인접하기 때문이다. 해외복음협회는 놀랍게도 디킨스 자신의 소설과 유사하다. 그의 소설도 화물, 도로, 철도, 인쇄 유통, 식민지 행정의 네트워크를 통해 인도, 캐나다, 호주, 미국에 곧바로 닿을 수 있기 때문이다. 이처럼 지극히 민족주의적인《황폐한 집》은 텍스트 안과 밖의 네트워크를 통하여 국경선을 넘는다. 조는 자신이 "해외"와 연결되어 있다는 것을 전혀 알지 못한다. 그러나 네트워크의 작동에는 아무런 문제가 없다. 사실《황폐한 집》의 인물들은 자신이 촘촘하게 중첩된 네트워크의 접속점으로 기능한다는 점을 전혀 인지하지 못한다. 그러나 그럼에도 불구하고 그들은 모두 많은 상호연결의 망을 통해 먼 나라의 낯선 사람들과 연결되어 있다.

어떻게 그들이 그 모든 것을 알 수 있겠는가? 소설의 인물들은 모두 동시에 법률, 질병, 경제, 계급, 가십, 족보, 도시 거리, 시골 도로, 글로벌 인쇄 네트워크와 자선 네트워크를 통해 연결되어 있다. 잠시 멈춰 서서 이 리스트의 기이함, 당혹스러운 비일관성을 생각해 보자. 어떤 연결은 자발적이고, 다른 연결은 강제적이다. 어떤 연결은 국가 기관의 절차를 따르고, 다른 연결은 단지 인접성을 통해 이루어질 뿐이다. 법률과 계급 관계처럼 어떤 것들은 계층질서적이고, 소문과 도시 공간처럼 다른 것들은 유동적이고 평등주의적이다.

각 인물은 적어도 하나의 분산된 네트워크에서 접속점으로 작용한다. 여기에서 어느 한 지점은 어떤 중심의 장소를 거치거나 고정된 질서에 속하지 않고도 다른 지점과 연결될 수 있다. 그러나 소설을 흥미롭고 복잡하게 만드는 것은 거의 모든 인물이 동시에 **하나 이상의** 분포된 네트워크에서 접속점으로 작용한다는 것이다. 이 네트워크는 분리되어 있지만 중첩한다. 각 네트워크는 고유의 논리가 있고 사회적 세계를 조직하고 연결하는 나름의 방법이 있지만, 같은 그룹의 인물을 연결하는 능력이 있다. 가장 중요한 것은 이 상호연결의 원리가 구조적으로 동일하지 않으며, 사실 서로를 실제로 전복하는 잠재적 힘이 있다는 것이다. 에스더가 천연두에 걸렸을 때 그녀는 결혼이 이제 불가능하다고, 즉 친족 네트워크에서 새로운 접속점으로 작용할 수 없다고 걱정했다. 라운스웰 부인은 귀족의 계층질서에 기꺼이 봉사할 마음이 있다. 그러나, 친족 체계 내에서 그녀가 차지한 위치 때문에 라운스웰 부인은 부르주아 아이언마스터—자본주의를 통해 귀족의 권력을 물리치려고 하는—에게 연결되고, 사랑하는 아들 트루퍼 조지—그녀는 아들을 위해 데드락 가문의 이름을 기꺼이 포기하고자 한다—에게 연결된다.

이렇게 많은 갈등하는 네트워크를 포착하기 위해 디킨스는 통상적인 소설의 사용성을 확장한다. 계산법에 따라 다르겠지만,《황폐한 집》에 등장하는 인물의 숫자는 대략 50명에서 70명이다. 질병, 도시의 거리, 전지구적 규모의 자선사업, 법률 소송 등등 멀리까지 영향을 미치고 중첩하는 네트워크를 조사하기 위해 소설은 수많은 접속점을 제시하고, 다양한 경로를 거쳐 이들을 연결한다. 그처럼 층층이 쌓인 상호연결은 일반적으로 소설에 등장하는 인물의 수를 가지고서는 불가능하다. (가령, 제인 오스틴의 소설에서는 서너 개의 가족이 등장하거나 결혼 플롯에서는 두 구혼자 사이에서 갈등하는 여성 한 명이 등장한다.) 그래서, 디킨스는 인물의 숫자를 늘려서 소설의 봉상석인 사용성을 크게 확장한다.

《황폐한 집》은 네트워크를 이용하여 인물을 재개념화한다. 사회 전체를 포착하려는 대부분의 소설들은 타락한 귀족, 정직한 노동자 등 사회집단 전체를 묘사하기 위해 인물을 사용한다. 그러나 디킨스의 소설은 인물들이 대표적이거나 환유적이어서 중요한 것이 아니라 사회적·경제적·제도적 네트워크에서 일정한 역할을 담당하기 때문에 중요하다는 점을 강조하기 위해 상당한 노력을 기울인다. 가령 조는 길바닥에서 일거리를 찾는 전형적인 고아이기 때문이 아니라 죽은 사람과 법과의 연결점이기 때문에 소설에 등장한다. 조는 니모의 죽음을 조사하는 장면에서 처음 등장한다. 조는 어떤 증인이 그가 니모와 얘기를 나눈 유일한 사람이라고 주장했기 때문에 증언석에 불려 나온다. 그다음부터 조는 소설에 반복적으로 등장하는데, 그가 가난, 유년 시절, 사회적 주변부를 상징하기 때문이 아니라, 단지 특정한 시간과 장소에 그 도시에 있었다는 이유만으로 살인사건 조사, 도시 개혁, 결혼제도에 연관되기 때문이다. 말하자면, 조는 많은 네트워크의 접속점으로서 역할을 수행하기 위하여 소설에 등장한다.

인물이 아니라 네트워크를 중심으로 서사를 조직한다는 점에서 《황폐한 집》은 마르크스의 상품과 유사하다. 즉, 소설의 인물은 그 자체로 강력한 또는 상징적인 행위자가 아니라 복잡하고 보이지 않는 사회적 세력이 교차하는 좌표로서 기능한다는 말이다. 그러므로 네트워크 형식은 소설의 인물에 대한 재고찰을 촉진한다. 가령 감염, 법적 조사, 도시 공간의 연결 통로에 포착된 조는 자신의 역할이 한편으로는 중요하지만 다른 한편으로는 전혀 중요하지 않다는 사실에 놀라움을 표시한다. 조는 사회적 세계에 의해 철저하게 무시당했는데, 어떻게 상호연결의 망에 얽혀 세상과 연결되는가?

네트워크 이론가들에 따르면, 대다수의 네트워크에는 다른 접속점보다 훨씬 더 많이 연결되는 몇 개의 접속점, 즉 허브가 있다. 접속점들은 대개 공통의 기능과 목적에 따라 뭉치지만, 몇 개의 중요한 접속점들은 동시에 많은 거대 클러스터의 일부로 기능한다. 《황폐한 집》의 허브를 파악하기는 어렵지 않다. 조, 에스더, 우드코트, 털킹혼, 버킷, 미스 플라이트는 다수의 클러스터에 등장하며, 클러스터 사이에 연결을 제공한다. 그러나 이것은 놀랍기도 하지만 이상할 정도로 일관성이 없는 목록이다. 그것은 핵심적이고 강력한 인물들만을 포함하지 않는다. 가장 많은 접속 빈도가 발생하는 장소가 반드시 주도권 또는 권위의 원천은 아니기 때문이다. 어떤 인물들은 단지 인접해 있었을 뿐이다. 즉, 우연히 특정한 시간에 특정한 장소에 있었을 뿐이다. 다른 인물들은 자기도 모르게 연결성—질병 또는 비밀 연애—을 가진 매체가 되었다. 이처럼 허브가 반드시 권력의 중심일 필요는 없다. 그리고 이것은 우연이 아니다. 조의 예가 명확하게 보여 주듯이, 사회를 지배하지 않고도 접속 빈도가 가장 높은 사회적 교차 지점으로 기능할 수 있다.

디킨스는 네트워크를 통해 서사의 사용성을 확장하는 한편, 서사를 통해 네트워크를 빈틈없이 이해한다. 이 장에서 나는 인쇄와 우편이 시간적으로 지체되는 현상, 가족에 새로운 접속점이 추가되는 경우, 다국적기업이 더 새롭고 우호적인 장소로 옮겨 갈 위험 등 몇 가지 예를 통해 시간적 리듬이 네트워크 배열과 충돌하고 이를 재형성히는 양상을 보여 주었다. 디킨스는 이론적으로 다루어진 적이 없는 빅토리아 소설의 형식적 특성—소설의 길이—을 이용한다.[33] 즉, 디킨스는 느슨하고 헐거운 서사 형식을 매우 특별한 방식으로 활용함으로써 네트워크를 영리하고 설득력 있게 이론화한다.

최근에 쏟아지는 "네트워크 서사" 영화는 정치·경제·테크놀로지의 글로벌 네트워크를 재현하고자 하지만,《황폐한 집》의 길이는 그와 같은 짧은 서사 형식으로는 파악할 수 없는 네트워크에 대하여 새로운 통찰을 제시한다. 네트워크 이론가들의 용어를 빌리자면, 〈트래

---

33 캐서린 갤러거는 예외이다. "Formalism and Time," *Modern Language Quarterly* 61 (2000) 229-51.

픽〉(2000), 〈시리아나〉(2005), 〈바벨〉(2006)과 같은 영화들은 모두 하나의 사건이 다른 사건을 연쇄적으로 일으키는 이른바 **체인 네트워크**에 의존한다. 이는 인터넷보다는 도미노와 유사하다. 〈바벨〉은 처음 보면 좀 다르게 보이지만, 사실 실제보다 훨씬 복잡하게 보이도록 꾸민 것뿐이다. 영화는 4개의 주된 이야기 중에서 세 이야기가 동시에 발생한 것처럼 전개되지만, 실제로는 순차적이다. 플롯의 순서를 바꾸면 인과관계가 분명한 단순한 서사가 보인다. 이와 반대로 《황폐한 집》은 접속점 사이의 연결이 무작위로 발생하는, 좀 더 복잡한 분포된 네트워크 모델에 의존한다. 가령, 런던 거리에서는 누구든 다른 사람과 조우할 수 있다. 그리고 이 모델을 통해 인과관계의 가능성뿐만 아니라, 사회적 관계에 대한 가능성 또한 복잡하고 다양해진다. 예를 들어, 멀리 떨어진 사회집단의 구성원 사이에도 예기치 않은 연결이 가능하다. 결국, 가십에서 질병, 도시 공간에 이르기까지, 분포된 네트워크는 청소부 조와 같은 신분이 낮은 사람을 그와 아무런 연관도 없을 것만 같은 거만한 레스터 데드락 경과 연결할 수 있다. 반면에 길이 제한 때문에 플롯이 훨씬 더 단순한 영화들은, 마약무역 또는 석유산업이 그렇듯, 플롯을 유지하기 위해 모두 단 하나의 상호연결 원리에 의존한다. 반면 디킨스는 다양한 상호연결 원리들을 중첩시킴으로써, 한 개인을 다양한 통로를 통해 반복적으로 연결한다.

이 과정에서 《황폐한 집》은 하나의 특정 네트워크—가족—를 할리우드의 네트워크 서사보다 더 형식적으로 탁월하게 밝혀낸다. 〈트래픽〉 〈시리아나〉 〈바벨〉은 모두 네트워크가 초래한 최악의 폭력이 가족의 해체라고 말한다. 가족의 안전을 회복하는 것은 플롯상 행동을 촉발하는 주요 원인이며, 주제적 의미의 주요 원천이다. 형식적으로 말해서 가족은 이 영화에서 하나의 단위, 즉 네트워크의 위협 속에 놓인 전체로서 등장한다. 반면 《황폐한 집》에서 가장 큰 비밀, 즉 에스더와 어머니와의 연결을 생각해 보자. 이는 내밀한 가족관계의 비밀이다. 그러나 그것은 소설의 전개에서 처음부터 비밀로 여겨진 사실은 아니다. 에스더와 데드락 부인은 두 개의 동떨어진 지점이다가, 독자와 인물의 의식 속에서 점차 가까워지고 나중에는 서로 연결된 접속점으로 바뀐다. 서로의 존재를 전혀 모르는 두 사람 사이에 사회적·지리적 격차를 두고 소설을 시작함으로써, 디킨스는 네트워크에 **의한** 가족의 해체보다는 **네트워크로서의** 가족을 드러낸다. 말하자면 이 가족 네트워크에서 접속점들은 언제나 이미 융합된 상태로 제시되지 않고, 다른 형식에 의해 방해받고 확장될 수 있는 다양한 경로를 통해 연결된다. 《황폐한 집》은 가족을 통합하려고 하지 않는다. 그보다는 가족을 여러 가지 네트워크의 하나로 생각한다. 그래서 가족은 법률, 자선, 계급질서, 질병의 옆에 위치한다. 이 과정에서 《황폐한 집》은 인물만이 아니라 관계도 다시 생각해야 한다고 말한다. 디킨스의 소설은 가장 사적인 유대 관계조차도 네트워크화된 형식임을 보여 주기 위해 가족을 해체한다.

디킨스는 능숙한 솜씨로 가족에 대한 분석을 한 단계 더 발전시켜, 서사 형식을 사용하여 친족 네트워크가 오랜 시간에 걸쳐 어떻게 역동적으로 펼쳐지는지 살펴본다. 소설의 단역 인물 배저 부인을 살펴보자. 그녀는 황당하지만 세 명의 훌륭한 남편을 둔 것을 자랑스러워한다. 첫 번째 남편은 해군 장교, 두 번째는 "유럽에서 명성을 떨친" 대학교수, 세 번째는 외과 의사였다. 배저 부인이 분명하게 보여 주는 것은, 남편은 그 자체로 특정한 사람이 아니라 친족 네트워크에서 하나의 위치를 차지하는 존재, 더 구체적으로 말하자면 **교체 가능한** 접속점이라는 점이다. 또한, "교체 가능하다"는 말은 에스더의 두 남편에게도 해당한다. 에스더가 과거의 남편과 집을 떠나 새로운 남편과 집을 얻는 대목은 이 소설에서 가장 큰 반전의 순간이다.

디킨스가 관심을 갖는 교체가능성을 잘 살펴보면, 그가 정확히 어떤 방식으로 서사와 네트워크를 화해시키는지를 잘 이해할 수 있다. 가족의 계보를 그려 본 사람이라는 누구나 알겠지만, 가족은 하나의 전체로 파악할 수 없다. 어디까지가 가족인지 그 시공간적 범위가 애매하다. 결혼이 다른 가족들과의 연결을 생성하고, 선조들이 과거 속으로 희미하게 멀어지고, 미래의 후손들이 새로운 접속점을 추가하면서, 먼 가지는 계속 밖으로 뻗어 나간다. 그리고 배저 부인이 주장하듯이, 가족 네트워크의 접속점은 끊임없이 비워지고 채워지는 위치로 표상된다. 새로운 사람들이 과거의 남편과 부인, 아들과 딸, 형제와 자매, 조부모를 대체한다. 말하자면, 접속점들은 반복적으로 교체되고, 그럼으로써 가족제도 자체를 확장하는 방식으로 네트워크를 재생산한다. 또는 이렇게 표현할 수 있다. 네트워크의 시간적 확장을 '공간화'한다면, 형식에 대한 이해는 중요한 부분에서 왜곡될 수밖에 없다. 친족 네트워크는 자기 재생의 연속적 과정에 참여하기 때문에 전체가 아니라 언제나 생성되고 영원히 진행되는 형식이다.

총체성에 대한 저항을 전달하는 데 가장 적합한 서사적 형식은 바로 플롯화된 서스펜스이다. 겉으로 보기에 이 두 가지의 충동—널리 퍼져 있고, 항상 생성되고, 중첩하는 네트워크와 서스펜스가 넘치는 서사의 목적론적 충동—은 완전히 서로 대립하는 요소들로 보인다. 탐정소설의 고전적 비평에 따르면, 이해와 질서라는 궁극적인 만족을 얻고자 결말은 계속 지연된다. 네트워크는 이와 정반대이다. 우리는 네트워크의 끝없이 교차하는 미로 속에서 길을 잃는다. 그러나 전통적인 탐정소설 비평은 종결에 대한 분석에 경도된 나머지 서사 중반부의 중요성을 간과한다.[34] 중반부의 서스펜스는 서사가 뭔가를 아직 밝히지 않고 있다는 신호를 보낼 때 발생한다. 서스펜스의 순간은 우리가 비밀과 같은 뭔가 중요한 정보를 놓치고 있음을 가리키거나 아니면 결과를 지연시키면서 추격, 위협, 연애 같은 뭔가 불확실한 과정을 의도적으로 연장한다.

《황폐한 집》은 가족의 비밀, 미제 실인사건, 불가해한 법률 소송, 한밤에 벌어진 광란의 추격전과 같은 다양한 서스펜스를 제공하면서, 독자들이 몇 시간 동안이고 계속해서 불확실성의 경험, **보류된** 지식의 경험을 해야 한다고 주장한다. 어떤 순간에도 우리는 접속점 사이를 연결하는 중요한 경로를 파악할 수 없다는 것을 안다. 더 큰 맥락에서 보자면, 이는 우리가 네트워크에 대해 전반적으로 무지하다는 사실을 보여 준다. 우리는 우리를 조직하는 네트워크의 총체성을 전혀 파악할 수 없다.

---

[34] 마리오 오티즈 로블스Mario Ortiz-Robles와 나는 소설의 중간 부분에 주목해야 한다는 주장을 담은 논문을 모아 책으로 묶었다. *Narrative Middles: Navigating the Nineteenth-Century Novel* (Columbus: Ohio State University Press, 2011).

이것이 네트워크의 형식적 사실이다. 법률과 질병 혹은 친족과 같이, 널리 퍼져 있고 중첩하면서 무한정 확장하는 상호연결 과정은 한 꺼번에 완전히 파악할 수 없다. 바로 그런 이유로, 앎을 보류하는 것이 다양한 분포된 네트워크를 표상하는 작업에 필수적일지도 모른다. 또는 이렇게 표현해 볼 수도 있다. 네트워크 세계를 표상하기 위해 텍스트는 총체성을 거부해야 한다. 《황폐한 집》은 어떤 순간에도 사회적 연결성에 대한 우리의 지식이 부분적일 뿐임을 증명하기 위해서 긴 중반부의 서스펜스를 필요로 한다. 우리는 암시와 눈대중을 통해 사회적 상호연결의 복잡다단한 연결망을 알아챈다. 그러나 부자와 빈자, 도시와 세계, 망자와 생자를 연결하는 네트워크는 의식에 완전히 포착되지 않는다. 사회적 네트워크의 중첩은 그 어마어마한 규모와 복잡성으로 인해 전체를 다 파악하기가 불가능하다. 그래서 디킨스는 암시하면서 보류하는 서사 형식, 즉 서스펜스의 서사를 선택한 것이다.

네트워크로 연결된 사회적 세계에 대한 지식을 제공하면서 보류하는 이 과정을 반복함으로써, 디킨스는 그의 소설이 완결되지 않았고 포괄적이지도 않으며, 그럴 수도 없다는 것을 암시적으로 보여 준다. 어떤 네트워크에서도 접속점은 교체될 수 있다. 그리고 새로운 접속점과 연결될 수 있다. 하나의 순간을 포착하기 위해 독자는 끝없이 펼쳐지고 확장하고 중첩하는 다양한 상호연결 시스템을 파악해야 한다. 그러한 방식으로 사회가 구체적으로 표현되기 때문이다. 이 다양한 시스템이 다른 시간과 장소에서 각기 다른 속도로 발생하고 확장하고 발전하기 때문에, 문화적 네트워크를 이해하기 위해서는 다양한 네트워크뿐만 아니라 그 다양한 시간성을 면밀하게 살펴보아야 한다. 이처럼 《황폐한 집》은 역사적으로 특정한 사건, 제도 또는 사람이 수많은 네트워크의 교차에서 발견된다는 것을 보여 준다. 다양하게 분포한 네트워크를 불러들이기 위해서 소설의 방대한 스케일이 필요했는지 모른다. 그러나 여전히 하나의 거대한 메타 네트워크로서의 사회를 파악하기란 불가능하다. 디킨스가 묘사하는 수많은 네트워크는 어떠한 시간적 · 공간적 한계도 뛰어넘어 확장하기 때문이다.

《황폐한 집》은 그와 같은 봉쇄할 수 없는 네트워크를 중심으로 이야기를 조직함으로써 소설 자체가 지닌 표상 능력의 한계에 끊임없이 부딪힌다. 《로드릭 허드슨Roderick Hudson》의 유명한 서문에서 헨리 제임스Henry James가 지적하듯이, "실제로, 보편적으로, 관계는 어디에서도 멈추지 않는다."[35] 그러나 디킨스는 "자신만의 기하학으로 하나의 원을 그리고, 그 안에서 이루어지는 관계들이 행복한 상태로 정지한 것처럼 **보이게**"(vii) 하려는 제임스적인 예술가가 되기를 거부한다. 《황폐한 집》은 관계들이 표상의 경계를 끊임없이 파괴한다는 바로 그 사실을 지적한다. 디킨스는 가족, 도시, 국가를 포착하겠다고 주장하지 않으며, 엄청나게 확장적인 그의 소설조차 다룰 수 없을 만큼 넓고 긴 사회적 상호연결 모델을 보여 준다. 네트워크로 짜인 플롯은 소설의 드넓은 범위도 넘어서는 무한한 시간적 지속과 공간적 확장을 반복적으로 암시한다. 《황폐한 집》의 거대한 넓이는 개별적인 주체성이나 가족의 중요성, 또는 국가의 전체성이 아니라 일종의 서사적 네트

---

[35] Henry James, *Roderick Hudson* (1875), (Boston and New York: Houghton Mifflin, 1917), vii.

워크의 숭고미를 내포한다.

마지막으로, 가장 기이하고 흥미로운 것은 이처럼 숭고한 복잡성이 너무나도 일상적인 것을 포착한다는 점이다. 인간은 모두 다른 종이나 사물과 마찬가지로, 다양하게 펼쳐진 네트워크의 교차점에 위치한다. 그리고 이 네트워크는 수많은 통로를 통하여, 다양한 공간에 걸쳐, 다양한 속도로 신체, 사상, 사물을 끊임없이 연결한다. 사회, 경제, 전자, 생태, 바이러스, 박테리아, 법률, 가족, 국가, 초국가 네트워크는 관계를 조직한다. 그러면서 동시에 다른 형식들과 충돌한다. 가령 네트워크는 영토의 경계선을 가로지르기도 하지만, 경계선에 의해 멈추기도 한다.

우리는 통신, 운송, 경제 네트워크를 국가를 강화하거나 세계화를 가능하게 하는 강력한 연결 장치로 생각하는 데 익숙해졌지만, 형식주의 접근법은 네트워크와 그것의 결합하는 능력을 방해하는 크고 작은 기회들을 드러낸다. 국민국가의 제한된 형태는 자본의 흐름과 협력하기도 하고 그에 대항하기도 한다. 다양한 통신 네트워크는 한 국가를 파괴할 수도 있고 통합할 수도 있다. 그리고 작은 형식들은 때로 큰 형식의 작용을 막기도 한다. 가령 지역의 우편 배달부는 또 다른, 더 지역적인 네트워크를 포개어 놓음으로써 제국적 권력의 네트워크를 약화시킬 수 있다. 그리고 여성 시인은 침실의 경계선 안으로 퇴각하여 고단한 사회적 네트워크의 침해를 차단하고 더욱 풍요롭고, 더욱 넓은 세상을 향유할 수 있다.

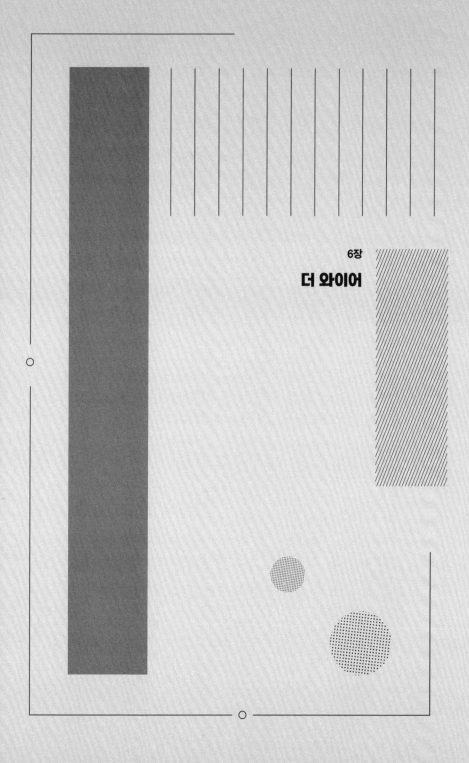

6장

더 와이어

문학·문화 연구에서 사회적 관계에 대한 설명은 대부분 특정 순간 몇몇 형성체들이 교차하는 방식에 집중한다. 예를 들어, 제국주의와 소설, 법과 출판문화 등이 그렇다. 그렇다면 형식적 시점의 스케일을 바꾼다면? 더 많은 형식들을 사용한다면 어떻게 될까? 무수히 중첩된 사회적 형식들에 주목하는 것은 불가능하진 않지만 무모해 보일지 모른다. 그러나 형식들이 빈번하게 다른 조직들과 조우함으로써 그 조직적 힘이 손상되고 경로를 재설정하고 방향을 바꾸는 것이 사실이라면, 권력의 작동 방식을 탐구하는 형식주의 문화 연구는 수많은 사회적·정치적·자연적·미적 형식들이 서로 마주칠 때 어떤 일이 일어나는지를 설명할 필요가 있다. 그러한 형식주의 문화 연구는 어떤 것일까?

나는 그러한 연구가 데이비드 사이먼David Simon의 탁월한 TV 시리즈 〈더 와이어The Wire〉(2002~2008)처럼 보일 수 있다는 기이한 주장을 펼치고자 한다. 이 책에서 내가 선호하는 방법론은 분석뿐 아니라 세밀한 묘사를 통해 다양한 형식들의 상호적 영향 관계를 관찰하고 추적하는 것이다. 〈더 와이어〉는 수도 없이 중첩하는 다수의 사회적 형식들이 사회적 경험을 구조화하지만, 바로 그 때문에 사회적 경험 자체가 예측 불가능에 빠질 수도 있는 것을 보기 드물게 탐구한다.

시리즈가 처음 시작되었을 때에는 경찰 병력이 마약상들과 대결하는 전형적인 경찰 드라마처럼 보였다. 하지만 시즌을 거듭할수록 새로운 제도들로 그 주안점을 넓혀 나갔다. 처음에는 노조, 다음엔 도시 경찰, 교육계, 마지막으로 언론계에 이르기까지. 시즌별로 초점이 변화했지만, 시리즈는 초반에 등장한 제도들을 없애지 않고 그것들과의 교차점을 구축하였고, 그 제도들이 중첩되고 서로 영향을 미치고 충돌하는 순간과 지점들을 탐색하였다.

〈더 와이어〉에는 교도소 감방과 위탁가정, 행정실, 그리고 합법적인 마약 사용 구역 '함스테르담'을 포함하여 수많은 제한된 전체와 폐쇄된 공간이 등장한다. 이 공간들은 초등학생 시험부터 뉴스 보도의 빠른 템포, 좀 더딘 선거 일정에 이르기까지 마찰하고 충돌하는 사회적 리듬들 사이에서 모양을 갖춘다. 여기서도 물론 계층질서는 중요하다. 이 시리즈는 오싹할 만큼 서로 비슷한 관료 조직을 이루고 있는 경찰과 마약상들 간의 접촉점을 살펴볼 뿐만 아니라, 법·교육·정치계를 아우르는 여타 관료 체계들도 탐구한다. 이러한 주요 기관들은 인종, 행정, 세대에 기초한 다양한 계층질서에 의해 조직되기도 하고 해체되기 한다. 결국 〈더 와이어〉의 모든 형식들 중 가장 주목할 것은, 전체 시리즈의 제목이 암시하듯 네트워크일 것이다. 일단 경제적 거래의 그물망이 있다. 이를 통해 마약 자금은 부동산과 국제 테러 조직에 연결된다. 밑바닥 청소년들부터 정치 기금 모금 행사까지, 계층을 중심으로 조직된 사회적 네트워크가 있다. 지미 맥널티와 스트린저 벨 같은 인물들이 근접 사고를 통해 서로 접촉하는 도시 공간이 있고, 사회계층을 오르내리며 쏟아지는 가십이 있다. 볼티모어 교회의 조직된 네트워크와 우연히 만나는 약물중독자모임과 복싱장을 포함하여 작은 규모의 사회 모임들도 있고, 가족 충성도를 나타내는 박스데일 암호로부터 해변가에 사는 윌레스의 할머니까지 이어지는 친족관계도 있다.

이 모든 것은 서로 다른 조직 원리에 따라 구조화되는데, 이 조직 원리들은 예기치 못한 방식으로 서로 충돌하기도 하고 서를 방해하기도 한다. 그러나 그러한 조직 원리야말로 어린 시절부터 지금까지 등장인물들의 경험을 만들어 내는 원천이다. 〈더 와이어〉에 따르면, 틸만중학교 학생들은 바깥에 머물다가 성장하면서 정치적 형식 또는 기관 안으로 들어온 것이 아니다. 사실, 이들이 태어나기 전부터 학교와 가족의 패턴들은 서로 만나고 서로에게 영향을 주고받는다. 또한, 학교와 가족은 선거 정치와 마약 거래, 경찰 행정, 사회복지, 법률과 만나면서 재편성되고 재형성된다. 한 아이의 이야기는 인종·경제·도시·가족·정치·법·교육 같은 한두 개의 지배적인 사회 원리로 한정할 수 없는 사회 형식들의 복잡한 충돌로부터 만들어지며, 이 모든 것의 압력 속에서, 끊임없이 충돌하는 패턴들 속에서 모양을 갖추게 된다. 〈더 와이어〉는 형식적 관점의 스케일을 바꿈으로써 결혼과 직업, 운율과 국가와 같은 두세 개의 형식이 아니라, 서로 마주치는 수없이 많은 사회적 형식들을 설명한다면 어떨지 묻는다.

과학도 아니고, 철학도 아니고, 경험도 아닌 바로 허구적 서사에서 사회 세계의 이론을 찾는 것은 분명 엉뚱하다. 〈더 와이어〉는 어느 정도 사실적이기는 하지만 정확하게 실제는 아니다. 만들어진 것이고 양식화된 것인 데다, 이념이나 서사적 인위성에서 결코 자유롭지 못하다. 그렇지만, 〈더 와이어〉를 통해 사회를 이론화하는 것은 이론

theory의 어원에 충실히 따르는 것이다. theory는 '바라보기' '광경' '명상'을 뜻하는 그리스어에서 유래한다. 테오리아Theoria는 어떤 광경을 경험하고 그로부터 세계에 대해 일반화할 수 있는 규칙을 추론해 낼 가능성을 암시한다. 여기서 나는 〈더 와이어〉에는 분명 사회를 이론화할 가능성이 있음을 주장하고 있다.

사회학자 안몰 차다Anmol Chaddha와 윌리엄 줄리어스 윌슨William Julius Wilson도 이에 동의한다. 사회학은 여러 사회적 형식이 가진 힘을 인정하지만, 분석을 위해 한 번에 하나의 패턴에 집중한다. 그런데 차다와 윌슨은 종래의 사회학이 파악할 수 없는 허구적 작품의 특정한 사용성을 언급한다.

허구적 작품으로서 〈더 와이어〉는 도시의 불평등과 빈곤 문제를 다룬 엄격한 학문적 연구를 대신하려 하지 않는다. 〈더 와이어〉가 보여 주는 것은 학술적 저서로는 파악하기 힘든 도시 불평등의 상호연관성이다. 학술적 연구의 구조상 학술 저서들은 이러한 문제들을 중에서 하나에 초점을 맞추는 경향이 있다. 가령 탈산업화, 범죄와 투옥, 교육제도가 도시 불평등에 미치는 영향을 분석한 탁월한 연구가 적지 않다. 이것들이 서로 얽혀 있다는 것은 학자들도 암묵적으로 이해하지만, 하나의 주제에 관한 심층적 분석은 고도의 집중을 요하기 때문에, 다른 중요한 요소들은 덜 논의되기 마련이다.[1]

---

1 Anmol Chaddha and and William Julius Wilson, "'Way Down in the Hole'": Systemic Urban Inequality and *The Wire*," *Critical Inquiry* 38 (fall 2011): 166.

〈더 와이어〉는 동시에 작동하는 다수의 형식들을 보여 줄 수 있다는 점에서 그 가치가 크다. 말하자면, 주로 한두 개의 형식을 탐구하는 학술적 연구에 대한 분석적 제안이 될 수 있다. 이 장에서는 이론으로는 접근이 어려운 〈더 와이어〉의 형식적 요소, 즉 플롯에 주목하고자 한다. 프레드릭 제임슨은 이 시리즈에서 "플롯의 구조가 … 이론적, 철학적 차원을 가진다"고 주장한다.[2] 〈더 와이어〉의 플롯 구성을 보고 플롯이 갖는 놀라운 힘을 새삼 느낄 수 있다는 것은 우연이 아니다. 《황폐한 집》과 마찬가지로, 〈더 와이어〉는 서로 겹치고 뒤얽혀 서로에게 영향을 미치는 수많은 장면들을 통해 백여 명의 인물들을 엮음으로써, 텔레비전 드라마 매체의 통상적인 사용성을 확장한다. 가령, 헤로인에 중독된 볼티모어의 노숙자가 러시아의 마약 밀매범들과 메릴랜드 주지사에게 어떻게 영향을 미칠 수 있는지를 보여 주는 식으로, 언뜻 보기에 멀리 떨어져 있거나 연관되지 않은 인물들을 연결시킨다. 그리고 〈더 와이어〉는 여타 소설과는 전혀 다르지만, 등장인물의 수를 극적으로 확장시키고 **다수의** 채널을 통해 이들을 연결시킨다는 점에서 《황폐한 집》과 유사하다. 이들을 연결하는 단일한 상호 연결의 원칙 같은 것은 없다. 따라서 〈더 와이어〉의 줄거리가 드러내는 복합성과 복잡성은 실로 엄청나다. 거의 모든 관습적 줄거리들과 완전히 딴판이다.

　제임슨이 플롯 형식의 중요성을 인식했음에도 불구하고, 〈더 와이

2　Fredric Jameson, "Realism and Utopia in *The Wire*," *Criticism* 52 (fall 2010): 365.

어〉에 대한 그의 분석은 형식적으로 납득하기 어려운 점이 있다. 제임슨이 보기에 '리얼리즘'의 관건은 '필연성'이다. 말하자면, "사건은 그렇게 일어나야만 했고, 현실은 저항할 수 없는 힘이자 움직일 수 없는 장애물"이다. 그런데, 〈더 와이어〉의 플롯에서는 그러한 리얼리즘에 "약간의 균열 혹은 틈"을 일으키는 작은 순간들이 있다. 제임슨은 유토피아의 플롯이 기이하거나 예기치 못한 가능성을 열어 두는 반면, 리얼리즘 줄거리는 어떤 어김없는, 회피할 수 없는 결과를 만들어 낸다고 주장한다. 제임슨에 따르면, 〈더 와이어〉는 리얼리즘을 유토피아로 전환한다. "현실과 현재가 유토피아를 봉쇄해 버리기 전에, 유토피아적 미래가 사방에 돌파구를 마련한다"(371-72). 그러나 제임슨은 이 두 가지 플롯을 어떻게 구분할지 방법을 제시하지 않는다. 다시 말해, 이 두 플롯 모두가 같은 텍스트 안에서 경험을 구조한다면, 일련의 사건들을 필연적으로 만드는 플롯은 어떤 것이고, 개연성이 없고 환상적인 것으로 만드는 플롯은 어떤 것인가? 두 플롯 모두가 하나의 거대한 서사를 조직하는 요소라면, 어떻게 하나의 플롯이 다른 플롯을 '뚫고 나갈' 수 있을까? 제임슨은 관습에 근거하여 이 둘을 구분한다. 익숙하고 인지 가능한 플롯은 리얼리즘적이고, 흔치 않고 예상치 못한 플롯은 유토피아적이라는 식이다.

하지만 〈더 와이어〉가 천재적인 것은 **두 가지** 종류의 줄거리가 모두 개연성을 가진다는 점이다. 이 시리즈는 관습적인 경로든 예기치 못한 경로든, 모든 형식의 충돌에 내재하는 수많은 가능한 경로들을 상상하면서, 언제든 닥칠 수 있는 모든 종류의 결과를 제시한다. 그렇다면 제임슨의 주장을 거꾸로 뒤집어 보자. 〈더 와이어〉는 리얼리즘이

기이하고 낯선 플롯을 봉쇄한다고 보지 않는다. 이 작품은 오히려 이상하고 비관습적인 플롯을 개연성을 가진 플롯, 즉 리얼리즘으로 만든다. 이러한 해석은 제임슨이 장르적 해석보다는 오히려 윌슨과 같은 사회학자의 설명에 더 가깝다. 윌슨은 〈더 와이어〉가 "세상이 작동하는 방식에 대해 믿기 어려울 정도의 상상력과 이해를 보여 준다"고 말한다.[3] 〈더 와이어〉는 분명 만들어진 허구이다. 의심의 여지 없이 기교를 사용한, 양식화된 허구이다. 하지만 플롯을 통하여 이 작품은 형식들이 충돌하면서 개연성 있게 전개되는 사건들의 양상을 추적하고자 한다.

플롯은 인과관계를 사고하는 능력에 특히 중요하다. 이전에도 언급했듯이, 서사는 원인이 무엇이냐에 관한 형이상학적 주장들을 피하기 위한 이상적 형식이다. 서사는 이야기의 전개를 경험하게 함으로써 인과성이 실제 세계에서 드러나는 방식 그대로 인과성을 제시한다. 텔레비전 시리즈물은 여기에 특히 잘 부합하는 듯하다. 소설과 달리 어떤 전지적인 시점의 서술자가 왜 어떤 일이 일어났는지 우리에게 설명해 주지 않으며, 소설과는 비슷하지만 전통적인 영화와는 달리 관계들을 펼칠 시간이 충분히 주어지기 때문이다. 서사는 수백 개의 사회적 형식들을 내포한다. 그리고 서사는 그러한 형식들이 공조하고 마찰하고 중첩하는 것을 추적하지만, 최초의 원인이나 단일한

---

3 Drake Bennett, "This Will Be on the Midterm. You Feel Me? Why So Many Colleges are Teaching *The Wire*," *Slate Magazine* (March 24, 2010); online at: http://www.slate.com/id/2245788s.

심층 구조를 상정하지 않는다. 형식들은 각각의 사용성을 지닌 채 맥락을 벗어나 이동할 수 있기에, 플롯은 허구적 작품의 안과 밖 모두에서 나타나는 형식들 간의 관계들을 이론화할 방법을 제시한다.

〈더 와이어〉는 암울한 것으로 유명하다. 비평가들, 특히 가장 유명한 예로 슬라보예 지젝Slavoj Žižek는 그 "운명론적 세계관"을 비난한다.[4] 사회 형식의 이론을 얻기 위해 데이비드 사이먼의 〈더 와이어〉를 찾는다면, 이는 정치적으로 효과적인 일도 생산적인 일이 아니다. 대부분의 인물들은 비극적인 또는 역설적인 결과를 맞게 되며, 전면적으로 재구조화된 대안이 나오는 것도 아니다. 때로는 인물들이 과거를 그리워하며 과거와 현재 간의 간극을 시사한다. 노동조합과 신문사들은 모두 더 나은 시절을 경험했다. 하지만 이 시리즈는 그런 향수 어린 감상도 비꼰다. 일례로, 마약상 보디Bodie는 16, 17세 정도인데 중학교 2학년 파수꾼들이 일은 안 하고 비둘기와 노닥거리는 걸 보고는 불만을 토로한다. "요즘 어린 것들은 직업윤리라는 게 없어. 우리, 아저씨들이 아니었다면 난 신경도 안 썼을 거야."[5] 비슷한 맥락에서, 위베이Wee-Bay는 수차례 살인을 저지르고도, 말로Marlo가 권력을 잡기 전에 아본 박스데일Avon Barksdale 밑에서 일하던 옛 시절을 그리워한다.

---

4 Slavoj Žižek, "*The Wire*, or the Clash of Civilisations in One Country," lecture at the Birkbeck Institute for the Humanities (February 24, 2012), online at : http://backdoorbroadcasting.net/2012/02/slavoj-zizek-the-wire-or-the-clash-of-civilisations-in-one-country/

5 Season 4, episode 1, "Boys of Summer," directed by Joe Chappell, written by David Simon and Ed Burns.

"옛날엔 잘 돌아갔는데. 말을 뱉으면 다 지켰고. 제 몸은 알아서 챙기고, 대장이 누군지 알았고 … 근데 지금은, 다 엉망이야."[6] 시리즈는 어린 인물들이 전임자들의 삶을 다시 반복할 것이라는 점을 시사하면서 끝맺는다. 가령, 마이클은 새로운 오마르Omar가, 두쿠온Duquon은 새로운 버블스Bubbles가 된다. 패턴의 반복은 진정한 차이를 만들려는 시도를 압도하는 듯하다. 다르게 표현하자면, 볼티모어의 세계는 시간이 지나면서 변화하지만 〈더 와이어〉는 극적 변화나 균열의 순간보다는 시간상 앞뒤로 연장되는 반복과 대체의 제도적 리듬에 집중한다.

그러나 〈더 와이어〉가 모든 것이 이미 결정되었다고 선언하는 추상적인 자본주의나 비극적 운명 이외의 사회적 관계를 생각할 여지를 주지 않는다는 주장 역시 오류일 것이다. 오히려 이 작품은 구체적으로 어떻게 일이 이루어지는지 반복적으로, 끈질기게 보여 준다. 그리고 여러 가지 대안으로 나가는 길도 아울러 제시한다. 어떻게 일이 이루어지는가는 가차 없이 형식의 문제이다. 패턴과 배열은 매우 복잡한 방식으로 경험을 구조화한다. 그래서 해피엔딩이 이루어지기는 힘들다. 그러나 그와 동시에 사건들이 다른 방식으로 전개될 가능성 또한 완전히 봉쇄하지 않는다. 사실, 〈더 와이어〉는 진정한 사회 변화를 위해 형식들이 함께 협조하는 방식을 반복적으로 상상한다. 만약 여기에 협력이 틀어지더라도, 그 원인은 경제, 정치, 인종과 같은 하나의 권력 구조가 아니라 수많은 형식들의 중첩에 있다.

---

6 Season 4, episode 5, "Alliances," directed by David Platt, written by Ed Burns.

나는 〈더 와이어〉의 형식들을 제한된 전체, 리듬, 계층질서, 네트워크의 순서대로 살펴보려 한다. 이 책의 구조와 동일한 방식이다. 이 순서는 임의적이다. 이 중에서 어떤 것도 다른 것보다 더 중요하거나 근본적이지 않다. 각 형식은 다른 형식 안에 자리 잡을 수 있다. 가령, 선체는 리듬과 계층질서, 네트워크를 포함할 수 있다. 사실상, 〈더 와이어〉는 형식이 언제나 상호의존적이라는 점을 보여 준다. 하지만 이해를 돕기 위해, 한 번에 하나씩 초점을 맞추어 논의해 보자. 그러고 나서 이들의 상호의존성을 탐구해 보자. 나의 해석은 시리즈 중 상호 연결된 플롯의 구조에만 전적으로 초점을 맞출 것이다. 물론 〈더 와이어〉는 단순한 전형적 인물을 거부하는 풍부한 인물묘사와 탁월한 연기, 사운드트랙 등 여러 가지로 주목할 점이 많다. 그러나 이 작품은 다수의 형식들이 서로 관계하면서 펼쳐지는 과정, 그리고 그 형식들이 때로는 심각하고 치명적인 결과를 때로는 긍정적인 결과를 만드는 과정에 집중한다는 점에서 단연 으뜸이다.

전체

〈더 와이어〉에서는 경험을 조직하는 제한된 전체들이 적지 않다. 이들 중 대다수는 문자 그대로 공간적 구역이다. 가정, 회사, 도시 경계로부터 화물 컨테이너, 사람들이 모이는 공간, 술집, 은신처, 교도소 감방까지. 우리가 일찍이 보았던 통합된 전체들과 같이 이들 모두는 내부를 외부로부터 구분하는 경계선을 가진다. 이들 모두는 보호나 감금, 포함과 배제를 내포한다. 마약상들은 영역 다툼을 벌이고, 경찰은 자신이 속한 구역에 따라 강한 소속감을 갖는다. 이 공간적 봉쇄들 간의 만남을 보여 주는 세 가지 예시들에 초점을 맞춰 이야기를 시작해 보자. 〈더 와이어〉는 서로 다투고 충돌하면서 경험을 조직하거나 와해시키는 다양한 전체들이 갖는 힘에 주목한다. 여기서는 이를 모두 다 보여 줄 수 없으니, 구체적인 예를 하나 들어 보고자 한다.

　아마도 제한된 구역의 힘을 가장 잘 보여 주는 사건은, 시즌 3에서 함스테르담을 만든 버니 콜빈의 실험이다. 함스테르담은 마약 매매상들과 마약 사용자들이 경찰의 간섭으로부터 안전하게 원하는 대로 행동할 수 있는 엄격하게 제한된 세 개의 도시 구역이다. 이 구획된 공간으로 인해, 도시 내 빈곤한 지역에 분포되어 있던 마약 거래는 뒷골목을 벗어난다. 그리고 공공의료 단체들이 중독자들에게 콘돔을 나눠주고 주사 바늘을 바꿔주고 재활 프로그램을 제공하는 일이 전보다 쉬워진다. 함스테르담은 곧 크고 작은 다른 구역들의 변화도 가져온다. 우선, 한때 마약상에 고용되어 골목에서 망을 보던 동네 소년들이 할 일이 없어졌다. 그래서 다른 종류의 봉쇄된 공간, 즉 지역공동체가 운영하는 데니스 '커티' 와이즈Dennis "Cutty" Wise의 복싱장으로 흘러 들어간다. 그다음으로, 클라렌스 로이스Clarence Royce 시장은 구역의 성공에 잠시 좋은 인상을 받아 폐쇄를 미뤘다가 다음 선거에서 패배한다. 선거에서 승리한 토미 카세티Tommy Carcetti는 도시의 지도부에 있다가 결국 국가 지도부에 들어간다. 대개는 도시 같은 거대한 공식적 정치 공간이 함스테르담의 작고 실험적인 공간을 규정할 것으로 생각하기 마련이다. 그러나, 거꾸로 일개 자유 구역에 불과한 작은 공간은 볼티모어, 종국에는 메릴랜드주 전체의 권력 관계에 변화를 일으켰다. 말하자면, 작은 형식들이 큰 형식에 의미심장한 결과를 초래한 셈이다. 함스테르담, 볼티모어, 메릴랜드는 제한된 공간으로서 선명한 경계선을 가진 봉쇄틀이다. 큰 공간이 작은 공간을 품고 있는 형상인데, 이 세 개의 공간은 형식적으로는 서로 비슷하다. 그러나 정치적 · 조직적으로 보자면, 그 목적이 제각각 다르다.

　시즌 2는 구역들 사이의 관계를 보여 주면서, 작은 봉쇄틀이 큰 규모의 정치권력에 영향을 미칠 수 있음을 다시 한 번 입증한다. 초반에, 경찰서장 스탠 발체크Stan Valchek와 부두노동자조합의 프랭크 소보트카Frank Sobotka는 지역 교회에 스테인드글라스 창문을 누가 새로 설치할지 사소한 다툼을 하다가 소보트카가 이기자 격분한다. 작은 구역 교회를 두고 벌어진 권력 다툼에서 이기려는 발체크는 볼티모어 경찰에 소트보카의 재정 상태를 조사해 달라고 요청한다. 그래서 소보트카가 국제 밀수단에서 돈을 받고 있다는 사실이 밝혀지자, 경찰과 FBI는 볼티모어 노동조합장을 넘어 더 큰 표적으로 관심을 돌린다. 발체크는 동네 싸움에서 이기려다 볼티모어와 연방 사법기관을 불러들인 끝에, 도시, 국가의 법 집행 기관, 초국가적 네트워크에 고유한 논리가 있어 그의 통제권을 벗어난다는 것을 알게 된다. 작은 교회의 정치가 잇달은 사건을 일으켰다. 그러나 교구가 다른 관할구역들—도시 경찰, 국가 정보기관, 국제 무역, 테러 요원들—과 중첩되면서, 결국 큰 형식들이 작은 형식들을 집어삼킨다.

　세 번째 예시는 제한된 형태들이 서로 충돌함으로써 광범위한 영향을 미치는 연속적 사건들을 촉발하는지를 보여 준다. 박스데일의 조직원 위베이 브라이스Wee-Bay Brice는 조직을 위해 기꺼이 종신형을 감수하고 평생 감옥에 갇힌다. 그 대가로 박스데일은 위베이의 여자친구 드론다De'Londa와 아들 나몬드Namond를 값비싼 가구가 있는 집에서 부양하고 보호한다. 하지만 박스데일 마약 일당은 곧 말로의 무자비한 마약 조직에 밀려 내쫓긴다. 영역을 잃어버린 박스데일은 위베이의 집세를 낼 수 없다고 말한다. 드론다는 나몬드가 마약을 팔게 하는데, 나몬드는 경쟁자들에 밀려 구역에서 쫓겨나고 사업에 실패하자, 그 벌로 집에서 내쫓긴다. 나몬드의 학교에서는 문제 학생들을 따로 모아 반을 만드는 실험을 했는데, 그 덕분에 나몬드는 전직 경찰관 버니 콜빈의 눈에 띄게 된다. 버니는 제한된 전체에 대한 실험 때문에 강제로 은퇴했었다. 버니는 나몬드에게 임시 거처를 제공하고, 나중에는 새집도 마련해준다. 여기서 각각의 제한된 공간은 그다음 공간에 영향을 미친다. 폐쇄된 감방은 보호받는 집과 교환되지만, 그 집은 마약 구역의 경계가 무너졌을 때 위험에 빠지며, 나몬드는 집에서 쫓겨난다. 하지만 나몬드는 이 작품에서 행복한 결말을 맞는 몇 안 되는 인물이다. 학교 공간의 재조직으로 인해 나몬드는 버니의 교실과 입양 가정, 두 개의 보호된 폐쇄 공간에 들어갈 수 있게 된다. 그렇지 않았다면 나몬드의 운명은 집 없는 또래 아이들 랜디나 두쿠온과 다르지 않았을 것이다. 어떤 하나의 형식이 이러한 일련의 사건들을 지배하거나 촉발하지 않는다. 가정도, 학교도, 마약 구역도, 감방도 그럴 수 없다. 하지만 이 모든 공간들이 나몬드의 이야기가 만드는 데 일정한 역할을 담당한다. 그러한 공간이 없다면, 나몬드의 이야기는 불가능하다.

리듬

〈더 와이어〉는 제한된 공간들의 중첩만큼이나 사회적 리듬과 템포의 충돌에 주목하면서, 다양한 시간성들의 복잡한 조합들을 보여 준다. 〈더 와이어〉의 플롯은 신문사의 마감 시간 위에 학업 평가표를, 그 위에 2년마다 돌아오는 선거 캠페인을, 그리고 그 위에 경찰의 범죄 통계 평가를 겹쳐 놓는다. 서사적으로 말하자면, 재현되는 사건들이 연속적인지 동시적인지를 결정하기란 불가능하다. 즉, 수제sjuzhet로부터 파불라fabula를 추론해 내기는 어렵다.[7] 분명히, 각각의 에피소드는 뉴스룸에서 교실로, 시장 집무실로, 가정으로, 골목으로 급격하게 이동하면서, 플롯들 사이를 그리고 제도들 사이를 끊임없이 오가면서 시간적 전개를 암시한다. 우리는 오전에 일어나는 장면들이 낮, 저녁, 밤 동안 사건들로 이어지는 것을 보게 된다. 오전 장면들은 동시에 일어나는 것일까, 아니면 연속적으로 일어나는 것일까? 마찬가지로, 계절이 바뀌지만 우리는 정확한 날짜나 에피소드 사이에 흐른 시간의 폭을 거의 감지하지 못한다. 이 시리즈는 시간적 정확성을 거부하며, 동시적 반복의 느낌을 포착하려 하는 듯하다. 반복의 패턴은 모두 동시에 진행된다. 그래서 사건들은 어떤 정확한 순서로 서로를 뒤따르지 않는다.

플롯이 전개되면서 우리는 각각의 제도가 고유의 시간적 리듬을 갖

---

7 '파블라'는 시간상 순차적으로 전개되는 이야기, '수제'는 시간과 관계없이 이야기가 구성되는 방식이다. 러시아 형식주의자 프롭과 슈클롭스키가 처음 사용한 용어들이다.

고 있으며, 때로는 다수의 리듬들이 서로 중첩되어 있음을 알게 된다. 타일만중학교의 교사인 샘슨 부인은 학교의 템포를 이렇게 설명한다. "아이들의 얼굴에서 요일을 알 수 있어요. 가장 좋은 날은 수요일이죠. 집에서 가장 멀리 떨어진 날이고, 온갖 사건이 벌어지는 길거리에서도 가장 먼 날입니다. 그럴 땐 웃는 걸 볼 수 있어요. 월요일은 화가 나 있어요. 화요일은 월요일과 수요일 사이에 끼어 있어서 어느 쪽으로든 갈 수 있죠. 목요일에는 주말이 다가온다는 걸 느낀답니다. 금요일은 다시 나빠져요."[8] 학교는 또한 학년에 따라 시간적으로 조직된다. 〈더 와이어〉에서 가장 고통스러운 순간은 두쿠온의 중학교 졸업이다. 학교 측이 학생들이 학업적으로 발전하고 있음을 보여 주겠다며 무리수를 두면서, 두쿠온은 학년 중간에 갑자기 9학년으로 진급한다. 이 때문에 나이가 같은 또래들과 함께 학년이 올라가는 통상적인 사회적 진급의 절차가 갑자기 중단된다. 두쿠온에게 이것은 재앙이었다. 두쿠온은 고등학교라는 사회적으로 성숙한 세계에 대한 준비가 없었고, 그러다 보니 곧 완전히 학업을 중단한다. 더 나은 대안이 없었던 것이다. 제대로 된 직장을 다니기엔 나이가 너무 어렸다. 가정의 울타리 밖으로 내쳐졌으나 중학교 또래와 직장에서는 나이가 너무 많거나 너무 어렸다. 그래서 두쿠온은 마약중독과 노숙자 생활의 황폐한 미래를 마주할 수밖에 없다. 이것이 시간적 조직의 형식적 힘이 가장 일상적인 방식으로—두쿠온의 진급은 결국 일상적인 관료적 절차

8　Season 5, episode 4, "React Quotes," directed by Agnieszka Holland, written by David Simon and David Mills.

였을 뿐이다―또 가장 비극적인 방식으로 발현되는 경우이다.

〈더 와이어〉는 인물들이 다수의 리듬이 충돌하는 바람에 사회적 템포들 사이에 끼어 버리는 것을 보여 준다. 하나의 예로, 레스터 프리먼Lester Freamon과 키마 그레그스Kima Greggs는 미약싱들이 고위층 정치 관료들에게 준 기부금을 추적한 뒤, 예비 선거를 이용해 소환장을 발송한다. 선거가 사람들의 이목을 끌 것이라고 추측한 것이다. 실제로 세간의 이목을 끌었다. 키마는 중범죄과에서 쫓겨나 계층 사다리의 밑바닥인 살인 사건 수사과의 초짜로 강등된다. 시장은 검찰 측 증인이 살해당한 사건을 둘러싸고 스캔들이 불거질까 봐 경찰국장 버렐에게 사건 조사를 늦추라고 압력을 가한다. 그러자 버렐은 경험이 부족한 신참 키마에게 사건을 맡긴다. 언론은 기삿거리를 입수하고 후보 토니 그레이를 인터뷰한다. 토니 그레이는 이 상황을 백분 활용하여 키마가 아무것도 모르는 순진한 바보임을 드러내려 한다. "내가 도대체 그 사람한테 잘못한 게 뭔데?"라고 키마는 묻는다.[9] 하지만 이것을 인간관계의 드라마로 보는 것은 실수이다. 이것은 사실 시간적 형식들이 충돌하는 경우로 봐야 한다. 키마는 서로 다른 두 개의 경찰 조사, 시장 예비 선거, 새로운 직장 생활, 매일의 뉴스 주기 등 경쟁하는 수많은 템포들의 교차로에 걸려든 것이다.

키마가 〈더 와이어〉에서 좌천되었다가 다른 사람을 밀어내면서 상황이 역전된 유일한 사람은 아니다. 시리즈에서 가장 막강한 시간적

---

9 Season 4, episode 5, "Alliances," directed by David Platt, written by Ed Burns.

형식은 대체의 패턴이다. 어떤 인물들이 죽거나 해고되거나 감옥에 가자마자 다른 인물들이 그들을 대체한다. 경찰 관료제, 마약 거래, 가족 등 어디에서나 마찬가지다. 〈더 와이어〉에서 경찰은 죽음이나 감옥도 결코 마약 거래를 종식시킬 수 없다고 불평한다. 마약상들은 끝없이 대체되기 때문이다. 이는 경찰들의 임무도 결코 완료되지 못할 것을 의미한다. 그래서 경찰들 역시 끝없이 대체될 것이다. 〈더 와이어〉는 또한 이러한 대체가 공식적 조직에만 국한되지 않는다는 점을 보여 준다. 시즌 3에서, 맥널티McNulty가 야구장에 등장한다. 맥널티의 전처 엘레나가 돈 많은 변호사 남자친구와 훨씬 비싼 좌석에 앉아 있다. 양육권이 바뀌어 아빠에게 돌아온 맥널티의 아들들은 이를 보고 크게 실망한다. 이 장면은 사적이고 친밀한 관계의 영역조차도 제도화된 반전의 패턴으로부터 안전하지 않음을 시사한다. 시리즈에 등장하는 위탁부모와 수양부모들도 사정은 비슷하다. 시즌 4에 등장하는 네 명의 의부義父 콜빈, 카버, 프레즈, 버블스는 각각 나몬드, 랜디, 두쿠온, 쉐로드라는 소년의 관계에서 부모 역할을 맡는다. 가족관계도 대체의 과정이 존재한다.

　〈더 와이어〉는 드라마에 등장하는 큰 제도들이 모두 장기간에 걸쳐 지속된다는 점을 보여 준다. 〈더 와이어〉에 극적인 역사적 변화는 없다. 가족, 학교, 정부, 사업 등 경험에 질서를 부여하는 수많은 제도들이 대체와 대리의 반복적 패턴으로 작동하기 때문이다. 이것은 운명론이나 정체와는 다르다. 제도는 학교에서 새로운 월반의 패턴을 도입하기도 하고, 직장 내 인력을 재배치하기도 한다. 시간이 지나고 사업이 실패하면서 제도가 몰락하기도 한다. 우리는 특정 제도의 안팎에서 새로운 형식들이 다른 형식들과 조우할 때 이러한 변화들이 갖는 파급력을 볼 수 있다. 그러나 제도들이 반복과 대체를 통해 자가 복제하는 것은 사회적 리듬의 중요한 측면이다.

계층질서

〈더 와이어〉에서 대체가능성의 패턴을 견디면서 지속한 강력한 제도적 형식은 바로 계층질서의 수직적 형식이다. 계층질서는 어디에서나 발생한다. 인종차별주의에도 존재하고, 경찰, 선거 캠페인, 심지어 마약 단체 등 다양한 관료적 계층질서에서도 마찬가지다. 〈더 와이어〉의 탁월한 점은 현대 제도의 관료적 형식들이 공식적 제도뿐 아니라 지하 세계까지도 광범위하게 확산되었음을 보여 준다는 것이다.[10] 마약 단체는 공식적 기관의 통상적인 업무와 비슷하게 서열, 승급, 강등, 실적 인센티브, 품질 평가, 기업합병을 하는 것으로 밝혀졌다. 스트린저 벨Stringer Bell이 그의 볼티모어 마약 단체 컨소시엄을 구성하기 위해 〈로버트 회의법Robert's Rules of Order〉을 빌린 것은 아마도 관료 형식이 널리 확산되어 있음을 보여 주는 가장 우아한 예시일 것이다. 그리

---

[10] 마크 보덴이 설명하듯, "공식 조직이든 범죄조직이든, 지도부는 유사한 경영문제와 인사 문제로 고민하며, 철저한 자기 이익의 관점에서 문제를 풀어 나간다." "The Angriest Man on Television," *Atlantic Monthly* 301 (January/February 2008), online at: http://www.theatlantic.com/magazine/archive/2008/01/the-angriest-man-in-television/306581/.

고 이것은 의미하는 바는, 경찰과 마약 조직뿐 아니라 도시 정치, 학교 체계, 신문에 이르기까지 〈더 와이어〉에 그려진 가장 막강한 제도들 역시 예외 없이 눈에 띄게 유사한 계층질서 형식에 따라 구조화되었다는 것이다. 경찰 간부부터 중간급 마약상, 시의회 의원부터 복싱링의 아이들까지, 〈더 와이어〉의 등장인물들이 하는 선택은 대부분 그 지위를 유지하려는 전략적 시도이거나 더 높은 지위를 차지하기 위해 사다리를 오르는 것이다. 거의 모든 인물들이 상관에게 보고하거나 동료를 밀고하거나 강등될 수 있다. 〈더 와이어〉는 되풀이하여 경험의 계층질서 구조에 주목한다.

예를 들어, 시즌 3은 중간급 마약상을 체포하려고 계획을 세우는 형사들의 이야기로 시작한다. 그들은 마약상이 수다스러운 부하로 교체될 것을 기대하고, 그의 수다가 모든 비밀을 발설해 주기를 희망한다. 경찰국장은 "왜 그들이 잘못된 사람을 승진시킬 거라 생각하나?" 묻는다. "우리는 항상 그러니까요"라고 대니얼스가 대답한다. 버렐은 웃지만, 그 역시 이점을 이용하여 대니얼스의 승진 문제로 대화 주제를 바꾼 것은 주목할 만하다. 버렐은 대니얼의 부인이 공직에 출마해 시장의 협력자를 위협하기 때문에, 시장이 대니얼의 승진을 보류하는 거라고 말한다.[11] 버렐과 시장이 고위직에 매달리듯, 드라크·말라 대니얼스·세드릭 대니얼스와 같은 인물들도 각자의 계층질서에서 언제라도 다른 사람의 지위를 빼앗을 수 있다. 모두의 자리가 위태로우

---

11 Season 3, episode 1, "Time after Time," directed by Ed Bianchi, written by David Simon.

며, 이러한 서열 구조에서 어떤 자리도 오래 비어 있지 않을 것이다.

중요한 것은, 〈더 와이어〉에서는 관료제의 계층질서조차도 명확한 권력의 유일한 원천으로 등장하지 않는다는 점이다. 관료제는 우리의 생각과는 달리 단번에 다 파악할 수 있을 만큼 획일적이지 않으며, 단순히 위계적인 구조도 아니다. 오히려 관료제는 규범과 관행들이 복잡하고 불균등하게 중첩되어 있으며, 서로 협력하기도 하고 서로 다투기도 한다. 가령, 시즌 1에서 조성되는 긴장감의 결정적 부분은 대니얼스 서장이 마약 사건을 처리하지 않음으로써 상사들을 만족시키고 자신의 승진을 좇을지, 아니면 조사를 계속하면서 자신의 경력을 내걸고 형사로서의 업무에 충실할지의 여부를 두고 갈등하는 대목이다. 결과는 불분명하다. 그리고 결정적으로, 여기에 관계된 것은 대니얼의 선택만이 아니다. 그의 부하 직원 카버는 아무도 모르게 서장의 업무를 모두 작전부국장에게 보고하고 있었다. 그렇게 함으로써 카버는 사건의 해결을 저지하고, 직속 상관의 선택도 무력화시키면서 승진을 보장받는다. 한편, 맥널티는 이 사건을 자신만의 방식으로 수사하면서 대리얼스의 권위에 계속 도전한다. 그리고 지휘 계통보다 동료 관계의 중요성을 들먹이며 동료 벙크 모어랜드를 이 과정에 끌어들인다. 누구 하나 관료제를 완전히 벗어나길 바라는 사람은 없다. 각자 선호하는 관료 조직의 측면이 다를 뿐이다. 그 과정에서 그들은 자신들이 싫어하는 바로 그 관료제 형식이 허락하는 방식으로 서로 투쟁한다. 따라서 텍스트는 독점적인 제도적 힘의 논리는 물론이고, 개인적 의도의 서사적 논리도 거부한다. 그 대신, 개개인의 목적을 조직하고 강제하고 압도하는 수많은 관료제와 동맹들, 즉 대립하는 관료적 형식들의 복잡한 얽힘을 선택한다.

〈더 와이어〉에서는 다수의 수직적 형식들이 마주칠 때 예상치 못한 결과들이 뒤따른다. 세드릭 대니얼스가 출세 가도를 거부하고, 부인 말라가 시의회 선거에 나가 정치적 야심을 좇기로 하면서 부부는 헤어진다. 대니얼스는 그녀를 지지하기로 하지만, 부인이 시장의 가까운 정치적 동지와 경쟁하게 되면 자신의 경력이 더욱 피해를 입는다는 사실을 깨닫는다. 하지만 함스테르담의 대실패로 압박을 받은 시장이 어쩔 수 없이 말라 대니얼스를 지지하기로 하면서, 세드릭의 장애물이 제거된다. 이 때문에 인정사정 볼 것 없이 경찰 관료제에서 출세하는 것이 유일한 목표였던 빌 라울스의 궤도가 덩달아 변경된다. 라울스는 세드릭 대니얼스가 자기 상관으로 승진하게 될지 모른다는 것을 알고 충격을 받는다. 백인 시장 토미 카세티가 시 행정을 확고하게 지지해 줄 아프리카계 미국인 경찰국장을 필요로 했기 때문이다. 시장은 볼티모어 인구의 흑인 대다수가 백인 시장을 위해 일하는 백인 국장을 좋아하지 않을 것이라는 이야기를 들어 왔다. 대니얼스는 "일이 돼 가는 꼴이 참 웃겨"라고 말한다. "출세 좀 해 보겠다고 굽실거리고, 뒤치다꺼리하고, 하라는 대로 하면서 그렇게 살아 왔는데. 그러다 못 참고 한마디 했어. 본심을 말해 버린 거지 뭐. 근데 갑자기 1년 좀 지나니까 중위에서 대령으로 승진하게 됐네 글쎄."[12] 이러한 예측 불가능함은 젠더와 인종, 관료제 등 계층질서들 간의 형식적 충돌

---

[12] Season 4, episode 8, "Corner Boys," directed by Agnieszka Holland, written by Ed Burns and Richard Price.

이 빚어낸 결과이다. 부인이 남편의 경력을 위해 봉사하는 대니얼스 부부의 젠더 계층질서가 경찰 관료제 내에서 남편의 지위가 정체되면서 난관에 봉착한다. 부인은 남편의 실패를 자신의 출세 이유로 삼게 되지만, 자신이 알지 못하고 어떻게 할 수도 없는 정치적 문제들로 인해 전혀 예상하지 못한 방향으로 전남편을 몰아간다. 한편, 라울스는 출세에만 온 정성을 쏟았는데, 대다수가 흑인인 볼티모어에서 기준이 뒤집힌 인종 계층질서로 인해 자기보다 야망이 없는 대니얼스가 이겼다는 것을 알게 된다. 마지막 장면에서 우리는 관습적인 인종 계층질서와 출세 욕망이 원래대로 돌아가는 것을 볼 수 있다. 대니얼스는 범죄율 조작을 거부하여 경찰에서 쫓겨나고, 라울스는 주 경찰본부장으로 임명되면서 카세티에 대한 충성을 보상 받는다. 하지만 이러한 관습적 결말이 만들어지는 연결고리는 알 수 없다. 〈더 와이어〉는 계층질서들이 얼마나 효과적으로 서로를 혼란에 빠뜨릴 수 있는지를 면밀하게 그리고 조심스럽게 보여 준다.[13]

13 또 다른 예로, 카세티가 승리를 거두자 시 내각의 최고자리를 꿰차면서 출세에 성공한 카세티의 선거 본부장 노만 윌슨이 있다. 그런데 그는 많은 흑인 볼티모어인들이 백인 후보에게 투표할 의도가 있음을 인정하는 한편, 정작 자신은 백인인 자신의 상관이 아닌 아프리카계 미국인 후보에게 투표할 것이라고 기꺼이 고백한다. 말하자면, 인종도 승진도 완벽한 예측은 불가능하다. 계층질서들이 부딪힐 때, 그 결과는 어느 쪽으로든 갈 수 있다.

네트워크

우리는 〈더 와이어〉의 볼티모어에서 제한된 전체, 리듬, 계층질서가 서로 뒤얽히며 예기치 않은 결과를 만드는 모습을 살펴보았다. 그렇다면 모든 조각들을 다 짜 맞추고 모든 참가자들을 연결함으로써 더 큰 플롯 구조를 만드는 핵심적 요소는 무엇일까? 그것은 바로 우리의 마지막 형식, 네트워크이다.

몇몇 비평가들은 이 시리즈의 진정한 주인공은 볼티모어라고 주장한다. 여기서, 볼티모어는 각자 고유의 상호연결 원칙에 따라 작동하면서 서로 중첩하는 네트워크의 집합이다. 진정한 주인공은 자본주의라고 말하는 이들도 있다. 레스터 프리먼은 "돈을 쫓아가라"며 박스데일 마약 기업의 접속점들과 도심 부동산과 선거 정치를 잇는 경제적 연결고리들을 추적한다. 정보 또한 권력을 가지며 네트워크 경로를 따라 움직인다. 마약사업 구조를 밝히려는 형사들은 도청장치 기술을 이용해 마약상들 간의 전화 통화를 엿들으려 하고, 도청이 실패했을 때에는 소문과 정보원들이 경찰과 마약상 간의 결정적 연결점을 제공한다. 권력을 행사하는 다른 네트워크들도 존재한다. 공식적으로는 사법제도와 같은 제도적 네트워크가 경찰관, 판사, 변호사, 교도관, 증인, 죄수, 정보원들을 하나로 묶어 준다. 스트링어 벨이 조직한 마약 거래상 컨소시엄과 같은 불법 네트워크도 빼놓을 수 없다. 볼티모어의 동부와 서부를 잇는 이 네트워크는 노동조합, 정치인, 동네 청소년, 러시아 매춘부, 글로벌 밀수꾼 등과 연결된다. 마지막의 예시는 네트워크들이 서로 완전히 연결이 끊기는 상황이 불가능하다는 점을 보여 준다. 마약 거래는 다른 경제적 거래와 중첩되고 사법제도와 충돌한다. 다른 한편으로 도시의 기리에서 마약 거래가 이루어지며, 친족관계도 이용된다. 이 네트워크들이 서로 중첩되고 연결된다는 데에는 이견이 없지만, 각 네트워크는 개별적인 상호접속의 원칙을 따른다. 친족관계는 도시 길거리와 같지 않으며 결코 그렇게 될 일도 없으나, 둘은 중요한 연결고리를 제공한다. 거래, 사법제도, 정보의 순환 등 도시를 하나로 묶는 다수의 네트워크들은 때로 경계선을 넘나든다. 그래서 도시의 제한된 형태는 그 많은 네트워크를 봉쇄하지 못하고 실패한다.

〈더 와이어〉에서 네트워크는 봉쇄된 공간과 계층질서와 같은 다른 사회적 형식들을 연결한다. 가령, 학교와 감방을 연결하고(봉쇄된 공간), 마약 조직 두목이 야망이 큰 정치인의 선거 자금을 대 준다(계층질서). 네트워크는 또한 시간적 패턴들을 연결한다. 선거 기간 동안 형사가 마약과 정치의 연결점을 수사할 때, 경찰관도 정치인도 저녁 뉴스에 맞춰 항상 흥미진진한 무언가를 갈구하는 언론에 정보를 누설할 수 있다. 네트워크는 자체의 리듬을 가진다(소문은 빠르게 움직일 수 있고, 법정 재판은 증인을 찾지 못해 연기될 수 있다). 그리고 계층적으로 조직될 수 있다(사법제도나 마약 조직처럼). 따라서 네트워크는 다른 형식들을 연결할 뿐만 아니라 형식들과 중첩한다.

〈더 와이어〉에서는 제한된 형태, 리듬, 계층질서처럼 네트워크도 서로 충돌한다. 일례로, 전직 경찰 정보원 버블스는 타일만중학교에서 전직 경찰관 프레즈를 우연히 만난다. 같은 봉쇄된 공간 속에서 경로가 겹친 버블스는 프레즈가 잠복 경찰일 것이라고 추정하지만, 사실이번 경우에 그들을 이어 주는 경로는 그다지 명확하지 않다. 버블스는 학교 담장 속에 갇히기 싫은 어린 동업자 쉐로드를 교육시키려 그 곳에 왔다. 반면 프레즈는 실수로 흑인 경찰을 쏘고 인종차별주의라 는 비난을 받은 뒤에 경찰을 떠나 8학년을 가르치고 있었다. 커티의 경로도 학교에서 다른 경로들과 마주친다. 그는 보좌신부의 추천을 받아 기간제 불량학생 지도자로 일한다. 보좌신부는 정치인과 학교 행정가, 경찰관 및 서부 지역 빈민들을 아우르는 광범위한 네트워크 를 가진 인물이다(스스로도 말하듯, "좋은 성직자는 항상 모든 사람과 얽 히게 마련이다").[14] 이렇게 학교 공간 안에서 다양한 네트워크들이 복 잡하게 교차하면서, 과거 법 집행의 네트워크를 통해 서로 연결된 사 람들이 다시 한데 모인다.

또 다른 예로 단젤로 박스데일의 운명을 생각해 보자. 그는 시즌 1 의 끝부분에서 가족 내에서 차지한 그의 위치와 마약상과 법정을 잇 는 네트워크의 연결점으로서 그의 임무 사이에서 갈등한다. '디'에게 가족은 강력한 구조적 원칙이다. 그는 에이본 박스데일의 조카이기에 통상적인 업무 계층질서를 거치지 않거나 특별한 혜택을 누려 왔다. 그러나 에이본은 단젤로가 가족을 위해 20년의 형기를 받아들이라고 요구한다. 디는 가족을 거부하기로 결심하고 박스데일 일당에 대한 정보를 경찰에 넘기려 한다. 그렇게만 된다면 에이본을 기소하려는 사람들은 큰 승리를 거두고 승진에 성공할 것이다. 그런데 그의 엄마 가 소식을 듣고 감옥에 찾아온다. 그녀는 "도대체 친척들이 없는데 무

---

14 Season 4, episode 4, "Refugees," directed by Jim McKay, written by Ed Burns and Dennis Lehane.

슨 수로 새로 시작할 거니?"라고 묻는다.[15] 이 순간, 그 결과의 향방이 중요하다. 단젤로는 어느 쪽으로든 갈 수 있다. 긴장감이 흐르는 강렬한 정적이 끝나고, 디는 어머니에게 굴복한다. 그리고 경찰 보호라는 안전장치가 아닌 친족관계 네트워크의 힘을 선택한다.

〈더 와이어〉는 네트워크 형식의 힘을 이해하는 인물들에게 우호적이다. 길거리에서 조무래기 마약상을 잡는 경찰들은 성공하기 힘들다. 경찰 업무가 진척되려면 마약 거래 허브에 대한 정보만이 중요하다. 가장 성공적이고 공감을 자아내는 형사들은 프레몬처럼 마약상들의 네트워크 정보를 빼내려 도청이라는 네트워크 기술을 사용한다. 마약상 두목들도 가장 엉성한 연결점들만 드러낼 뿐 네트워크의 핵심부를 차지하는 연결점은 숨기려 애를 쓰기 때문이다. 스트링어 벨은 볼티모어의 동부와 서부 마약 조직들을 연결하는 힘과 가치를 파악하는 반면, 에이본은 가족과 이웃에 충성하는 습관을 버리지 못한다. 오마르의 놀라운 자유와 힘은 끊임없는 관찰을 통해 얻어 낸 주요 마약상의 네트워크를 잘 아는 데서 비롯된다. 시즌 5에서 능력 있는 기자들은 시장 집무실과 경찰 등 다양한 기관을 가로지르는 탄탄한 네트워크를 항상 유지한다. 심지어 가난하고 비주류인 버블스가 〈더 와이어〉에서 가장 사랑받는 인물 중 하나인 이유는, 극 구성상 그가 공권력과 마약 거래상 네트워크를 잇는 연결점으로 기꺼이 활동하기 때문이다.

그렇다면 〈더 와이어〉에서 네트워크에 대한 지식은 왜 그리 결정적

---

15 Season 1, episode 13, "Sentencing," directed by Tim Van Patten, written by David Simon and Ed Burns.

일까? 네트워크는 항상 누군가를 취약하게 만들 수 있기 때문이다. 가령, 길거리와 경찰 사이를 연결해주려 하는 나이 어린 목격자는 범죄 조직 전체를 무너뜨릴 수도 있다. 네트워크 연결고리에 대한 지식은 권력 장악력을 유지하거나 무너뜨리는 중요한 역할을 담당한다. 〈더 와이어〉는 또한 네트워크 연결고리를 잘 알아야 사회가 작동하는 방식을 잘 이해할 수 있다고 주장한다. 〈더 와이어〉에서 볼티모어를 움직이는 것은 돈, 정치, 인종, 가족, 엘리트 등 어떤 하나의 사회집단 또는 형식이 아니다. 경찰 관료제와 매일 제공되는 뉴스 정보, 그리고 교실을 통해 말단 경찰과 시장을 연결하는 작고 섬세한 상호연결의 촘촘한 그물망이 볼티모어를 움직인다. 따라서 에이본 박스데일이 어떻게 무너지는지, 어떻게 카세티가 권력을 얻는지 이해하려면, 크고 작은 형식들을 연결하는 고리들을 면밀하게 추적할 필요가 있다.

〈더 와이어〉의 모든 사건 배열은 네트워크화의 논리를 따른다. 그 결과, 우리는 사회적 형식들이 조직되고 변형되고 서로를 차단할 때 생겨나는 놀랍도록 복잡 미묘한 경로들을 추적하게 된다. 바꿔 말하면, 우리는 〈더 와이어〉에 그려진 수많은 복잡하고 결말 없는 줄거리들의 '사회적' 외부를 모두 이해할 수는 없다. 교육이나 빈곤, 혹은 마약의 힘을 따로 떼어 분석하려는 어떠한 시도도 실패할 것이다. 왜냐하면 이 중 어떤 것도 독립적으로 작동하지 않기 때문이다. 〈더 와이어〉는 사회적 경험을 올바르게 포착하기 하려면, 병원 이야기, 변호사 이야기, 학교 이야기 등 연이어 펼쳐지는 다양한 제도적 형식을 추적하기보다, 다양한 형식들이 충돌하는 수많은 접점을 주목해야 한다고 주장한다.

형식을 아는 것

〈더 와이어〉의 플롯은 매우 복잡해서 지식과 행동을 방해하는 것처럼 보인다. 인물들도 계층질서에는 대단히 신경을 쓰지만, 다른 형식적 중첩이나 충돌에는 대체로 무지하다. 이러한 무지는 비극으로 이어질 수 있다. 예를 들어, 마르시아 도넬리 교감은 프레즈가 두쿠온을 자식으로 받아들이는 걸 막기 위해 가정과 학교의 제한적 공간들을 분리하려고 한다.

> 아이가 없으시죠, 그렇죠? … 글쎄요, 아이를 한번 가져 보세요. 좋든 싫든 그 아이는 평생 내 자식인 겁니다. 근데 이 학교 학생들은 내 자식이 아니에요. 당신은 할 일만 하면 되는 거고, 학생들은 그냥 놔 두세요. 두쿠온 말고도 그런 애들이 너무 많아요. 개네들이 다 도와달라면 어쩔 겁니까.[16]

도넬리 교감에게 교사의 자식들은 중산층 가정에 속한다. 그런데 학교의 학생들은 제도적 순환의 영원한 과정에서 끝없이 대체 가능하고 교체 가능한 단위들일 뿐이다. 하지만 도넬리가 틀렸음이 드러난다. 이 장면 직후, 버니 콜빈은 위베이와의 거래하여 나몬드를 가족으로 맞이함으로써, 가정과 학교를 나누는 분리대를 넘는다. 콜빈이 친

---

16 Season 4, episode 12, "That's Got His Own," directed by Joe Chappelle, written by Ed Burns and George Pelecanos.

족 네트워크에서 아버지가 되고, 학교의 공간에 있던 나몬드를 가정의 공간으로 옮긴 것이다. 콜빈이 위 베이가 아버지였다면 얻을 수 없는 계층적 지위를 나몬드가 얻을 수 있다고 지적하며, 위베이를 설득하는 점 또한 흥미롭다. 나몬드는 이제 새로운 가정을 얻어 신분 상승을 이루었고, 반면 두쿠온은 공간을 엄격하게 분리하는 도넬리의 논리로 인해 가난에 허덕이고 도움도 받지 못한 채 방치된 수많은 교환 가능한 흑인 아이로 남는다.

아무도 형식의 충돌을 의식하지 않을 때 일어날 수 있는 또 하나의 비극적 예시는 랜디 와그스태프의 이야기다. 그는 중학교에서 성관계가 있을 때 망보는 역할을 해 왔다. 붙잡힌 랜디는 양어머니 집에서 쫓겨나 수용시설로 가게 될까 봐 겁을 먹고 교감에게 살인에 대하여 알고 있다고 고백한다. 남자 화장실, 양부모의 집, 그리고 수용시설 등 세 개의 형식이 랜디의 운명을 좌우한다. 모두 포용하거나 배제하고, 보호하거나 감금할 수 있는 제한된 공간들이다. 랜디는 하나의 공간에서 다른 공간으로 이동할지 모른다는 두려움에 범죄에 대한 결정적 정보를 누설하고, 경찰서에 간다. 랜디의 양아버지가 되겠다고 나섰지만, 사회복지정책 때문에 길이 막힌 엘리스 카버는 랜디를 헤르크에게 넘긴다. 그런데 상관들과 마찰이 있던 헤르크는 랜디에게 정보를 얻어 마약 두목 말로 스탠필드를 체포하면 진급하겠다는 희망을 갖는다. 그러나 랜디가 자신의 진급을 도울 수 없다고 판단되자, 헤르크는 랜디가 밀고자임을 말로 일당 중 한 명에게 우연히 누설하고, 이 사실은 즉시 상부에 보고된다. 랜디는 경찰을 마약 거래 네트워크에 연결시킬 위험한 연결점으로 부상한다. 말로는 소년의 집과 양어머니를 파괴하고, 랜디는 그렇게도 피하고 싶어 한 수용시설에 가게 된다. 랜디는 적어도 세 개의 제한된 전체와 세 개의 계층질서—학교 행정, 경찰 관료제, 마약 거래—사이에 끼여, 결국 감옥과 다를 바 없는 집에 갇혀 비인간적인 취급을 받으며 살아가게 된다.

등장인물들과 비평가들은 모두 〈더 와이어〉에 그려진 소위 '시스템'의 힘을 개탄한다. 그러나 '시스템'은 조직되고 통합된 단일 구조라기보다 이러한 전체, 리듬, 계층질서, 그리고 네트워크의 종합적 축적이라는 점을 알아야 한다.[17] 경찰 행정조직은 개별 책임이라는 단순한 모델에 의존했기 때문에 실패한다. 뒷골목에서 마약을 파는 조무래기들을 체포하고 기소하여 유무죄를 가려낼 뿐, 정작 사회적 경험의 핵심을 이루는 교차하는 형식들을 파악하려 하지 않았기 때문이다. 다른 한편, 자본주의라는 거대한 추상적 이론들 역시 실패한다. 패트릭 재고다에 따르면, 〈더 와이어〉는 "자본주의라는 거대 이론"보다는 네트워크에 적합한 특정 종류의 "분포된 생각distributed thought"을 내세운다.

---

17 시즌 4, 에피소드 6 "Margin of Error, Prez says about Randy: "I don't want to see him get chewed up by the system." 알렉산드라 스탠리Alessandra Stanley는 〈더 와이어〉의 마지막 시즌 비평에서 고장 난 시스템이 결국은 이겼다고 결론 내린다. "So Many Characters, Yet So Little Resolution," *New York Times* (March 10, 2008), E1. 슬라보예 지젝 역시 "시스템"을 언급한다. "*The Wire*: What To Do in Non-Evental Times," in *The Wire and Philosophy*, eds. David Bzdak, Joanna Crosby, and Seth Vannatta (Chicago: Court Press, 2013): 234. 제이슨 미텔Jason Mittell은 다음과 같이 평한다. "부패한 기관에 대해 〈더 와이어〉의 냉소적 시선을 고려할 때, 개혁은 보통 다양한 형식의 실패를 낳는다. 사회적 변화를 일으키거나 시스템의 문제에 대한 해결을 생각하기에는 시스템의 변수들이 너무 고정되어 있기 때문이다." "All in the Game: *The Wire*, Serial Storytelling, and Procedural Logic," *electronic book review* (March 18, 2011): http://www.electronicbookreview.com/thread/firstperson/serial.

물샐틈없는 완벽한 사회적 전체의 이론들은 역동적 과정으로부터 안정성을 추출한다. 하지만 〈더 와이어〉는 모순과 불안정성으로 가득하다. 이 작품은 미국 사회의 논란과 모순, 그리고 혼란의 난맥상을 다룬다. 사회적 네트워크를 구성하는 연결들은 결국 매끈하지도 지속적이지도 않다. 모든 정치적 생태, 즉 사회적에 뿌리를 둔 모든 축적 시스템은 불안정하고 위태로운 구조이다.[18]

여기서 재고다가 복잡한 "정치적 생태"를 언급한 점을 눈여겨보아야 한다. 나는 〈더 와이어〉가 어떤 특정 종류의 "분포된 생각"을 요구한다고 본 재고다가 옳다고 생각한다. 그러나 이 작품이 사회를 이해하는 방법으로서 네트워크 형식만을 다루지 않는다는 사실도 기억할 필요가 있다. 〈더 와이어〉는 그 초점을 개인 또는 엘리트 집단으로부터 경쟁하는 형식들의 전체 세계라는 복잡한 "정치적 생태계"로 옮긴다. 〈더 와이어〉는 네트워크가 다른 형식들을 연결할 뿐 아니라 그것들을 탈선시키고 또 그 형식들에 의해 탈선되는 것을 보여 준다.

그 과정에서 〈더 와이어〉는 《황폐한 집》처럼 행위 주체성을 새롭게 설명한다. 개별 인물들에게는 어느 정도 선택권이 있다. 단젤로는 박스데일을 밀고할 수 있고, 스트링어 벨은 기업 구조를 모방하여 비즈니스 모델을 만들고 전사의 윤리를 선택할 수 있다. 토미 카세티는 학교의 예산 부족과 경찰의 사기 저하 사이에서 선택할 수 있다. 하지만

---

18   Patrick Jagoda, "Wired," *Critical Inquiry* 38 (fall 2011): 198.

이러한 사례들은 형식들이 서로 충돌하는 환경에서만 개인의 결정이 의미를 지니며, 그러한 환경에서는 어떤 개인 또는 엘리트 집단이 절차나 결과를 독점하지 못한다는 점을 보여 줄 뿐이다. 이는 디와 같은 조무래기들은 자신의 운명을 결정할 수 없다는 말이 아니다. 시장과 경찰국장을 포함해 누구도 결과를 예측하거나 그 결과에 명백한 통제력을 행사할 수 없다는 말이다. 새로운 인물이 나타나 권력과 권한을 갖는 자리에 오른다 해도, 의도와는 달리 선임자들과 비슷해진다. 로이스 대신에 자리를 차지한 카세티도 그렇고, 시즌 5의 맥널티도 마찬가지다. 감독관으로 잠깐 활동한 맥널티는 과거 자신이 그토록 싫어한 감독관들과 이상하게도 비슷한 행동을 하게 된다. 등장인물들이 고위직이거나 엘리트라고 해도, 의도대로 사건이 결정되지는 않는다. 그리고 등장인물들이 제한된 행위 주체성을 갖는다면, 그들을 제한하는 것은 바로 기존의 사회적 형식들이다. 즉, 인종에 따라 조직되어 있는 유권자들에 의해 형성되는 관료제의 계층질서, 마약 구역, 감방, 도시 경계, 수용시설 등의 제한된 공간, 예산 주기와 학사일정부터 선거 캠페인과 법정 소송까지 끊임없이 중첩되는 사회적 템포들이다. 〈더 와이어〉가 보여 주는 것은 소수가 권력을 독점한, 이데올로기적으로 동질적인 사회가 아니다. 이 작품은 전체, 리듬, 계층질서, 네트워크 등이 서로 충돌하면서 발생하는 예상치 못한 혼란으로 인해 끊임없이 불안정한 사회적 세계를 보여 준다.

레스터 프리먼, 버니 콜빈, 오마르 리틀 등 수많은 형식들이 갖는 힘과 중요성을 인지하는 몇몇 인물들은 모두 전략적인 결정을 내려 일시적이나마 권력의 관습적 분배를 피하거나 좌절시키는 결과를 가져 온다. 프리먼은 경제와 정보의 네트워크를 추적함으로써 정치인들과 미약 밀수자들을 연결시키고, 잠깐이지만 타락한 상류층을 폭로한다. 콜빈은 도시와 뒷골목 세계를 재편함으로써 새로운 제한된 전체를 만들었지만, 시장에 의해 몰락한다. 어쨌든 콜빈은 적어도 한 아이에게는 안전한 가정과 유망한 미래를 제공하는 데 성공한다. 오마르는 완벽한 외부인으로 다른 사람보다는 자유롭다. 그는 계층질서에 합류하기를 거부하고, 폐쇄적 형태를 항상 피해 다닌다. 그러나 오마르는 언제나 네트워크를 작동시킨다. 그가 계층질서와 네트워크가 작동하는 방식을 잘 이해하고 있다는 말이다. 이들 모두는 공감 능력이 뛰어나고, 심지어 영웅적이다. 그들은 〈더 와이어〉의 인식론적 윤리적 모범이다. 그리고 그들은 사회를 탁월하게 읽어 낸다. 그것이 바로 영리한 형식주의가 하는 일이다.

형식들

2021년 3월 5일 초판 1쇄 발행

지은이 | 캐롤라인 래빈
옮긴이 | 백준걸 · 황수경
펴낸이 | 노경인 · 김주영

펴낸곳 | 도서출판 앨피
출판등록 | 2004년 11월 23일 제2011-000087호
주소 | 우)07275 서울시 영등포구 영등포로 5길 19(양평동 2가, 동아프라임밸리) 1202-1호
전화 | 02-336-2776 팩스 | 0505-115-0525
블로그 | bolg.naver.com/lpbook12
전자우편 | lpbook12@naver.com

ISBN 979-11-90901-26-0 93800